SUDD

Gabi Martínez

SUDD

Tradução de Mario Fondelli

Título original
SUDD

Copyright © 2007 by Gabi Martínez

Todos os direitos reservados, incluindo o de
reprodução sob qualquer forma sem autorização do editor.

Copyright da edição brasileira © 2010 by Editora Rocco Ltda.

Direitos para a língua portuguesa reservados
com exclusividade para o Brasil à
EDITORA ROCCO LTDA.
Av. Presidente Wilson, 231 – 8º andar
20030-021 – Rio de Janeiro – RJ
Tel.: (21) 3525-2000 – Fax: (21) 3525-2001
rocco@rocco.com.br
www.rocco.com.br

Printed in Brazil/Impresso no Brasil

preparação de originais
CARLOS NOUGUÉ

CIP-Brasil. Catalogação na fonte.
Sindicato Nacional dos Editores de Livros, RJ.

M337s   Martínez, Gabi, 1971-
        Sudd / Gabi Martínez; tradução de Mario Fondelli. –
        Rio de Janeiro: Rocco, 2010.

        Tradução de: Sudd
        ISBN 978-85-325-2551-2

        1. Ficção espanhola. I. Fondelli, Mario. II. Título.

10-1286   CDD: 863
                                         CDU: 821.134.2-3

Para o meu filho Gael, que já sabe dizer vent y llum.
Vento e luz.

... ali, na terra da animalidade, onde o homem não passava de um primeiro esboço de animal capaz de usar instrumentos.

NORMAN MAILER
O rei do ringue

Não há um plano sequer na minha mente, nem nenhuma espécie de ambição, ou de necessidade.

T. E. LAWRENCE

Sumário

O perigo *11*

No Pantanal *37*

Água e vento *79*

A armadilha *141*

O império *217*

De que adiantam os foguetes? *289*

O perigo

Há pelo menos um lugar onde a floresta é uma coisa só com a água. E se mexe. E se fecha em volta do seu pescoço.

– As coisas não são tão perigosas como dizem.

Essas foram as primeiras palavras que ouvi naquela tarde, sem saber quem as dizia, nem de onde vinham. Eu acabava de acordar depois de uma longa modorra e, ao subir para o convés, a poderosa luz africana deixou-me aturdido. Avancei cambaleando até o parapeito, mergulhado num sinuoso remoinho de cores que oscilavam do arroxeado ao azul; de repente, o amarelo; a fúcsia; ou o violeta. O ponto de fusão perdia-se numa aveludada neblina pastel que, devido à maciez dos tons, acabava atenuando o assombro. Mas o que dizer do ar? A que cheirava? Onde estavam os aromas doces da floresta que nos haviam acompanhado por centenas de quilômetros? Alguma coisa tinha mudado no curto espaço de um sonho. E mais: por quanto tempo eu ficara adormecido?

Debrucei-me por cima da amurada, ainda ofuscado. Ouvia a monótona marola levantada pela proa do vapor, o cotidiano arrulho dos últimos sete dias. Tentei abrir os olhos, mas a intensidade dos reflexos do sol ainda era excessiva, de forma que continuei incapaz de decifrar o que me cercava, à mercê das cálidas brumas, entre a gralhada dos animais escondidos na margem e os chamados das garças ou das águias.

Navegávamos para cidades das quais, no norte, quase nada se sabia, atravessando as tórridas regiões meridionais no fim da estação das chuvas. O rio estava portanto cheio, a sua correnteza poderosa. Desde o dia em que partíramos, avistávamos o tempo todo nas margens ou nas férteis ilhas fluviais grandes rebanhos de cabras, de orelhas caídas. Ao verem *La Nave*, os ceifeiros em suas brancas *djellabas* paravam seus afazeres para observar o barco passar. Sobressaindo no verde, às vezes acenavam levantando a gadanha ou a enxada. Também vimos vaqueiros mutilados cavalgando em pelo e balançando sua única perna no lombo dos burricos.

Bananas, tomates e alfaces haviam crescido como deles se esperava, do antigo jeito do continente, de forma rápida e majestosa. Resplandeciam as colheitas de goiabas, limões e laranjas e, como comentara Karnezis, o cozinheiro grego que dirigia uma hospedaria do outro lado do pantanal, as mangas já estavam no ponto para ser exportadas à Arábia.

Durante as chuvas, as águas haviam inundado os campos adjacentes ao rio reduzindo algumas ilhotas e ridículos montículos que só agora, com a volta do Grande Sol, recuperavam um tamanho que pudesse justificar o seu nome. De qualquer maneira, à medida que *La Nave* descia para os territórios equatoriais, as hortas iam desaparecendo. No lugar delas, havia agora ribeiras barrentas, graníticas paisagens, formações cada vez mais pedregosas que anunciavam a incomparável desolação à nossa frente.

— Isso mesmo, incomparável — salientava o tempo todo o comandante Hisham, que fora por muitas décadas marujo e que na etapa final da carreira se encarregava de trabalhos esporádicos que, em muitos casos, o levavam a navegar nas águas do Sudd, o imenso pantanal que separava a região meridional do resto do país. — Pois é, incomparável.

Dizia isso de lábios esticados numa careta que misturava experiência e preocupação, quase sugerindo que o atávico abandono das dunas de areia ou do próprio oceano que por longos anos ele mesmo singrara pudesse ser, pelo menos, igualado.

Era estimulante.

Era o que eu queria.

Um isolamento que finalmente me afastava de tudo, sem ser a morte.

E continuamos a subir rio acima.

Já fazia alguns dias que as águas mostravam uma superfície mais densa, esbranquiçada. O fundo turvo não deixava determinar as sincronias subaquáticas dos milhares de peixes que, assim como os pássaros, nos acompanhavam. Mas apesar da correnteza viscosa e dos barrancos que ladeavam *La Nave*, e da cada vez mais patente ausência de camelos, sinais de que o mundo conhecido do norte ia desaparecendo, só mesmo no quarto dia de viagem compreendi que estávamos entrando numa paisagem completamente diferente. Foi quando avistamos a última guarnição militar. Até então já havíamos passado por várias, parando aliás em duas delas, plantadas na entrada de isoladas aldeias, onde nos receberam com bailes e farta comida em festanças que entraram adentro pela madrugada. Na segunda parada, durante o jantar, pude vislumbrar nas sombras um oficial que golpeava com a culatra do seu rifle a mandíbula de um soldado, que caiu desfalecido. Dois militares afastaram-no das fogueiras. O pessoal estava inteiramente entregue à tarefa de nos entregar cartas – algumas escritas havia vários anos – e presentes para que os levássemos a amigos ou parentes que moravam na outra ponta do Sudd.

Numa das cerimônias, o idoso chefe dirigiu-se a Norton e ofereceu-lhe com a maior reverência um tambor, expressando admiração pelo que a sua Companhia tinha conseguido e, principalmente, pelo que ainda íamos fazer: atravessar o grande pantanal que durante os últimos lustros representara uma barreira insuperável entre o norte e o sul. Norton acenou diplomaticamente com a cabeça, e na luz das lanternas de querosene pudemos reparar no filete de sangue que escorria de seu nariz. Passou o dorso da mão no lábio, resmungando impropérios. Entreguei-lhe o lenço que costumo ter comigo justamente para casos como esse, porque as hemorragias nasais são frequentes entre os estrangeiros: a ação conjunta do vento, do calor e da poeira facilita a formação de tampões que acabam arrebentando alguns capilares.

– Quando é que vão acabar com estas brincadeiras de merda? – disse então Camille. Soltou a frase em francês, num tom espirituoso, como se estivesse dizendo "mas que noite mais agradável!" ou "que tal a gente dançar?", de forma que nenhum dos presentes, a não ser Gerrard e eu, entendeu o que dissera. Deve ter sido por isso que nos entreolhamos. Enquanto Norton enxugava o sangue resmungando, incomodado por mostrar aquela fraqueza, eu agradeci ao velho o presente. "Em nome de todos, muito obrigado, senhor."

Pois é, isso aconteceu no segundo posto militar, e, apesar de não pararmos em nenhum outro, depois daquele ainda passamos por mais três. E foi justamente no último, subindo pelo rio, que me dei realmente conta do verdadeiro sentido daquele paralelepípedo de tábuas de madeira mantidas juntas com grandes pregos enferrujados. *Um posto militar.* Foi o que pensei. O telhado surgia chamativamente artificial na margem plana do rio: era a única coisa que se levantava mais de meio metro acima do solo num raio de muitos quilômetros. A contemplação daquele refúgio austero no meio de tamanha solidão transmitiu-me pela primeira vez o significado essencial daquela maldita choça. Uma verdadeira iluminação. Algo parecido com um calafrio.

Já tinha passado por umas nove ou dez construções como aquela, mas só ali, naquela hora, diante da imagem despojada de qualquer outro elemento em volta, entendi, entendi!, de que se tratava. *Um posto militar.* E tive a inexorável certeza de estar me aproximando da verdade última do país onde passara cinco anos da minha vida, de debruçar-me de fato e pela primeira vez sobre esta realidade que me vinham contando e que eu tinha mais ou menos intuído através dos seres incompletos que se arrastavam pelas ruas da Capital, espalhando histórias macabras de viva voz ou apenas com a sua presença. Soube que estava me aproximando do sentido real daquela verdade que o Ocidente só sabia ver de longe, mas sobre a qual opinava com determinação, como aliás eu mesmo já fizera, pois me parecia ter ideias de sobra a respeito dela: a guerra.

Estávamos nos dirigindo para a guerra, ou para aquilo que sobrava dela, pois essa era a razão da nossa viagem. Mais ou menos dois meses antes havia sido acordado um tratado de paz nacional e, ao contrário do que costuma acontecer, o cessar-fogo estava sendo respeitado. Claro que havia notícias de escaramuças de grupos rebeldes ou não avisados da nova situação, mas depois de mais de vinte anos de submissão a uma guerra que já era a mais longa do mundo, com mais de dois milhões de cadáveres e quatro de desabrigados, as chacinas esporádicas tinham uma importância relativa, principalmente se as posições dos adversários se mantinham firmes e deixavam supor uma séria manutenção da trégua.

A Companhia petrolífera de Norton foi fundamental nas negociações e, de forma independente, decidiu financiar a expedição que devia simbolizar o fim do horror. O Governo nacional, sob o comando do ditador da vez, queria esperar mais um pouco, mas os executivos norte-americanos estavam impacientes para divulgar o que já consideravam um tratado assinado, queriam mostrar-se como arautos da paz com algo mais que as costumeiras declarações de praxe. "Precisamos de alguma coisa significativa", insistiam, de forma que Nortou subornou o ministro Osman e, graças a uma rápida campanha publicitária, reuniu cento e dez representantes da maioria das tribos e facções implicadas na disputa.

– Figuras simbólicas – dissera Norton. – Precisamos de figuras simbólicas.

Em menos de um mês, a Companhia tinha encontrado centenas de candidatos. Os escolhidos tiveram de resumir suas biografias para que coubessem numa ficha na qual ficaria colado um retrato em primeiro plano tirado por Gerrard Bosman, um fotógrafo que passara os últimos seis anos pulando continuamente entre a África e o Canadá.

Foi assim que a Companhia conseguiu reunir na mesma turma cavalheiros de fino trato, educados na Inglaterra, e guerreiros criados nos territórios onde, durante as campanhas e segundo o que se costumava contar, o pessoal havia devorado inimigos e até seus companheiros. Juntou criadas e engenheiros de telecomunicações, uma prática naquele tempo bastante na moda, no país. Juntou sujeitos seminus, ostentando rocambolescos penteados, e sisudos anciãos de perfumadas barbas veneráveis. Por algum motivo, todos queriam chegar ao outro lado e concordavam plenamente em portar-se bem, isto é, nem foi preciso recorrer à força. E foi assim que a Companhia conseguiu os passageiros de *La Nave*, a maioria dos quais jamais enfrentara aquela viagem antes.

Depois de deixarmos para trás a última guarnição militar e sabendo que não encontraríamos outra até chegarmos ao outro lado do pântano, circulei pelo navio a fim de conhecer melhor os que haviam sido, e principalmente seriam dali em diante, os meus companheiros de viagem.

La Nave tinha dois andares reservados aos viajantes. No inferior estava concentrada a maior parte dos passageiros, espalhados pelo piso de qualquer jeito, amontoando a bagagem aos seus pés e usando bolsas e embrulhos como travesseiros e almofadas. A parcela que cabia a cada um deles consistia no espaço ocupado por seus pertences.

Um reservista sem braços passava o dia todo jogando cartas em companhia de quem se prontificasse a segurá-las para ele. E, como todos os demais, suportava impávido a eterna lengalenga do leitor de suras corânicas. Uma mulher segurando uma criança em cada braço se sentava no fim do corredor da popa. Ao seu lado, duas sacolas que desprendiam um penetrante cheiro de especiarias salientavam o ar acre resultante daquela concentração humana combinada com as emanações ferruginosas das máquinas e as da água morna, e ocasionalmente podre, do rio.

A tépida brisa provocada pela velocidade espalhava os eflúvios fazendo esvoaçar sarjas e *galabiyas*, os tules, a seda e o algodão, o algodão que crescia tão farto nos campos, o algodão que saturava de branco imaculado as entranhas de *La Nave*, conferindo-lhe um ar delicado de fantasma. Os panos avolumavam-se e encolhiam cobrindo as esbeltas figuras daquelas raças entre a negra e a árabe. Que se vestiam de branco. Como se não houvesse outra cor. Camuflando-se numa paisagem onde as aves e os cães, onde a areia e a água pareciam partilhar uma pureza ancestral e impoluta, tão branca, ignorando o sangue que tudo empapava.

O salão inferior de *La Nave* estava ligado a um grande vestíbulo intermediário por escadas que levavam ao convés superior. Ali também havia o espaço destinado ao desembarque e o corredor que levava à cafeteria, situada na proa e onde o pessoal se apinhava em volta de tabuleiros de damas, gamão, ou jogava cartas, ou simplesmente conversava.

Num canto, várias mulheres com crianças tomavam chá envoltas em suas túnicas vermelhas, verdes, com faixas violetas e amarelas que davam ao recinto um ar parecido com calor.

No fundo da cafeteria, as duas portas que ficavam normalmente abertas davam para a proa. Encostado no umbral de uma delas, olhando para o rio, costumava ficar Wad, um negro de altura descomunal e extremidades bem torneadas que mascava *esnaf* o tempo todo e se expressava de forma básica e simplória devido ao fato de ter sido alistado ainda pequeno, pelo que contavam, como criança de guerra.

— Muitos neurônios dele se atrofiaram. Depois de tanto tempo pensando apenas em violentar e matar, quando um sujeito se vê diante da vida normal acaba não sabendo mais o que dizer — ironizara Norton numa das várias conversas em que se falara de Wad. Segundo outros, entre os quais o ministro Osman, o formidável negro era uma raposa que se portava daquele jeito só para não dar pistas dos seus próximos movimentos.

— É um guerreiro — Osman dizia "guerreiro" sorrindo, ao mesmo tempo que dava um tapa no abdome para lembrar a sua temporada no exército quando fora ferido —, e aos guerreiros nunca faltam palavras. Ele é manhoso, sabe das coisas, está me entendendo? Está escondendo o jogo.

Havia vários boatos correndo soltos acerca do negro, quase todos abomináveis. Uma mulher do Nordeste jurava que Wad tinha violentado várias amigas dela durante saques incrivelmente destrutivos.

O reservista sem mãos afirmou que Wad, com mais uns companheiros, tinha rasgado o ventre de uma mulher grávida para comer o feto. O reservista era um molenga idiota com um pendor todo especial para arranjar problemas, e muitos passageiros preferiam ignorá-lo, mas, quando descreveu aquele feito atroz, todos acreditaram nele. Wad mascava *esnaf*, olhava para a água, cuspia na correnteza. Era assim que passava os dias. Vez por outra andava até o saguão intermediário de *La Nave*, subia as escadas que levavam ao andar superior, a nossa área de camarotes Vips, e entrava no alojamento que parecia compartilhar com uma mulher que eu achava ainda não ter visto. A ficha biográfica dela era bastante sumária e descrevia-a como uma *enferma frágil, tão fraca que nem podia sair do camarote*. Entre os diplomatas e os oficiais de alta patente corria o boato de que sofria de uma doença contagiosa, apesar de isso não constar nos dados. De qualquer maneira, havia decidido viajar, e deixaram que embarcasse.

Uma vez que eu trabalhava para Norton, não só participara das entrevistas de vários candidatos que desejavam participar do cruzeiro, mas também tinha acesso às biografias de quase todos os passageiros, e a de Wad era, sem a menor dúvida, a mais espetacular, além da mais divulgada e enfeitada com dúzias de histórias de difícil averiguação.

Depois de tantos dias de navegação era normal que surgissem cochichos, com cada um imaginando coisas a respeito dos outros, atribuindo-lhes qualidades e defeitos. Mentiras, recordações, invenções circulavam à solta, alimentando-se umas das outras até formarem elaborados enredos que me deixavam indiferente. De qualquer forma não pude deixar de reparar que depois do último posto militar o interesse pela vida alheia ia assumindo um papel realmente exagerado na rotina cotidiana do navio. Todos sabiam de alguma coisa a respeito dos outros, e não importava se era verdade ou mentira, e as fofocas mais insistentes apontavam mais para a coletividade que para os indivíduos.

Um verdadeiro prato cheio para mexericos eram os chineses, oito homens com uma dieta específica à base de arroz combinada de antemão com Karnezis, e divididos em dois grupos. Os quatro chineses que viajavam no Nível Inferior eram subalternos dos quatro alojados acima. Os de cima, com os quais eu mais me relacionava, passavam o dia em volta de um rádio-gravador ouvindo a música de uma emissora local ou fitas com melodias orientais. Cinco deles (dois de cima e três de baixo) praticavam *tai chi* de manhã, no convés, e todos se mostravam bastante esquivos no relacionamento com os demais passageiros. Jogavam sem parar *mah-jong*, damas, cartas enquanto ouviam música.

Os chineses de cima eram os cavalheiros Zhang Xiaobo e Gao Jin, ambos com mais ou menos cinquenta anos; o tradutor Han Tsu, um verdadeiro pirralho; e Chang, o jovem empresário que, apesar da sua patente intenção de livrar-se do isolamento, uma vez que só falava mandarim e o dialeto da sua cidade natal Xiamen, ficara várias vezes frustrado ao tentar começar uma conversa com estranhos, de forma que ousava cada vez menos procurá-los.

De qualquer maneira, os cochichos sobre os chineses eram mais divertidos que maldosos, a não ser quando aludiam à sua cobiça e os tachavam de chantagistas e viciosos. E tampouco faltavam comentários acerca dos jogadores reunidos em volta do reservista sem braços, nos quais ninguém confiava, embora todos prestassem atenção aos boatos que ali se forjavam. Entre os que seguravam as cartas do reservista, havia um antigo carteiro de Dongola, a cidade do palmeiral junto ao rio. Mexericavam que o ex-carteiro de Dongola costumava ir furtivamente para a cama com uma mulher tão gorda que nem dava para ver seu pescoço. Era assim mesmo que formulavam o boato. Com estas palavras. O ex-carteiro de Dongola. E a gorda sem pescoço. Eram pessoas sem nome, até mesmo lá dentro.

Os dois grupos "oficiais" eram formados pelos soldados responsáveis pela nossa segurança, que vestiam uniformes miméticos, e pelo pessoal da tripulação.

As exalações de dúzias de pessoas esquentavam os ambientes, apesar de não haver o costumeiro amontoado de corpos que normalmente marcava as viagens de *La Nave*, uma vez que os organizadores se haviam esmerado por conseguir algum conforto naquela expedição extraordinária. No meio da multidão podiam ser vistos pequenos espaços mais ou menos desocupados, embora obviamente o cheiro de especiarias, de suor e de chulé estivesse entranhado por toda parte, e apesar de faltar luz no Nível Inferior. Era a África. O coração do continente. Por ali, falar em século XXI não fazia muito sentido. O que realmente importava, no entanto, não era conseguir mais luz ou um aerossol para perfumar o ambiente, mas sim fazer com que as tribos que durante anos haviam sido ferozmente hostis mantivessem agora uma distância de segurança enquanto, a respeito dos vizinhos, se contavam histórias que soavam autênticas. É difícil não acreditar em relatos de atrocidades.

No Nível Inferior, uma rápida olhada já bastava para distinguir os vários grupos. O de cabeças raspadas. O de cabelo armado, com estrambóticos penteados. Outro que jamais tirava os turbantes de uma brancura imaculada, digno remate da pele tão morena dos seus perfis aquilinos. E, finalmente, as mães que, com as crianças pequenas e os recém-nascidos, haviam ocupado uma área lateral, a bombordo, onde ficavam conversando durante o dia antes de voltar ao seu canto na hora de dormir. Acho que escolheram aquele lugar porque o contínuo ronronar das máquinas mitigava a barulheira da filharada. Elas haviam inventado a fofoca pela qual o meu caráter taciturno se devia a um melodrama doméstico: a minha família me repudiara por eu ser homossexual.

Todos esses cochichos, provavelmente, deviam-se à monotonia da viagem, ao clima estafante que deixava todos em estado inerme e sonolento e incitava à observação dos demais, e à familiaridade com eles. A não ser que você escolhesse entrincheirar-se no seu cantinho do navio e ficar olhando para os moços que limpavam o convés com seus esfregões, ou observar o trabalho de Gerrard, que aparecia em toda parte com sua câmera para tirar retratos de quem quisesse.

Acabamos nos dando bem. Eu gosto de fotografia. Para dizer a verdade, aliás, eu mesmo tirei a foto colada em sua ficha biográfica. Era um ruivo sardento e franzino que, com seus olhos esbugalhados, fazia pensar na Irlanda e em Madagascar. O cavanhaque pontudo, meio de cabrito, meio de mosqueteiro, dava-lhe um ar de sisuda elegância. Gerrard era um homem sério.

Na foto, ele veste um desses jalecos cheios de bolsos, tão comuns entre os seus colegas de trabalho. Parece um tanto curvo, meio torto, pois sofre de uma lesão no ombro devido ao peso das câmeras. O que não aparece é o anel de prata que ele estava polindo com o pano para limpar as lentes quando o conheci. Um anel importante para entender melhor a sua "sisudez".

Quando nos conhecemos na Capital, Gerrard falou muito da sua infância. Ambos falávamos inglês e francês, mais uma coincidência entre dois estrangeiros que até então ganhavam a vida por conta própria, sem vínculos empregatícios com empresas. Compartilhamos longas esperas nesta cidade que ensina novas formas de paciência, trocando lembranças. Por isso sei que foi na infância que conheceu a esposa, Jane, a modelo das suas primeiras fotos.

A ficha biográfica de Gerrard Bosman não diz que aos quatorze anos ele e Jane trocaram o primeiro beijo. Nem que aos dezessete fizeram amor pela primeira vez. Aos vinte casaram. Aos vinte e um tiveram sua primeira filha. Aos vinte e quatro nasceu Bernard. Tampouco diz que, como então Gerrard já trabalhava para revistas e agências internacionais correndo o mundo inteiro, Jane começou a sentir-se sozinha.

A partir de 1988 trabalhou como agente de viagens, informa a ficha de Gerrard, que mudou de profissão na tentativa de dar novo alento ao casamento. Mas a vida sedentária não o satisfez. *Em 1994 voltou ao jornalismo. Começou cobrindo informações locais, mas não demorou a voltar mais uma vez ao estrangeiro.*

Jane continuou a não se acostumar com as longas temporadas sem ele.

– Mas estava claro que não ia me deixar. E tampouco o faria mais tarde. Continua louca por mim.

A ficha não diz isso, nem Gerrard, que no fundo só desejava mesmo o amor da mulher e que, de alguma forma, e apesar das aparências, realmente se esforçava para não perdê-lo. Dividido entre duas saudades poderosamente incompatíveis, o desgosto e a tensão refletiram-se em fotos possuidoras de uma aura ainda mais comovente. Apresentou novos trabalhos sobre guerras, refugiados, viúvas, e a sua exposição *Pessoas sem importância* foi aclamada com louvor pela elite fotográfica. Na entrevista à mídia que se seguiu, repetiu uma convicção que se arraigara nele desde a época de agente de viagens: "Quase todos os lugares atualmente agraciados pela fama já recebem tantos turistas e estão tão poluídos pelo ruído, qualquer tipo de ruído, que sua magia já não passa de mero eco dos seus nomes. Eu procuro o que está escondido."

Quando Gerrard recebeu a proposta de participar da expedição de *La Nave*, pareceu-lhe a maneira certa para concluir com fecho de ouro os seis anos durante os quais acompanhara o conflito no país, do qual se tornara um especialista. Conhecia praticamente todos os empresários e os políticos que iam viajar com ele.

– Mas o sujeito mais incrível de toda a turma é o comandante Hisham. Já conheci muitos caras, mas ninguém como Hisham.

Mantém há mais de quatro anos um relacionamento muito estreito com o comandante Hisham Kamel.

A carreira de Gerrard e as suas reportagens sobre as hostilidades convenceram a assembleia de pacificadores a encarregá-lo das imagens que deveriam testemunhar a nova conjuntura nacional. Para começar, pediram-lhe que tirasse fotos de todos os passageiros de *La Nave*, que seriam incluídas num livro comemorativo do histórico acontecimento.

Uma vez concluída a seleção dos passageiros, Gerrard passou os nove dias seguintes a tirar o retrato de cada um dos que iriam embarcar, exceto madame Rasha, esposa do ministro Osman. Um policial militar e eu acompanhamo-lo durante a façanha com o intuito de corroborar detalhes biográficos ou acrescentar dados ausentes nas fichas policiais. Apesar das radicais diferenças entre os que iriam viajar, era imprescindível que *La Nave* navegasse em segurança.

Os indivíduos considerados "ambíguos" foram submetidos a severos interrogatórios em locais "adequados", e alguns, mas só uns poucos, foram descartados. De vez em quando Gerrard também tomava nota de alguma coisa que considerava interessante a respeito dos entrevistados, embora as suas anotações tivessem mais a ver com o caráter das pessoas ou com histórias que elas decidiram contar de forma não oficial. Tinha este dom. As pessoas se abriam com ele.

Além de cuidar dos retratos para as fichas, Gerrard iria documentar a nossa viagem para o sul. Após desembarcarmos na Cidade, tencionava completar o estudo do que ele chamava de "aquele raro microcosmo".

– Na Cidade – costumava dizer – será o caso de buscar os traços de uma esperança que finalmente se realiza.

A Cidade.

Depois de tantos dias de viagem, o nosso destino tornara-se um lugar sem nome, e, sabe-se lá por quê, todos aludiam a ele dizendo simplesmente a Cidade. "Na Cidade, dois sobrinhos que ainda não conheço esperam por mim, o mais velho já está com dez anos." "Dizem que o petróleo mudou muito a Cidade." "Quando chegarmos à Cidade..."

Enquanto, dobrado em cima da amurada do segundo andar, eu ouvia de olhos fechados o vascolejar das ondas tentando despregar as pálpebras para saber quem dissera aquela frase – "As coisas nunca são tão perigosas como dizem" –, também fiquei imaginando o sentido da palavra perigo e pensei em alguns desconhecidos, meras presenças no navio. Pensei no negro albino de longas pestanas e *targush* na cabeça, que às vezes encontrava no convés. Pensei no velho árabe que depois do jantar arregaçava a *galabiya* e desafiava todos na queda de braço.

Quando abri os olhos, uma margem sem nenhum sinal de vida visível languescia no começo do que iria ser um lento pôr do sol. Colinas distantes combinavam tons pardos e ocre com o azul esmaecido do horizonte, borrado pelos vapores da bruma vespertina. O barulho de vozes continuou, não muito longe de mim, vinha da ponte de comando. Uma leve mudança do vento, uma vez que *La Nave* manobrava para enfrentar uma curva anunciada por um enorme rochedo, não me deixou entender de que estavam falando. Só consegui ver Norton, com metade do corpo fora do passadiço, e o comandante Hisham no leme ao lado de Leila, a sua única filha, de treze anos, à qual, na falta de herdeiros varões, estava ensinando a navegar apesar das irritadas críticas dos outros comandantes.

Os três me davam as costas e a voz mais alta que chegava até mim era a de Norton, o que me fez supor que havia sido ele a soltar o "as coisas nunca são tão perigosas". Quando o navio completou a virada, uma matilha de cães apareceu latindo a galope nos limites de um repentino palmeiral. Norton observou-os com o binóculo. Os cães nos perseguiram por um bom pedaço.

– Ora, ora, afinal se levantou. Nunca vi alguém dormir tanto – exclamou Norton baixando o binóculo. O comandante Hisham e Leila olharam para mim do outro lado do vidro. Logo a seguir Leila voltou ao seu videogame e o pai a olhar para o rio. – Osman diz que você ronca. Dá para ouvir por todo o corredor.

O inglês sempre encontrava algum motivo para repreender-me, pois desaprovava as minhas sonecas, ainda que eu tivesse deixado esse ponto bem claro antes de zarparmos. Simplesmente não entendia aqueles descansos. Era um desses sujeitos sempre de celular na mão, mesmo no meio de um charco. Precisava de ação e levara a sua droga até para aquele pantanal. De qualquer forma, íamos nos entendendo sem maiores problemas.

– Só lhe falta hibernar para ser uma marmota.

Gostava de aludir a animais nas suas comparações. Camille dizia que precisava limpar sua consciência podre, e que por isso memorizar o dicionário zoológico. Tinha uma verdadeira obsessão por um pássaro da família das cegonhas que costumavam chamar de cabeçudo.

– É muito difícil de ver, até mesmo em seu habitat natural – dizia Norton. E nem preciso contar quantas vezes ele já mencionara o bicho. Cabeçudo para cá, cabeçudo para lá. – Se avistar um cabeçudo, não deixe de me chamar...

Eu só conhecia a ave de fotografia. Também era chamada cegonha-cabeça-de-baleia; o nome já diz tudo, e, pelo que eu lera dela, era extremamente tímida, o que equivalia a dizer que era uma ave fantasma. Os caçadores ilegais, além do mais, estavam acabando com a sua raça, e os agricultores queimavam seus ninhos e ovos nas periódicas queimadas com que revitalizavam os campos, de forma que muito poucas pessoas tinham visto o cabeçudo em liberdade.

Mas a razão pela qual Norton ia a todo lugar com o binóculo e rastreava assiduamente o céu era o filho David. Não havia ninguém mais fanático por bichos do que o seu pimpolho.

A ficha de Leonard Norton diz que *nasceu em Londres em 1967, filho de uma advogada e de um executivo da indústria pesada britânica. Viajou muito durante a infância e a adolescência acompanhando os pais, às vezes por motivos de trabalho, mas na maioria dos casos por prazer.*

– Mas nunca visitamos a África, papai não gostava. Quem veio a mim, no entanto, foi a própria África – explicava Norton, referindo-se à amante etíope do pai.

– Uma preta! – gritou a mãe quando soube. – Mas que grande hipócrita o filho da puta!

Durante a crise, Leonard Norton filho intuiu que algo estava a ponto de quebrar-se e que seria para sempre. Os pais continuaram vivendo juntos, mas o garoto sentiu que alguma coisa estava errada. As ausências cada vez mais prolongadas do pai transtornavam-no, receava o abandono, e foi tomado por uma angustiante

insegurança que o forçou a reformular o seu relacionamento com o medo.
— Os verdadeiros perigos estão dentro do homem, são eles que fazem o estrago.

O pântano, o sol, todo o mundo exterior não passavam, no entender dele, de mero adorno. Por isso a sua ficha faz questão de salientar que, seis anos e três meses depois de casar, ele também se divorciou de Hillary.
— Foi devastador.

Afastar-se do filho David afetou-o de forma inesperada. Convencido de que o menino seria tomado por um vazio parecido com o que ele experimentara, impôs a si mesmo um dever:
— O meu filho precisa saber que estou presente. Sempre.

Mantinha com David contatos semanais, e só quando se enfurnava em territórios incomunicáveis podia passar até duas semanas sem dar sinais de vida. Mas isso só acontecia raramente.

David era fascinado pelo mundo natural, principalmente pelos animais pitorescos. Quando soube que o pai viajaria para o Sudd, averiguou os espécimes mais exóticos do lugar e encontrou o cabeçudo. Nas quatro conversas que haviam mantido depois da partida da Capital, David insistira em que tirasse fotos da ave. Falou a respeito do seu caráter, dos seus hábitos. É um pássaro que frequenta os pântanos de papiro e os grandes espaços abertos. Gosta de lama, de charcos, de brejos.
— Entendi, garoto. Claro que tirarei fotos dele. Mas precisa dar-me um beijo de boa sorte, para que o bicho apareça de uma vez. Vamos lá, quero ouvir o estalo deste beijo.

A última conversa acontecera três dias antes. Norton falou do nosso camarote, esparramado na cama, perdido no mundo da lua enquanto com a mão apalpava o policromo cordel trançado pelo filho que usava como pulseira e amuleto. Quando desligou, pediu-me que arrancasse de Camille mais informações acerca do cabeçudo.

– Quero reconhecê-lo mesmo a uma milha de distância. Camille. No Nível Inferior de *La Nave* ecoou a ríspida voz da bióloga:

– Agora que conseguiram o que queriam, quando é que vão parar com essas brincadeiras?

Juntei-me a Norton na amurada. A velha francesa fumava um cigarro sorrindo e jogando suas baforadas para cima, onde, como ela previa, nós aparecemos. Camille mostrou a Norton seus dentes amarelados, um tanto maltratados. Logo a seguir seus olhos apontaram para outro objetivo. Norton acompanhou, fascinado, os movimentos da prótese que substituía o antebraço e a mão direita de Camille: um tentáculo que culminava com três barras metálicas conectadas por sensores a terminações nervosas cerebrais que lhe permitiam executar ações quase naturais. O artefato tirou o cigarro da boca da mulher enquanto os olhos dela apontavam com tamanha determinação para um ponto do convés superior que Norton, ao descobrir que não era o centro daquela atenção, não pôde deixar de seguir a trajetória visual da bióloga até encontrar o que supostamente devia dar-lhe uma resposta: eu.

– O que foi que ela disse? – perguntou Norton.

Quando eu chegara ao país, a minha intenção era apenas afastar-me de tudo e esquecer. Estava frustrado, tinha sofrido uma decepção, mais uma para dizer a verdade, tão sofrida quanto milhares de outras e igualmente irracional. As lágrimas de sempre, a mesma ansiedade, incompreensão e, acima de tudo, a mesma impotência à qual me opunha com teimosia na tentativa de evitar que o desastre prejudicasse definitivamente o meu futuro. Tratava-se de uma confiança estraçalhada, percebendo com toda a clareza que desta vez nem eu conseguiria livrar-me dos pesares que tantas vezes os mais velhos gostam de predizer. Tratava-se, enfim, da clássica fuga para o Sul.

– Estou dizendo que vão continuar se enrabando, estes filhos da mãe – insistiu Camille, com sua voz estrídula.
– O que está dizendo? Hem? O que é que a francesa está dizendo? – perguntou Norton.
– Quer saber quanto tempo você calcula que a Companhia vai precisar para assentar pé no país – respondi.
Camille deu uma risada tão gostosa que acabou forçando a prótese e cortou o cigarro em dois.
– *Merde!*
Estava brincando comigo. *"Tout le monde joue dans le bateau."* Gostava de ver como eu maquiava seus insultos na tentativa de manter aquele frágil equilíbrio.
Sou tradutor. De vários idiomas. E estava agora naquele navio por não ter sabido interpretar a minha realidade. Era o que eu vinha fazendo havia cinco anos, dormindo muito mais do que o normal, sem ter uma verdadeira consciência daquilo que me cercava, limitando-me apenas a deslocar-me para o Sul e perdendo de vista aquilo que não me interessava, isto é o mundo em geral. Ao longo daqueles cinco anos, não conseguira juntar razões bastante convincentes para voltar ao meu país. Muito ao contrário, embrenhara-me numa rede com demasiados fios soltos, numa maranha que se agitava como um réptil policéfalo e enlouquecido, e por isso mesmo ainda mais perigoso.
Agora posso tranquilamente afirmar que passei aqueles anos como que dopado, num transe perene que parecia sem fim, numa apatia que me esvaziava e tirava de mim qualquer desejo de tomar uma atitude. O calor e o ritmo lento da vida local eram desculpas apropriadas para prolongar a imobilidade, enquanto continuava me escondendo naquela cidade satanizada pelo Ocidente, que, em seu imaginário, representava os indígenas como animais sanguinários movidos pela cobiça, o que de certa forma não deixava de ser verdadeiro. E como mais ou menos acontece em qualquer lugar.

Conseguira o emprego graças a Wahid, um conhecido que encontrara casualmente alguns anos antes na Espanha. Wahid era o irmão do meu professor de árabe na Escola Oficial, que eu já frequentava havia quatro anos. Tenho verdadeira paixão pelos idiomas, já falo oito línguas e simpatizei imediatamente com o sujeito. Reconheci em Wahid o típico imigrante que inventa um passado glamouroso onde esconder suas misérias. Dou-me bem com essas pessoas, presto atenção a suas ilusões, simulo acreditar em tudo e, além do mais, as conversas me ajudavam a praticar o árabe e me faziam sentir cosmopolita.

Certo dia pediu que intercedesse pelo pai na papelada de que precisava para operar as cataratas na minha cidade. A coisa deu certo. Alguns anos depois, quando a minha vida entrou em colapso e eu já não sabia como salvar o que ainda havia para salvar, quando fiquei entregue aos pesadelos e à obsessão pelo Sul, o Sul, o Sul, o Sul, achei que talvez fosse hora de Wahid retribuir o favor. E ele retribuiu. Confirmando a duvidosa lenda do seu passado, conseguiu arranjar-me o emprego de tradutor no Palácio Presidencial.

Durante os primeiros três anos trabalhei para muitas pessoas, sem precisar esforçar-me demais. Participei de entrevistas decisivas para o curso da guerra, em reuniões de cúpula marcadas por enorme tensão, mas que na verdade nunca chegavam a estressar-me, pois faziam parte das preocupações daquele pessoal para mim bastante alheio, como quase tudo, aliás. De forma que, pouco a pouco, não só me livrei dos pesadelos, mas também deixei de sonhar.

Não guardo lembranças do tempo que passei dormindo.

Talvez tenha sido justamente esta minha irregular tranquilidade o que convenceu o vice-presidente a tornar-me seu tradutor particular, bem como a incitar-me a estudar chinês. Várias empresas chinesas e coreanas haviam construído hotéis em algumas das principais cidades do país, e tinham negócios cada vez mais vultosos com o Governo. Só para dar um exemplo: além de uma pequena frota pesqueira, os orientais haviam subvencionado o apressado restauro de *La Nave*. Com efeito, três dos chineses do andar de cima eram empresários que tencionavam assinar contratos milionários em algumas das províncias sulinas.

Dos chineses, além do tradutor Han Tsu, conhecia o senhor Gao, com o qual mantivera estreito contato por fax ou telefone na minha época de funcionário público. E foi numa negociação na qual os chineses enfrentaram a Companhia americana que, no fim, Norton sugeriu:

– Já pensou em mudar de lado?

Norton sabia muito bem de que estava falando: era um cidadão britânico a serviço dos ianques. Dois dias depois, o próprio Norton ofereceu-me uma quantia desproporcional para que trabalhasse para ele durante dois anos.

Aceitei.

De forma que lá estava eu, apoiado na amurada, olhando para baixo e dando explicações em inglês.

– Duvido que a senhorita Camille tenha dito isso – rebateu Norton, ajeitando novamente o binóculo e focalizando a margem. – A diplomacia não é o seu forte.

– Diga ao boneco que ele tem toda a razão, que o seu tradutor não lhe conta a verdade – exclamou Camille enquanto sacudia da blusa a cinza do cigarro truncado. A bióloga voltou a expressar-se no seu idioma, embora falasse bastante bem o inglês.

A ficha de Camille diz que nasceu em Paris, em 1940. *Terceira de quatro irmãos. Interessou-se desde cedo pela biologia, disciplina em que se destacou como pesquisadora universitária. Viajou para lugares como a floresta amazônica, o deserto do Kalahari, o delta de Yang-tsé e as ilhas da Polinésia, coletando dados sobre espécies animais quase desconhecidas e alcançando grande sucesso ao descobrir uma família de répteis totalmente nova e um sítio arqueológico com ossadas de mamíferos que até então só eram objeto de especulações.*

Com cinquenta e três anos, durante uma expedição no Cáucaso, foi atropelada por um desmoronamento que esmagou o seu braço direito. Teve de amputá-lo.

Ao sacudir a cinza, Camille rasgou a blusa com uma das barras da prótese. Usava cabelos longos que quase lhe chegavam às escápulas, mas tão esmaecidos que, em lugar de embelezá-la, davam-lhe a aparência de mendiga. Olheiras profundas enfatizavam as pequenas órbitas, que inspiravam desconfiança. Movia-se muito empertigada, devido a uma onipresente comichão. O sol de muitos verões e latitudes havia queimado a sua pele multiplicando as rugas e recortando toda a superfície visível, que se apresentava flacidamente morena. Vai ver que era justamente nisso que se baseava o seu carisma, fortalecido pelo seu rosto desafiador que deixava Gerrard deslumbrado – "maravilhoso" – e lembrava marujos, pastores e misteriosos andarilhos.

Alguém chamou Camille do Nível Inferior. A bióloga desapareceu tapando o rasgão da blusa com a mão.

– Não duvido das suas boas intenções – disse-me Norton enquanto continuava examinando a margem com seu binóculo. – Não digo que me pareça ruim o que você faz quando alguém fica agressivo. Mas eu o pago para que seja preciso.

Estávamos dominados por uma pachorrenta sensação de entardecer. Podíamos quase encarar o disco solar num céu que trocava a sua monótona palidez por tons alaranjados, vermelhos e roxos. Não dava para ver sombra alguma na imensa planície despovoada.

Passei ao lado de Norton e entrei na cabine de comando. Hisham estava sentado diante do leme, de pernas cruzadas, em cima de uma cadeirona que lembrava o trono de um reizete qualquer. Mantinha o cigarro apagado entre os lábios e não parava de olhar ora para o rio, ora para o painel de controle, onde havia vários interruptores acesos. Uma luz vermelha piscava.

– Toda a força adiante – ordenou Hisham.

Em algum recanto perdido no ventre de *La Nave*, ecoou na mesma hora um ruidoso cataclismo. O navio foi sacudido por um violento estremecimento. A margem começou a correr mais rápido do nosso lado.

— O senhor Norton quer chegar sem demora — disse Hisham. O cigarro balançava em sua boca enquanto falava. Numa gaveta entreaberta da bitácula, despontava a ponta de um mapa que eu desdobrei.

Além das fronteiras de alguns países limítrofes, o mapa compreendia toda a extensão da nossa viagem. Uma mancha amarela dominava a maior parte do papel, só alterada pelo leve escurecimento das montanhas orientais, que já havíamos deixado para trás, e pelo sinuoso percurso do rio, que de repente explodia. Pois é, a impressão que se tinha era justamente esta.

Uma explosão.

O efeito no papel lembrava o de uma metralhadora, com o leito que se desagregava numa multidão de pontinhos azuis espalhados pela vastidão amarela, desprovidos de qualquer contorno definido.

— Onde estamos? — perguntei.

Hisham nem precisou olhar para o mapa.

— Ainda falta um dia e meio para chegarmos ao Sidd.

O Sidd.

Era assim que os indígenas o chamavam.

Na nossa língua significa barreira.

O comandante não mencionou o lugar por onde estávamos passando naquele momento, pois a esta altura a sua cabeça já estava no Sidd. A nossa referência. A medida de todas as coisas.

— Não precisa se preocupar — disse a jovenzinha, talvez confundindo o aturdimento que sempre acompanha a minha sesta e a pergunta "Onde estamos?" com algum tipo de receio. — Dispomos dos melhores guias.

Leila apontou para o sistema de localização por satélite e o software de navegação GPS, cujas reverberações metálicas, junto com as da sonda, contrastavam com a ponte de madeira. Aí segurou novamente o seu videogame e começou a pilotar uma nave estrelar. Da porta, o vigia de estibordo deu uma olhada na batalha espacial por cima dos ombros de Leila e aí desapareceu a caminho da popa.

– Está vendo, comandante? – comentou Norton da entrada da cabine de comando. – Os garotos contam com outras tecnologias, dispõem de muito mais informações, irão crescer com menos medo do que a gente. O problema é que a maioria dos adultos ainda tem muita bobagem na cabeça. Se há uma coisa que aprendi ao longo desses anos todos que passei circulando pelo mundo, é que quase nunca as coisas são tão perigosas como dizem.

No Pantanal

Uma repentina ventania juntou grandes nuvens de chuva que obscureceram o céu refrescando a atmosfera. Isso, com o cheiro dos guisados cujo cozimento havia sido calculado para a hora do jantar, pareceu animar a paisagem. O navio encheu-se de conversas que lembravam o bulício de um cassino. Toda aquela animação devia ser bastante extravagante para os animais da deserta planície à nossa volta.

As refeições eram servidas contemporaneamente na cantina do primeiro andar e no pequeno restaurante do deque superior, onde as mesas dispunham de toalhas de pano. Era lá que os diplomatas e alguns passageiros influentes comiam, além dos grupos de investidores tais como os chineses, que sempre ocupavam os mesmos lugares.

Naquela noite, os chineses esparramavam-se em suas poltronas, com o rádio no meio da mesa de pés de elefante, quando o sinal saiu do ar algumas vezes. O senhor Gao, um homem doentio, de altura mediana e clavículas marcadamente salientes, sacudiu o rádio como se estivesse tocando maracás, e o aparelho voltou a funcionar. O homem arregaçou então a camisa acima do umbigo, apoiou ambas as mãos na pança, fechou os olhos. A barriga irrompia no meio do seu corpo com uma artificialidade alienígena, embora encontrasse alguma correspondência com o rosto redondo e que, sem dúvida alguma, devia ter sido bem mais rechonchudo no passado. A carne flácida pendia agora ao lado dos lábios, lembrando as bochechas de um sabujo.

– A música traz até nós a brisa do verão – disse.

Quando os acordes no ar chegaram ao fim, o rádio e os alto-falantes de *La Nave* soltaram um alarido sincronizado. Muezins a milhares de quilômetros de distância coincidiam com a mais absoluta precisão em seu chamado à oração. Saí do restaurante e desci a escada para contemplar o espetáculo da multidão que se prostrara na mesma direção, repetindo os mesmos gestos no ritmo marcado pela voz.

A brisa estava morna. O navio avançava numa espécie de depressão, de forma que a margem se perfilava à altura dos olhos. Enquanto podia ver formigas e outros bichos rasteiros, também pude divisar umas poucas imagens que ainda se distinguiam na planície – tive a impressão de vislumbrar uma árvore, alguns hipopótamos ao longe, um rebanho de algo que lembrava gazelas, e fiquei imaginando como podiam sobreviver naquelas bandas – sombras que sobressaíam no lúgubre horizonte.

Os fiéis levantaram-se em uníssono, criando o efeito de veludo acariciado a contrapelo. Voltaram a curvar-se. O vento fustigava com mais força que de costume. As túnicas serpeavam, ainda muito brancas, resistindo à investida da escuridão.

– Vai chover – disse Camille uns degraus acima de mim.
– Assim parece.
– Não deveria chover.
– Por quê?

Camille movia a cabeça para frente e para trás, para frente e para trás. Tinha um dos seus costumeiros surtos de filosofia barata. Voltei a subir as escadas. Um garçom mexia no rádio dos chineses, vigiado por eles. As emissoras zuniam, cortadas pelas interferências, soltando de um chiado ininteligível a um ganido insistente que solapava a oração, ecos siderais que faziam pensar em galáxias e baleias.

– Estamos ficando fora de alcance – disse o garçom, aumentando o som para impor-se à ladainha. – Dentro de mais uns dias, provavelmente não vamos captar mais coisa alguma. De qualquer maneira, posso arrumar-lhes umas fitas...

– Muito amável de sua parte – respondeu Han Tsu, traduzindo de pronto a oferta aos seus colegas. Os três assentiram baixando reverentemente a cabeça.

Depois da oração, os passageiros acomodaram-se, como de costume, à espera do jantar. A nossa mesa era redonda e, além de Norton, que se sentava à minha direita, hospedava Osman, a sua esposa Rasha, Camille, Leila e o chefe das máquinas de *La Nave*, Khalid, um homem na casa dos sessenta, com o rosto tão encarquilhado quanto o da bióloga, mas menos agressivo.

– Seu pai nunca faz exceções? – disse Camille, dirigindo-se a Leila em inglês. – Será que algum dia ainda vai nos dar a honra de jantar conosco?

– O capitão não gosta de infringir as regras – respondeu a mocinha. E logo a seguir apertou os lábios carnudos, assumindo uma posição muito empertigada na cadeira. Dava para ver que na cabine de comando se sentia muito mais à vontade. O chefe das máquinas franziu o cenho. Não falava línguas estrangeiras. Eu não conseguia entender por que o capitão o obrigava a se sentar à nossa mesa. De toda a tripulação, era o único que frequentava o restaurante enquanto os seus doze companheiros se revezavam comendo na cozinha. Vários comensais haviam aventado a possibilidade de que fora enviado pelo capitão para que a menina se sentisse vigiada, mas livre para dizer à vontade coisas "modernas", fazendo aquele tipo de comentários que, se entendidos, poderiam incomodar bastante Khalid, um marujo rigidamente muçulmano que obrigava as filhas a usar o véu.

Conforme as nossas especulações, o comandante queria que Leila se acostumasse com alguns costumes estrangeiros, sem no entanto esquecer o peso das suas raízes, uma manobra que, no nosso entender, fazia dele um requintado educador. Diante disso, quando Khalid ouvia Leila e pedia que eu lhe traduzisse as palavras baixinho, várias pessoas do grupo já me haviam repetidamente pedido que modificasse algumas ideias, ou até frases inteiras, para não comprometer a jovenzinha, uma vez que nos primeiros dias Khalid havia em várias ocasiões ralhado com ela. Quando Leila se deu conta da minha cumplicidade, chegou a dedicar-me alguns dos seus raros sorrisos. De qualquer maneira, aquela frase não precisou de manipulações.

– *Any, any exception* – asseverou Khalid, alisando o queixo, todo orgulhoso por ter entendido aquelas palavras inglesas. E logo acrescentou em árabe: – Como de costume, o capitão aparecerá na hora do chá. Manter a ordem é fundamental.

Traduzi textualmente enquanto ele balançava a cabeça para confirmar.

— Vamos ver que lorotas você vai contar para a gente agora — disse Camille em francês. — A esta altura todos confiam no que diz.

No começo, até que eu chegara a achar graça nas alfinetadas de Camille, mas agora, de tão repetitivas, elas já estavam solapando a minha resistência, e, se antes respondia com uma piada ou uma careta, agora decidira simplesmente ignorá-las.

— Wad foi um verdadeiro exemplo de disciplina — disse Osman, em inglês, apontando discretamente para o negro que, debruçado em cima do prato, jantava numa mesa a cinco ou seis metros de distância.

— Não acham um tanto incongruente mesclar estas bandejas nojentas com toalhas tão finas? — murmurou Norton, acariciando as rendas com a ponta dos dedos.

— Pode ser, mas dizem que Wad era um verdadeiro algoz — comentou Camille, observando o negro que engolia colheradas de purê de batata. A conversa continuava em inglês, de forma que eu traduzia em árabe para Rasha e Khalid. Quando algum deles dizia alguma coisa, então eu traduzia para o inglês. — Um assassino para ninguém botar defeito — prosseguiu a francesa. — Quem teve a brilhante ideia de colocá-lo neste navio? A presença dele não garante certamente uma viagem tranquila.

— Senhorita Camille — disse Osman —, trata-se de um líder, de um homem que representou muita coisa para os seus, e com toda a razão. Não nego que tenha cometido algumas barbaridades, mas acontece que esse homem é um soldado... e estava lutando... na guerra. Talvez você ainda não tenha uma ideia muito clara do significado da palavra guerra. Eu estava lá, senhorita.

Osman repetia "senhorita" sabendo que assim ofendia Camille. O ministro levantou-se e arregaçou a *galabiya* deixando à mostra, logo acima do quadril, o que parecia ser uma série de mordidas. Ao lado das cicatrizes, sobravam-lhe vários quilos de carne.

— Mas que umbigo mais feio que o senhor tem, Osman — disse Camille, tapando histrionicamente os olhos com a prótese.

Entre os presentes, vários tiveram de esforçar-se para não rir. Só eu tinha compreendido as suas palavras, mas o gesto havia sido tão eloquente que não precisava de explicações. O político baixou a túnica e voltou a se sentar. A esposa foi segurar sua mão, mas ele logo a afastou.

— A senhorita menospreza com demasiada facilidade os soldados — disse Osman —, não quer entender quão necessários eles são. Até que ponto considera idiota manter algo tão indispensável?

— Percebe-se facilmente que hoje está particularmente brilhante. Dá para ver logo que o senhor é um superdotado. Pois é, isto mesmo — disse Camille, lembrando que duas noites antes, naquela mesma mesa, Rasha proclamara que o quociente de inteligência do marido era de 174. "Muito acima da média. Era o mais esperto da turma." Disse isso daquele jeito meio confuso e impreciso, como se costumam contar estas coisas, entre o acanhamento e o desejo de revelar um segredo, apesar de poder parecer uma impertinência.

O ministro estalou a língua e forçou a boca numa careta difícil de desentranhar.

A mesa estava perto do corredor de bombordo, e do outro lado da janela dava para ver uma sentinela que fazia a sua ronda. No total, havia seis guardas encarregados de vigiar *La Nave*. Levavam a cabo o serviço aos pares, alternando-se em três turnos. A guerra tinha acabado, é verdade, mas era lógico esperar um mínimo de precaução, ainda mais levando-se em conta a mescla de chefetes tribais e de ex-guerrilheiros que até pouco antes haviam sido adversários.

Rasha não entendera as palavras do marido, mas era evidente que estava excitada. Sem levantar os olhos do prato, sussurrou que não estava aborrecida.

— Andam dizendo que esse homem — Camille acenou com a cabeça para Wad, que limpava a boca com o dorso da mão — matou mais de trezentas pessoas. Com suas próprias mãos. Acha mesmo necessária a presença de um homem desses?

Osman espetou um pedaço de salsicha. Levou-o à boca e começou a mastigar.

– Senhorita Camille – tinha recuperado a calma –, não me parece possível que, a esta altura dos acontecimentos, ainda mantenhamos uma conversa como esta. Acho que ao longo da história ficou clara a inevitabilidade da guerra. É uma espécie de condição natural do homem. Diante disso, não se trata de passar o tempo choramingando em busca de utopias, em busca de um mundo hipotético, como deveria ser, mas sim de enfrentar o mundo como ele realmente é, minha cara senhorita. E, para fazermos isso, precisamos encontrar os homens capazes de resolver o problema da melhor forma possível.

Osman cortou mais um pedaço de salsicha e devorou-o de um só bocado. O chefe das máquinas sorvia ruidosamente a sua sopa, olhando alternadamente ora para a colher, ora para o ministro. Todos os outros comiam em silêncio.

– O que mais continua a abismar-me – disse Camille – é que até uns poucos meses atrás esse animal era o seu pior inimigo. Seu inimigo, Osman. Pode ser que tenha até esquartejado pessoas que o senhor conhecia. Ninguém se espantaria se, ao topar com ele, o senhor o tivesse pelo menos cortado em pedaços e comido com molho e tudo o mais. E agora aqui está ele, conosco, e ainda o bajulamos. Isso mesmo! Talvez fosse melhor chamar um médico, pois acho que o senhor não bate bem – Camille virou-se para mim. – Conte para ela – disse-me tocando em Rasha com a prótese metálica. A mulher afastou o braço na mesma hora. – Diga-lhe que leve o marido para um manicômio, é disso que ele precisa.

Traduzi.

– O que é um manicômio? – perguntou Leila.

– A senhorita Camille é perita no assunto – respondeu Osman.

– Pergunte a ela. – Camille pegou umas ervilhas com os dedos de metal e deixou-as cair na sopa translúcida.

A ficha de Camille Bonnemaison salienta que *em 1968 ficou internada por três meses num hospital psiquiátrico devido a uma depressão aguda. Não parava de chorar.* O que o informe não conta, e que só mais tarde seria divulgado pelos biógrafos, é que naquela época Camille morava sozinha num apartamento em Paris. Já estava metida havia quase uma década num debate interno iniciado durante o terceiro ano de faculdade quando, depois de várias experiências valiosas e de três namorados, descobriu-se saindo do laboratório universitário com a amiga Amande e de calcinha molhada.

Para livrar-se da confusão e do crescente desejo que sentia pela amiga, Camille dedicou-se ainda mais apaixonadamente ao estudo, que só interrompia por alguns minutos para masturbar-se. Antes mesmo de completar vinte e oito anos, chegou a hora do seu precoce coroamento como bióloga de grande sucesso, com homenagens e conferências, quando então "meti-me num congresso em Estocolmo – faria esta declaração aos seus biógrafos vários anos depois da viagem ao Sudd –, conheci uma recepcionista deslumbrante e, pela primeira vez, acabei indo para a cama com uma mulher. E não posso negar que gostei. O congresso durou três dias e dormimos todas as noites juntas. Acontece, no entanto, que lá estou eu no avião de volta, viro para o lado e acho o meu companheiro de viagem extremamente comível: o conhecido calor entre as pernas, molhei-me toda. E então pensei: que diabo está acontecendo com você, Camille? Que merda é esta que está havendo com a sua cabeça?".

O que nem Camille nem a sua ficha revelam, no entanto, é que em 1967 aquela filha de pais fervorosamente católicos nem de longe se atrevia a usar expressões tais como "extremamente comível" ou "que merda está acontecendo".

– Era uma jovem empertigada e estudiosa que ficou desnorteada ao descobrir a sua elasticidade sexual – declarou o psicólogo que a tratou no manicômio. – Lembro que soluçava o tempo todo, repetindo "Meu Deus, perdoe-me. Oh Deus, perdão, perdão, perdão". Não dizia outra coisa e chorava.

Ao voltar de Estocolmo, assustada com a sua bissexualidade, Camille chegou à conclusão de que estava encrencada.

— Vai ver que se devia à minha desmedida ambição, este desejo de querer tudo. Precisava reavaliar-me.

Até então, para resolver os seus problemas, sempre recorrera à mais rígida disciplina, de forma que considerou atentamente as suas prioridades e decidiu descartar o que, afinal de contas, considerou acessório, e então jogou o sexo para escanteio.

— Achei que, em primeiro lugar, vinha o fato de eu ser bióloga.

Infligiu-se uma espécie de celibato justamente naquele período de explosão hormonal e, como a situação lhe parecia ao mesmo tempo um tanto sórdida e vergonhosa, preferiu não comentá-la com ninguém, aceitando a sua dinâmica e fechando-se numa bolha tão antinatural, solitária e hermética que a deixou completamente alienada.

— Passei uns meses vivendo como um animal.

Depois de uma série de telefonemas inquietantes, a irmã gêmea Marie saiu da concentração da sua equipe de basquete em Villeurbanne e bateu à porta do apartamento de Camille. Quatro dias depois a pesquisadora era internada no manicômio.

Na ponte de *La Nave* ouviu-se o toque de uma sirene. Lá fora, o soldado de vigia olhou para o céu e levantou a gola do uniforme.

Wad limpou os lábios com o dorso da mão.

— Este homem é um verdadeiro tanque — disse Khalid, que já tinha acabado de jantar, deduzindo por nossas atitudes que ainda devíamos estar falando de Wad. — Conta-se muita coisa acerca dele. Certo dia disse que ia esquecer a guerra e começou a caçar cães selvagens. Era pago para fazer isso. Os cães selvagens atacam os rebanhos. Não prestam. Wad mantinha-os sob controle.

— Monte de banha — resmungou Camille em francês, aludindo a Osman sem olhar para ele, enquanto eu traduzia as palavras de Khalid. — Maldito monte de banha.

A chuva fustigava ruidosamente o navio. Continuamos a falar a respeito de Wad contando histórias mais ou menos estrambóticas e levantando a voz à medida que os chineses aumentavam o volume do seu rádio.

Depois do jantar pedimos o café, sendo o meu sem açúcar e aromatizado com grãos de pimenta do reino. Osman fungou umas duas pitadas de rapé enquanto os fumantes acendiam seus cigarros. Camille enrolou um cigarro usando apenas a mão boa e logo a seguir esticou o braço oferecendo o envelope com a mescla de tabacos a Leila, que olhou para Kalil. O chefe das máquinas franziu os lábios e a jovem recusou a oferta.

Os chás ainda não haviam sido servidos quando apareceram Hisham e Gerrard. O capitão enfiou uma cadeira entre a filha e Khalid, tirou do bolso um envelope de fumo e pediu um chá. Khalid entregou o seu assento ao jornalista e se mandou. Gerrard também estava fumando. Uma nuvem de fumaça formou-se à nossa volta.

– Mas afinal, Camille, você não era uma ecologista? – comentou Norton, sarcástico.

– Já lhe disse mil vezes que são folhas picadas – traduzi enquanto a francesa resmungava. – Pi-ca-das, re-cor-ta-das. Folhas de verdade, e não essa porcaria cheia de alcatrão, seu débil mental.

Preferi omitir o "débil mental".

– E, quanto a você, não banque o espertinho ao levar na conversa esta turma de infelizes – acrescentou Camille, virando-se para mim, enquanto em outros cantos da mesa se formavam conversas autônomas.

– O que foi que ela disse? – perguntou Norton.

– Nada. Estava falando comigo.

– Eu sei, mas o que disse?

– Você não passa de um papagaio – continuou a francesa, sorrindo. Deu uma tragada no cigarro. – Sempre repetindo, repetindo, repetindo. Será que algum dia vai dizer alguma coisa por si mesmo? Hem? Será que tem alguma coisa na cabeça?

Embora Gerrard entendesse a nossa conversa, achou melhor não se meter. Não enredar-se em disputas alheias era uma norma que ele cumpria à risca havia muitos anos, e por isso mesmo continuava vivo após inúmeras reportagens que o marcaram com algumas cicatrizes e um caráter entre despojado e satisfeito. Gerrard revirava nas mãos a pequena bússola de prata toda amassada que usava como talismã.

— Gosta de viajar? — perguntou à mocinha.

Leila franziu os lábios, respirou fundo.

— Estou sempre viajando — respondeu olhando para o pai. — Não é nada mal, até que gosto.

Eu continuava traduzindo para quem me pedisse.

— Mas que maravilha, minha querida — Camille disse em inglês, batendo as pálpebras de forma afetadamente romântica —, viajando o tempo todo.

— Já fazia muito tempo que não tinha a impressão de viajar — disse Norton. — Quer dizer, de passar horas a fio só reparando na lenta mudança da paisagem em volta. Para dizer a verdade, não é que a coisa me deixe lá muito à vontade... Este negócio de ficar dias e mais dias confinado... não, francamente não combina comigo. Gosto mesmo é de avião, esse verdadeiro presente dos tempos modernos. Só quero chegar o mais rápido possível à Cidade.

— Quanto a mim, gosto muito de viajar. Acho que é quando me sinto melhor — disse Gerrard.

— O senhor não sabe o que é viajar — respondeu Norton. — Passa a vida pulando de um lugar para outro e acabou perdendo a perspectiva. Assim como eu. Só as pessoas que vivem num apartamento o ano inteiro, ou mesmo numa casa com jardim, mas indo e voltando do trabalho todo dia à mesma hora... só elas sabem de fato o que é uma viagem. E querem saber o que pensam a respeito? Acham que tudo isso não passa de fugas com que tentamos esquecer o que realmente importa.

— Está querendo dizer que as fotos de Gerrard não têm importância, que não são coisas sérias? — perguntou Camille dengosa, em inglês.

— Pode passar o açúcar? — disse Norton. Empurrei para ele o açucareiro de plástico. Pôs duas colheres no chá, ignorando a francesa. Gerrard entreabriu os lábios, mas preferiu calar-se.

O ambiente dentro de *La Nave* era este, tão tenso quanto naqueles programas da televisão em que confinam durante meses no mesmo local um punhado de desconhecidos de caráter antagônico. Camille engoliu dois tranquilizantes junto com o chá e sumiu num limbo que a manteve alheia aos relatos que o capitão Hisham começara a fazer depois de ouvir mais alguns comentários acerca de Wad.

– Cada um de nós traz consigo o seu passado – disse o comandante. Hisham havia sido marinheiro, chegara a ser contramestre, navegando durante décadas pelos oceanos. Até aparecerem os problemas de vista. "Perdi os olhos." No seu entender, devido às longas horas passadas lendo no camarote, a sua outra grande paixão. Voltara ao rio para aposentar-se, disposto a esquecer-se em suas águas calmas. De qualquer forma, a ausência das inesperadas surpresas do mar animara-o a aceitar o comando do *Trópico*, o único navio de passageiros que durante a guerra cruzara com alguma regularidade o pantanal do Sudd.

Como a maioria dos navios do país, o *Trópico* fora construído em meados do século XX, passando a fazer parte da frota nacional após ter sido cedido por um governo estrangeiro. Seus motores cansados, depois dos anos dourados, e aquela missão singular de ser o único meio de transporte encarregado de conectar de forma periódica o norte e o sul haviam feito com que Hisham se apegasse ao navio de uma forma que nunca acontecera antes com qualquer outra coisa, ou pessoa, na sua vida.

Durante aqueles anos no rio, o capitão aprendera que as margens e os contornos dos lagos podiam ser perigosos, uma vez que era ali que as patrulhas itinerantes costumavam refrescar-se.

Por isso, e pela marola provocada pelas margens, o capitão procurava navegar o mais possível no meio do rio, passando a todo vapor pelos trechos mais apertados e propícios a emboscadas. E foi num desses corredores de alta velocidade, atordoado pelos temores que amiúde lhe obscureciam a mente, e quem sabe devido à flagrante miopia evidenciada pelos óculos de lentes grossas, agora presos em volta do pescoço por uma fita elástica, que ele perdeu o rumo e acabou se chocando com as pedras.

O *Trópico* não foi a pique, mas ficou emborcado, apodrecendo à mercê da intempérie durante dezenove meses. Hisham fez questão de contar. Dezenove. Ninguém morreu, e os seus chefes redimensionaram a catástrofe, mas o desastre traumatizou o capitão, que ficou obcecado com a ideia de voltar ao rio. Conseguiu ser indicado para o comando do novo navio, uma relíquia da Segunda Guerra Mundial gentilmente oferecida pelo governo britânico, e que recebeu um novo nome: *La Nave*. De qualquer forma, Hisham nunca se recuperou do infortúnio, que lhe valeu a alcunha de O Afundador.

– Cada um traz consigo o seu passado – dissera o capitão. – Não vejo por que deveríamos considerar Wad um mau sujeito.

– Capitão, o senhor realmente acredita que alguém com antecedentes como os de Wad possa de fato regenerar-se? – perguntou Gerrard.

– E o que é que você sabe dos seus antecedentes? – exclamou Camille.

Gerrard atormentava com o polegar a sua aliança de casamento.

– Já faz um bom tempo que vive em paz – respondeu o capitão.

– E está tomando conta daquela mulher. Não há motivos para não acreditarmos que continue assim.

– Vamos lá, repórter, conte-nos do passado de Wad – insistiu Camille.

O jornalista pigarreou. As veias das suas têmporas pulsavam. Suas bochechas estavam tão coradas que as sardas sobressaíam ainda mais. Pegou uma esferográfica e começou a traçar linhas aparentemente sem sentido num caderninho de notas.

– Bem, não podemos negar que fez algumas coisas não muito recomendáveis, mas afinal de contas é um guerrilheiro, e já sabem o que isso significa por aqui.

– Por aqui? – disse Osman. – Está querendo dizer que em outra guerra seria diferente?

– Digamos que no nosso caso o pessoal conseguiu caprichar mais – replicou Gerrard, parando com a esferográfica a poucos centímetros do caderninho.

– Mas isso não quer dizer que Wad seja incapaz de viver em sociedade – disse o capitão.

– Acredita realmente que alguém que chacinou centenas de pessoas possa sentar-se tranquilamente no boteco da esquina sem ter vontade, de uma hora para a outra, de começar a cortar gargantas? – perguntou Camille.

– As pessoas mudam.

– Seja como for – disse Osman –, Wad é o tipo de homem que inspira segurança. Melhor tê-lo no nosso navio do que no dos vizinhos.

Wad estava limpando as unhas com o garfo. Gerrard roçou a cabeça e, não fosse pelo ruído do aguaceiro, poderíamos ter ouvido a fricção de seus dedos no couro cabeludo, pois todo o mundo, na mesa, ficara calado.

– Um dilúvio e tanto – disse Rasha em árabe.

– Não é nada bom que chova deste jeito – disse Camille em francês.

La Nave avançava balouçando, sacudida por uma correnteza cada vez mais impetuosa.

Ouviam-se as batidas de roldanas soltas. Assim como o *Trópico*, *La Nave* também pertencia ao venerando lote de navios saídos dos estaleiros ingleses. Era uma embarcação de proa e popa chatas, de amuradas descascadas pela oxidação apesar de ter recebido, antes de zarpar e especialmente para a ocasião, uma mão de pintura que amenizava o seu aspecto vetusto. Historicamente, *La Nave* estava cobrindo a rota Norte-Sul assim como muitos outros velhos vapores antes dela, e por isso, apesar de contar com um motor que queimava óleo diesel, todos continuavam a chamá-la "vapor".

De forma geral, *La Nave* transportava umas duzentas pessoas amontoadas, embora a Companhia tivesse estipulado para aquela viagem simbólica um número máximo de cento e dez passageiros. Tinha saído levando no porão mantimentos para vinte dias, planejando comprar mais comida ao longo do caminho. Além disso, contava com um gerador elétrico que, à noite, não deixava o convés ficar completamente às escuras, e ao qual os usuários de celulares recorriam para recarregar as baterias.

Como acontecia todas as noites, às dez em ponto as luzes do navio se apagaram. Os passageiros do Nível Superior já tinham voltado às suas cabines. No restaurante, os garçons dobravam e guardavam as mesas iluminadas por lâmpadas de querosene. Na ponte, esvaecida pelo dilúvio, via-se brilhar a luz mortiça de uma lanterna de localização. Eu não estava com sono e desci para o bar, onde Norton ainda devia estar procurando alguma diversão.

– Se continuar deste jeito, amanhã não vou poder malhar – disse quando me viu. Estava fumando apoiado ao balcão, sozinho, nos reflexos da chama exangue de um lume. – E você nem pode imaginar como fico chateado quando não posso me exercitar...

A chuva ricocheteava surda, encobrindo o barulho das mesas onde ainda alguém jogava cartas. Camille estava entregue a um jogo de paciência, dando lentos goles numa xícara de chá. O estrondo da chuva produzia o som absoluto e assustador do estouro de uma boiada. Era fácil imaginar que o leito do rio se expandia, que as águas se espalhavam criando algo parecido com o mar. Era fácil imaginar que o curso se agigantava com a autonomia de um ser vivo.

Norton desdobrara dois mapas em cima do balcão do bar. A Carta Náutica do Almirantado Inglês estava aberta na seção da África Central que estávamos atravessando, mas não fornecia dados precisos.

– Os melhores mapas do mundo, não é verdade? Mas veja só que porcaria! Esse pessoal só se interessa mesmo pelos mares – disse Norton colocando em cima da Carta o mapa menor, mas muito mais detalhado; tinha-o comprado num aeroporto africano. – Não lhe parece um tanto antinatural que corra para o norte?

Como muitos dos seus antepassados, como inúmeros geógrafos antigos, Norton achava que o curso lógico do rio deveria ser rumo ao sul, conforme os exploradores ocidentais esperavam. É o sentido típico da nossa civilização. Primeiro o norte, e só depois o sul.

Mesmo hoje, o fato de um rio correr para o norte soa demais como um paradoxo e, em certas ocasiões, pode até provocar mal-entendidos. Pelo que dizem os mapas, o rio se opunha à gravitação universal. Era uma força desconhecida. Subversiva. Misteriosa.

– Péssimo, péssimo, péssimo – disse Norton, batendo freneticamente com o dedo na superfície alagadiça que aparecia no mapa, onde caiu uma grande gota de sangue.

– Merda! – gaguejou endireitando-se. Imaginei que abusara de novo do pó branco da coca. O barman ofereceu-lhe na mesma hora um pano todo manchado. Norton deu uma olhada no pano e encostou-o nas fuças gotejantes. – Não consigo me acostumar com esta porra de clima – disse de cabeça virada para trás.

– Pois é, deve ser o clima – disse Camille do seu assento, sem levantar os olhos. Deixou cair uma carta na mesa.

A sentinela continuava de vigia do lado de fora. As gotas respingavam com força na sua capa de chuva.

– Continua procurando pelo cabeçudo? – perguntou o capitão. Norton estava examinando o horizonte com o binóculo, cantarolando a melodia do celular que usava para falar com o filho.

– Não. Vou esperar até entrarmos no Sudd.

Estavam no meio de mais uma manhã atípica, pois o dia surgira cinzento e, apesar de não estar fazendo propriamente frio, muitos vestiam mangas compridas. Segundo os cálculos, só faltavam mais umas poucas horas para chegarmos ao pantanal.

– Nem vai reparar – comentou o capitão. – Não há coisa alguma que o anuncie. No começo, as margens vão se afastando pouco a pouco, só parece um trecho mais largo do rio. Eu mesmo já me enganei várias vezes no passado, achando que já estava no pantanal, para então descobrir que o rio voltava a fechar-se. As medidas não são as mesmas por aqui. Mas a certa altura você se dá conta de estar lá dentro, é só esperar.

— Ahhh, vão me matar! — gritou Leila ao lado do pai, manejando apressadamente o videogame. Suas mãos estavam cheias de arabescos pintados com hena.

— Pare de dizer besteira — respondeu o capitão. Não gostava nem um pouco daquela mania de Leila ("Está ficando viciada. Você precisa livrar-se dessa dependência"), mas nunca tentou de fato arrancar de suas mãos o apetrecho, e tampouco a pressionou a prescindir dele.

O capitão observava a correnteza que fluía com mais detritos que de costume. Os galhos e os amontoados de folhagem passavam roçando no casco de *La Nave* e alguns acúmulos mais avantajados se partiam ao chocar-se com a proa. O rio possuía uma densidade quase lamacenta sobre a qual, vez por outra, flutuava o cadáver de alguma perca de tamanho descomunal cujas escamas naquele dia certamente não brilhavam.

A tênue luminosidade infundiu em mim raro vigor. Percebia os pulmões bombeando com força, desanuviando por completo minha cabeça. Tinha vontade de respirar fundo, e era justamente o que eu fazia. A brisa tonificante dava mais alento a qualquer ação, o corpo parecia mais leve, tinha vontade de mexer-me. Perambulei por várias dependências, entrei até na sala das máquinas, onde três adolescentes com proteção nos ouvidos se comunicavam por sinais no meio do estrondo das turbinas e das válvulas.

Apoiei-me no parapeito da popa que marcava o fim do navio, perdido entre o rugido dos motores e os turbulentos remoinhos de águas espumosas que deixávamos para trás. Deixava os pensamentos à solta olhando para um lugar qualquer, e, quando a certa altura decidi entender o que estava vendo, avistei umas margens já longínquas demais. As raras árvores que apareciam ao longe começavam a ficar dificilmente distinguíveis. A costa tornara-se apenas uma franja acinzentada que só ficava um milímetro acima da extensão negra da água.

De repente avistei outra embarcação. Bem longe de *La Nave*, deslizando rio abaixo, na direção contrária da nossa. Forcei a vista para identificar a silhueta, inquieto por encontrar aquela embarcação inesperada no meio de tamanha solidão. Era uma embarcação de fundo chato, que mal se erguia acima da água, talvez uma daquelas barcaças a motor que os indígenas usavam para transportar mercadorias e passageiros. Mas seria mesmo? Levando-se em conta a altura, devia dar para ver os tripulantes de pé atarefados com as manobras.

Pisquei, atônito.

Os olhos experimentaram o frescor das membranas úmidas, e a íris voltou a focalizar alcançando uma nova definição alguns metros mais longe, o bastante para averiguar que, em lugar da presumida embarcação, o que sulcava o outro lado do rio era uma ilha. Uma dessas formações que surgiam devido ao acúmulo de moitas e galhos arrancados da costa, junto com outros organismos, e que por sua vez arrastavam consigo qualquer outro detrito, chegando às vezes a formar ilhotas de tamanho colossal.

Era uma ilha flutuante.

Já tinha visto outras menores, pois não era raro encontrá-las no rio, mas nunca tivera nenhuma dificuldade em identificá-las pelo que realmente eram, de forma que o reconhecimento da distância que corria entre aquela gigantesca formação de detritos vegetais e o nosso navio bastou para eu entender que *La Nave* havia entrado no Sudd.

Subi ao convés do andar de cima, onde algumas mulheres cantarolavam músicas de ninar. A correnteza movia-se devagar. Tive a impressão de que estávamos sozinhos na água. Animou-me o fato de ter pensado isso no plural. As depressões fluviais provocavam o acúmulo de plantas flutuantes que, formando amontoados de ramagem e terra, encobriam às vezes o horizonte e criavam uma oprimente atmosfera de vale.

– Já fiz barcos com isso – disse um homem, apontando para uma espessa maranha de *ambath*. – Flutua que é uma beleza, quase tão bem quanto cortiça.

Ninguém parecia particularmente interessado na paisagem, de forma que continuei subindo as escadas até o castelo de proa.

– Tudo indica que afinal chegamos lá – disse Norton, mascando chiclete.

Da atalaia podia ver o caos. Um mundo incerto. A margem continuava a uns duzentos metros de distância a estibordo, mas a bombordo se espraiava uma superfície aparentemente sem fim onde centenas de ilhas de todos os tamanhos circulavam à deriva na água, como satélites no espaço, como estrelas e planetas, partículas de uma galáxia desconhecida e tão desoladamente anarquista que só podia cativar. Até onde chegava o domínio da água? Aquelas ilhas poderiam ser consideradas "terra"? O tempo degradara os detritos e as moitas que se empilhavam nas camadas superiores até reduzi-los à condição de poeira ou farelo, formando uma capa superficial que encobria a colcha de raízes e lhe dava uma aparência sólida.

Também havia numerosas ilhotas estáticas, conjuntos vegetais provavelmente arraigados ao fundo do lamaçal, que haviam criado espaço para viçosos canaviais e plantas de notável envergadura. Grandes nenúfares azuis e amarelos alcatifavam longos trechos do rio como que para não marcar onde se encontrava o fim.

Dizem que o Sudd se formou ao longo de imemoriais milênios devido à falta de margens. A correnteza caudalosa do rio espalhouse pela planície, e o resultado da inundação era aquele universo de lagos e canais tortuosos determinados pelas ilhas flutuantes que, ao mudarem contínua e naturalmente de posição, transformavam o pantanal num labirinto móvel.

O Sudd é tão grande quanto muitos países europeus de tamanho médio, com a diferença de constituir um reino sem limites fixos, um reino de fronteiras movediças. Os geógrafos não têm como marcar seus confins e, quando conseguem, são forçados a modificá-los continuamente. Se alguém tivesse tido o trabalho de estabelecer o tamanho do Sudd dois dias antes, teria de corrigir os dados naquela mesma manhã depois da chuvarada noturna. Pois o pantanal cresce e definha, dilata-se e contrai-se num pulsar irresistível que leva a pensar na existência real de um coração no meio do continente africano.

Ao longo dos séculos, esse matagal surgido das águas pareceu resistir a qualquer embarcação. Ninguém jamais contabilizou os homens e os animais que ali pereceram. Um austríaco atravessou-o há pouco mais de um século, e alguns anos depois engenheiros militares ingleses abriram com dinamite um corredor para a navegação fluvial. Mesmo depois da abertura da passagem, no entanto, continuaram aparecendo terríveis relatos sobre embarcações extraviadas no magma. A evolução tecnológica dos navios, com sua nova aparelhagem, havia tornado risíveis os lendários perigos, mas eles haviam sido substituídos por outros, instaurando a época em que o homem se tornou mais temível do que a própria natureza. Foi então que surgiu a lenda dos Ahlan, uma tribo de foragidos que morava naqueles meandros.

O capitão procurava não se afastar da margem, pois achava que dessa forma nenhum obstáculo interromperia o nosso avanço, levando-nos ao coração do lamaçal.

– Gostaria de cumprir os prazos. Ficar dando voltas pelas ilhas poderia nos atrasar bastante – disse Hisham.

Pelo restante do dia, remontamos a correnteza a velocidade satisfatória. Lá pelas sete e meia lançamos âncora a uns vinte metros de terra firme. As nuvens continuavam baixas, impedindo a visão do firmamento, de forma que só podíamos ver umas poucas estrelas. Jantamos na mesa de sempre. O capitão e Gerrard substituíram Khalid na hora do chá e trocamos impressões sobre o espetáculo natural que havíamos presenciado naquelas últimas horas. Houve menos alfinetadas do que de costume, e até Camille contou umas duas ou três histórias divertidas que nos fizeram rir. A chuva parou.

Talvez devido ao frescor das nuvens, ou quem sabe do vento que uivou a noite toda, os insetos não incomodaram demais. Fui despertado, ao alvorecer, pelo canto de pássaros próximos e pela respiração profunda de Norton. Através da tênue cortina que encobria o vidro redondo da escotilha, infiltrava-se a primeira luz do dia, destacando os objetos do camarote. O gorro do Newcastle F. C. de Norton na mesinha de cabeceira, ao lado dos binóculos, o discman e o cesto onde misturávamos as pilhas novas e as usadas. Quatro sapatos espalhados no chão. Na cabeceira da minha cama, uma enciclopédia chinesa de bolso encimava os dois romances de aventura escolhidos para a viagem.

A minha cama era a mais próxima da escotilha que projetava na parede uma pequena rodela de luz ainda mortiça e trêmula, logo acima do ombro encolhido de Norton. Como um sol de meia-noite. Micro-organismos flutuavam no espaço cortado pelo feixe, partículas elementares. O armário aos nossos pés parecia uma grande mancha, ou um robusto animal. Dava para reparar no suave balouçar do navio.

Vesti-me para aproveitar na maior solidão possível o amanhecer naquela desmedida charneca. Quase fazia frio, de forma que me protegi com uma camisa e subi ao convés da proa. O pântano mantinha-se invisível atrás da neblina. Os vapores matinais proporcionavam um desfile de fantasmas e de silhuetas fugazes. Eu avançava cortando a umidade e deixando patente a minha passagem, um rastro que só permanecia por alguns segundos, logo apagado por novas ondas de névoa.

La Nave balançava suave, devidamente ancorada. O capitão estava fumando no passadiço, acompanhado por um dos seus homens. Vez por outra, da neblina, chegava um grunhido ou uma espécie de grito que fazia pensar em macacos. A azáfama de insetos, pássaros, répteis e, principalmente, água continuava sendo, no entanto, mais uma sugestão do que algo constatável. Nem sequer conseguia enxergar o rio aos meus pés. Nenhuma coisa visível confirmava a existência de vida animal ao meu redor, o que tornava ainda mais incerta a minha impressão de companhia. Nada como a alvorada no pântano para nos sentirmos incapazes de qualquer tipo de certeza. Pude ouvir o som de ondas murchas arrebentando na quilha. As primeiras brechas no muro intangível anunciaram a presença, a uns dez metros de distância, de um pequeno amontoado flutuante. Não aparentava ser um obstáculo significativo, não devia ter mais de seis metros de comprimento, mas sua solidez era formidável. O musgo espalhava-se pela sua base, e alguns núcleos de vegetação se haviam agrupado em compactas protuberâncias arborícolas que deixavam entrever pequenos troncos. Quanto tempo teria levado à deriva aquela ilhota para chegar a produzir toda aquela vida?

A ilhota continuou devagar pelo seu caminho, perdendo-se entre os vapores. Ouviu-se uma gritaria e o rumor de um tumulto selvagem em algum lugar do lamaçal. A neblina começava a evaporar-se nos raios do sol, da mesma forma rápida de quando abrimos a porta do chuveiro depois de uma ducha invernal. Milhões de insetos em volta. Os vapores subiram mais alguns metros e se desfizeram de forma definitiva, desvendando os domínios do pantanal. E as águas mansas. E a mata exuberante da margem ocidental. O sol começara o seu reinado.

– Como pôde acontecer uma coisa dessas? Mais de vinte anos de guerra – disse o capitão, em inglês, do seu trono diante da roda do leme, ignorando o canudo de cinza que estava a ponto de quebrar-se no meio do cigarro. Eu escutava da entrada. Norton e três chineses praticavam *tai chi* no convés de estibordo.

– As coisas são assim mesmo – comentou Camille. Estava sentada numa poltrona muito baixa do convés, de forma que esticava a pescoço para ver o rosto de Hisham. – Não seja derrotista. Um dia você se levanta e diz "Até que a vida aqui é muito boa". No dia seguinte diz "Não é nada fácil viver aqui". Tem de estar preparado, tem de se conformar. Afinal de contas, as guerras nunca vão acabar. O que Osman disse outro dia está certo, temos de estar preparados para a guerra. Não achava que você fosse um desses chorões.

Norton e os chineses formavam uma fileira, equilibrando-se numa perna só enquanto dobravam a outra até formar ângulos retos.

— Dizer isso é fácil para a senhora.

— Deixe disso, amigo. Seja otimista, leve na esportiva. Olhe para mim, veja como me mantenho bonita e em forma, justamente por não levar as coisas demasiadamente a sério.

O capitão, que até então mantivera os olhos fixos na água, virou-se para ela. No ombro da francesa estava pendurada uma mochila de onde sobressaíam os canos e as gazuas que usava em suas pesquisas.

— Que idade me dariam? — perguntou Camille.

A pergunta dirigia-se a Leila e a mim também. A garota estava curva em cima do painel de controle, diante das sobras do chá com biscoitos para o qual o capitão me convidara a fim de compartilhar o alvorecer com ele. *La Nave* continuava seguindo para o Sul sob um céu riscado por esporádicas nuvens negras.

— Vamos lá, não sejam tímidos. Quantos anos?

Leila tirou o videogame de algum bolso interno da sua túnica e ligou-o.

Pensei em setenta.

— Cinquenta e seis?

— Foi o que calculei — disse Hisham.

Leila sorriu ao bater nas teclas do console. Camille macaqueou um aplauso com a mão de carne e osso e a prótese, e acabou dando uma gargalhada.

— Sessenta e quatro. O que me dizem? E tudo graças ao fato de não levar demasiadamente a sério as coisas da vida.

— Se fosse realmente verdade, não insistiria em falar francês com o senhor Norton — respondeu Hisham.

Camille soltou uns gorjeios, algo assim como Nogton, Nogton, Nogton. Fazia beicinho movendo a cabeça de um ombro para o outro, como o pêndulo de um relógio, toda vez que o mencionava. Nogton, Nogton, Nogton. Parecia um instrumento de cordas. Uma velhota mecânica. Achando a maior graça, respondeu:

— Ao contrário. Se falasse inglês com ele, passaríamos o dia inteiro batendo boca. Do meu jeito é muito melhor.

— Não tenha tanta certeza — intervim. — Norton é muito diplomático.

— Acredite, meu bom amigo: acabaria dando em briga.

O videogame emitiu o som do nível seguinte.

— Seria melhor você dar um tempo — disse o capitão a Leila.

Dispersas mas pesadas gotas de chuva bateram no vidro da ponte de comando. Camille estalou a língua.

— Se continuar deste jeito — disse ela —, tudo indica que o pantanal vai ficar maior ainda.

— Não se preocupe, dona Camille — disse Hisham. — Melhor para nós: quanto mais profundas as águas, menos probabilidades teremos de encalhar.

— Mas a chuva não é normal neste lugar do continente, menos ainda nesta época do ano, não é verdade, capitão?

Hisham curvou-se para frente segurando o aro dos óculos no nariz.

— Estamos tendo um ano bastante fora do comum — respondeu.

— Claro, e sabe por quê? Devido a Norton e ao seu pessoal, que não têm o menor respeito pela natureza. Só estão interessados em lucro e petróleo, só pensam em perfurar, perfurar, perfurar e bombear, bombear, bombear. O verdadeiro problema é este, está me entendendo? Vão tomar conta do planeta, acabando com tudo. E aí é que são elas, pois é um caminho sem volta. Nada pode ser mais sério do que isso.

— Na verdade — comentei —, ninguém sabe ao certo, nem até que ponto... Acontece que as mudanças climáticas são coisas periódicas.

– Periódicas! – Empertigando-se, Camille passou ao francês. Abriu a mochila e tirou uma proveta. Parara de chover. – É você quem diz, você que trabalha para eles. Será que não consegue ver as coisas com seus próprios olhos? Esse negócio de falar o tempo todo pela boca dos outros está amolecendo seu cérebro, meu jovem.
– O que disse? – perguntou o capitão.
– Diz que talvez seja melhor esperar para ver como vai evoluir a meteorologia – respondi em inglês. – Não deveríamos ficar tão preocupados com aquilo de que não temos certeza.
– Acha que sabe mesmo por que Norton veio para cá? – disse Camille da porta. – Não ficaria nem um pouco surpresa se você nem soubesse para quem trabalha.

A missão de Norton consistia em concretizar a permissão de extração de vários milhões de barris de petróleo para as reservas energéticas dos Estados Unidos às custas, pela primeira vez em décadas, dos chineses. Chegar ao nosso porto de destino significaria abrir definitivamente o canal sul desta potência petrolífera africana permitindo uma exportação regular que contribuiria para cobrir as necessidades dos americanos. Dos norte-americanos. Por isso, em várias oportunidades, os costumeiros idiotas britânicos, presos a um nacionalismo de meia-tigela, haviam-no tachado de traidor, mercenário e coisas no gênero, o que no entanto não chegava a incomodá-lo. A sua personalidade moldável permitira-lhe capturar variados pedaços de cultura e ficar em seguida com os que mais lhe convinham. O resultado era uma multiforme mistura intelectual que, por exemplo, apesar da sua rejeição à natureza e seu não patriotismo, fazia com que acreditasse em Deus. Nunca deixava de usar uma cruz de prata pendurada no pescoço e, embora de forma não sistemática, vez por outra rezava um pai-nosso que aproveitava para formular o pedido da vez. Nas suas últimas orações, Norton sempre pedia para ver um cabeçudo.

– Tradutor, o senhor Osman pediu que vá falar com ele – disse um rapazola, aparecendo à porta da cabine de comando. – Queira acompanhar-me, por favor.

Saí para o convés com Camille. Ela estava indo para o Nível Inferior, onde recolhia diariamente amostras de água, de algumas plantas e samambaias flutuantes.

– Sou uma cientista, querido – disse antes de nos separarmos. – Ou será que ainda não entendeu depois de tantas fichas e informes? Não costuma ler os jornais? Em que merda de mundo você vive?

– Sabe muito bem que, mesmo para a senhora, não é fácil determinar as razões de certos fatos meteorológicos – respondi das escadas, olhando para ela que já se afastava. – E, por favor, preferiria que não me chamasse de amigo, nem de querido.

O rapazola levou-me ao lugar onde Osman, Norton, Han Tsu e Chang, além de outro garoto e do sargento da guarda ao qual faltava uma sobrancelha, esperavam por mim. Na qualidade de político influente, Osman havia sido informado acerca de uns detalhes úteis. Onde se encontrava, por exemplo, o paiol de *La Nave*. Osman também guardava uma das duas chaves para entrar no depósito das armas. O quartinho cuja porta eles acabavam de abrir.

– Tiro ao alvo – disse o ministro, entregando-me um dos sete fuzis (na verdade, dois eram rifles) armazenados.

No total, tiramos de lá cinco armas e duas caixas de balas. Os garotos montaram os lançadores de disco na popa conforme as instruções de Osman, enquanto nós combinávamos a ordem de disparo. *La Nave* deixava atrás de si o seu rastro espumoso. Dois grous-coroados soltaram seus cacarejos, voando rumo à costa que me pareceu ainda mais distante.

Han Tsu era o único espectador, de forma que se apoiou no parapeito enquanto averiguava alguma coisa com seu celular. Quanto a nós, carregamos as armas com balas calibre doze. Norton perguntou ao sargento o que esperava do futuro, depois de a guerra acabar, e o militar, o primeiro a engatilhar a arma, respondeu:

– O negócio, agora, é enfrentar um novo desafio: a ameaça terrorista.

Desde a proclamação da paz, vários grupos haviam deixado claro que continuariam a lutar, e, se fosse preciso enfrentar seus antigos chefes, fariam isso sem pestanejar.

– A luta contra objetivos ambíguos é a nova forma de guerra – disse Osman com a culatra do seu rifle apoiada na cartucheira.

– Não há sinal por aqui – disse Han Tsu apertando as teclas do celular. – Absolutamente nada.

As armas ficaram prontas com uma série de estalidos. Coube a mim dar início à fuzilaria, de forma que dei uns passos rumo à caixa que havíamos colocado na extremidade da popa e levantei a espingarda.

– Só espero que não comece a chover – disse Norton.

Algo entrou no meu olho esquerdo.

– Queiram desculpar.

Baixei a arma e me cocei com força.

– Os terroristas não têm a menor chance, mas ainda podem provocar um estrago e tanto – disse o sargento.

– O pior é que acreditam piamente naquilo que fazem – disse Osman.

– Vocês mesmos os convenceram – interveio Norton. – Fizeram o seu trabalho bem demais, conscientizando-os da importância da pátria e da sordidez dos inimigos.

Pestanejei várias vezes até conseguir livrar-me do cisco. Segurei mais uma vez o rifle com ambas as mãos. Enquanto o apoiava no ombro, formando um triângulo perfeito com os braços e os cotovelos, dei uma olhada de soslaio à cata da margem. Não a vi.

– Pronto? – perguntou o ministro.

– Pode soltar.

Um assovio acompanhou o rápido deslizar de uma espécie de correia, e uma mancha preta apareceu no ar, rodando sobre si mesma. Movi-me com gesto automático, até tê-la na alça de mira. Apertei o gatilho. O coice provocou uma sacudida, mas o pé de apoio serviu de contraforte, de forma que me mantive firme para ver como o prato

mudava bruscamente de direção ao ser atingido, embora continuasse ainda inteiro. O céu enchera-se de pássaros.
— Que tal?
— Teve azar: só pegou de raspão — virou para Chang. — É a sua vez.
— Está esperando alguma chamada? — perguntou Norton a Han Tsu. Traduzi a pergunta enquanto Chang se aproximava da linha de disparo. Han Tsu continuou a martelar o celular.
— *Tamen gen wo shuo tamen keyi zai shijie de renhe difang zhaodao wo* — murmurou o chinês. — *Hen lande jishu. Tamen pian wo.*
Ameaçou jogar o telefone na água.
— Não há motivo para ficar tão furioso — disse Norton rindo, apesar de não ter entendido uma palavra sequer.
— Queixa-se da falta de sinal — traduzi resumidamente.
Norton segurou a arma numa mão e, com a outra, sacou um dos seus dois celulares, que tentou usar sem sucesso. Seu rosto teve um furtivo estremecimento. Fez o mesmo com o outro celular e, dando-se conta da sua inutilidade, decidiu simular coerência enquanto o guardava num bolso da calça:
— Procure levar na esportiva: é muito bom livrar-se da esposa por alguns dias. Mas, se apesar de tudo quer uma desforra, posso emprestar-lhe o rifle para dar um tiro.
Norton esticou o braço para entregar o rifle na horizontal a Han Tsu.
— Cuidado! — gritou o sargento, tirando-o de suas mãos e apontando-o para cima. Norton ensaiou uma rebuscada desculpa, enquanto recuperava a espingarda.
— Não, muito obrigado, não gosto de armas — respondeu Han Tsu, dobrando-se numa meia reverência. — Não tenho esposa. Chang irá me representar. Tenho certeza de que se sairá muito bem.
— Vamos lá, Chang — gritou Osman. — Imagine que o que está para riscar o céu é o maldito imperador japonês.
Chang só devia ter entendido o seu nome, e talvez nem isso. De qualquer maneira, não se abalou. A correia soltou-se, houve

o assovio, apareceu o prato, ouviu-se o tiro. Um só. O disco explodiu. E, enquanto os fragmentos se dispersavam no ar e dúzias de pássaros saíam voando, quando já todos nós sabíamos que Chang acertara o alvo com um só cartucho e não precisaria de mais, ouviu-se outro estrondo. Ainda mais rápida que os fragmentos do prato, a poucos metros dali, despencou de cabeça uma águia-pesqueira. Osman mantinha levantado o rifle fumegante. Disse:

– O senhor é um atirador e tanto, Chang.

O chinês virou-se para o político de arma em punho, em posição de disparo, ainda apontando para as nuvens, que a esta altura eram praticamente pretas. Cada um deles ainda dispunha de um cartucho.

– *Mei she zhong* – disse Chang, baixando a arma.

As costas largas num corpo antes esguio proporcionavam-lhe uma esbelteza enfatizada por esses gestos molemente despreocupados próprios da diplomacia e típicos de pessoas educadas em colégios caros. Tinha a aparência de um fidalgo. Logo de cara, Chang não chamava a atenção. Não era alto nem robusto, e tampouco possuía particulares atrativos, mas, olhando melhor, qualquer um percebia que seu corpo, a forma com que se mexia e falava tinham swing, charme, alguma coisa que de fato o distinguia.

Nos primeiros dias de viagem aparecera usando camisas muito finas, de mangas compridas, sempre arregaçadas, mas não demorou a preferir camisetas com escritas pop ou com grandes números impressos. Os dentes, muito brancos e perfeitamente alinhados, realçavam o seu bronzeado, tão saudável quanto o cabelo lustroso que penteava para trás e que, mesmo sem água ou brilhantina, refletia o sol fazendo-o parecer um banqueiro ou um homem de negócios dos anos trinta.

– O que foi que disse? – perguntou Osman a Han Tsu.

O tradutor, apoiado no parapeito, ainda mantinha o polegar nas teclas do telefone. Não parecia lá muito disposto a responder.

– Um tiro inútil – prontifiquei-me a dizer.

– Foi isso mesmo que ele disse?
– Foi – confirmou Han Tsu. – Um tiro inútil.
– Inútil? Inútil por quê? Ora, inútil é quebrar um prato de gesso. Eu derrubei um bicho enorme, com o qual fazer um bom caldo.
Chang voltou a falar. Quando acabou, Han Tsu e eu ficamos olhando alternadamente para a espumosa esteira do navio.
– E agora? – perguntou Osman. – Vamos lá, é para isso que o senhor é pago. O que foi que ele disse?
Os borbotões de espuma apagavam qualquer rastro anterior, e seu alcance afastava-se do casco de *La Nave* produzindo uma marola que fazia balançar as ilhas próximas.
– Disse que ninguém vai entrar neste lamaçal para pegar a sua ave – respondeu Han Tsu.
Todos nós olhamos para a popa à cata do pássaro, mas o bicho parecia ter desaparecido.
– Que diabo acham que estão fazendo? – gritou Gerrard. Apertava os punhos, com os braços um tanto afastados do corpo, como um boxeador que se enrijece para mostrar os músculos. Ao lado do fotógrafo, de cigarro na boca, o capitão mantinha as mãos cruzadas sobre a imaculada *galabiya*, na altura do estômago. Atrás dele, amontoava-se uma multidão de cabeças de passageiros e tripulantes.
– Calminha, repórter, não precisa ficar nervoso. Só estamos praticando tiro ao alvo. Não estamos incomodando ninguém.
– Senhor Osman – as narinas de Gerrard fremiam. – Só faz alguns dias que a guerra acabou, e o que as pessoas menos querem ouvir, a esta altura, é o barulho de tiros. Será que o senhor não se dá conta de onde estamos?
– É justamente por saber onde estamos que faço isto.
Osman levantou a carabina e disparou o seu último cartucho no ar. O pessoal resmungou em uníssono, e o murmúrio fundiu-se com o ribombo do tiro. O queixo de Gerrard tremia.
– Estamos no meio do Sudd – prosseguiu Osman. – Aqui só há o perigo que cada um de nós está disposto a imaginar.

A multidão calou-se, tentando decifrar aquelas palavras ambíguas ditas numa língua estrangeira. O rugido das turbinas tomou conta do navio. A vastidão daquela desolação oprimida pelo céu nublado confirmava as palavras do ministro. Quilômetros e mais quilômetros de natureza virgem cercavam *La Nave*, uma fortaleza civilizada no meio daquela terra que nem mesmo justificava esse nome. Sem nenhuma colina, sem nenhum bosque que o detivesse, o som podia alcançar uma distância impressionante. Pois é, podia viajar. Uma viagem, no entanto, não basta para se chegar a algum porto. Ali só havia espaço para toda espécie de temores. Receios sem qualquer fundamento racional. Medo dos eclipses. Dos monstros. Da solidão.

— O país ainda está cheio de bandos armados itinerantes — protestou Gerrard. — Melhor não provocar, o senhor não acha?

Osman destravou os canos e os cartuchos caíram no convés.

— Relaxe, repórter. A guerra acabou — disse fazendo estalar de novo a escopeta. Então a entregou delicadamente a um dos rapazes que nos haviam ajudado.

Gerrard revelou os primeiros rolos tirados durante a viagem e, quando na hora do chá se sentou conosco à mesa do capitão, mostrou algumas fotos recentes e vários retratos que os funcionários haviam usado para as fichas biográficas. Em sua grande maioria, tratava-se de primeiros planos em preto e branco que expressavam de forma intrigantemente precisa a aura dos retratados. Lá estava o rosto maroto do rapaz que esfregava o chão. Lá estavam as orelhas de abano de Han Tsu. A testa hieroglífica do velhote que desafiava todos na queda de braço. Estavam os traços feiticeiros e marcados de uma mulher que não reconheci, da qual nem tinha visto a ficha. Imaginei que fosse a companheira de Wad. Ela tinha prendido o cabelo num coque alto e laborioso, uma espécie de turbante natural. Por causa da magreza, as maçãs do rosto sobressaíam agressivamente, mas mesmo assim havia nela algo fascinante, talvez devido à maneira com que Gerrard preservara a melancolia da expressão.

— Quem é? – perguntei.
Ninguém respondeu. As conversas prosseguiram soltas ao meu redor. A mulher resumia as raças camita e banto. Tinha pele de uma cor negra desmaiada. Os lábios eram mais macios que grossos. A precisão da imagem permitia apreciar a tez sem marcas, como que polida, e os globos oculares injetados de sangue, embora nem tanto quanto o negro da foto seguinte, possuidor de um crânio rapado e oval assim como de poderosos maxilares. Era Wad. O Wad em carne e osso estava jantando na costumeira mesa solitária, dobrado em cima do prato fundo. Era inevitável comparar o sujeito da foto com o que sorvia sopa a poucos metros de distância. A sua testa mostrava cicatrizes tribais parecidas com as de muitos outros passageiros, mas nele, naquela pele dura, os cortes assumiam uma dimensão profunda. De alguma forma, naquele homem as marcas levavam a pensar em crenças incisivas e indestrutíveis e, como toda coisa essencialmente pura, eram ao mesmo tempo assustadoras e atrativas.

– Um animal – disse Osman. Segurava o retrato bem alto, olhando ora para a foto, ora para o homem real.

– Como conseguiu que Wad se deixasse fotografar? – perguntou a mulher de Osman.

– E por que não deveria deixar? Não criou nenhum tipo de problema, ao contrário da senhora.

Rasha era a única pessoa a bordo que não havia sido retratada por Gerrard. Nem se chegou a cogitar numa ficha biográfica, no caso dela. Osman recorreu ao peso da sua influência ao vetar qualquer entrevista que a levasse a revelar qualquer coisa do seu passado. Queria protegê-la, ou pelo menos foi esta a explicação que ele deu. "Não é hora de remexer nas lembranças. Respondo por ela. Todos a conhecem por aqui." O casal planejara a viagem em *La Nave* como terapia para acabar de vez com um antigo atrito conjugal.

– Gerrard conhece o seu ofício – disse Camille –, sabe muito bem levar as pessoas com sua lábia, não é Gerrard?

Camille aproveitou para lembrar as aventuras do canadense, famoso por ter sobrevivido a ataques de milicianos no Afeganistão, por ter-se metido em áreas controladas pelo Khmer Vermelho e ter feito a cobertura de inúmeras guerras. Com fotos para mostrar tudo isso.

– E há muito mais, conte para eles.

Camille aludia a uma história que Gerrard, já no navio, certa noite contara a ela e a mim, naquela que a bióloga definia como "a primeira reunião de cúpula francófona na história de *La Nave*".

Gerrard remexeu no anel.

– Vamos lá, conte logo.

– Durante alguns anos trabalhei como farejador de sítios turísticos – disse Gerrard. – Era um emprego que me permitia tirar boas fotos e viajar... voltando com regularidade para casa.

– O que procurava? – perguntou Leila.

– Lugares. Corria o mundo em busca de mansões, vales, rios... Depois de verem as minhas fotos, os diretores e os publicitários iam filmar para seus pacotes de férias.

Ele tinha de dirigir por muitas horas, mas até que isso não o incomodava, e, assim como na sua fase de repórter, continuou cuidando de histórias bastante exóticas. Achava que pertencer àquela comunidade era um privilégio raro e precioso. Havia muito poucos farejadores, e o trabalho o fascinava.

– Você acaba se sentindo parte de um grupo exclusivo. Como se estivesse procurando um tesouro escondido.

O pessoal gostava de ouvir suas pequenas odisseias. Os relatos abrilhantavam a auréola daqueles homens que costumavam tomar uns tragos e citar a si mesmos em botecos cheios de fumaça para contar aventuras antes de, via de regra, voltarem para casa e se deitarem sozinhos. Dos sete farejadores que conhecia em Toronto, só ele continuava casado.

Assistira, de fato, a cenas impressionantes, mas a especialidade de Gerrard eram os homens, ele tinha uma verdadeira devoção pelo aspecto humano e, com o passar do tempo, percebia cada vez mais claramente que, sem pessoas, as paisagens não bastavam. Essas considerações começaram a consumi-lo por dentro durante suas andanças.

– Depois de sei lá quantos anos, uma busca acabou assumindo uma dimensão fora do comum. Não havia como encontrar um lugar conforme aquele que me haviam pedido, e fiquei tempo demais dirigindo.

Enquanto ele continuava circulando, o ar-condicionado ligado para amenizar o calor, com o rádio tocando baixinho um blues, perdeu de vista o panorama em volta. Os cruzamentos sucediam-se com aritmética exatidão. Vez por outra algum carro zunia na estrada. Gerrard manteve-se concentrado no asfalto e nos devaneios. A certa altura levantou os olhos e encontrou o que procurava. Tirou fotos, almoçou sentado na grama e voltou para casa ainda perdido em pensamentos que nada tinham a ver com aquilo que via.

Alguns dias depois, enquanto levava o cliente para aquele lugar, percebeu que tinha esquecido o caminho. Enquanto voltava, não tinha tomado nota das indicações que deveriam orientá-lo. O trajeto parecera-lhe simples, sem desvios sinuosos ou estradas de terra no meio dos campos. Não tinha tido a impressão de descuidar das anotações, confiava na própria cabeça, se havia algo que de fato distinguia aqueles homens era justamente o fato de terem desenvolvido uma espécie de memória geográfica mais afiada que a dos demais. São pessoas que sabem guiar-se pelo sol, ou então pelas estrelas, que sabem reconhecer uma árvore esquálida perto de um desvio importante, esse tipo de coisas. Naquela tarde, no entanto, as preocupações de Gerrard haviam neutralizado o seu instinto, e lá estava ele, agora, enfrentando contínuos solavancos e dando voltas à toa, com um executivo cada vez mais irrequieto e acabrunhado no assento de trás.

– Estava perdido. E aí percebi que havia algo totalmente errado. Logo a seguir voltei ao jornalismo.

– Quer dizer que sabe guiar-se pelo sol e pelas estrelas – disse o capitão Hisham, apagando a guimba num cinzeiro de alumínio. – Essa é uma coisa que você não me contou.

Gerrard estava segurando a câmera. Tirou um rolinho de um bolso do jaleco e carregou a máquina. Tirou fotos de todos nós, tendo como pano de fundo a janela envidraçada na qual respingava a chuva, que voltara a cair com força. Uma volumosa ilha obrigaranos a lançar âncora a dez metros da costa, de forma que de vez em quando um relâmpago iluminava a grama alta do matagal anormalmente próximo.

O resto dos comensais acompanhava a sessão com interesse desigual. Muitos já haviam voltado aos seus camarotes. O senhor Zhang aproximou-se para pedir a Gerrard uma foto ao lado de Khalid, com o qual simpatizara apesar de não ter como falar com ele.

– E, depois, tire uma com todos nós, na mesa – quase ordenou Osman. – Esta é uma viagem que merece ser lembrada.

– Não deveria estar chovendo deste jeito – murmurava Camille, tamborilando na toalha com a mão boa.

Percebia-se que Gerrard não gostava nem um pouco daquela tarefa, mas convidou Khalid e o chinês a se aproximar mais um pouco. Quando Khalid passou o braço por cima dos ombros do amigo, ouviu-se uma rajada, a cristaleira do refeitório estourou enquanto o fotógrafo e seus modelos desmoronaram a dois passos da mesa.

– No chão! – gritou Osman.

Alguns copos explodiram, vários guardanapos e pratos pularam de repente, e pelo menos mais três pessoas foram sacudidas com violência.

– No chão, rápido!

Um sopro de ar fresco invadiu a sala de jantar. Gotas de chuva começaram e encharcar as cortinas e o chão perto da cristaleira. Tudo aconteceu numa porção imperceptível de tempo. Os reflexos dos homens que já entraram em combate costumam ser mais rápidos que os dos demais.

– No chão! – berrara Osman antes de quase todos, e então, assim como Wad e o capitão, havia pulado do seu assento arrastando consigo as pessoas por perto que queria proteger. Enquanto as balas varriam o aposento, Camille, Norton e eu permanecemos de pé por uma fração de segundo a mais que os outros.
Camille.
As balas.
Norton.
Assoviavam.
E eu.
Os impactos estalavam em volta dos três alvos em pé e, por alguma disposição afortunada da sorte, ainda intocados. Só levamos mais alguns segundos para entender. Segundos que, ainda bem, naquela ocasião não resultaram decisivos.
– Agachem-se!
Corremos, os três, para debaixo da mesa.
O capitão correu para a escada. As armas das sentinelas pipocavam não muito longe dali. Uma explosão sacudiu o navio.
– Wad, Wad! – voltou a gritar Osman, que se arrastava penosamente rente ao chão. Wad achatara-se no pavimento na postura de um lagarto. – O arsenal! O arsenal! O arsenal! – repetia o ministro indicando o corredor.

Norton dirigiu-se apressadamente para Osman, trocaram palavras que não pude ouvir, e o africano entregou a chave. Repentinos buracos apareciam nas paredes, estilhaços pulavam. Rasha abraçava Leila embaixo da mesa e, enquanto tentava proteger-lhe a cabeça, a garota se desvencilhava tentando ver. A poça de sangue de Gerrard deslizava, talvez devido a alguma leve inclinação de *La Nave*, para os corpos do senhor Zhang e de Khalid, a cabeça de um formando uma coisa só com o ventre do outro. Os três não pareciam dar sinais de vida.

Wad e Norton não demoraram a voltar com as armas, que compartilharam com alguns homens que pareciam estar acostumados a lutar. Deram uma para mim. Quando cheguei à cristaleira, lembrei-me da chuva. A água martelava no rosto, tornando ainda mais difícil a busca de um inimigo cuja posição só era sugerida pelos lampejos que rasgavam a escuridão. Disparei ao acaso, prestando mais atenção nos atiradores alinhados ao meu lado do que nos inimigos, pois não queria certamente acertar em algum companheiro. Não sei por quanto tempo continuamos atirando, não muito, mas não saberia dizer quanto. Ouvimos mais duas explosões. Uma não chegou a alcançar o navio, pois o casco nem mesmo chegou a vibrar. Escutei então o ronco dos motores junto com o clangor da âncora sendo recolhida. Quase imediatamente *La Nave* voltou a navegar.

Achei que iríamos fugir ao longo da costa, devido à grande ilha que nos acossava, mas o navio seguiu uma rota diagonal de forma que a margem acabou desaparecendo, substituída por uma espessa mata de juncos, muitos dos quais se partiam com a passagem do navio. Das duas uma: ou durante o jantar a ilhota havia continuado à deriva, desbloqueando o setor oriental do pântano, ou então o capitão tinha encontrado uma brecha providencial. Atravessamos uma passagem tão estreita que quase tinha a mesma largura do navio.

No restaurante, nós continuávamos agachados. Os atiradores estavam de olho na gente. Ninguém se levantava embora as balas tivessem parado de zunir havia uns três ou quatro minutos. Zhang tinha um buraco do tamanho de uma maçã no abdome, por onde o sangue continuava escorrendo. No começo se agitava sem parar, mas depois começou a relaxar, enquanto pela boca entreaberta babava um líquido avermelhado, mistura de sangue e fluidos. Acho que somente Zhang tinha recebido um impacto daqueles. Por ser o único, entre os chineses, com uma longa e farta cabeleira, não pude deixar de reparar que continuava perfeitamente penteado. A esta altura, Zhang já não se mexia.

Khalid jazia de bruços, igualmente rígido e imóvel, apertando um braço contra o corpo e olhando para mim com uma careta cheia de insatisfação como que desgostosa com a conta da comida. O turbante se havia inclinado uns centímetros para a direita da sua cabeça, dando-lhe um toque de inesperada informalidade, pois era um homem firme e rijo. Devia ter mais uns ferimentos na frente do corpo, mas já no ombro viam-se pelo menos três buracos que iam empapando a sua túnica tão branca. De olhos esbugalhados, fitava fixamente Gerrard. O canadense ficara com uma perna presa entre as patas de uma cadeira destroçada pelos disparos. A sua postura era totalmente inverossímil, pois um obus ou algum enorme fragmento de metralhadora partira o seu fêmur, forçando-o a assumir uma posição impossível. A correia da câmera continuava em volta do seu pescoço e a máquina, caída ao seu lado, parecia não ter sofrido danos. A mão desse mesmo braço mantinha o indicador um tanto esticado, talvez na tentativa de chamar a atenção para a parte machucada do seu rosto, que provavelmente havia sido atingida por várias balas. Não havia dúvidas: os três estavam mortos. Ouviram-se, na popa, mais uns disparos ao longe. *La Nave* acelerou adentrando o canavial escuro.

Só depois de uma hora o capitão deu um descanso aos motores. Durante os primeiros vinte minutos, o navio continuou a sua viagem entre as estreitas passagens do canal e, quando diminuiu a marcha, ficou bem no meio do lamaçal onde grandes cúmulos vegetais se moviam com diferentes velocidades.

Contamos cinco mortos – os outros sendo uma sentinela e uma mulher do Nível Inferior – e nove feridos, dos quais só um à bala. O gerador funcionou excepcionalmente até a meia-noite. Depois, ficamos mais uma vez nas sombras.

La Nave seguia em frente devagar. À luz de vela, montamos um novo e mais rigoroso sistema de vigia, considerando que só dispúnhamos de doze espingardas – as sete do arsenal, mais as cinco das sentinelas –, de uma pistola – a do sargento caolho –, de uma metralhadora – "achei melhor ficar prevenido", dissera o capitão ao apontar para ela, guardada embaixo do painel de controle – e duas bazucas também guardadas no armário. Uma vez que estávamos levando um carregamento para vários destacamentos da Cidade, tínhamos munição de sobra.

Nesta mesma noite concordamos em deixar seis pessoas de vigia permanente – escolhidas por Osman e Wad, que recrutaram vários passageiros do Nível Inferior – nos pontos-chave de *La Nave*, além do sujeito armado com a metralhadora, que poderia circular livremente pelo navio. Haveria três turnos, de forma que, além dos cinco militares de carreira ainda vivos, contaríamos com mais dezesseis homens encarregados de missões defensivas. Quanto à metralhadora, ficaria alternadamente por conta de Wad, de Osman e do sargento.

Eu participava do terceiro turno, só começaria a vigiar na manhã seguinte. Após montarmos para os três feridos mais graves uma minienfermaria num canto do salão, subi até a ponte de comando. Iluminados por uma lâmpada de querosene, Leila, o capitão e dois tripulantes tentavam consertar os estragos em meio a um penetrante cheiro de chamusco. Comentaram que aquela confusão toda podia ter sido provocada por apenas cinco ou seis milicianos armados de "pistolas, rifles automáticos e de um morteiro, no máximo", uma vez que as explosões haviam sido muito espaçadas. Ajoelhado junto da roda do leme, Hisham varria o chão com uma pequena vassoura de palha entrelaçada.

– Por que acha que fizeram isso? – perguntei.

O capitão deu de ombros sem levantar a cabeça.

– Suponho que ouviram os disparos do seu campeonato de tiro. Não sabiam quem éramos, mas não tiveram dúvida de que estávamos armados. E esse negócio de a guerra ter acabado...

Agachei-me diante dele.

– Posso ajudar? Alguma coisa que eu possa fazer? É só pedir.

– Há mais uma notícia ruim – prosseguiu o capitão, juntando os cacos de madeira e metal numa pá rudimentar – ... Destroçaram isto.

Hisham apontou para o painel diante da roda do leme. As teclas e os demais controles estavam queimados.

– O GPS? – perguntei.

– Todo o sistema de navegação.

Água e vento

Não fazia muito tempo que o próprio capitão tinha afirmado que o GPS de quase nada adiantava no Sudd, uma área não cartografada e de limites indefinidos, sem fronteiras fixas. Hisham minimizara a importância daquele inconveniente objetando que, de qualquer maneira, o GPS numa zona de guerra podia até virar-se contra a gente, porque "um especialista que localizasse as coordenadas do navio poderia nos acertar com um foguete sem nem mesmo sair de casa".

– Onde conseguiu? – perguntara Norton. – Vocês não fabricam esses troços, e os americanos não costumam vendê-los.

– Tenho bons contatos.

Quanto às comunicações por satélite, os Estados Unidos "cegavam" os territórios em conflito para isolá-los e, embora fosse de se esperar que depois da pacificação desocupassem o espaço aéreo, a verdade nua e crua era que dentro do navio ninguém dispunha de nenhuma cobertura. A situação, portanto, já era bastante precária antes do ataque, mas agora, perdidos daquele jeito no meio do pantanal e com o GPS arrebentado, a nossa absoluta incomunicabilidade ficava ainda mais patente.

Eu sempre tivera alguma dificuldade em calibrar a magnitude do perigo, talvez por não pensar demais no futuro, concentrado no presente que dizia: "Estou vivo. Vou viver mais um dia." Assistia ao passar do tempo sem fazer lá muitas previsões, e mesmo quando estava metido em alguma enrascada, por mais séria que ela fosse, sempre procurava aparar as arestas. Recorria, em resumo, a uma atitude mais ou menos impermeável às ameaças vindouras e, por isso mesmo, ao dar-me conta da nossa falta de localização, contemplando o dilúvio que impedia ver direito o lugar para onde o canal nos levara, nem sequer cheguei a sentir medo.

A chuva não deixava ver a mais de dois metros de distância. As gotas estalavam no vidro da cabine, que sobrevivera sem rachaduras, pois o disparo devia ter entrado de lado.

– Poderá cuidar dos mortos – disse o capitão.

De vez em quando algum relâmpago iluminava a chuvarada, e, naquele clarão, eu tentava discernir na cortina líquida eventuais inimigos. O capitão falara em "mortos", e isso significava trabalho.

Durante o amanhecer e pelo resto da manhã, participei da embalsamação dos cadáveres ao lado de três negros animistas que conseguiram convencer inclusive os muçulmanos da conveniência de conservar os corpos até chegarmos a algum porto. Os embalsamadores garantiram que poderiam aguentar incorruptos pelo menos duas semanas. A alternativa seria jogá-los na água, e, apesar de umas religiões desaconselharem a mumificação, ninguém quis abandonar algum dos seus no lamaçal nem vê-lo apodrecer enquanto íamos em busca de terra firme.

A minha participação foi totalmente casual: os embalsamadores precisavam de uns produtos químicos que eu sabia onde encontrar e, ao recebê-los, pediram que os ajudasse a endireitar a perna de um cadáver; depois, que enfiasse um chumaço de algodão no nariz do mesmo sujeito; e acabei presenciando como perfuravam o peito e extraíam as entranhas do canadense, e como selavam os olhos e os lábios da mulher do Nível Inferior com adesivo Krazy-Glue enquanto Camille colaborava em algumas operações monologando acerca do perigo das bactérias anaeróbicas. Isolamos então as múmias no camarote que havia sido de Gerrard, o número 14, e ligamos dois ventiladores.

Homens sob o comando por Wad, ao qual se concedera de forma bastante natural um status condizente com a sua lenda, buscaram sacos de sorgo no porão e foram empilhando-os nas bordas dos vários níveis de *La Nave* até formarem uma espécie de duplo anel defensivo.

Lá pelas seis e meia, o vendaval começou a amainar. Às oito, depois de uma efêmera neblina, o céu clareou. O sol anunciava um dia de abominável incandescência, mas ainda se demorava na sutil intensidade da manhã, de forma que a pradaria aquática definiu-se com a nitidez de uma pintura hiper-realista. Do convés superior podiam-se apreciar depressões, corcovas e até mesmo algo parecido com vales.

– Meu Deus – disse Norton. O seu discreto crucifixo de prata balançava por fora da camisa. – Cadê a costa? Não havia sinal de terra firme no macrolabirinto móvel de paredes vegetais.

Osman apertou o interruptor do alto-falante.

– O que está querendo fazer? – perguntou o capitão.

– Precisamos acalmar o pessoal.

Hisham estalou a língua:

– Não creio que o senhor seja a pessoa mais apropriada, Osman. Os seus tiros atraíram os guerrilheiros, todo o mundo sabe disso no navio. Não creio que a sua voz seja a mais popular a esta altura.

– Não diga bobagem. Aqui todos sabem muito bem quem sou. Se não fosse por mim, esta viagem nem existiria. Talvez, nem mesmo a paz existisse.

A ficha de Osman Saleh diz que *nasceu em 1952, filho de um músico e ativista político assassinado durante o levante pela independência nacional. Após a morte do pai, o tio passou a cuidar dele e da mãe assentando-os na mansão que possuía às margens do rio.*

Nos bastidores da Capital era *vox populi* que a luxuosa residência era frequentada por ilustres cidadãos que lá se reuniam para conversar de política e acertar negócios durante intermináveis noitadas que o tio lhe permitia espiar de um cômodo contíguo à sala de chá.

Osman cresceu nas fileiras do partido e também se firmou como empresário graças a método e disciplina. Suas qualificações universitárias foram excelentes, e os professores o consideravam um aluno excepcional, embora a sua astúcia e determinação para implantar o seu talento autoritário já despertassem alguma inquietação.

Combateu durante oito meses até ser ferido, conseguindo três medalhas por merecimento militar. É um dos oficiais com menos baixas em suas fileiras. Uma vez restabelecido, dedicou-se de corpo e alma à política. O ministro das Comunicações logo reparou nele, tornando-o seu braço direito e, em seguida, seu sucessor.

Ao estabelecer as bases para a conferência pela paz nacional, Osman Saleh foi escolhido como principal representante da equipe do Governo. A sua experiência como diplomata e militar, sempre preocupado em salvar o maior número possível de vidas, torna-o o negociador ideal para consolidar a paz.

Quando Osman segurou o microfone, o capitão mandou tocar o apito do navio num demorado e aberrante vagido. Centenas de aves levantaram voo das ilhas em volta. Os pássaros que pululavam no convés ficaram assustados. As sentinelas apertaram os dedos nos gatilhos.

– Talvez o capitão esteja certo – disse Norton. – A situação é bastante delicada. Você mesmo está um tanto alterado.

Pelo jeito com que enrijeceu o queixo, Osman devia estar apertando violentamente os dentes. Afastou o microfone da boca, soltou o interruptor e saiu da ponte do tombadilho. Logo a seguir o capitão pediu calma pelo sistema de som. Mencionou o nome completo das vítimas, dedicou-lhes palavras de despedida e fez um sumário balanço dos prejuízos minimizando os estragos do GPS. Garantiu que o perigo já tinha passado.

– Traduza – ordenou.

Traduzi palavra por palavra para o chinês e o inglês.

Ainda faltavam umas duas horas para o meu primeiro turno de vigia, de forma que me enfiei no camarote com a intenção de dormir. Cobri o vidro da janela com um pano escuro, embora a luz continuasse filtrando através da trama de fios que, em suas partes mais gastas, deixava passar feixes luminosos que cortavam o cômodo como células fotoelétricas. Partículas insignificantes moviam-se pelo camarote, entrecruzando-se suspensas em seu vaguear.

O calor começava a ficar insuportável. A temperatura tinha subido de forma brusca até alcançar os níveis afinal de contas esperados. Passei a transpirar com fartura. De bermudas, procurei enxugar-me com uma minúscula toalha. Não estava inquieto, mas, apesar de cansado, não conseguia adormecer. Ou talvez fosse justamente por causa do cansaço. Um punhado de moscas zunia por perto. Quando não ouvia o seu angustiante zumbido a poucos centímetros da cabeça, sentia suas patas andando pela minha pele, de forma que desatei o mosquiteiro e, depois de tirar dele um por um os insetos, tentei mais uma vez pegar no sono. No corredor, duas pessoas assustadas debatiam acerca da oportunidade de disparar uns foguetes de sinalização.

– Está vendo alguém à nossa volta? Está? Para que lançar foguetes, então?

– Não sabemos onde estamos, quem sabe haja alguém... Com a escuridão, o sinal poderia ser visto de bem longe...

– Mesmo supondo que alguém o veja, o que acha que vai acontecer se for o mesmo pessoal que nos atacou? Além do mais, para sermos localizados precisamos de pelo menos dois. Dois! E de quantos dispomos? – O outro não respondeu. – Não, não, não! Não podemos desperdiçar nenhum...

Como dissera o capitão, *La Nave* havia zarpado com um equipamento de resgate formado por um foguete de sinalização com paraquedas, seis rojões e dois sinais de fumaça flutuadores, embora todos esses apetrechos fossem tão velhos – "Nunca poderia imaginar... Para que precisaríamos disto dentro de um rio?" – que Hisham desconfiava bastante da sua utilidade. E metade dos rojões queimara durante o ataque.

– ... porque sobraram apenas três. Ponha isto na cabeça: um. Dois. E três.

Achei que o ronco dos motores poderia funcionar como cantiga de ninar. Procurei não pensar, mas comecei a lembrar as palavras entre Osman e o capitão Hisham, a especular sobre as possíveis consequências de um confronto entre aquelas duas gigantescas forças. Um pensamento levou a outro, acabei de algum modo relembrando as imagens do Sudd e, enquanto voltava a encher-me de admiração diante da incomensurável vastidão da monótona paisagem, adormeci.

Golpes secos na porta e uma voz acordaram-me logo depois do meio-dia, encharcado de suor e com a boca pastosa.
– Está na hora da sua vigia! – berravam do corredor.
Eu continuava sozinho no camarote. As moscas concentravam-se em vários pontos da cama desarrumada de Norton, principalmente no travesseiro.
Saí mais uma vez para a luz africana, para o sol deslumbrante, mais uma vez ofuscado, e, como um eco da situação que acabava de viver, lembrei a frase de Norton: "as coisas não são tão perigosas como dizem." O ataque provava justamente o contrário, embora na verdade o inglês também afirmasse que a guerra "é outra história". E que no começo da frase aparecesse um "quase nunca". Seja como for, Norton tinha afinal uma grande chance de demonstrar a validade das suas palavras, pois sobre o Sudd se contavam coisas de arrepiar.
As atávicas lendas dos indígenas falavam de pessoas que haviam sido tragadas pelos charcos e da tal tribo nômade que supostamente vivia no coração do pantanal, os Ahlan, que em árabe significa "bem-vindo", uma verdadeira gracinha se levarmos em conta que ninguém jamais regressara de um encontro com eles. Contavam que os Ahlan, descendentes de exploradores romanos, praticavam a poligamia e nadavam tão bem quanto andavam.
O problema era que durante séculos nem mesmo os nativos se haviam atrevido a entrar naquelas águas difusas que de vez em quando empurravam para as margens os cadáveres de peixes e até mesmo de gazelas, hipopótamos e crocodilos que haviam morrido ao ficarem presos em suas maranhas submarinas, provavelmente resvalando de uma ilhota para outra até ficarem famintos e sem forças.
No entender de inúmeros indígenas, o tamanho descomunal do pântano e a sua ambígua natureza conferiam-lhe uma aura de capri-

cho divino, de anomalia criada para infligir algum tipo de castigo a uma humanidade perversa que não acatava mandamentos superiores de prudência e bondade.

Para eles, para nós, existia esse inferno.

Um purgatório de água.

Era cabível deduzir que, se os membros do comando que nos atacara compartilhavam aquelas crenças, ao nos verem fugir pântano adentro, deviam ter-se dado por satisfeitos e provavelmente nos esqueceriam.

Quando, já lá fora, as minhas pupilas se acostumaram com a luz do meio-dia, percebi que a minha conclusão não era partilhada pelo restante dos passageiros. Os três homens no convés caminhavam agachados, praticamente de cócoras, tentando manter as cabeças abaixo da barricada de sacos. Era um espetáculo ao mesmo tempo gracioso e assustador. O fato de eu manter-me erguido bastou por si só a dar-me um espasmo de prazer que tinha a ver com uma espécie de sensação de grandeza. Um deles convidou-me a imitá-los com nervosos gestos da mão. Por trás, a sentinela que eu ia render rodou a ponta do indicador perto da têmpora como a dizer que àqueles sujeitos faltava algum parafuso. Quando os de cócoras se afastaram, a sentinela entregou-me a sua arma.

– Tudo tranquilo lá fora – disse bocejando. – Não posso dizer o mesmo daqui, o pessoal está agindo de forma estranha. Bom, vou tirar uma soneca. Prepare-se para ficar de saco cheio.

Desceu os degraus de dois em dois e seus passos ecoaram no navio insolitamente silencioso.

A minha área de vigia limitava-se à ponte de comando, ou ao que sobrava dela. O capitão continuava em seu trono meio calcinado. Conversava com o sargento, que acabava de passar a metralhadora a Wad. O negro estava de pé na porta de bombordo.

– Não precisa se preocupar, esses caras nunca entrariam no pantanal – assegurava o sargento. – O problema vai ser na hora de sairmos daqui. A ilha Bumerangue parece interminável.

Foi o que ele disse: "A ilha Bumerangue." Leila batizara-a assim devido à sua forma, e ao que parecia o apelido pegara.

– Prefiro seguir navegando mais um tempo pelo interior – respondeu o capitão. – Não quero levar outro susto ao me aproximar da costa. Acho melhor manter distância.

– Pois... sabe de que lado tem de ficar o sol, é claro... O sargento perguntava e afirmava ao mesmo tempo.

– Mais alguma coisa? – disse o capitão.

Para Hisham, a posição dos astros era como os postes luminosos que indicam a direção a seguir. E estava convencido de que só precisaria rumar para oeste. De qualquer maneira, à uma e vinte e dois minutos da tarde, o vapor navegava em direção quase contrária à desejada, forçado a evitar a ilhota em forma de bumerangue que nos havia abraçado em seu ventre.

– Vou ver se consigo dormir um pouco – respondeu o sargento, e foi embora acompanhado por Wad.

O capitão ficou parado em sua poltrona, de olhos fixos na superfície viscosa. A linha do horizonte tremeluzia nos vapores da bruma. Os gases formados pela evaporação criavam ao longe uma cortina irreal que fazia pensar em ilusões e fantasmas, com o pantanal transformado numa imensa tela capaz de vomitar qualquer coisa, desde fatais duendes até princesas a cavalo brandindo mágicas espadas. Em resumo, fazia muito calor. Os costumeiros animais permaneciam escondidos, à espera do entardecer, e nem mesmo os insetos incomodavam. Enrolei na cabeça um lenço azul com psicodélicos desenhos roxos, preparando-me a vigiar.

E aquele guarda era eu. Ou, pelo menos, eu também era aquele homem. A sentinela que protegia *La Nave* tentando descobrir a presença de possíveis adversários e em busca, principalmente, da costa que devia aparecer do meu lado. Segurando um rifle de assalto, de pernas entreabertas. Era eu. E, incrivelmente, a coisa não me surpreendia.

Tirei do bolso um maço de cigarros, que deviam estar bolorentos, pois fazia muito tempo que não fumava. Coloquei o canudinho na boca.

— Tem fósforos? – perguntei virando o tronco para o capitão. O homem enfiou a mão embaixo da túnica e tirou de algum lugar um isqueiro que jogou na minha direção. O objeto metálico rodopiou sobre si mesmo soltando brilhos fantásticos conforme era atingido pelos raios do sol. Aproximava-se muito rápido. Rápido demais, levando-se em conta que eu estava meio de costas. Levando-se em conta que as minhas duas mãos estavam ocupadas segurando o rifle. Levando-se em conta que os meus braços não eram instrumentos tentaculares que eu soubesse usar com particular destreza. Dei início a uma apressada rotação vertebral e cheguei a levantar a mão direita no ar, mas o isqueiro já estava lá, de forma que, com espantosa pirueta, bracejei espavorido – agora eu pego, agora eu pego –, mas, em vez de agarrá-lo, só consegui dar-lhe umas desajeitadas palmadas que lhe imprimiram uma trajetória para fora da borda e o levaram a sumir tristemente no pântano. Assisti ao seu voo, mas de onde me encontrava nem pude ver os respingos.

O capitão olhou para mim com indiferença. Preocupações bem mais sérias passavam pela sua cabeça. Da outra ponta do convés, Chang vinha se aproximando de cócoras. Fiquei pensando na utilidade do *tai chi* que o oriental praticava todos os dias. Cheguei à conclusão de que o homem era patético.

— Acho que está exagerando.

— É fácil dizer quando se tem uma arma – respondeu Chang.

— Mas precisa mesmo arrastar-se desse jeito?

— O que é que tem? O que está em jogo é a nossa vida! Mataram cinco pessoas! Será que já esqueceu? É só se descuidar para levar um tiro. Talvez tenha de andar assim por algum tempo, mas não faz mal, desde que isso me ajude a continuar vivo.

— Relaxe. O pior já passou.

— Diga isso aos feridos! Não creio que eles pensem desse jeito. Um deles, provavelmente, vai morrer. Seja como for, não insista, não tenciono seguir seus conselhos. Vi que o senhor estava aqui e, como gostaria de dizer alguma coisa ao capitão, se não se importar em

traduzir... Quero que lhe peça para dar um tempo, precisa descansar. Não é bom para ninguém que fique tantas horas na roda do leme.
— Por que não veio com Han Tsu? Ele não é o seu tradutor, afinal?
— Vai traduzir ou não?
O capitão percebera que tinha a ver com ele.
— O que está dizendo? — perguntou desde o seu assento.
— Está aconselhando que tire uma folga.
— *Ta tai chang shijian shoudao tai duo yali le* — disse o chinês.
— Está sofrendo demasiada pressão por tempo demais — traduzi.
— E quem vou deixar em meu lugar? Não tenho substitutos. Khalid já não está conosco.
— O que me diz de sua filha? — perguntou o chinês.

Hisham fixou então os olhos em Chang, que se encostara na proteção de sacos aproveitando a escassa sombra das mesmas.
— Está dormindo. Precisa acalmar-se... Ela nunca tinha visto um morto antes.

O fato de não haver substitutos no leme forçar-nos-ia a parar toda vez que o capitão precisasse de descanso, embora a coisa não fosse lá um grande problema, uma vez que à noite sempre lançávamos âncora. De qualquer forma, o capitão agradeceu ao chinês a preocupação demonstrada por ele, disse que levaria em conta os seus conselhos. Continuou perscrutando o pantanal, tentando identificar os ruídos no silêncio.

No fim do dia ainda não havíamos conseguido dobrar a ponta meridional da ilha Bumerangue, de forma que ficamos diante de um dilema. Por um lado, podíamos continuar navegando para não perder mais tempo, com o risco de sermos localizados por algum grupo hostil, pois nas noites desérticas dá para distinguir os ruídos e as luzes a dezenas de quilômetros de distância e, a bem da verdade, ainda estávamos preocupados com os inimigos. Por outro, podíamos fundear, sem contudo esquecer a possibilidade de sermos atropelados por aquela ilhota de tamanho descomunal. Conheciam-se casos de ilhas que haviam arrancado enormes correntes de âncora, destruindo-as, e de navios que haviam sido simplesmente engolidos pela maranha vegetal.

A votação, levada a cabo no restaurante do Nível Superior, teve como eleitores a tripulação e os homens armados. Para o resultado, foi determinante a lua cheia, que nos permitiria navegar minimizando o gasto do gerador. Por ampla maioria decidiu-se que *La Nave* seguiria seu curso pelo menos por mais algumas horas, embora em velocidade reduzida. Quando as coisas ficam feias, quase ninguém está disposto a ter paciência.

– Calma – disse o capitão. – Não sei lá muita coisa, mas sei bastante acerca da água.

Hisham continuou segurando a roda do leme com suas mãos de dedos grossos, de veias salientes. Pilotava inclinando-se uns centímetros para frente, lutando contra a sua miopia e ajudado por Leila, que havia voltado ao seu lugar. Empoleirada num grande assento, a moça procurava apontar para o pai toda e qualquer variação perceptível na água. A proa rasgava lentamente a negra laguna na qual se refletia o esplêndido disco que, vez por outra, iluminava as erradias formações de galhos e grama, uma das quais passou perto exalando um asqueroso fedor, como se suas entranhas guardassem os restos fermentados de manadas e animais.

Animais.

Foi o que preferi pensar.

La Nave serpeava sem tropeços pelo labirinto mergulhado na superacolhedora quietude dos grandes espaços desertos, onde ressoa o eco do que já se extinguiu. Foi durante esta vigia que fiquei à mercê das intuições. Um montão delas, de todo tipo. Havia muito tempo que eu tinha perdido aquela capacidade, que agora ressurgia. O deserto é um lugar propício a explorar o pensamento até o limite do desvario, ou além dele. Hisham pilotava. Leila com ele. Os cometas passavam desenhando arcos no firmamento.

Água.
Ilhas.
Água.
Não havia muita escolha.
Pensar.
O pai e a filha permaneceram em seus postos durante todo o meu turno de guarda. A ficha não dizia, mas o próprio Hisham contara que a filha passava longas temporadas longe da mãe que, segundo o capitão, ela adorava a ponto de imitar até nas roupas. As calças sempre presentes embaixo da *chamira*, as sandálias invariavelmente laranjas, os lisos e longos cabelos presos num rabo de cavalo eram características comuns às duas. Mesmo assim, as semelhanças paravam por aí, pois não alcançavam o caráter.
 O capitão falava bastante dos lugares que visitara com a mulher e Leila. Ao contar as reações da esposa, candidamente espalhafatosas como amiúde acontece com as camponesas que se mudam para a cidade grande, ficavam evidentes as diferenças entre ela e a jovem e discreta Leila, comedida nas suas atitudes, dona de uma sobriedade que devia deixar orgulhosos os mestres do colégio inglês onde estudava e a cujas aulas assistia quando o pai não a embarcava em *La Nave*. Isso acontecia várias vezes por ano, pois o capitão acreditava que não havia melhor forma de completar a sua educação do que levá-la de viagem, empenhado em torná-la herdeira de uma estirpe de marinheiros.
 Leila esquadrinhava a laguna escura com redobrada atenção. Eu reparava nos perfis paralelos de pai e filha, cuidando das pessoas. Leila tinha assumido seu papel e entregava-se à aprendizagem da arte de pilotar, só permitindo-se, como única exceção, os frívolos, mas tão relaxantes momentos de videogame.
 A minha vigia acabou ao alvorecer. Naquela mesma hora o capitão também mandou Leila dormir. Pelo que eu soube mais tarde, no entanto, ele continuou no leme por mais seis horas. Só depois de deixar para trás a ilha Bumerangue, ao chegar a uma área relativamente

aberta onde as ilhas não apresentavam tamanhos perturbadores e a correnteza fluía sossegada, mandou acordar a filha, baixou a âncora, disse a Leila que em caso de dúvida não receasse chamá-lo e foi descansar.

Acordei mais uma vez encharcado de suor. A luz que filtrava pela escotilha desenhava uma trama reticulada na parede em frente, projetando a sombra do mosquiteiro. Ouvia-se o zumbido dos insetos costumeiros. Passos no convés. As rodas de um carrinho no corredor. Os motores roncavam, de forma que estávamos a caminho. Considerei que não tinha sonhado com coisa alguma, ou pelo menos não me lembrava. Dali a uma hora e meia voltaria a ficar de vigia. Achei que, afinal de contas, até que gostava de retomar os hábitos de sempre, com uma rotina de horas certas que tinha uma aparência de segurança.

Comi alguma coisa, chá e bolachas, no restaurante, onde o senhor Gao e Han Tsu ouviam música orquestral deitados em suas espreguiçadeiras. Vários passageiros haviam começado a comer, mas as mesas tinham mais migalhas e manchas do que de costume. Era como se todos se tivessem demorado bastante por ali. O senhor Gao agitou sua bengala com cabo de jade para pedir mais uma garrafa de cerveja. Já havia quatro na mesa. A maioria dos comensais falava baixinho. Um hotentote soltava uma saraivada de palavras a um grupo de seis negros que comiam com voracidade. Por trás das finas cortinas da vidraça, vislumbrava-se mais um dia obscenamente esplêndido.

Quando cheguei ao convés, depois de adaptar a retina, vi dois rapazes de turbante e *galabiya* encostados no parapeito de sorgo. Aproveitavam a sombra naquele momento proporcionada pela grande chaminé do vapor. Ficaram olhando para mim.

– Está querendo ser morto? – disse um deles.

Quatro passageiros acabavam de aparecer no convés da popa. Não podia ouvi-los, mas via-se logo que estavam conversando, e uma particularidade do grupo logo me fez lembrar da situação: todos caminhavam agachados, procurando proteger-se atrás dos sacos. Ao verem que eu estava em pé, os quatro detiveram-se e gritaram palavras que não consegui ouvir, pois o vento soprava contra eles, mas não havia a menor dúvida quanto ao sentido dos gestos agitados com que me incitavam a ficar de cócoras. O medo que pouco antes eu tinha considerado mera estupidez parecia ter tomado conta do navio a ponto de os passageiros desarmados se autoimporem a obrigação de só andarem agachados no convés.

– Por favor... Vejam bem... – comecei a dizer.

Os gestos dos homens tornaram-se ainda mais apreensivos e suplicantes.

– Não se arrisque, senhor, não abuse da sorte.

Aquela súplica me fez estremecer. Pensei que talvez houvesse bons motivos para tomar cuidado, quem sabe algo significativo tivesse acontecido enquanto eu dormia, alguma vítima derrubada por um franco atirador, qualquer coisa assim. Ou então, pensei, eu estava tão ensimesmado em minha própria história que simplesmente tinha perdido a noção de onde estava o verdadeiro perigo, pelo menos o mais básico de todos, o risco de morrer.

Os homens continuavam gesticulando na popa e, embora no começo eu tivesse levado em conta a possibilidade de contentá-los apenas para continuar com a brincadeira, na verdade o seu medo acabou de alguma forma me contagiando. Senti uma espécie de chicotada nervosa e, com uma rápida genuflexão, agachei-me. Não por medo de lá fora haver realmente atiradores que pudessem estourar a minha cabeça, mas de qualquer forma me agachei.

Na hora da troca da guarda procurei, encolhido, o companheiro que eu devia render: Mahmoud, um ex-soldado do Governo removido para a retaguarda depois que uma granada lhe atrofiara a articulação da perna esquerda. Esquecendo o fato de ele mancar, Mahmoud tinha a saúde de um homem forte de vinte e oito anos, e talvez fosse por isso que se apresentara como voluntário para os turnos de vigia. O seu histórico era confiável e o homem ainda tinha a fama de bom atirador, de forma que Osman o aceitou sem maiores problemas.

As feições de Mahmoud, vale a pena salientar, combinavam o nariz aquilino e a pigmentação camita com a típica robustez da raça negra. Em seu rosto mesclava-se a sensualidade de várias estirpes africanas. Na hora de entregar-me a arma, no entanto, esses traços ao mesmo tempo formosos e fugidios estavam distorcidos por uma careta grotesca. Era normal aquele medo? Afinal de contas, aquele homem já tinha estado em combate, ele mesmo se apresentara como voluntário para vigiar.

– Algo errado com você?

– Há boatos por aí.

Enquanto segurava o rifle, Mahmoud se agachou, e eu, quase como se fôssemos os pratos de uma balança, emergi acima dos sacos. Durante aquele turno sofri uma tensão anormal que me ajudou a cumprir a vigilância de forma ainda mais atenta. Qualquer movimento mais ou menos repentino entre as moitas de uma ilha, a aparição de um tronco solitário no pântano, o súbito bater de asas de uma garça voando baixo... Tudo parecia ameaçador por toda parte. A suspeita agigantava a angústia. Ao mesmo tempo que me fazia sentir útil. Útil de um jeito bem diferente de quando traduzia. Útil de verdade.

Não houve novidades relevantes ao longo do dia e, embora por um lado isso fosse bom, por outro era preocupante. A tensão ficava cada vez mais difícil de aguentar.

– Ainda bem que os chineses gostam de carne podre – disse em árabe uma sentinela num tom escarnecedor que não conseguiu despertar a atenção de Chang o bastante para que me pedisse a tradução. Porque Han Tsu não estava lá, aliás, nunca estava perto de Chang nos últimos tempos, e isso fazia com que o homem pedisse amiúde a minha ajuda como intérprete.

Até aquele momento, eu tinha considerado os chineses como um grupo homogêneo que atuava em uníssono, de forma independente e totalmente desligada do restante dos passageiros, mas agora o progressivo isolamento de Chang começava a destruir minhas convicções. De qualquer forma, a sentinela tinha soltado a alfinetada sobre os chineses como um todo, sem qualquer motivo específico, acrescentando-a à ladainha de comentários inconvenientes soltos cada vez mais amiúde por passageiros que aguardavam passivamente as novidades.

No dia seguinte, tive a confirmação de que o hábito de andar agachado no convés se espalhara inclusive entre os mais idosos: quem porventura quisesse subir para tomar ar ou mudar de ambiente acabava invariavelmente de gatinhas. Uma coisa absurda. Apesar da minha reação instintiva do dia anterior, decidi não aceitar as regras das Aranhas, como Leila os chamava. Ficamos quase dois dias de vigia e no pântano não havia nem sombra de atacantes.

A caminho de uma reunião na ponte de comando encontrei o albino de quatro.

– Você também? – perguntei da minha altura.

O homem olhou para mim de baixo para cima.

– Devo estar parecendo um cão selvagem – disse sorrindo. – Se Wad me vir assim, vai me dar um tiro.

– Imagino que não veio até aqui para tomar sol.

O albino deu uma gostosa risada. Apoiou-se numa parede, na sombra.

– Não aguentava mais lá embaixo. É oprimente. Você é solteiro, não é?

– Sou – respondi. – Por quê?

– A maioria dos que ficam em pé são.

– Entendo. E você?

– Eu também. Solteiro. Mas acontece que não posso pegar sol.

O albino sorriu como que a contragosto. Levantei a mão em sinal de despedida. O homem retribuiu apertando a dele contra o coração.

— Seja como for, é bom tomar cuidado... Nunca se sabe – estava dizendo Osman enquanto, do tombadilho, observava as cinco ou seis pessoas que se arrastavam no convés. Então murmurou: – Que coisa mais ridícula!

Osman tinha convocado determinados "elementos significativos", foi assim mesmo que ele falou, para insistir na necessidade de ocultarmos dos passageiros a desintegração do GPS, de fazermos um balanço dos danos e de concertarmos de algum modo os nossos pontos de vista. O capitão insistia em seguir para o sul, afirmava que já não faltava muito para encontrarmos a saída, mas na verdade qualquer um que prestasse um mínimo de atenção podia reparar que em muitos casos *La Nave* dava voltas para evitar obstáculos e que o sol não se encontrava do lado onde se esperava que estivesse.

— É uma situação doentia – disse Norton, aludindo às Aranhas.
— Acabará tirando as pessoas do sério.
— Olhem, olhem! – exclamou o sargento apontando com a metralhadora para uma mulher que engatinhava rápido atrás de um neném.
— Vamos voltar ao assunto, capitão – disse Osman. Desde que lhe haviam negado falar pelo sistema de som, ninguém o vira intervir em qualquer conversa. – Quando é que vai nos tirar daqui?
— Pode ficar tranquilo. Muito em breve avistaremos a Cidade.
— O que está querendo dizer com muito em breve?

O capitão estalou a língua. Colocou as mãos sobre as coxas dobradas na almofada da poltrona.

— Não fique impaciente. Procure aproveitar. Algum de vocês já viu antes algo parecido? Eu não me canso de perder-me nesta vastidão. Não me digam que não a acham incrível. Há horas em que se parece com o mar – disse sem tirar os olhos da proa.

Não acredito ter sido o único a se perguntar se o capitão era realmente idiota a ponto de ver poesia naquilo. Estaria brincando?

Osman abriu a chamuscada gaveta da bitácula, pegou um mapa e desdobrou-o em cima do painel de controle.

– Então vejamos, capitão: onde estamos?

Hisham abriu a mão e encobriu com ela uma boa parte do Sudd.

– Sim, claro. Mas seja mais preciso. Vamos lá, mais ou menos. Só lhe peço uma aproximação. Onde estamos?

– Há lugares onde os mapas de nada adiantam, Osman. Aprenda a ser paciente.

Assim como Osman, não gostei da resposta. Ser paciente? Já era o segundo dia que navegávamos às cegas pelo pantanal, em busca de uma costa que se presumia existir do outro lado da hermética barreira silvestre na qual, vez por outra, apareciam canais que o capitão acabava descartando um depois do outro porque não confiava neles.

– Os canais não garantem coisa alguma. Ou será que querem meter-se num desses buracos só para descobrir que não leva a lugar nenhum? A minha tarefa não é gastar combustível à toa, ainda mais numa hora dessas. Se alguém quer se arriscar, que pegue um bote e tente sozinho. *La Nave* não vai se meter em armadilhas das quais talvez não consiga sair. Querem ficar presos no meio desta mata flutuante? Temos de ser pacientes, precisamos esperar.

Esperar. Quem dizia isso era um homem que, como o restante dos seus patrícios, tinha esperado durante décadas pelo fim de uma guerra que nunca acabava. Esperar. Eu sabia muito bem o que era esperar. Há quanto tempo já estava longe de casa? Esperando... o quê? E o tempo passava sem deixar vislumbrar o canal que poderia devolver-me ao lugar onde deveria estar. Não, capitão, pensei, nada disso. Toda espera tem um limite. Como se não bastasse, aquela viagem era semioficial, não tinha datas fixas de chegada a porto algum, pois se levara em conta a possibilidade de se esticarem os prazos conforme as recepções que nos aguardavam nas aldeias. Não havia rigidez, tudo era flexível. Era a regra nacional. Continental. O próprio espírito da África.

– Capitão – disse Osman impostando a voz, marcando tão claramente as sílabas e suspendendo a frase seguinte de forma tão calculada que todos nós ficamos à espera da sua intervenção. – No outro dia o senhor praticamente proibiu que me dirigisse ao povo, ao meu povo, culpando-me pela situação que estamos enfrentando. Uma acusação arriscada. Quem pode nos garantir que o tal *commando* já não nos tinha localizado havia alguns dias, e que mais cedo ou mais tarde iria nos atacar de qualquer maneira? Mas suponhamos que, de fato, eu cometi um erro. Acha que sou do tipo de me esconder? Quer que todo este pessoal – Osman esticou o indicador apontando por cima do ombro e levantando consideravelmente o tom da voz – pense que sou um covarde que depois de metê-los numa enrascada sai de fininho e os abandona? – Osman fez uma pausa. Olhou fixamente para o capitão. O rosto inchado do ministro pulsava sem qualquer ruga, sobressaindo entre a alva *galabiya* e o turbante como o próprio retrato da ferocidade. – Capitão – prosseguiu moderando o tom –, sei que o senhor não é lá um grande admirador do nosso Governo, embora não consiga imaginar que raio de Governo poderia deixá-lo satisfeito. Seja como for, a sua missão é dirigir este navio, e a minha é dirigir pessoas. Como político, como homem, a minha prioridade é, antes de mais nada, evitar o caos criando as condições para alguma ordem. O senhor já imaginou o que aconteceria no navio se toda esta gente começasse a ficar em pânico? Se alguém tivesse a ideia de acusar-me de ter provocado o ataque? O medo e a angústia criam ódio e agressividade. Aconselharia o senhor a pensar seriamente naquilo que aconteceu desde que não me deixou falar pelos alto-falantes: as pessoas ficam se arrastando no convés! Mas o mais espantoso é que ninguém tentou pôr um pouco de ordem na casa. Nem mesmo o senhor. E ainda pretende que fique calado? Vou dizer-lhe uma coisa que muitos aqui também devem estar pensando, mas que parecem ter esquecido: qualquer sociedade civilizada precisa de um governo para existir. De alguém que mande. E se porventura este líder cometer algum erro, o povo saberá perfeitamente compreender, isso mesmo, porque sabe que este deslize nada mais é que uma anedota, uma coisa irrelevante numa longa carreira. Porque, passando por cima de eventuais faltas, as pessoas acreditam naqueles que se esforçam para tornar sua vida mais fácil. E eu lhe garanto que a maioria deste pessoal – apontou várias vezes com o dedo por cima do próprio ombro – acredita em mim. Por isso mesmo falarei com eles para tranquilizá-los. E fique bem claro que não vou esperar nem mais um minuto, não tenciono ficar parado e espero a mesma coisa de vocês. – Com um movimento rápido encarou cada um de nós. – Vamos tomar as medidas que forem necessárias.

– Que medidas? – perguntou Norton.

– Vamos lá – disse Osman, dando com camaradagem um tapa nas grotescas costas de Karnezis, o pseudo-halterofilista de avental que logo fazia pensar no que era: um cozinheiro.

– Acho que seria oportuno racionar a comida – disse Karnezis em árabe. Eu traduzia simultaneamente para o inglês enquanto Han Tsu interpretava em chinês para o senhor Gao. – Pelos cálculos que fizemos ao zarpar, estamos viajando com uma folga de três dias. Partimos calculando que nos reabasteceríamos ao chegar à primeira cidade depois do Sudd. Se levarmos em conta que perdemos dois dias navegando pelo pantanal e que a nossa situação continua incerta, seria recomendável...

– Que besteira é essa? – interrompeu o capitão encarando o grego desde o seu assento. – Se fizermos isso, o pessoal vai sem a menor dúvida perceber o que está acontecendo, e aí sim que o nervosismo tomará conta de todos.

Karnezis olhou para Osman, que o incitou a continuar.

– Estou falando em cortar só um pouco as rações, não muito. Uma mera questão de prudência. Ninguém precisa saber, basta acrescentar volume ao prato. Não é difícil, podem deixar comigo.

– E quanto à água? – perguntei então. – Não acham que deveríamos racionar a água?

– Temos o reservatório e o filtro de campanha – explicou Karnezis.

– O filtro já quebrou três vezes desde que partimos. Não creio que seja muito confiável.

Osman deu uma grande cusparada por cima da borda. Han Tsu murmurava a tradução no ouvido do senhor Gao, que ouvia revirando os olhos, apoiado em sua bengala. Norton levou o lenço ao nariz. Wad bloqueava a outra porta da cabine, de braços cruzados, diante dos chefes tribais vestidos de branco.

Muitos dos que viajavam em *La Nave* vinham enchendo os cantis diretamente no rio, seus sistemas imunológicos exterminavam as bactérias que para nós seriam mortais, mas todos estávamos cientes de que aquelas águas eram diferentes, ou pelo menos desconhecidas, e até eles estavam desconfiados. Desde que entramos no Sudd, muito mais passageiros que de costume recorriam ao filtro ou ao reservatório do navio.

– Até quando vamos ter água? – perguntou Osman.

– Deve dar para durar uns dois dias mais do que a comida – respondeu Karnezis.

– Se houver algum problema, a maioria pode beber a água do pântano – disse Osman, olhando para os chefes. – Esta água é tão boa quanto qualquer outra. Vamos deixar o reservatório para os feridos, os estrangeiros e todos os demais que não estão acostumados a beber a água do rio.

Ninguém fez comentários. Afinal de contas, todos os presentes teriam acesso às reservas potáveis.

Na noite seguinte, o capitão voltou a navegar devagar ao amparo da lua cheia, assistido pela filha até o amanhecer. Em seguida, continuou pilotando sozinho. Ao meio-dia lançamos âncora e Leila, já descansada, ficou de vigia junto com as sentinelas diurnas. O turno da tarde compreendia as horas mais silenciosas do dia, mais até que as noturnas. Os pássaros dormitavam na sombra, imitando os animais que se escondiam nos seus abrigos até o pôr do sol. Às vezes, ouviam-se alaridos vindos de lugares imprecisos. Ou a batida leve de alguma onda que se chocava com o casco, animando imperceptivelmente o sonolento balanço de *La Nave*. Avistavam-se movimentos de água que revelavam tensões enormes. O Sudd é uma área de correntezas cruzadas que, às vezes, provocam pequenos tornados subaquáticos que engolem tudo que está em volta. Com suas idas e vindas, essas correntezas condenavam algumas ilhas a vagarem eternamente nos meandros daquele cosmo. *O combustível*, pensei. E estranhei não ter pensado antes, e que até então ninguém tivesse falado a respeito. Quem sabe fosse um receio horripilante demais para alguém tocar no assunto. *O combustível*. Mesmo sem conhecer as reservas de *La Nave*, e apesar de a baixa velocidade favorecer a economia, estava claro que o nosso gasto começava a ficar excessivo.

Se estivéssemos na outra margem do rio, uma solução poderia ser a de nos deixarmos levar de volta ao norte pelas águas, mas acontece que, por um lado, ignorávamos a velocidade com que o fluxo poderia nos deslocar, fazendo-nos correr o risco de a jornada ser demorada demais para os alimentos que o navio armazenava. E, por outro, este fluxo seguia umas leis autônomas que, se nos entregássemos a elas, poderiam nos fazer errar para sempre.

Nem mesmo estávamos em condições de determinar a nossa posição. Quando Norton procurava a costa com o binóculo, não conseguia encontrá-la. As últimas chuvas haviam afastado as margens de algumas centenas de metros, de um quilômetro no máximo, mas imaginar este espaço relativamente pequeno, só mais um quilômetro de paredes flutuadoras, só mais um quilômetro sem terra firme, já bastava para desanimar.

Ainda bem que o mormaço da tarde espalhara névoas gasosas sobre as águas, e naquela calmaria, naquela luz, tudo parecia menos dramático. Uma leve brisa começara a soprar.

De arma na mão, encostado na amurada durante o meu turno de vigia, pensava nas pessoas que se perdem em lugares que não interessam a ninguém. Pois, afinal, a quem interessava o pantanal? Se nem mesmo os nativos o navegavam, haveria alguém realmente a fim de lutar por ele? A quem pertencia aquele país? Norton tinha chegado mais longe com seus pensamentos afirmando que, se ninguém queria aquele lugar, qual seria então a sua razão de ser? E isso me fez sentir clarividente: as pessoas que se perdem em lugares sem importância, elas também se tornam sem importância? E, logo a seguir: quem se importa comigo?

Um garoto apareceu arrastando-se de cócoras no convés. Usava o *targush* muito para trás, em cima da nuca, de forma que o resto da cabeça estava descoberto. Espiou para ambos os lados do convés de onde nós, de vigia, perscrutávamos a imensidão.

Levantou-se.

O vento já soprava com alguma intensidade, e, uma vez de pé, o rapazola ajeitou o gorro na cuca, esticou os braços espreguiçando-se e apoiou os cotovelos no parapeito.

Algum tempo depois de o garoto de *targush* já ter ido embora, outros passageiros decidiram copiar o seu exemplo, devolvendo ao convés uma animação parecida com o vaivém anterior ao ataque. Da mesma forma que surgira, o medo desapareceu. Os mais cautelosos aguentaram mais uma noite de resguardo, mas a tentação de dar uma olhada despreocupada lá fora, sentindo o vento no rosto, por mais quente que fosse a baforada, e concluir que depois do susto continuávamos a navegar em paz, convenceu a maioria a sair novamente das entranhas do navio.

Naquele dia, lá pelas cinco da tarde, o albino encostou-se com ar maroto na amurada, a pouco mais de um metro de mim.

– Os chefões não sabem voltar, não é verdade? – perguntou, remexendo rapidamente as bolinhas do *komboloi* entre os dedos. Tinha pestanas brancas, um anônimo gorro de beisebol fincado na cabeça, lábios muito vermelhos, a voz enrolada do jeito dos bêbados. A sua pose me desnorteava, depois que o vira se arrastando.

– Não sei. O meu papel é apenas vigiar.

O albino deu um meio sorriso. Ficou tirando a sujeira das unhas compridas.

– E vale a pena vigiar? – gaguejou, todo preso na sua operação.

A teatralidade daquele idiota e a pressão provocada por suas perguntas, pois eu não estava acostumado a responder, pelo menos no que dizia respeito a assuntos nos quais se exigia discrição, impeliram-me a consultar o relógio para ver se o meu substituto ia chegar livrando-me do incômodo. Ainda faltava mais de meia hora, no entanto.

— Toda esta brincadeira de nos trancafiarem só era um jeito esperto para nos manterem de bico calado — continuou o albino sem se descuidar das unhas. — Mas não podia durar muito tempo.

— De onde tirou uma idiotice dessas? Quem escolheu andar de quatro foram vocês — e deixei bem claro o "vocês" —, enquanto nós — e frisei o "nós" — temos cumprido com o nosso dever, ficando de vigia mesmo sabendo que podíamos estar arriscando o pescoço. É muito fácil falar aí de baixo, não é? — disse olhando para o chão.

O albino inclinou-se para frente e agarrou-se atleticamente no parapeito, de forma que levantou as pernas e ficou em equilíbrio com metade do peito fora do navio.

— Sempre arrumam uma boa desculpa para fazer o que bem entendem — disse naquela posição, mal conseguindo respirar devido ao esforço. Tive vontade de empurrá-lo. Deu um pulo para trás e ficou de pé nas tábuas.

— De qualquer maneira, aqui já não há perigo — disse eu. — O pior já passou.

— Então, uma vez que você não é um soldado, já pode devolver a arma.

— Bom, ainda não há nada totalmente seguro. Alguém precisa ficar de sobreaviso no caso que tenhamos de nos defender.

Virei os olhos para o pântano. Uma corrente de escombros desfilava ao nosso lado. Rumava para a ilha que flutuava a trezentos metros de distância, para o leste, onde iria certamente se embrenhar.

Vários pernilongos atacaram as pálpebras do albino, que logo a seguir coçou os olhos. Eu dei um tapa no meu pescoço. Encontrei na mão suor e o cadáver esmagado de um inseto de tamanho descomunal. Era como se estivéssemos entrando num mundo de outra era. Pré-evolutivo, teria dito Camille.

— Defender-se de quê? — respondeu o albino.

Era uma pergunta previsível. Chega uma hora em que qualquer um pode perceber que o inimigo já não existe, quando a sobrevivência já depende de outra coisa, diferente de apenas defender-se. É aí que as coisas se complicam. Viver sem um adversário visível. Até sem adversário, talvez.

— Quer dizer, na verdade não sabem mesmo como voltar — prosseguiu sem esperar pela minha resposta, que não chegou. — Um dos chineses está dizendo que o GPS foi destruído e que estamos indo à deriva.

Só dois chineses haviam participado da reunião na ponte de comando e um deles, o senhor Gao, não sabia falar árabe. Divulgar informações confidenciais não combinava com a ficha biográfica de Han Tsu, nem com o seu caráter, do qual eu sabia alguma coisa após três anos partilhando sessões no Palácio Presidencial. Han Tsu era um jovem patriota de Henan que aprendera o *Livro vermelho* de cor, tornando-se amigo de um ex-comissário do Partido Comunista Chinês que o promoveu ao atual cargo na Capital. Era, em resumo, o próprio arquétipo de quem guarda segredos. Mas também era jovem e amante da verdade — "nós, os chineses, somos honrados e generosos" — e agora, em *La Nave*, estávamos vivendo uma situação excepcional, submetidos a pressões novas, entre as quais a vista daquela humanidade amontoada e ignorante que talvez merecesse alguma explicação.

Quando chegou o chamado para a oração, o albino foi embora.

Durante as horas que se seguiram, vários passageiros consultaram Osman, a tripulação e as sentinelas acerca do nosso vagar sem rumo, e embora nenhum de nós abrisse o bico, como aliás havia sido combinado, era só uma questão de tempo até as suspeitas do nosso desvio se tornarem certezas. Sendo assim, Osman convocou apressadamente uma reunião para concordarmos a linha a seguir.

Diante da possibilidade de problemas, acordamos as sentinelas de folga e, logo que tomaram posição para reforçar os homens de plantão, o capitão Hisham comunicou pelos alto-falantes que *La Nave* continuava remontando o rio à espera de encontrar uma brecha na muralha vegetal que nos separava da outra margem.

– Por enquanto, as ilhas nos impedem de regressar. Pedimos tranquilidade e um pouco de paciência. Não vamos demorar muito para encontrar o caminho de volta.

A multidão comentou com um zumbido como um enxame. Centenas de vozes resmungaram, na verdade consigo mesmas, pois não pareciam desesperadas nem ofendidas. Talvez o pessoal tivesse gostado de ficar a par da verdade. À meia-noite o navio dormia.

Passaram-se mais dois dias durante os quais *La Nave* entregou-se à calma e ao relaxamento. A notícia do desvio do rumo espantara o fantasma dos guerrilheiros, deixando o lugar para inquietações mais etéreas e propícias aos devaneios. Os embalsamadores contavam histórias ancestrais de embarcações sumidas e pediram que se invocassem os espíritos locais para que nos ajudassem a sair do aperto. Mencionavam antepassados e seres do além que erravam por espaços infinitos em busca de redenção. Por sua encenação e pelo respeito que a audiência lhes demonstrava, compreendi que deviam ser bruxos.

Na primeira noite, três embalsamadores se haviam reunido no convés, virados para o pântano, cantando e dançando por mais de meia hora e dirigindo gestos reverenciais às águas e ao firmamento. Em seguida, haviam tocado tambores com uma cadência hipnótica que me fez sentir idiota ao relembrar antigos filmes de aventuras na floresta. Eu já tinha passado muitos anos no país, obviamente já tinha ouvido falar em ritos tribais e, durante algumas madrugadas, chegara até a ouvir longínquos tambores, mas na Capital escolhera para mim uma vida quase de ermitão, e além do mais nunca tinha viajado tão para o sul. Os batuques sempre se ouviam de longe, e seus ribombos tinham a ver com as vidas dos outros. Naquela noite, no entanto, os tambores também tinham a ver comigo e, em lugar de consolar-me, o seu retumbar cavernoso, a sua mecânica constância, despertaram fantasmas de verdadeiro medo. Pois é. Fiquei com medo, afinal. Nem tanto de morrer quanto de ver-me diante das mitológicas forças infernais de um universo sobre-humano obscuro e distante demais para um homem, para mim. Era o medo original. O receio do desconhecido. Da escuridão da noite. Um horror a anos-luz de qualquer argumento racional, porque nas sessões animistas dos negros se aninha uma força primitiva que ressuscita o latente. Muito além das palavras.

O que estavam dispostos a fazer aqueles homens para salvar suas vidas? Se as danças não surtissem efeito, qual seria o seu próximo passo?

Quando se soube que "um chinês" havia revelado a notícia do nosso desvio, Osman mandou chamar Han Tsu. A ficha de Osman salientava a importância da palavra "proteção" no vocabulário do ministro e incluía esta frase:

"Proteger os homens, a retaguarda, os investimentos... A minha prioridade é essa."

Depois da morte do pai, a ideia fixa de cuidar da mãe chegara a causar nele pânico e insônia. Quando Osman completou vinte e um anos, a mãe quebrou o pescoço num acidente doméstico. Osman sofreu um colapso nervoso e ficou três dias internado. Nunca mais iria livrar-se do terrível sentimento de culpa que desde então tomou conta dele. Para acalmar a ansiedade, dedicou-se de forma definitiva à política, seguindo os conselhos do tio, exímio mestre na arte do fingimento, que inculcou nele os mais inabaláveis sentimentos patrióticos.

Todas as técnicas, tramoias e verdades que Osman foi integrando em sua personalidade sempre foram norteadas pela palavra "proteção", que no seu imaginário tornou-se tão gigantesca a ponto de assumir uma dimensão monstruosa. Apreciador das mais adiantadas e ousadas estratégias defensivas nos campos de batalha, da diplomacia e dos negócios, não se detinha diante de nada desde que pudesse afirmar este conceito: proteção.

Eu não desejaria nem um pouco estar no lugar de Han Tsu.

Osman também mandou chamar todos os que haviam participado da reunião na ponte de comando, inclusive o senhor Gao: várias sentinelas ficaram vigiando as entradas do restaurante. Quando ficamos sozinhos, Osman aproximou-se de Han Tsu e urrou a poucos centímetros da sua cara:

– Quando se concorda com uma coisa, cumpre-se! Quem acha que você é? Fez com que ninguém mais nos respeite! Não passa de uma criança! Nunca deveríamos ter deixado que ficasse sabendo de coisas de gente grande!

As repreensões de Osman eram assim mesmo, com a delicadeza de um tanque.

– Nunca mais gozará da nossa confiança! E não se considere indispensável. Há outros tradutores. – Esticou o braço, apontando para mim sem olhar. – Podemos dar um jeito sozinhos.

– Perdão, senhor Osman, queira perdoar. Eu não disse coisa alguma. Acredite, é a pura verdade – Han Tsu falava de cabeça baixa. – Não sou um traidor. Cumpro o que me ordenam. Eu juro, senhor Osman. Pode perguntar ao senhor Gao. Sempre faço o que me pedem e tenho o maior respeito por todos. Sei que vocês se preocupam com as pessoas no navio e que são os melhores para nos tirar daqui. Não sou um traidor, não sou mesmo, pode crer que não sou.

Esquecendo o estilo de dar pena, as desculpas de Han Tsu foram bastante críveis, de forma que Osman me interpelou, desta vez olhando para mim:

– O sujeito não disse que foi um chinês?

– Foi o que ele disse.

Todos os presentes se viraram para o senhor Gao. *Xangai, 1945. Com a morte dos pais, quando apenas tinha vinte meses, ficou aos cuidados da avó. Ambos sobreviveram miseravelmente nos subúrbios de*

Xangai até Gao Jin, com seis anos de idade, começara a trazer dinheiro para casa graças à venda ambulante de ovos. (...) Agora controla a maior rede distribuidora de ovos do Sudeste da China, é proprietário da terceira companhia imobiliária do país, acionista majoritário de uma firma de microchips e possui dois cassinos em Macau.

O senhor Gao tinha o rosto corado pela cerveja e pelo sol e, com aquela sua expressão séria, podia estar tanto triste quando enfadado. O seu olhar também era mortiço. Os braços estavam caídos como troncos, dos lados, retos e imóveis, longe da saliência da barriga, protuberante cogumelo em sua compleição fracote.

Embora o senhor Gao não entendesse o motivo daquele ralho, não pareceu gostar da maneira com que Osman acabava de humilhar Han Tsu. Quando todos olharam para ele, ajeitou de leve o colarinho de seda. Pestanejou. Esboçou algo impenetrável que podia ser interpretado como um sorriso. E procurou os olhos de Osman, que mantinha os lábios franzidos como se não soubesse o que fazer com eles.

O senhor Gao Jin financia o projeto Região Central para a edificação de um novo tipo de moradas especialmente planejadas para o clima ensolarado e poeirento do país. Nos próximos anos, participará da construção da grande rodovia norte-sul.

– Por favor – disse-me Osman –, traduza para o senhor Gao exatamente o que vou dizer. Não confio no seu colega.

Osman perguntou ao senhor Gao se porventura tinha comentado com alguém o que havia visto e ouvido no dia em que nos reunimos na ponte de comando. Traduzi ao pé da letra.

– Comentei – respondeu o empresário. – Falei com Chang. Osman bateu palmas.

– Chang só fala chinês – acrescentou o senhor Gao.

– E alguma coisa de inglês – respondeu Osman.

– É mesmo? Eu não sabia.

– Pois agora sabe. Pratica todos os dias com Mister Norton. – Estendeu a mão para o inglês. – Não é verdade?

– Ensino-lhe palavras. Ele não sabe praticamente coisa alguma.

— Basta que saiba o bê-á-bá. Ge. Pe. Esse. Cabum! — disse Osman abrindo repentinamente os braços como se estivesse jogando alguma coisa para o ar.

— Disse-lhe que era coisa sigilosa — respondeu o senhor Gao. — Mas é jovem. Todos cometem erros, não concorda, senhor Osman? Na verdade, esta situação toda é bastante fora do comum... e, afinal de contas, o resto do pessoal também tem o direito de saber o que está acontecendo. Se a minha vida corre perigo, fico grato se alguém pelo menos me avisar.

— Isso mesmo — concordou em voz baixa um chefe tribal quando acabei de traduzir.

Todos nós nos mexemos desconfortavelmente.

— A gente só morre uma vez — disse o senhor Gao, de forma tão comedida que vários dos presentes sorriram.

— Seja como for, já não há como voltar atrás — afirmou Osman, apertando os punhos. — Mas espero que, se formos acertar um acordo, desta vez os seus termos sejam respeitados.

O ministro dirigiu-se à saída ordenando que Han Tsu o acompanhasse. Alguns minutos depois estavam no refeitório, de pé diante de Chang. Norton e eu havíamos descido atrás deles. Osman desligou o registrador.

— Se voltar a dizer o que não deve, eu mesmo vou cuidar de você... O senhor Bai será informado do seu comportamento.

Enquanto Han Tsu traduzia, Osman cravou os olhos no jovem sentado no sofá. Chang estava rígido e atônito. Ao concluir a frase literal de Osman, Han Tsu continuou falando. Fiel ao tom incolor com que tinha traduzido o restante, como se estas palavras também pertencessem ao ministro, o chinês acrescentou:

— Você é um traidor, um maldito traidor. Há momentos em que acho que pessoas como vocês não merecem viver.

Ao comprovar o aturdimento do chinês, Osman retirou-se.

— O que deu nele? — perguntou Chang. — Por que me chamou de traidor?

— Descobriram que você espalhou por aí que estamos perdidos e que o GPS não funciona — respondeu Han Tsu.

Chang passou a mão no cabelo já desgrenhado negando com a cabeça.

— O senhor Gao confessou que comentou com você — prosseguiu Han Tsu.

— Comentou mesmo, mas eu não falei com ninguém. Sei guardar segredo.

Chang continuava espichado no sofá. Han Tsu, de pé, falava em voz baixa, apontando-lhe o dedo.

— O que precisa fazer, agora, é pedir desculpas ao senhor Gao se ainda tem alguma vergonha na cara.

— Você está batendo pino, camponês.

Filho de lavradores de uma província no interior de Henan, Han Tsu foi criado com dois irmãos, sendo ele o mais velho.

Han Tsu ficou paralisado. Como se tivesse recebido um banho gelado ou um choque elétrico.

Passaram-se pelo menos três segundos. Aí encarou Chang e repreendeu-o sem meios-termos.

— Não preciso pedir desculpas a ninguém, de nada — respondeu Chang. — E faça o favor de não levantar a voz. Está chamando a atenção.

Apesar do seu ardor, Han Tsu preferia uma atitude discreta e, dando-se conta de como ficara alterado, sentiu uma vergonha que, mesmo refreando-o, aumentava mil vezes a sua raiva.

Nos dias seguintes, Han Tsu revelou dados de Chang que não constavam da sua biografia. Nem posso imaginar como conseguiu ficar a par deles, e desconfio que provavelmente até inventou alguns. Em *La Nave* não se deu particular importância ao fato de Chang se ter aproveitado do pai multimilionário para arrumar um emprego numa multinacional petrolífera de Hong Kong para, em seguida, transferir-se para Xangai. Mas todos prestaram ouvido aos fuxicos que o definiam como "um viciado em jogo e prostitutas que esbanjava dinheiro e tomava liberdades com mulheres decentes". O que mais surpreendera a todos, no entanto, foi a maneira como obtivera o passaporte para entrar no país.

Além do mergulho, Chang adorava os espaços abertos naturais. Assim sendo, cansado da cidade grande, quando ouviu falar na possibilidade de ir para a África, ficou entusiasmado. Sem dúvida alguma, o seu cargo na companhia deixava-o bem atrás de outros funcionários para que pudesse candidatar-se como representante da firma na Capital. Segundo Han Tsu, Chang foi se livrando dos rivais "com sujas artimanhas" chegando a simular um acidente – "deixou cair uma viga de metal no ombro do pobre coitado" – para eliminar o seu competidor mais ferrenho.

Apesar de Han Tsu só ter contado isso a uns poucos ouvintes, na mesa do reservista, o navio inteiro acabou sabendo, e, como tudo aquilo que tinha de alguma forma a ver com o estropiado, a história foi considerada crível e fundamentada. Verdadeira ou inventada que fosse, Chang passou a ser um proscrito.

– Só por causa de umas tantas putas e de um bom golpe que o cara conseguiu dar – comentou Norton, atônito diante do vazio (procuravam não se aproximar do homem e lhe viravam as costas) com o qual os passageiros haviam começado a castigar o chinês.

A partir do dia da repreensão, Norton começou a aproximar-se cada vez mais de Chang, e por isso passei a encontrar-me amiúde com os dois, o que me levou a descobrir o fascínio do inglês pelo sexo.

– Acho que já estou há tempo demais neste maldito país.

Perguntava a Chang acerca das mulheres que tinha conhecido, o que fazia para conquistá-las e, interessado em comparar os gostos, incitou-o a classificar com notas de um a dez as passageiras de *La Nave*.

– Vamos lá, estou falando sério, quais delas gostaria de levar para a cama?

Com Chang, Norton perdia completamente a vergonha, apesar de o oriental não se demorar em explicações detalhadas, preferindo, aliás, descrever superficialmente as suas aventuras. Falava mais da sua vida noturna, "porque nós, os chineses, gostamos de sair muito à noite", dizia. De qualquer maneira, os insignificantes relatos de Chang aguçavam a curiosidade de Norton, que se esforçava para ligar as histórias a um capítulo qualquer da sua própria vida, que por sua vez ele contava nos mínimos detalhes esbanjando um vocabulário que até então jamais usara comigo, recorrendo a grosseiras hipérboles, principalmente nos dias em que cheirava coca, quando até se atrevia a convidar Chang a fazer o mesmo. Depois do costumeiro palavrório, acabava invariavelmente se lembrando do filho e repetia "David, David, David" enquanto tampava com o lenço o nariz sangrento.

Nos dias seguintes, o ferido grave morreu e os outros dois começaram uma recuperação que parecia definitiva. De manhã, no fim do meu turno de vigia, cumprimentava Norton e Chang, que acabavam de se instalar na proa do navio para praticar seus exercícios diários longe dos demais chineses que, por alguma razão, tinham desistido daquela rotina. A ginástica de Norton e Chang era mais um sinal da relativa normalidade que voltara a reinar em *La Nave*, onde, depois da ilha Bumerangue, Leila tinha implantado o hábito de apelidar os amontoados vegetais segundo sua forma ou conteúdo. A ilha Tromba, a ilha Chifre, a ilha Careca. Camille brincava com Leila na busca de nomes adequadamente divertidos, e elas acabaram concluindo que as tipologias mais repetidas eram duas: a Ilhota do Ovo, um conjunto oval com mais ou menos sete metros de largura e mata muito espessa e entremeada que se movia bastante rápido; e a ilha Melão, que de longe podia parecer similar à Ilhota Ovo, mas de perto revelava uma massa bastante mais volumosa, muitas vezes de comprimento indefinido, embora seus contornos respeitassem a disposição oval. Visto de perto, esse tipo de ilha deixava de ter a aparência de um melão transformando-se numa plataforma salpicada de protuberâncias anarquistas, de forma que, quando Camille explicou a Leila o que era uma pizza, ambas concordaram que algumas distantes ilhas Melão podiam, mais de perto, tranquilamente ser chamadas de Pizza Louca. Achavam isso tudo bastante divertido. E, quando Camille avistava uma ilha Melão que ia se transformando em Pizza Louca, fazia questão de avisar todo mundo.

— Vejam, vejam! — gritou várias vezes da amurada. — Pizza Louca! Pizza Louca!

A francesa e Leila combinavam. Meia hora antes de Leila ir dormir, Camille se aproximava da porta do tombadilho e as duas trocavam umas palavras em árabe e francês.

— Ora, ora — eu disse à bióloga certa noite, depois que Leila já fora descansar. — É a primeira vez que a vejo interessada em aprender árabe.

— Agora tenho com quem falar, meu amigo.

Amigo. A palavra não me incomodou como já acontecera no passado. Afinal de contas, ela e Leila haviam trazido de volta alguma calma e despreocupação ao vapor. Mas quando me desafiam de forma insistente, não consigo deixar de dar minhas alfinetadas.

— Pois é, vejo que as meninas realmente se dão muito bem — disse, também me abrindo num sorriso.

— Filho da puta — respondeu a francesa.

Certa tarde, inesperadamente, Osman convidou a Norton e a mim no seu camarote. Embora Norton estivesse de vigia, Osman insistiu e o inglês apareceu na cabine de metralhadora na mão. O ar cheirava a madeiras preciosas e incenso. Cumprimentamos madame Rasha, sentada num pufe de pele de macaco, folheando mais uma vez as páginas da revista com a qual circulava pelo navio desde o dia da partida. Uma fina cortina azul filtrava a luz da tarde que entrava pela escotilha, dando ao camarote um ar de prostíbulo de ínfima categoria. No meio do cômodo, haviam cravado no chão uma mesa de madeira onde se empilhavam três camisas impecavelmente dobradas, ao lado de uma tábua de passar.

Osman empurrou para nós uma abaulada tigela de alumínio com amendoins e castanhas-de-caju, e soltou um sermão sobre as mudanças estratégicas do Governo. Disse que no sul haviam começado a construir uma estrada de ferro que finalmente permitiria o contato com as aldeias locais. Afirmou que, como numerosos estudos internacionais haviam demonstrado, a guerra era uma loucura, "um verdadeiro desperdício", disse, e que nem ele nem qualquer outro ministro permitiriam que aquele desatino continuasse. Norton basicamente assentia, e eu tampouco podia deixar de fazer o mesmo uma vez que, de forma inesperada, Osman olhava amiúde para mim enquanto falava.

– A riqueza deste país é imensa, somos o celeiro da África, um ponto-chave no mundo. Ninguém pode continuar desperdiçando uma dádiva como esta, e por isso mesmo estou convencido de que agora a paz será duradoura. Mais cedo ou mais tarde tinham de entender que não poderiam entrar e ficar com tudo. Não somos como outros que se deixam pisotear, e pisotear, e pisotear. Não havia outra escolha a não ser chegarmos a um entendimento, não é, senhor Norton?

– Isso mesmo, senhor Osman – respondeu Norton. Tinha colocado a metralhadora no chão.

– Tudo bem com o seu filho? – perguntou madame Rasha em árabe, mas antes que eu pudesse responder alguém chamou da entrada. Era Wad. Trazia alguma coisa embrulhada, dentro de uma sacola preta que entregou a Osman. Norton deu uma olhada num dos seus celulares. Continuava sem cobertura.

– Já estou indo – disse Wad. – Aschuak está me esperando.

Quando saiu do camarote, perguntei:

– Aschuak é a mulher...?

Osman levou uns amendoins à boca.

– Ela mesma, a que viaja com Wad. – Mastigou a comida. – Tem uns trinta anos. – Futucou um molar com a língua. – A sua família é do sul, mas foi enviada à Capital ainda pequena, acho que já naquele tempo estava doente, e uma vez que na Capital há os melhores médicos... O mais estranho é que veio com uma babá e uma governanta... nada de parentes. E continua na mesma até agora.

– Como assim, "na mesma até agora"? – perguntou Norton, pegando um punhado de castanhas-de-caju.

– São pessoas traquejadas, você sabe. Acho que o pai era um produtor de algodão, e o padrasto um diplomata. Estão acostumados com as mudanças. Está voltando ao sul para morrer.

– Ouvi dizer que tem uma doença contagiosa – disse Norton.

– Quem lhe disse?

– Não sei, ouvi dizer.

– É uma informação sigilosa – continuou Osman, mascando amendoins – ... mas é o que dizem, é verdade, embora não represente um perigo para os demais passageiros. Seja como for, a mulher terá de ficar em sua cabine até chegarmos a Juba. E tampouco parece particularmente interessada em sair, deve ser uma dessas pessoas que sabem se entreter sozinhas. De qualquer maneira, se precisar de alguma coisa, Wad está lá para atendê-la.

– Dorme com ela?

– Às vezes. Para quê, já é outra história, pois não creio que, no seu estado, ela aguente... – Osman deteve a piadinha macabra. Rasha olhou por cima da armação dos óculos, ao perceber o lapso na conversa que não entendia, uma vez que era em inglês. – Pude vê-la na hora do embarque... A coitada só era pele e ossos.

Lembrei o rosto fascinantemente abatido das fotos tiradas por Gerrard.

– Seja como for – prosseguiu Osman –, Wad está interessado nela mais do que em qualquer outra pessoa que tenha aparecido em sua vida há muitos anos. Forçou-nos a aceitá-la! Disse que, se Aschuak não viesse, ele tampouco embarcaria. Não havia mais nada a dizer. Toda essa boataria, para mim, é só um jeito de Wad protegê-la... Quer dizer, o contágio... Afinal de contas, o homem passa um tempão junto dela, e não há absolutamente nada de errado com ele.

— Firme como um touro – salientou Norton.
— E aí? – perguntei.
— Diz ser imune.
"Sim, mas também não", conforme o estilo local. As verdades desmentem-se num piscar de olhos para pouco a pouco voltar a ser certezas. É assim que ali se raciocina, de forma sinuosa, num contínuo vaivém que favorece a intriga e o mistério. Aquilo de que ninguém duvidava era que Aschuak estava agonizante. Havia sido o argumento fundamental de Wad para embarcá-la. Agonizava e, antes de morrer, queria voltar ao lugar onde nascera para conhecer a família que sobrevivera à guerra.
— Uma história bonita – disse Osman, esvaziando com um último punhado a tigela de amendoins. Rasha continuava entregue à revista. – Esta mulher só deve estar pensando na Cidade.
Ao dizer isso, o seu rosto torceu-se numa careta, talvez por ter encontrado algo que o aproximava demais da enferma.
— Vamos lá, conte logo – disse Rasha de trás da revista, num tom inesperadamente ameaçador.
Osman engoliu depressa demais. Pigarreou para limpar a garganta.
— Antes de irem embora, gostaria de pedir-lhes um favor – disse tirando da sacola uma máquina fotográfica e chegando-se a mim. – Gostaria que voltasse ao passado e tirasse uma foto de nós dois, juntos. Ficaríamos contentes em ter uma lembrança da travessia.
— Essa é a câmara de Gerrard – eu disse.
— Pois é, e sabe como são cheios de manias, esses fotógrafos... Ainda gostam de câmeras manuais. Se fosse digital, não precisaríamos incomodá-lo, teríamos pedido a qualquer um, mas... ficamos encantados com a sua exposição sobre os jardins do Palácio. Se não se importar...
Osman entregou-me a câmera, remexeu no interior da sacola e encontrou dois rolos. Madame Rasha levantou-se alisando sua sedosa *chamira* purpúrea.

— Se quiserem que passe algumas das suas roupas... — interveio a mulher apontando para a tábua.

— Posso pagar pelo serviço — acrescentou Osman.

O casal tinha planejado uma sessão ao longo de *La Nave* com sequências nos sofás do restaurante; comentando os pratos com Karnezis na cozinha; passeando de mãos dadas no convés. Norton despediu-se, voltando à sua ronda, e nós dedicamo-nos a percorrer o navio, parando nos cantos escolhidos por madame Rasha. Posavam, muito careteiros, rindo das coisas mais banais, cercados pela animosidade cada vez mais patente de alguns passageiros que ainda viam em Osman o responsável de toda a desgraça. Percebia-se que o ministro despertava neles sentimentos conflitantes, pois era considerado ao mesmo tempo líder e verdugo. Quanto a mim, ao ver-me metido naquela paródia, segurando a câmera de um sujeito que virara presunto, só pude sentir asco de mim mesmo.

— Tem certeza de que não quer que lhe passe alguma roupa? — insistiu madame Rasha.

— Não é preciso, muito obrigado, não.

Tirei as fotos que ainda sobravam no rolo de Gerrard, umas doze ao todo. Quando saímos para o convés, tinha dado trinta e dois disparos com o novo filme. A luz era insuficiente para conseguir balancear convenientemente as cores, de forma que propus adiar a sessão para o dia seguinte. Gostaram da ideia.

Antes de ir dormir, fui tomar um chá com hortelã no restaurante. Han Tsu estava espichado no sofá, sozinho, cantarolando a canção chinesa que tocava no radiogravador. O tradutor não era feio nem desagradável, mas havia algo estranho demais nele, talvez fosse o seu leve desequilíbrio estrutural, ou sua rara candura. O que chamava logo a atenção era a testa do rapaz. A distância entre as sobrancelhas e as primeiras raízes da sua espessa cabeleira resultava excessiva, ainda mais porque o diâmetro do seu crânio excedia a média. Não tinha rugas nem qualquer pelo facial. O seu rosto possuía um ar imaculado que lhe conferia inocência, tornando-o, ao mesmo tempo, imperscrutável. Quando sorria ou franzia o cenho ou os lábios, as rugas brotavam em seu rosto como manchas que, logo a seguir, se apagavam sem deixar rastro. Era muito difícil discernir os seus sentimentos.

Usava sapatos esportivos, aqueles tênis acolchoados para absorção de impacto, e vestia calças de tergal com camisa de mangas curtas, de colarinho fechado até o penúltimo botão. Quando tinha alguma dúvida, costumava coçar o lóbulo de uma das orelhas que, sem serem grandes, estavam um tanto dobradas para diante e sustentavam a armação ultraleve de uns óculos de lentes redondas. Apesar de não praticar qualquer ginástica, movia-se sem esforço e costumava ficar de cócoras, o que o ajudou a simpatizar com vários passageiros que compartilhavam o mesmo hábito.

– Reparei que tirou retratos do senhor Osman – disse do sofá. – Visitei a sua exposição de fotos dos jardins do Palácio. Muito bonita.

– Obrigado – respondi do balcão.

Han Tsu endireitou o corpo, baixou o volume do rádio e, com um gesto da mão, convidou-me a juntar-me a ele no sofá. Ficou recostado numa almofada, rodeando as pernas com os braços. Mantinha o rosto levemente de lado, oferecendo-me o perfil direito.

– Os chineses são conhecidos pela competência com que cuidam das plantas – continuei, acendendo um cigarro. – Fico realmente lisonjeado com o fato de você ter gostado.

– Um jardim é o reflexo do universo. O taoísmo diz que criar um jardim equivale a criar um mundo. Tudo está centrado na harmonia. Usamos principalmente pedra e água. O tempo e o espaço se decompõem – Han Tsu falava escandindo bem as frases como se estivesse ditando. A melosa canção chinesa tocava no fundo. – Gostamos de lagos, de fontes.

– E o que me diz de pântanos?

Han Tsu começou a assobiar sem muito sucesso a melodia da canção. Soprava demais na tentativa de assobiar baixinho.

– Pelo que estamos vendo – salientou –, aqui no pântano o tempo e o espaço também se decompõem.

Han Tsu tirou de uma sacola preta um sanduíche de carne e espinafre, que começou a comer.

– Por que se tornou tradutor? – perguntei.

– Tenho uma memória fora do comum – disse ficando ainda mais de perfil. Só podia ver metade do seu rosto, apesar de estar bem diante de mim. – Desde pequenino, sempre fui capaz de recitar frases inteiras e provérbios tirados dos livros. Certo dia um dos meus professores chamou os meus pais e lhes disse que eu tinha um raro pendor para as línguas. "O país precisa de jovens que falem idiomas", disse o professor, e recomendou que fôssemos falar com um cunhado dele. O cunhado trabalhava numa grande firma petrolífera que precisava encontrar intérpretes de árabe e espanhol. Há um montão de firmas chinesas entrando firme nos mercados da África e da América Latina. De qualquer maneira, levei algum tempo para tomar uma decisão. Na Universidade, quase todos os estudantes de língua são mulheres.

– Melhor assim, não acha?

Brincalhão, e continuando a olhar-me de soslaio, Han Tsu escondeu a cabeça entre os joelhos.

– Tem de levá-las a sério, as mulheres – disse impostando a voz. – A maioria delas escolhia o idioma espanhol – prosseguiu em tom normal. – A América pode ser uma região difícil e perigosa, mas uma mulher chinesa trabalhando em terras muçulmanas é algo bastante difícil de imaginar. De forma que, se eu estudasse árabe, não enfrentaria muita concorrência. O professor me convenceu. Disse que os tradutores seriam muito importantes no futuro, que teriam excelentes salários, e descreveu qual seria o meu papel na engrenagem. Tive uma visão linda de mim mesmo, imaginei-me como um parafuso fazendo parte de uma aparelhagem colossal.

– Da China?

– Da China.

Já tinha ouvido anedotas acerca das particulares idiossincrasias dos chineses, eu mesmo podia explicar algumas, mas até então jamais tinha encontrado alguém realmente satisfeito com o fato de ser um parafuso.

– Isso mesmo – disse eu. – É uma coisa importante. Tem finalidade.

– Pois é. Ter uma finalidade, sentir que você está trabalhando para um fim é muito importante. Veja só a minha saúde. – Han Tsu tentou encher ambos os bíceps ao mesmo tempo. Estava muito fraco.

– Nem mesmo consigo fazer *tai chi*!

Assenti mecanicamente com a cabeça.

– O que não entendo – disse solenemente com repentina calma – é a razão pela qual tantas pessoas não têm a menor consideração pelos tradutores. Ajudamos o pessoal a se comunicar e mesmo assim nos tratam mal. Tem gente que nem olha para mim depois de eu passar mais de uma hora traduzindo as suas palavras. Dá para entender? Alguns pensam que somos cachorros. Eu não sou um cachorro.

– Claro que não... você é um parafuso.

– Não tem nada a ver. Só sou um parafuso quando quero. Porque quero. Mas sempre há uns que fazem o possível para tratar-me como um cachorro.

– Sempre achei que os chineses eram mais discretos na hora de expressar seus sentimentos. Pelo menos, essa é a sua fama.

– Fama – repetiu Han Tsu. Desta vez apoiou o queixo nos joelhos. Oferecia o seu perfil direito de forma tão nítida que parecia estar posando para uma foto policial. – Não costumo falar das minhas coisas. Mas você é tradutor como eu. E estrangeiro. Se a gente não morrer por aqui, talvez nunca mais volte a vê-lo. Ainda mais porque acredito que muito em breve terei de procurar outro trabalho.

Olhei para ele, interrogativo.

– Estou preocupado – explicou o chinês. Virou um pouco a cabeça para mim e, fitando-me de soslaio, acrescentou: – Não estou escutando bem com este ouvido desde o dia em que nos atacaram.

Coçou o lóbulo da orelha esquerda.
– Não conte a ninguém, por favor. Só me prejudicaria. Você é um colega. Sei que vai entender.

No passado eu já tinha pensado na surdez como que numa ameaça vaga, sem me aprofundar nas suas consequências, e de repente lá estava eu diante de um rapaz na casa dos vinte que estava à beira do desastre em seu ofício. Voltei à imagem de Han Tsu durante as últimas conversas e dei-me conta de que quase sempre me lembrava dele de perfil.

– Ora, isso deve passar em poucos dias. É o efeito pós-traumático – inventei. – É bastante comum.

– A esta altura, tornei-me o grão-mestre da rotação de pescoço. Vapt! – Deu um golpe seco com a cabeça para a direita. – Vupt! – Golpe seco à esquerda. A orelha direita voltou a ficar em primeiro plano. – Nem imagina como funciona! Uma orelha cem por cento vale por duas. O problema é que, se houver algum barulho...

Han Tsu não completou a frase porque Chang acabava de entrar na cantina. Ao nos ver juntos, esquivou-se.

– O traidor – disse Han Tsu.

O radiogravador começara a tocar outra delicada música oriental. Karnezis atravessou o restaurante numa *galabiya* muito branca e folgada, com a leve fazenda roçando nos cantos das cadeiras e das mesas.

– Podiam tentar uma reconciliação.

– O sujeito não tem dignidade.

– Por que se dá tão mal com Chang?

– Somos muito diferentes. Ele gosta de fumar, eu não. Gosta de bebidas alcoólicas, eu não. Gosta de dançar, eu não. Ouve música pop e rock, e eu prefiro a clássica. Ele corre atrás de gostosas – Han Tsu sempre omitia o substantivo "garotas" – ... e eu também.

Demos uma boa gargalhada.

– Eu sei, mas não basta para odiar alguém.

Han Tsu meneou a cabeça negativamente como se eu não conseguisse entender algo fundamental do seu caráter.

– *Chang shi yi ge xinxin renlei* – respondeu.
– *Xinxin renlei you shenme yisi?* – perguntei.
Han Tsu deu-se umas palmadas na cara como que para espantar moscar.
– *Mei shi'r, mei shi'r* – respondeu.
E começou a assoviar.

No dia em que o senhor Gao me usou como intermediário para pedir o binóculo de Norton, aproveitei a oportunidade:
– Aqui estão. – Norton concordara em emprestá-lo por umas horas e eu os entreguei. – Senhor Gao, o que significa exatamente *xinxin renlei*?
– Nem mais nem menos o que as palavras dizem: novo humano.
– Pois é, mas o que vem a ser novo humano?
– Na China chamamos assim os jovens que só querem se divertir, que só pensam em bens materiais... rapazes que normalmente são considerados sem escrúpulos.

O senhor Gao gostou do fato de eu estar interessado na sua cultura "mesmo depois de ter tido de enfrentar as dificuldades do nosso idioma" e a partir daí, quando estava sozinho e me via circular pelo navio – uma vez que lhe confessara preferir os diálogos a dois, pois o meu ofício me impunha conversas com pelo menos três pessoas, e neste caso era difícil manter alguma intimidade –, chamava-me estalando os dedos e me falava do seu país e dos chineses com quem viajava.

Soube então que, como o prédio da delegação chinesa na Capital dispunha de antena parabólica, Han Tsu pudera continuar assistindo aos documentários sobre a Segunda Guerra Mundial, aos seriados a respeito das memoráveis dinastias Ming e Qin e aos filmes de kung fu. Vez por outras pulava para algum canal estrangeiro, mas como não entendia coisa alguma e achava a tevê islâmica muito cacete, acabava voltando à programação costumeira. E agora procurava não mudar a sua rotina. Era um especialista infalível nas suas tarefas de tradutor que, no fim do dia, encontrava a felicidade no esquecimento do seu quarto bem arejado. No trabalho, limitava-se a interpretar de forma automática, "de maneira tão rápida e impecável – comentou o senhor Gao – que chego a pensar que esqueça o que diz, não tem tempo para assimilar nada. Quando trabalha, é uma espécie de máquina. Ele sabe disso. E não se importa".

Han Tsu acreditava num mundo de pessoas honestas, com um ideal comum de honradez. Isso lhe criou algum problema no país. Em várias oportunidades sugeriu que os africanos para os quais traduzia se dirigissem aos interlocutores chineses com termos mais amáveis. Repreendeu-os salientando que suas expressões podiam soar ofensivas e atreveu-se a iniciá-los em algumas normas de cortesia oriental. Não durou muito.

– Quando eu disser puta, você vai dizer puta – respondeu-lhe um general num salão do Palácio. – Está me entendendo?

Quando Han Tsu informou o senhor Gao dos seus tropeços, o empresário incitou-o a deixar de lado a rigidez e deu-lhe a fórmula que a partir de então ele aplicaria à risca:

– Esqueça a sua própria pessoa – disse o veterano. – Aceite que, quando está ali no meio, você não existe.

Han Tsu lamentou aquelas imprudências, apesar de ser a pessoa mais indispensável nas conversas, aceitou o paradoxo de também ser, sem dúvida alguma, a que menos importava e aprendeu a manter-se alheio às frases que passavam pela sua boca. Percebeu que era apenas um instrumento. O seu valor baseava-se na precisão, no fato de ser o mais exato possível. Era o que se esperava dele, era para isso que tinha sido contratado. Quando passava dos limites do ofício, recebia repreensões que o achacavam até fisicamente. Deu-se conta de que seus pais e os pais dos seus pais e até mesmo os pais destes haviam praticado de forma exemplar a arte da contenção, absorvendo os choques do destino até chegar perto de uma vida sem altercações e, por isso mesmo, próxima da felicidade.

– Quando Han Tsu atribuiu o seu atrevimento à juventude, deu um passo adiante – comentou o senhor Gao. – Começou a crescer.

Depois das humilhações, compreendeu mais alguma coisa acerca do seu papel na sociedade e do respeito devido aos que mandam. Recebera uma lição. Provavelmente, o fato de terem sido uns negros a encarregar-se de colocá-lo no devido lugar deve ter sido para ele perturbador, mas afinal de contas tratava-se de executivos. Eram negros influentes, e agora ele estava se tornando um homem.

No dia em que o senhor Gao contou-me essas coisas, não deixou um só momento de sacudir um espanta-moscas de pelo de girafa enquanto tomava cerveja.

— Na China, costumamos dizer: se você se acha tão esperto, comece enchendo o carrinho com estrume de porco. Eu recolhi muito estrume de porco. Agora há outras pessoas que fazem por mim. É uma coisa que dá tranquilidade. Se continuar assim, vou chegar aos 123 anos. Um. Dois. Três. É um bom número para se morrer, não concorda?

— Não conheço ninguém com esses números. De qualquer maneira, dizem que vocês sabem manter-se em forma.

O senhor Gao esquadrinhou-me com seu rosto de sabujo tristonho.

— Pela sua cara, não saberia dizer a sua idade.

— Vinte e sete — menti.

— Parece mais velho.

— Talvez tenha recolhido mais estrume de porco do que me cabia.

O senhor Gao começou a se sacudir soltando uma espécie de pequenos soluços que eram suas risadas.

La Nave balançava mais que o normal. Deu uns solavancos que derrubaram copos e pratos nas mesas do restaurante.

— Estou aprendendo inglês — disse Han Tsu enquanto Norton se aproximava. — Alguns dias atrás Leila ensinou-me uma frase. Quanto falta para a gente chegar? Penso nisso o tempo todo. Não consigo tirar da cabeça. Quanto falta para a gente chegar? Você vai ver.

Piscou para mim e esperou até Norton ficar diante de nós.

— Uma noite difícil — disse o inglês, de pistola presa na cintura e cabeleira desgrenhada devido à ventania.

— *Do you want to sing with me?* — foi a resposta de Han Tsu.

Norton e eu entreolhamo-nos admirados. O inglês entoou o *jingle* da sua companhia telefônica. *"Five hundred miles..."* Foi uma simpática casualidade que fez sorrir nós todos, embora cada um por diferentes razões.

— Está garantindo que faltam menos de quinhentas milhas — interpretei para Han Tsu enquanto Norton continuava cantarolando.

— O senhor Norton, às vezes, é muito divertido — disse Han Tsu, de orelha direita virada para o inglês.

Eram tantos os motivos pelos quais queria dormir que no começo não consegui pregar o olho. Como Norton continuava de vigia, acendi uma lanterna a gás, revistei o fundo da minha maleta e saquei a pasta estufada com as fotos dos passageiros tiradas por Gerrard. O meu pequeno tesouro. Claro, não posso negar que o conseguira de forma clandestina, mas afinal não o usava de maneira imprópria nem ostensiva. Quando Gerrard morreu, ninguém prestou atenção naquela pasta, achei até que nem chegaram a vê-la, e eu agi bem rápido. Dali a alguns dias alguém perguntou o que acontecera com o material do canadense, mas a curiosidade morreu por ali mesmo. O tiroteio havia dispersado muitas coisas, destroçado outras, e as fotos não eram algo essencial que precisasse da nossa atenção no momento. Foi assim que herdei o trabalho do morto e, nesta noite, assim como em outras ocasiões, entretive-me analisando um por um os meus companheiros de viagem, tentando lembrar suas biografias e adivinhar seu comportamento futuro.

Já fazia três dias que o vento soprava, decidido, mas não incômodo, embora hoje estivesse fortalecido. As rajadas assoviavam sinistras provocando estridentes sinfonias e algo parecido com vozes. Antes da minha ronda, consegui dormir um pouco e lembro como real, pois não creio que fosse parte de algum sonho, o nítido canto de um homem do outro lado da porta. Estava rezando no corredor. A sua ladainha funcionou como cantiga de ninar, acompanhando o murmúrio no ar. E aquela música acabou atraindo os vagos sonhos aos quais me entreguei, que deviam ser agradáveis, pois lembro que me sentia bem, embora tenha esquecido tudo ao despertar.

    Às duas horas, comecei a minha vigia. *La Nave* rasgava lentamente umas águas que de noite pareciam outra coisa. A sentinela da popa observava a escuridão com a arma presa a tiracolo. Tinha tapado a boca usando como máscara a fita solta do turbante e a sua túnica esvoaçava como roupa no varal num dia de vendaval. Não parecia ter receio da noite. Não esperava ataques de surpresa. *La Nave* ronronava. Vai ver que o barulho do motor podia ser ouvido a dúzias de quilômetros de distância, mas quem poderia estar interessado nos ruídos do pântano? Afinal de contas, o que poderia surgir dali?

    – Nada – murmurei.

Quando, depois do descanso, cheguei ao restaurante em busca de comida, encontrei Camille ofegante, espichada num sofá, muito pálida. Ao seu lado, madame Rasha abanava-se um tanto indignada. Contou que, umas duas horas antes, um dos passageiros havia avistado algo estranho e vivo se mexendo nas margens de uma ilha que se aproximava devagar. Uma boa parte do pessoal do navio amontoou-se junto da amurada de bombordo enquanto o capitão manobrava para ladear o empecilho a uma distância intermediária, nem perto nem longe demais, para ver de que se tratava.

    Na ilha, o canavial e as ervas entremeadas dobravam-se visivelmente com o avanço de sabe lá o quê, e dava para acompanhar as passadas. Vez por outra, entre os interstícios da maranha, distinguia-se uma grande mancha branca que logo a seguir voltava a ocultar-se e, apesar de tudo indicar que se tratava de um bicho, nove das doze espingardas estavam apontadas para lá.

    – Um rinoceronte! – parece que então murmurou Camille, quando o animal surgiu entre o matagal. A enorme cabeça, encimada por um poderoso chifre, ficou cara a cara com *La Nave*. – Um rinoceronte! – gritou, desta vez de forma bem audível, entre os murmúrios da multidão. – Um rinoceronte! Um rinoceronte-branco!

Pela primeira vez desde que fora avistado, o animal manteve-se imóvel, com meio corpo ainda oculto na vegetação. Os rinocerontes-brancos são uma raça em extinção, alguns dizem até que já não existem, que na verdade nunca existiram e que se o nome sobrevive é só devido a uma confusão idiomática provocada pelos bôeres. Mas, naquela manhã, um rinoceronte-branco apareceu flutuando bem diante de *La Nave*, um bichão que, como muitos búfalos, elefantes e leões, confiara na firmeza desta terra tão sólida e que, enquanto buscava alimento ou simplesmente explorava, descobriu que o chão se movia sob as patas. Que navegava. Havia quanto tempo que aquele animal estava à deriva?

Rasha afirmou que o rinoceronte olhava para ela "como uma pessoa".

E as pessoas olhavam para ele.

– E não podíamos fazer coisa alguma.

Camille começou a gritar, a repetir que tinha de fazer alguma coisa, que o animal não podia ficar ali, "há muito poucos no mundo, precisamos tentar tirá-lo de lá. Capitão!", berrava. "Capitão!"

Gritava sem sair do parapeito, encantada com os reflexos encouraçados do rino, que se inclinou perto da borda e tentou chegar à água, talvez para beber, pois não creio que tentasse fugir nadando. Logo a seguir levantou-se e voltou a olhar para o vapor. Estávamos bem diante dele. Ao identificar o bicho, as sentinelas haviam baixado as armas. O capitão aproximou-se mais um pouco dos limites da ilha e parece que esse desvio, junto com a confluência de algumas inesperadas correntezas, acabou provocando uma marola que de repente nos jogou contra a margem lodosa da formação. Assim como os icebergs se desprendem na época do degelo, da mesma forma a língua de terra que suportava o animal começou a desmoronar. Quando o rinoceronte começou a tentar fugir, despencou no pântano caindo na água subitamente mais escura.

La Nave continuava para o sul e os passageiros amontoados a bombordo acompanharam a cena enquanto o ângulo permitia, testemunhas de como a massa branca se debatia respingando para todos os lados a água cada vez mais lamacenta. Camille viu tudo entre gritos e soluços. Logo a seguir, acabou desmaiando.

– Este capitão dá azar – disse Osman atrás de mim. Não o vira chegar. – Já afundou um navio. O filho dele se matou. Há algo muito errado com o homem. E ainda é meio cego! Será que alguém pode confiar num piloto cego?

– Osman... – murmurou a esposa, pedindo-lhe moderação.

O episódio do rinoceronte foi o prelúdio de uma fase mais negra e sombria, como se no navio tivesse desaparecido por completo o receio do inimigo oculto na mata e, em seu lugar, se tivesse espalhado sem qualquer controle uma angústia maior, muito mais global e invencível porque não dava para lutar com ela. Um medo contra o qual de nada adiantava ficar de vigia. Era o simples pavor de estarmos ali.

A imensidão do território, além de impressionante, começava a tornar-se oprimente. As aleatórias combinações de água e terra não apresentavam soluções nem indícios de saída e, se vez por outra parecíamos vislumbrar alguma, tínhamos de aproveitar de imediato, pois logo a seguir a possibilidade se esvaía e tudo voltava a formar um inextricável hieróglifo para o qual de nada adiantavam experiência nem previsões. Vivíamos em constante expectativa. Os nossos nervos começavam a ceder.

Num mundo inexplorado, tudo é possível, incluindo o monstruoso. E, às vezes, pode ser fascinante abrir caminho, bancar o pioneiro. Se aquele fosse um ambiente normal, a curiosidade e o medo juntar-se-iam fazendo-nos sentir conquistadores. O Sudd, entretanto, não é "normal". O Sudd é movimento. Regenera-se e transforma-se como um ser vivo. E tampouco podemos falar de mera charneca virgem. Ou, pelo menos, não somente disso. Porque, apesar da óbvia falta de notícias a respeito da região, isso não queria dizer que outros não tivessem navegado antes naquelas águas. Significava apenas que, do mesmo jeito que a gente, os que passaram por lá não haviam podido juntar dados práticos que pudessem ajudar no futuro. *La Nave* também passaria sem deixar rastro. Ninguém seguiria a nossa esteira, borrada pelas ondas seguintes num lugar que, talvez, seria logo a seguir bloqueado por novas ilhas vegetais. O mais perturbador, no entanto, era que nós mesmos não podíamos distinguir a nossa pista no caso de precisarmos voltar atrás. Não haveria um caminho a seguir. O único legado para o pantanal, capaz de resistir durante anos, talvez fosse um navio à deriva, cheio de cadáveres amontoados.

– Que coisa mais boba, não é verdade? Mais um navio perdido – Osman comentara com o capitão naquela tarde, ao vê-lo consternado após o episódio do rinoceronte. Hisham segurava a roda do leme com ambas as mãos, apesar da calmaria.

– Para mim, é a primeira vez – respondeu.

A consciência desta situação mexeu com os brios do ministro a ponto de levá-lo a escrever. Podia ser visto o tempo todo tomando notas, entrevistando o pessoal de bordo e, quando lhe perguntaram que bicho o mordera, explicou que escrever já tinha ajudado outras pessoas. Osman começava a ficar realmente assustado. Não confiava na sorte do capitão e, por isso mesmo e conforme a loucura supersticiosa, não encontrou coisa melhor a fazer a não ser aceitar uma ideia tão disparatada quanto a de escrever um diário com que imitar os lendários exploradores cujos textos lhes serviram para isolar-se da morte ou, pelo menos, esticar os limites da sua vida de forma quase incrível. Só para dar um exemplo, o inglês Gordon resistiu durante quase um ano ao cerco de Jartum e salvou-se bem em cima da hora; o maltratado Speke conseguiu voltar à Grã-Bretanha apesar do receio de morrer durante a viagem sem poder relatar a sua façanha; mas o caso que determinou a iniciativa de Osman foi principalmente o calvário do governador italiano Gessi, cujo navio se perdeu no pantanal do Sudd com mais de duzentas pessoas. Um soldado comeu o seu próprio filho. Mas quatro pessoas se salvaram, entre elas o próprio Gessi. De forma que Osman escrevia para salvar a própria vida.

– Já ajudou muito – dizia.

Essa sua explicação equivaleu a uma invocação da morte, pois deixou bem clara em todos a sensação de que morrer no Sudd era possível. No Nível Inferior, começou a correr o boato segundo o qual escrever ajudava a prolongar a vida, e quase uma meia centena de pessoas saiu em busca de canetas, esferográficas, lápis e qualquer outro instrumento capaz de deixar uma marca no papel, que aliás também era muito procurado.

A maior parte desse material encontrava-se na ponte de comando e no Nível Superior, e pertencia aos empresários e aos políticos. O próprio Norton e eu guardávamos umas tantas canetas e uma pilha de papéis em branco junto com os contratos redigidos e prontos para serem assinados. De qualquer maneira, já fazia algum tempo que a maioria das esferográficas ficara inutilizada por causa do calor ou, como acontecera com Camille, estragara-se devido ao corrosivo Relec com que lambuzávamos a pele para nos defender dos mosquitos: os eflúvios da pomada nas mãos penetravam o plástico das canetas neutralizando o fluxo da tinta.

Os pedintes consultaram aqueles que tinham visto escrever durante a travessia, aqueles que achavam capazes de fazê-lo, a fim de conseguir tinta e papel. Um grupo de seis homens, por exemplo, encarou Osman. O ministro entregou-lhes quatro folhas e duas canetas, recomendando-lhes partilhar as esferográficas em grupo de três.

– Temos de fazer economia, de forma que não precisam escrever muito mais que uma linha por dia – disse Osman. – Um pensamento ou uma visão. Isso já vai bastar. O que realmente importa é que o texto seja de vocês.

E quanto mais aludia aos poderes do diário, mais parecia acreditar neles, transformando a sua paranoia numa possibilidade de real salvação para muitas outras pessoas.

Diante da nova demanda, distribuímos canetas e papéis a quem pedia, também mantendo a exigência do uso triplo. Em letra miúda, os primeiros escrevedores começaram seus diários e foram entregando as canetas aos companheiros, a maioria dos quais não sabia usá-las. Muitos eram analfabetos e se limitaram a riscar uns traços que ocupavam um espaço mínimo.

Naquela manhã, os demais passageiros assistiram atônitos à efervescência literária dos vizinhos antes de se dirigir ao refeitório, onde logo engoliram uma sopa de feijão salpicada de insetos.

Nos dias seguintes, soprou um vento quente, mas cada vez mais impetuoso, que veio interromper a insulsa quietude das tardes vagarosas. Um lamento que lembrava o uivo dos lobos tomou conta do pântano arrancando gemidos da estrutura de *La Nave*. De manhã, Norton e Chang continuaram com seus exercícios na proa, e era bonito ver seus movimentos tão estáticos enquanto o vento flagelava as roupas e desgrenhava seus cabelos no sol.

Han Tsu e o senhor Gao gostavam de sair ao convés, debruçar-se no parapeito com o vento batendo em suas costas, e ficar um bom tempo a ouvir música, quase curvos em cima do pequeno rádio. Em alguns casos, o senhor Gao ainda chegava a presenciar os últimos minutos de ginástica de Norton e Chang. Aproveitava o espetáculo agitando o abana-mosca. Aconselhou Han Tsu a reconciliar-se com Chang.

– Acredito que seria melhor se ficássemos todos juntos.

Não recebeu resposta. Flamingos, cegonhas e grous voavam acima de nós, muito rápidos. O capitão aguçou ainda mais sua atenção, devido às ilhotas que nos cercavam ligeiras.

– Estou com medo das Pizzas Loucas – dizia vez por outra a Leila, responsável pela nomenclatura.

Havia noites em que *La Nave* se mantinha inerte por vários minutos, ou até por uma hora, à espera da passagem de alguma plataforma mais volumosa.

– Maldito vento – disse certa noite Mahmoud, o meu companheiro de vigia na outra ponta do convés. Tinha deixado o setor da popa aproximando-se da minha área muito mais do que de costume. Desde o afogamento do rinoceronte, que ele presenciara, parecia-me mais nervoso. Na noite seguinte ao acidente, chamou-me de madrugada para perscrutarmos juntos a escuridão. Afirmava ter ouvido uns estalidos metálicos que, no entender dele, nada tinham a ver com a ventania. Enquanto explicava, tremia.

– Maldito, maldito, maldito – repetiu segurando a espingarda, de mandíbula tensa. Navegávamos muito devagar, dominados por um céu abundantemente estrelado. – Não nos deixa ouvir claramente coisa alguma. Parece que vai durar deste jeito mais alguns dias. E se voltarem esta noite? Eles sabem de que lado o vento sopra. Sabem disso e, quando pudermos ouvi-los, já estarão em cima de nós, e não poderemos fazer mais nada.

Pensei em falar com Wad para que o dispensasse. Eu não acreditava nem de longe que naquele atoleiro pudesse haver inimigos à espreita.

– Maldito, maldito, maldito – resmungou.

– Quer trocar de lugar comigo? – perguntei, achando que a proximidade da ponte de comando poderia devolver-lhe a calma, pois estaria perto do capitão, um homem que ele respeitava. Mahmoud logo aceitou.

Andei até a extremidade da popa, para afastar-me do homem cujos resmungos continuavam a incomodar como uma vibração estrídula na noite. Dei uma olhada nas manchas que flutuavam na água abaixo de mim. Entre os uivos do vento ouvia-se vez por outra algo assim como um coral de grasnidos ou o coaxar de um conclave de sapos vindo do norte, de onde sopravam as rajadas. Durante algum tempo também ouvi uma ensurdecedora algazarra de vaga-lumes que, junto com os reflexos da água provocados por sabe-se lá o quê, fez-me sentir frágil e inseguro. Levei o dedo ao gatilho.

Do local onde me encontrava, *La Nave* ficava como que fora de alcance do som. Eu só tinha acesso aos ruídos do pântano. Assim sendo, conforme Leila contaria mais tarde, quando Mahmoud começou a dizer que lá vinham os desgraçados, eu nem sequer me dei conta. Eu continuava atarefado a decodificar as penumbras limítrofes, procurando oscilações aquáticas em busca de algum peixe-gato, pois me haviam dito que podiam iluminar com sua eletricidade.

Ofegante, Mahmoud apontou para o lodaçal.

– Alarme! Alarme!

O comandante gritou alguma coisa do passadiço, mas a sentinela continuou de olhos fixos na escuridão onde acabara de descobrir alguma coisa:

– Um bote! Estão chegando num bote!

Devia vê-los com a horripilante nitidez dos antigos marujos surpreendidos pelas proas viquingues surgidas da neblina. Viu-os. Uma cambada de açougueiros de roupas de camuflagem e armas engatilhadas. Senhores da guerra dispostos a acabar com tudo e com todos. Inimigos, de qualquer maneira.

– Alarme!

Mahmoud deu uns passos trôpegos na minha direção, e só então eu percebi algo estranho à minha esquerda. Por enquanto não tinha ouvido nada, mas aí virei a cabeça e vi o homem. Movia-se assustado. Li o grito em seus lábios.

– Ataque! Ataque! Ataque!

Levou a espingarda ao ombro apontando para fora e, por instinto, eu o imitei. Enquanto procurava a ameaça ali embaixo, de soslaio também ficava de olho nos movimentos de Mahmoud, que apoiou o rifle na cintura. A minha área estava limpa, pelo menos até onde a minha vista alcançava, de forma que a ofensiva devia estar vindo da proa.

Sempre apontando para o pântano, fui deslizando pelo convés sem perder de vista Mahmoud, que disparou. O tiro chegou a mim como um baque distante. Vi o capitão sair do passadiço de braços esticados para diante e de palmas abertas; devia estar certamente falando com o vigia, do qual eu podia ver o perfil. Dava para ver que ainda gritava. Ou rugia. Seus lábios continuavam torcidos enquanto seguia soltando balaços. Pam. Pam. Pam. Alguns disparos começaram a ecoar em diferentes lugares do navio. De estibordo chegou uma explosão com o consequente lampejo, que por alguns segundos incendiou a noite, embora estivesse claro que a granada tinha estourado a alguns metros do navio, talvez até arremessada por nós mesmos. Não havia correspondência. Eu não ouvia disparos ao longe nem via marcas de balas. Nem ossos partidos, nem rastros de fogo na escuridão.

Mahmoud permanecia atiçado no fragor da sua batalha. Então, por um momento, ficou de costas para mim, ecoaram dois novos disparos e o capitão, que berrava a poucos metros dali, desmoronou batendo com a cabeça na amurada. Em seguida voltei a ver Mahmoud, que, com olhar alucinado, esvaziava o pente da arma na água.

Na entrada do convés havia agora três vultos: os homens haviam assistido ao fuzilamento do capitão, e um deles era Wad. Ao ver-me, acenou para que eu ficasse onde estava. No limiar da entrada apareceu o cano da metralhadora. Com uma curta rajada, Mahmoud foi quase partido em dois.

Ao ver o pai abatido, Leila saiu da ponte de comando e correu para junto do corpo, que se esvaía em sangue, exânime. Wad e os companheiros gritavam para que parassem de atirar, alarme falso. Um dos homens acudiu ao convés de estibordo para mandar que acabassem com o tiroteio. Leila gemia de joelhos, segurando a cabeça do capitão entre as pernas.

– O que vamos fazer com eles? – perguntou em voz baixa um dos homens que acompanhavam Wad.

A jovenzinha chorava emitindo entrecortados "papai".

– Precisa parar as máquinas – Wad disse a Leila. *La Nave* estava navegando sem piloto. Leila continuava a chorar. – Pare as máquinas, menina! Vamos, ande logo, se não quiser que todos morramos!

Wad agachou-se e falou em seu ouvido. Leila apoiou-se no gigante e ficou de pé. Soluçando, dirigiu-se à cabine de comando, certificou-se de que nenhuma ilha ameaçava colidir com o navio e, com movimentos automáticos, deteve *La Nave*, soltou o cabo da âncora e voltou a abraçar o pai.

– Então? – insistiu o homem. – O que vamos fazer com os mortos?

Não parecia oportuno juntar mais duas múmias aos corpos no porão, nem para o moral dos viajantes, nem por motivos higiênicos. Por outro lado, parecia ético guardar na medida do possível os corpos no navio.

– Teremos de nos livrar de alguns dos corpos do camarote 14 – disse Norton, que acabava de chegar, com as marcas dos lençóis ainda estampadas no rosto. – Não podemos jogar o capitão...

Como mais pessoas começavam a se juntar nas entradas, Wad ordenou restringir o acesso ao convés, só permitindo a passagem de Camille. Em silêncio, a bióloga sentou-se ao lado de Leila sem tocar nela.

– O problema, agora – continuou Norton –, é encontrar alguém para pilotar o navio.

As túnicas soltavam chicotadas. O *targush* de uma sentinela saiu voando. O homem gesticulou sem conseguir alcançá-lo, de forma que correu atrás do barrete que, em sua trajetória descendente, roçou no parapeito e caiu na água. O dono ficou na ponta dos pés para acompanhar o destino da vestimenta. Sob os seus pés escorria a grande mancha de sangue provocada por Mahmoud, e, quando a sentinela voltou a recobrar o equilíbrio, as suas sandálias soltaram um guincho que não ouvi, mas pude perfeitamente imaginar.

– Saia logo daí! – gritei.

A sentinela olhou para as tábuas escorregadias, fez uma careta de horror e, mais uma vez na ponta dos pés, deu uns ridículos pulinhos que foram espalhando pelo convés um rastro de sangue que parecia deixado por patas animais.

– A menina – disse Camille baixinho.

Leila fungou ainda em prantos, segurando nas mãos a cabeça do pai. Suspirou, respirou fundo até parar de chorar. Não sabia quase nada de francês, mas quando Camille repetiu "A menina. Quem vai pilotar é a menina", entendeu muito bem qual era a proposta.

Sete homens se encarregaram da tarefa de limpar e de levar os cadáveres ao camarote 14. Os vigias que haviam assistido ao tiroteio, os três embalsamadores e os raros passageiros aos quais foi permitido circular pela área restrita concordaram em não divulgar a morte do capitão para o restante dos passageiros. Não seria difícil. Hisham costumava manter-se afastado dos demais e, a não ser pela tripulação e pela elite, quase ninguém tinha o hábito de aparecer perto da ponte de comando.

Sem ninguém por perto capaz de impedir, desta vez Osman ligou o sistema de som para comunicar um "infeliz acidente". Pediu calma e fez isso de forma tão pausada que soou bastante convincente. Deu graças a Alá e cortou a comunicação.

Os embalsamadores proibiram a entrada de Leila no camarote 14 e exigiram a minha presença, lembrando a ajuda que lhes prestara nos trâmites de Gerrard e companhia limitada. Já havia pelo menos dois dias que o 14 exalava um cheiro acre, tanto assim que quem passava por perto acelerava o passo para logo se afastar. Nada comparável, de qualquer maneira, com o fedor imundo que reinava lá dentro.

– Não podem continuar aqui – disse um dos embalsamadores enfiando dois dedos nas narinas de Mahmoud. Executaram a operação sem titubeios, tossindo de vez em quando. Leila pediu para velar os corpos no camarote do capitão. Pelo menos três soldados se recusaram a cuidar de Mahmoud, e, assim sendo, por camaradagem ou porque de algum modo me sentia responsável da sua morte, nem sei bem por quê, ofereci-me a ficar junto do corpo por algumas horas.

Faltava pouco para o amanhecer. O vento havia amainado. Vez por outra se ouviam passos no corredor, rumo ao reservatório de água e aos banheiros. O balanço quase imperceptível do navio deixou-me sonolento. Perdido na modorra, custava-me manter a cabeça erguida. Certa vez, ao abrir os olhos, vi Leila ensimesmada na observação do pai. Outra vez, surpreendi-a dormindo, de cabeça apoiada no peito em desenvolvimento.

Alguém entrou no camarote para nos render. A julgar pela luz, ainda devia ser bem cedo.

— Venha, venha! — disse a sentinela agitando o braço.

— Pode ficar se quiser — eu disse a Leila.

— Não, venha você também — disse o homem.

Acompanhamos o homem a passos largos. Ao passarmos pela porta do convés, nada em particular chamou a minha atenção. Na proa, vários homens conversavam sem nenhuma animação. A névoa do amanhecer quase se dissipara.

— Veja!

Estávamos praticamente com uma ilha em cima da gente, a não mais de dez metros de distância, mas o vento se havia acalmado e, de fato, aquela massa silvestre estava desprovida de velocidade.

— Terra firme? — perguntei em voz alta, acelerando as passadas rumo à proa.

Osman, Norton e os outros sorriram desanimados. À nossa frente levantava-se mais uma parede vegetal. Por reflexo lógico, olhei para estibordo, mas o ângulo não era bom, de forma que dei uns passos e, a pouco mais de quinze metros dali, encontrei outra formação emaranhada. Sobrava somente a popa. E lá atrás, uma frondosa mata se entranhava com as demais.

— Estamos emparedados — disse Norton. — Quem poderia imaginar. Como numa porra de sanduíche. Que forma mais idiota de morrer!

Ao que tudo indicava, na noite anterior o capitão margeava o perímetro de uma grande ilha para dobrá-lo. Quando começou o tiroteio, devíamos estar no ventre de uma espécie de baía, ou quem sabe os ventos tivessem fechado a abertura juntando seus braços. Acontece que, durante a noite, as eventuais sentinelas, aturdidas pela tragédia, por negligência ou por mera inexperiência, descuidaram-se da tarefa e deixaram que as ilhas nos cercassem.

As aves matinais voavam sobre *La Nave*. Fiquei imaginando se, como dizia Norton, aquele seria realmente o fim. Apesar de alguma inquietação, apesar dos hóspedes do camarote 14, a ideia de morrer ainda me se afigurava bastante exótica. Apesar dos pesares, eu me sentia em plena forma, realmente muito bem.

A armadilha

Camille afirmava que a nossa odisseia tinha toda a pinta de ser mentira, pois não era lógica e nada tinha a ver com aquele meridiano do planeta. O contexto, as privações, a impossibilidade de comunicar tinham muito mais a ver com outras épocas e, principalmente, com latitudes mais geladas. Eu sempre gostara de ler acerca de lugares diferentes e distantes, mas, devido a alguma mania toda minha, até nas leituras sempre ficara buscando o calor. Recusava tudo aquilo que pudesse acontecer no frio. E, por isso, só naquela manhã me dei conta de outros navios aprisionados alguns séculos antes no gelo.

– ... os blocos de gelo iam se aproximando, se chocando – eu traduzia para o árabe a narração de Camille, diante de mais de vinte pessoas que ouviam atentas, como mais tarde explicaria a Norton. – Até se meterem onde não deviam e formarem fantásticas paredes brancas que se fecharam em volta.

– Quanto tempo aguentaram?

– Mais de um ano. Com inteligência e um bom par de braços dá para sobreviver – ela disse levantando simetricamente o braço e a prótese. Houve risadas.

– E o gelo? De que adiantam bons braços no gelo? Não há nada para se comer por lá.

– E o que houve com o navio?

– Escreviam diários?

– Nem todos, mas alguns escreviam.

– E o que diziam?

– O ar é puro, e a vida muito simples – respondeu teatralmente Camille. Parecia inteiramente à vontade ao relatar o drama.

– Tudo bem, mas o navio? Como é que conseguiram tirá-lo de lá?

– Isso mesmo, o que houve com o navio?

– Os blocos de gelo esmagaram-no. A embarcação não aguentou a pressão.

Alguns de nós olharam para a ilha mais próxima, onde um grande lagarto estava desenterrando alguma coisa. Quanto tempo resistiria o casco de *La Nave* se as ilhas começassem a nos espremer? Quando traduzi a conclusão para Norton, o inglês censurou Camille.

– Não creio que seja uma boa ideia contar este tipo de histórias. Não há nada de positivo nelas.

– Muito ao contrário – respondeu a francesa, falando com Norton em inglês. – Salvaram-se todos.

A minha tradução ao árabe mudou a expressão dos ouvintes. Houve aplausos.

– E as ilhas nem chegam a tocar em nós! – disse um otimista. – Pelo menos, podemos continuar no navio.

– Não vai demorar para elas se separarem. Só precisamos esperar. Esperar.

Mais uma vez, esperar.

Continuar esperando, até que um belo dia chega a morte.

Um espesso matagal de papiros e ervas altas erguia-se a uns trinta metros do parapeito de estibordo, tornando-se uma maranha de vegetação rasteira à medida que se aproximava de bombordo. Por trás deste terreno de aspecto quebradiço avistavam-se as erradias ilhotas do Sudd.

Percebeu-se logo que a aventura evocada por Camille com as melhores intenções tampouco ajudaria a animar o pessoal. Antes de tudo, no nosso caso havia vários mortos, e isso fazia uma grande diferença: aquele paredão de ilhas levantava problemas que os exploradores do gelo jamais tiveram de enfrentar como, por exemplo, uns cadáveres hediondos aos quais era mister dar uma sepultura.

Na reunião convocada às pressas naquela madrugada, decidira-se jogar do navio os corpos de Gerrard e do restante da turma. Acontece, no entanto, que a extrema proximidade das ilhas aventava a óbvia possibilidade de os mortos acabarem presos nas raízes flutuantes, à vista de todos e não engolidos pelas águas.

Não muito recomendável.

Ainda podíamos atar neles grandes pesos que os levariam para o fundo, seja lá onde estivesse esse fundo, mas, sem contarmos com os moralistas e as pessoas sentimentalmente ligadas às vítimas que certamente desaprovariam a ideia de as múmias serem devoradas pelos peixes, não podíamos esquecer os muçulmanos. A religião deles proíbe edificar sobre lugares onde haja sepulturas, e embora esse não fosse exatamente o nosso caso, a ideia de uma embarcação apinhada de gente flutuar por cima dos cadáveres era muito parecida.

– Em resumo, não sabemos o que fazer com os mortos – concluiu uma sentinela.

O vento da noite anterior havia amainado quase por completo e empurrava com langoroso vagar pequenos cúmulos de nuvens de aparência leitosamente suja como se fossem um reflexo do rio. Bandos de aves sobrevoavam o lamaçal.

– Esperar? – disse Norton. – Não sei quanto tempo ainda vamos ficar por aqui, mas sei com certeza que, quando chegarmos ao porto, desses caras só vão sobrar os ossos. E o pior é que podem provocar doenças. Não podemos continuar carregando uma porção de mortos. Temos de nos livrar deles.

Antes da refeição, Osman convocou pelos alto-falantes as pessoas ligadas aos mortos e explicou:

– ... Quero que fiquem a par de uma coisa, meus patrícios – Osman sempre usava um tom populista quando falava à multidão. – A partir do meio-dia de hoje as rações serão cortadas pela metade. Espero que entendam a situação em que nos encontramos. Mas estamos trabalhando para resolvê-la. Assim sendo, confiamos na sua colaboração.

Ouvi a comunicação no mictório, aonde tinha ido antes de começar o meu serviço na ponte de comando. Logo a seguir perambulei por alguns minutos no Nível Inferior para avaliar as reações dos passageiros. Várias mães de nenéns estavam, ao mesmo tempo, amamentando os seus pimpolhos. O devoto muçulmano balançava-se para frente e para trás recitando suras entre homens que jogavam gamão. O reservista sem braço segurava nos lábios um lápis com o qual rabiscava alguma coisa numa folha de papel que então mostrava ao ex-carteiro de Dongola. Ouvi um homem resmungar alguma coisa sobre Wad.

A própria regularidade do silêncio deixava transparecer a preocupação, mas sem chegar a ser ameaçadora. Estavam conformados. Como se, na verdade, jamais tivessem realmente confiado no bom êxito da travessia e, depois de um fogo de palha de esperança, voltassem agora a assumir a condição maldita do país em que viviam.

Decidiu-se deixar os corpos na ilha de aparência mais sólida, a que nos abraçava desde estibordo até a proa. Para se chegar lá, precisávamos de barcos. Em *La Nave*, contrariando as leis internacionais e qualquer lógica preventiva, só havia um bote auxiliar. Quando os marujos começaram a mexer nas roldanas para baixá-lo, uma prancha soltou-se e a quilha ficou estripada.

– Nunca precisamos dele antes – comentou um tripulante de mãos calejadas.

– E não há algum bote inflável, algo que também possa servir?

– Não, nada.

Wad organizou uma turma para consertar a pequena embarcação: ela poderia acomodar os mortos de dois em dois e, na volta, carregar grandes feixes do *ambath* que crescia farto nas ilhas e que, como um viajante salientara ao entrarmos no Sudd, os nativos usavam para fabricar barcos.

O trabalho começou logo depois da refeição. Wad, duas sentinelas, dois embalsamadores e um negro do primeiro nível desmembraram o que sobrava da lancha. Jogavam fora a madeira carcomida e guardavam o pouco que ainda dava para aproveitar. Descobriu-se logo que iriam faltar pranchas, de forma que alguns de nós decidiram fuçar pelo navio inteiro a cata de material capaz de flutuar. Trabalhamos rápido e, com a ajuda de facões e machadinhas, arrumamos estrados de camas, portas, pedaços de móveis e esquartejamos várias mesas.

O calor fazia latejar as têmporas, era o que mais me incomódava. Aquela pulsação. A pele dos negros, exposta à intempérie, brilhava epicamente. Os corpos soltavam grandes gotas que molhavam os martelos e pontilhavam o convés. Eu só trabalhei por uma hora, pois às duas chegou a minha vez de ficar de vigia, que continuava sendo mantida sem alterações.

Lá pelo fim da tarde apareceram densas nuvens de mosquitos, a posição das ilhas favorecia aquela espécie de avalanche. O ruído dos enxames assustava. Camille praguejava o tempo todo gesticulando no ar. Wad mandou fechar as portas externas e pendurar cortinas ou roupas nas entradas desprotegidas. Os que ficaram no convés baixaram as mangas até os pulsos, eu levantei a gola da minha camisa, passei a loção repelente nas partes descobertas, e os demais se protegeram enrolando em volta do pescoço e da cara os turbantes. Fiquei andando no pedaço do convés desocupado pelo trabalho, de rifle a tiracolo.

– São quase tão grandes quanto os do Xiamen – disse Chang enquanto aparava o canto de um tronco.

– O que foi que o doutor Mark disse? – perguntou Norton, a quem Chang pedira para ser chamado com seu nome ocidental, pois muitos chineses têm um, escolhido apenas por estética ou simpatia, sem nenhuma razão importante ou misteriosa por trás, e o nome estrangeiro de Chang era Mark.

– Disse que estes mosquitos são tão grandes quanto os da cidade dele.

– Você nem imagina como ele gosta de falar na terrinha – continuou o inglês, ofegante. Uma gota de suor soltou-se de seu queixo e estatelou-se no crucifixo que balançava a uns poucos centímetros de seu pescoço. – Esses chineses não param de pensar na sua casa, nem que vivessem nelas como reis!

– Todos fazem isso, ora essa. Em qualquer lugar do mundo – respondeu Chang.

O céu começou a escurecer, o calor se abrandou. Os homens se atarefavam em volta do barco, que ia tomando forma. O crepúsculo passava por aquele momento em que cada imagem se expressa com pureza primordial. Da mata cerrada surgiram petréis, picanços de grande envergadura que batiam majestosamente as asas projetando sombras impressionantes. Assim como *La Nave*. Nunca se vira antes uma sombra tão comprida. Corria ao longo da ilha e só acabava nas profundezas do bosque. Naquela noite, mantivemos os turnos de vigia. Precisávamos ficar de olho nas ilhas.

No fim da manhã seguinte, o barco estava pronto. Homens descansados haviam continuado o trabalho durante a noite inteira para acelerar a construção, estimulados pelo fedor, nesta altura insuportável, dos cadáveres. *La Mínima*, nome com que batizamos a lancha, media três metros e meio da popa à proa, tinha um banquinho intermediário e dispunha de dois grandes remos. Quanto à tripulação, Wad escolheu dois homenzarrões de bíceps de aço para que ajudassem a carregar os corpos.

Os embalsamadores pediram-me para colocar os cadáveres dentro de sacos. Enquanto os enfronhávamos, dúzias de grandes moscas de um castanho esverdeado esvoaçavam pela cabine 14 apesar dos ventiladores. Várias delas rondavam uma tumefação no abdome do senhor Zhang, onde haviam aninhado umas larvinhas brancas que se debatiam orgiasticamente. Os demais corpos, apesar da deterioração, não apresentavam chagas tão asquerosas.

Enchemos o barco com três vivos e dois mortos. *La Mínima* aguentou muito bem o contato com a água, e os homens de Wad remaram de forma tão poderosa que em menos de um minuto já haviam alcançado aquele simulacro de terra. Wad testou a solidez com um longo pedaço de pau. Tomou impulso e, com um pulo, projetou-se para o terreno movediço.

Houve quem o invejasse em *La Nave*, mesmo sabendo dos riscos que corria, não só devido à insegurança do solo, como também porque a ilhota era enorme, e, uma vez que já havíamos localizado um rinoceronte numa muito menor, era bastante viável imaginar a pre-

sença de um hipopótamo ou de um crocodilo nesta aqui, sem falar nas cobras e nos já mencionados lagartos.
– Oxalá a terra engula o traidor – disse alguém.

A estabilidade de *La Mínima* não garantia coisa alguma, de forma que os brutamontes agarraram cada um de um lado o primeiro dos mortos, o balançaram duas ou três vezes para frente e para trás para então jogá-lo no ar para a borda. Estatelou-se aos pés de Wad. Quatro ou cinco aves levantaram voo no convés. Wad levantou o corpo, recostou-o no ombro e meteu-se no mato até desaparecer, provocando gritos de animais e uma invisível revoada. Três minutos depois já estava de volta. A operação foi repetida com o segundo vulto. A seguir, Wad e um dos homens juntaram várias trouxas de *ambath* que embarcaram em *La Mínima*. O barco voltou, descarregou os galhos de madeira e os substituiu por outros cadáveres.

De tardinha foi convocada mais uma reunião de cúpula no refeitório do Nível Inferior, mais despojado desde a expropriação de algumas mesas para a construção de *La Mínima*. Ficamos imaginando se o exército já teria enviado aviões de busca para o pantanal, mas o desânimo tomou conta das pessoas ao percebermos que a imprecisão das datas a respeito da nossa viagem só podia postergar perigosamente qualquer reação das equipes de resgate. E mesmo que os aviões começassem a busca, não seria fácil nos localizarem naquela imensidão.
– Precisamos sair daqui – disse Osman. – Ou pelo menos tentar.

Como o arsenal dispunha de explosivos, decidiu-se dinamitar as ilhas para abrir um caminho de fuga, mas as probabilidades de incêndio seriam bem grandes e, conforme a maranha vegetal queimasse, o charco poderia transformar-se num caldeirão mortal. A escolha consensual foi criar turmas de podadores que iriam se revezar. Tratava-se de abrir uma brecha na área aparentemente mais fraca esperando que as tensões aquáticas dessem um jeito de rachar a ilha.

Além disso, era conveniente fabricar algumas grandes estacas a fim de empurrarmos para longe os torrões soltos que poderiam emperrar a hélice. E para agirmos com alguma segurança e eficiência precisaríamos de pelo menos mais dois barcos do tamanho de *La Mínima*.

– *La Nave* inteira terá de pôr mãos à obra – sentenciou em árabe o sargento. Numa mesa ali perto, Camille ouvia as furiosas queixas de uma sentinela que segurava uma esferográfica.

– Pois é – disse Norton ao suboficial depois que traduzi suas palavras. – Podemos realmente agradecer ao senhor Osman. Não fosse por ele e pela sua competição de tiro, jamais teríamos a chance de aproveitar toda esta diversão.

Norton começou a bater palmas sorrindo para o sargento, que, não entendendo o inglês, também aplaudiu enchendo o peito. Por inércia, os demais se juntaram à ovação.

– O que está querendo? – murmurei ao ouvido de Norton. Por que estava provocando Osman? As negociações haviam sido duras, mas pareciam bem encaminhadas, e era oportuno manter um bom relacionamento com o ministro... embora ninguém duvidasse de que Norton sofria bastante com a longa incomunicabilidade com o filho, da qual culpava Osman considerando-o o único responsável do nosso isolamento. Além do mais, o inglês cheirava cada vez mais pó. Seria possível que tivesse começado a não ver mais saídas?

– Já chega! – berrou Osman dando um soco na mesa.

– Qual é a dele? – perguntou-me baixinho um embalsamador.

– Você aí – gritou-me Camille da sua mesa, agitando os braços. – Será que poderia vir aqui? Preciso da sua ajuda.

– Queiram desculpar – disse eu, dirigindo-me à mesa de Camille enquanto os líderes ouviam mais aquela arenga de Osman.

– Vai nos deixar? – disse Norton.

– Pode perfeitamente imaginar o que está dizendo – respondi enquanto Osman apelava para o espírito de grupo, a solidariedade, a força da união. – Não se preocupe, nada de sério contra você. Não vou demorar.

As condições de Camille pareceram-me mais lastimáveis que de costume. As olheiras mais profundas. O cabelo sujo, desgrenhado. Quase não tinha reparado na francesa naqueles últimos dias, e toda vez que a vira estava grudada em Leila ou enchendo provetas no lamaçal.

– Estou com um problema – disse quando sentei ao seu lado. Uma sentinela acusava-a de ter inutilizado a sua esferográfica. Assim como vários dos seus companheiros, o homem não sabia escrever e Camille oferecera-se para ensinar-lhe, esquecendo o efeito do repelente de mosquitos na tinta. Desde que *La Nave* ficara presa, eu mesmo vivia lambuzado de loção porque, embora os mosquitos continuassem picando, pelo menos conseguia conter seus ataques.

– Escrevi umas poucas frases e a caneta pifou – disse Camille. – O cara ficou furioso, como você está vendo.

A sentinela respirava bombeando ostensivamente o peito. Havia jogado a esferográfica em cima do papel no meio da mesa e alternava olhares para o objeto e para mim, apontando com o dedo para Camille enquanto falava. Referia-se ao fato como se fosse uma desgraça visivelmente ligada a sinais sobrenaturais. Sentia-se como que despojado da sua armadura, razão pela qual a partir daquele momento seria muito mais simples apenas deixar-se morrer.

– Dê-me outra caneta – disse a sentinela.

– Quer outra esferográfica – traduzi.

– Isso eu já tinha entendido! – berrou Camille. Passou a mão no rosto. Moderou o tom. – Não tenho mais canetas. Ninguém mais tem, e lápis tampouco. Ninguém tem mais coisa alguma para escrever. Já distribuímos tudo.

– Não há mais esferográficas – falei para a sentinela.

– Diga para entregar a dela. Ela quebrou a nossa esferográfica. É obrigação dela nos dar outra.

– Não se esqueça – respondi – de que também foi ela quem lhe deu esta esferográfica.

O guarda soltou o ar sonoramente. O papel ondeou em cima da mesa.

— Dá no mesmo! Quero uma solução! Não podemos viver sem esferográfica!

Poderia ter dito "ficar" ou "seguir em frente" ou até "aguentar". Mas disse "viver". Acho que ele mesmo ficou surpreso com a palavra que usara. Parou um instante para assimilá-la e, acredito, decidiu ter descoberto o mapa da mina.

— Não podemos viver! Não podemos viver!

Já fazia mais de meia hora que eu vinha reparando nuns vagos e incômodos resmungos do meu estômago e, enquanto a sentinela apresentava suas queixas, fui acometido por um espasmo. Podia sentir minhas tripas se mexendo.

— É culpa dela! As suas mãos ressecam a vida!

— Não seja mal-agradecido — rebati. — Ela só queria ajudá-lo a expressar melhor os seus desejos.

No papel em cima da mesa alternavam-se três tipos de sinais. Cada linha pertencia a uma mão diferente. Somente uma sabia escrever. As outras duas limitaram-se a juntar pontos e traços de forma casual.

— O que está dizendo? — perguntou Camille.

— Além do mais... — continuei dizendo à sentinela —, você precisa saber que, quando uma esferográfica chega ao fim da vida, envia uma mensagem negativa à pessoa que naquele momento a segurava. Talvez ninguém lhe tenha dito isso, mas é bom livrar-se da caneta antes que ela pare de escrever. Quando sobra apenas um tiquinho de tinta, é melhor jogar fora e procurar outra.

Quando acabei com a explicação, que não traduzi ao francês, o enjoo e a dor de cabeça pioraram. A sentinela ficou pensativa. Levantou algumas dúvidas, e levei-o a crer que Camille era de alguma forma vítima de um feitiço.

— É por isso que muitas das canetas em que põe as mãos nunca mais voltam a escrever.

O homem meneou a cabeça apertando os lábios. Parecia sentir pena.

– Como é? Vai ou não vai me contar o que está dizendo? – insistiu Camille.

– Disse-lhe que você tem o poder de salvar quem bem quiser, e que por isso livra as pessoas da obrigação de escrever. E também pedi que seja discreto, que não comente com os demais. A coisa tem de ficar entre nós – murmurei de forma escrupulosamente confidencial.

– O poder de salvar também se esgota.

– Mas isso é grotesco... Está se aproveitando da ignorância dele.

Norton agitava as mãos desde a outra mesa, solicitando a minha volta.

– O cara se calou, não se calou?

O guarda olhava para a bióloga meneando compulsivamente a cabeça. Camille sorriu para ele.

– Ainda ri! – a sentinela disse em árabe. – É uma mulher corajosa. Não está com medo.

– Coitadinho – Camille disse em francês.

Não traduzi para nenhum dos dois. Levantei-me com algum esforço. De pé, reparei em minhas pernas bambas. Mais uma reviravolta nas entranhas, contraí o esfíncter. Caminhei de volta à mesa dos líderes tentando disfarçar as minhas condições. Estava suando muito mais do que de costume. Sentia a umidade concentrada nas têmporas. As veias do crânio latejavam.

– Parece que o seu embalsamador-mor não se dá muito bem com Osman – disse Norton, quando me sentei. Quem estava com a palavra era um chefe tribal com o rosto de aparência fragmentada devido à lama. Como muitos da sua tribo, havia começado a lambuzar o corpo para afugentar os insetos. – Não sei que diabos se disseram, mas a coisa foi feia. Tudo bem com você?

– Uma diarreia. Nada grave, não precisa se preocupar.

No resto da reunião, traduzi como pude, cada vez mais certo de que aqueles sintomas não correspondiam a uma doença costumeira. Interpretava as palavras dos que falavam com uma espécie de automatismo interior, sem pensar naquilo que dizia. Sei que voltaram a considerar a possibilidade de lançar foguetes, e que a proposta foi mais uma vez rechaçada. Nada mais me interessava senão as fisgadas e os espasmos de meu estômago. Devia estar com febre. Podia até ser malária.

Quando a reunião terminou, Norton quis saber por que o embalsamador-chefe tinha brigado com Osman, e me pediu para perguntar. Tuumi estava começando a explicar o acontecido aos companheiros ausentes na assembleia e não criou nenhum problema para que eu mesmo ouvisse. Ao que parecia, Osman repreendera-os devido ao lamentável estado dos mortos, escarnecendo a sua capacidade de embalsamadores e propondo logo a seguir que passassem a usar suas habilidades no trabalho de podadores, um dos trabalhos presumivelmente mais arriscados e cansativos. Tuumi limitara-se a responder que ele e o seu pessoal estavam dispostos a colaborar. Quando se votou a responsabilidade de cada grupo, os embalsamadores ficaram integrados na turma da poda.

Ao saber da novidade, nenhum embalsamador recusou-se a aceitar seu destino, nem culpou Tuumi de coisa alguma. Mas tampouco pareceu ficar satisfeito. Davam a impressão de estar concentrados somente em sua próxima tarefa. Os embalsamadores eram conhecidos por sua eficiência, sempre prontos a não poupar qualquer esforço para alcançar seus objetivos. Vinham de uma tribo canibal, e isso, ao mesmo tempo que os cercava de um halo de temor e respeito, provocava o repúdio de muitos árabes e negros. Não era de se estranhar que Osman os desprezasse. Entre nós, os brancos, o que mais houvera no começo fora curiosidade e algum tipo de orgulho por tê-los a bordo, pois eles conferiam à viagem um ar ainda mais extravagante. Claro que agora, diante das circunstâncias, era bastante natural olhar para um desses sujeitos e pensar:

Um canibal.

Durante o relato de Tuumi, não me foi fácil manter o equilíbrio, castigado por terríveis fisgadas estomacais. Quando finalmente me afastei dos embalsamadores, Osman segurou-me pelo braço.

– O que foi que seus amigos disseram?
– Parece que o senhor conseguiu aporrinhá-los um pouco, senhor Osman. Mas nada demais, de qualquer maneira, gostam do senhor. – Eu só queria que me deixasse em paz. – Dizem que, se a coisa continuar ficando feia, terão o maior prazer em comê-lo antes de qualquer outro.
Pensei que Osman acharia graça numa brincadeira tão debochada. O político apertou os punhos.
– Pois fique sabendo que eu também participarei das equipes de poda – disse o ministro.
Afastei-me com a maior dignidade possível.

No camarote, nem tinha forças para tirar os sapatos. Estava começando a desdobrar o mosquiteiro quando Norton entrou.
– Está com uma péssima cara, garoto. Acho melhor se deitar.
Pegou o mosquiteiro e foi desenrolando-o em volta da cama. Antes de deixar-me isolado, encostou uma mão na minha testa.
– Está meio febril. Quer que lhe traga alguma coisa?
– Um pouco de luz – murmurei. Não conseguia imprimir força na voz. – Mas não acenda a lâmpada, por favor. É forte demais.
– Já vai.
Norton voltou com uma vela e um urinol. Estava com Wad, que quis saber dos meus sintomas.
– Talvez esteja com malária – afirmou. – Vamos ver como passa a noite. Conforme acordar amanhã, iremos ao médico.
– Que médico?
– O médico – Wad disse ao sair.
Até então, não ouvira falar de médico algum, mesmo depois do ataque que deixara vários feridos. Ao que tudo indicava, nenhum dos organizadores do Palácio considerara indispensável a presença de um doutor. Mesmo sabendo que a viagem seria demorada, todos nós já estávamos no país havia muito tempo, e os medicamentos comuns costumavam bastar a combater doenças em geral já conhecidas, pois,

afinal de contas, nós todos tínhamos lá nossos achaques. Além disso, *La Nave* dispunha de uma tendinha abarrotada de remédios para uma ampla escolha de doenças, e não faltavam tripulantes capazes de dosá-los. Quanto à cura de ferimentos, eram muitos, a bordo, os que haviam lutado na guerra e certamente não faltava quem soubesse de algum modo enfrentar uma emergência. Para o acompanhamento de casos mais graves ou para intervenções mais delicadas, ainda podíamos contar com os médicos encontrados em cada parada. Ninguém tinha imaginado que, a partir de certa altura, não haveria mais escalas.

Logo a seguir, Wad voltou com um pano e uma bacia.

— Isto vai ajudar — disse passando tudo por baixo do mosquiteiro que se arrastava no chão. Aí foi embora. Desde que matara Mahmoud, Wad se tornara ainda mais taciturno e esquivo. Logo após cumprir com suas obrigações, costumava desaparecer.

— De que vai me adiantar um pano molhado? — perguntei a Norton. O homem deu de ombros com desmoralizante descaso. — Agora gostaria de descansar.

Quando Norton saiu, espremi o pano e coloquei-o na testa. Não queria apagar a vela. Todo molhado de suor, os meus dentes geavam enquanto era sacudido por calafrios. A dor de cabeça ia chegando ao apogeu de forma que, embora o estômago continuasse a regurgitar e a soltar fisgadas, a diarreia já não era a minha principal preocupação. Eu podia estar com malária. Os médicos dizem que a malária é uma doença relativamente mortal. Malária é uma daquelas palavras que amedrontam pelo mundo afora, como Aids, tifo e tsé-tsé. E acontece que todas elas estavam presentes naquele enclave planetário. Com efeito, apesar do mal-estar, encarava a minha prostração como se eu mesmo fosse parte de uma aventura.

Aqui estou.

Exatamente onde sempre quis estar.

E aí empapava o pano na água, espremia-o e deitava-o na testa, experimentando uma umidade gratificante ainda que, no meu entender, inútil. Regozijava naquele sofrimento com espírito romântico. O entusiasmo por viver naquele limite vencia os clarões de espanto sem deixar-me vislumbrar o possível desenlace.

A noite prosseguia, assim como a minha insônia. Eu transpirava com fartura, imaginando quem teria sido encarregado de ocupar o meu lugar de vigia, pois Norton ainda não voltara para se deitar. O estômago piorava. Apaguei a vela e fiquei na quase total escuridão só rompida pelo luar que filtrava pela fina cortina da escotilha. Tinha reparado nos passageiros que voltavam aos seus camarotes e no subsequente silêncio, particularmente opressivo, pois naquela noite os motores estavam parados. Já devia ser madrugada. Vez por outra molhava a testa com o pano sem muita convicção. Batuques e cantos corais primitivos ressoaram, vindos do Nível Inferior. Quem sabe estivessem invocando ajuda. Quem sabe eu estivesse delirando.

– Está imaginando coisas! – disse em voz alta.

O suor escorria pela minha nuca. Lá fora, ouvia os passos das sentinelas, reconhecíveis pelas botas. Estariam também ouvindo as cantigas? Imaginei homens nus, cobrindo os genitais com cascas secas de fícus e dançando em torno de fogueiras. Imaginei-os tomando poções de ervas misturadas com entranhas de leão, crocodilo ou elefante. Estou ficando doido, pensei, atormentado por minhas fantasias, pois pareciam-me reais.

Pensei em tomar loperamida para, pelo menos, acalmar o estômago, e na mesma hora visualizei o bruxo enfeitado com conchas e metais, brandindo um chifre de antílope enquanto articulava o feitiço mexendo o tronco para frente e para trás com metódica cadência. Esbelto e emplumado, tinha o rosto pintado com cores berrantes. Como uma revelação, surgindo dos cantos mais longínquos da memória, o bruxo dançava para mim na noite de febre e tambores, desencadeando o medo e a ansiedade ao ressuscitar um universo que muitos consideravam extinto, mas que ainda pulsava dentro de mim.

Vi o bruxo.

Eu vi.

Pois isso ainda era possível em *La Nave*.

Não era nada absurdo, ali, especular com feiticeiros. Havia pessoas, no navio, que evitavam falar no mal, pois isso poderia suscitá-lo. Pessoas que dividiam a vida em três mundos simultâneos e veneravam abertamente os espíritos. Foi aí, então, à mercê daquele vendaval de temível lucidez, numa caótica sequência de cenas lembradas e vindouras, foi aí que percebi com irrefutável clareza a minha importância dentro de *La Nave*. Uma importância imensa. Foi uma injeção contraditória na qual, acima de qualquer outra sensação, dominava a certeza do controle absoluto sobre todos os demais. De repente, acabava de perceber que eu, eu mesmo, era capaz de segurar em minhas mãos o poder.

A música amainou. Ao virar-me na cama, os intestinos soltaram um chiado de cabo elétrico partido por um raio, como se o ventre se tivesse tornado autônomo. Aos trambolhões, afastei o mosquiteiro. Suando, desesperado, acendi a vela, virei com um pontapé o urinol cheio de água, abri a porta, atravessei o corredor tremendo e me dobrei apressadamente em cima do vaso da latrina. Só então me dei conta de que estava descalço.

A construção dos barcos mal tinha começado quando Wad veio me procurar. Eu ainda estava muito fraco. A minha cabeça doía e quase certamente estava com febre.

— Vamos falar com Aschuak. Mas não pode contar o que está havendo no navio. Para ela, a viagem vai bem. Estamos aproveitando. Não a deixe preocupada.

Fitou-me nos olhos, como que esperando ver em mim algum sinal de assentimento, e, embora sem entender direito, respondi com um sincero gesto afirmativo.

Vagarosamente, voltamos ao corredor. No convés ouviam-se serrotes e martelos, um rebuliço de canteiro de obras misturado com o choro de nenéns que acordavam. Fui atrás dele dando curtos passos, curvo sobre mim mesmo, segurando o esfíncter. Wad bateu baixinho na última porta do corredor. Uma voz feminina respondeu. O negro abriu.

A cabine dispunha de uma excelente iluminação graças a um janelão hemisférico integrado na estrutura da popa. Ali terminava a parte do navio destinada aos passageiros e o local se beneficiava daquela grande vidraça atípica que, sendo esmerilhada, esfumava a visão externa e, ao mesmo tempo, atenuava cada raio de sol. Por cima do janelão, via-se uma espécie de lona que evitava que o camarote se tornasse um forno.

O ponto fraco mais evidente era certamente o ronco da sala das máquinas logo embaixo. Uma chateação inexistente naqueles dias de paralisia. Calculei que parte do nosso chão era o teto das mães reunidas com suas crianças. Aschuak estava numa cadeira de balanço. Nem tentou levantar-se ao me ver.

— Bom-dia — disse em árabe. — Tudo bem com o senhor?

Reconheci o rosto anguloso da foto de Gerrard. Aschuak era uma mulher prematuramente consumida e sem dúvida alguma sensual. A pele lisa fazia contraste com a testa enrugada. O olhar abatido desmentia o sorriso radiante com que me recebia. Não fosse por ter lido em sua ficha que estava com trinta e um anos, eu não saberia precisar a sua idade. Mantinha o frescor na deterioração, e isso a tornava sordidamente atraente. Se o meu corpo fosse então capaz de reagir, acredito que teria ficado excitado, pelo menos senti uma coceira nos genitais, também estimulado pelo penetrante cheiro de óleos e azeites que reinava no aposento e provocava algo parecido com embriaguez. Várias manchas de tinta salpicavam o chão e os pés do cavalete virado para a parede. Descrevi a Aschuak a minha noite cheia de alucinações, falei dos meus sintomas.

A decoração da cabine lembrava a dos apartamentos de pessoas abastadas. Nada dava a impressão de ser efêmero. Havia um cabide com roupa e lenços pendurados, almofadas graciosamente espalhadas, uma caixa de papelão que devia servir para guardar mapas ou sapatos. Havia até um quadro de algum modo colado na parede e uma mesa de cedro – será que haviam pregado os pés no chão para ela não deslizar? – com uma bandeja de prata em cima, três livros e um discman cercado de CDs.

Era como se Aschuak morasse ali. Nenhuma outra cabine que até então eu visitara, e eram muitas, possuía aquele caráter de domínio particular, de moradia, nem mesmo a do capitão.

– Wad, por favor, tenho umas ampolas aí... – disse apontando para uma maleta bege apoiada numa grande mala de couro. – Dê uma ao senhor.

– Viaja com o equipamento de doutora?

– Preciso de cuidado constante. E no meu país não há nem remédios nem médicos de sobra.

Aschuak mantinha a seca mão aberta sobre a capa de um livro.

– Se não se importar, vá um momento ao banheiro e defeque dentro da proveta.

Olhei para o vidrinho, ainda mais insignificante que o meu mindinho.

– Aqui?

– Por favor. E traga logo de volta. Quero analisar.

Tranquei-me no banheiro comunitário, fazendo malabarismos enquanto lá fora os homens construíam embarcações. Voltei com as amostras perguntando a mim mesmo por que a mulher continuava lá, afinal de contas deixara-me entrar sem qualquer problema, de forma que o contágio não parecia ser a causa do seu isolamento.

No camarote, Wad estava dizendo a Aschuak que as palavras de Osman pelos alto-falantes, a respeito dos cortes da comida, haviam sido apressadas demais – "sabe como é, os políticos" – e que as rações já haviam voltado – "hoje mesmo" – ao normal.

– Acredito que houve algum engano quanto à quantidade de suprimentos. Queria economizar – disse Wad. – É sempre muito exagerado. E além do mais, como agora decidiu fazer regime...

De todas as coisas que até então eu o ouvira dizer, era o que mais poderia lembrar uma piada. Entreguei a proveta ao ex-soldado, e ele repassou-a à mulher, que a levantou uns centímetros acima dos olhos examinando-a contra a luz.

– Só levarei umas poucas horas para dar-lhe o diagnóstico – disse, colocando o vidrinho num estreito recipiente cheio de provetas vazias.

Encaminhei-me para a porta com Wad.

– Por que estão fazendo todo este barulho? – perguntou Aschuak quando Wad já segurava a maçaneta.

– Chegamos a um porto – respondeu o guerreiro. – O capitão tenciona presentear com uma estátua os habitantes da aldeia. É o que estão fazendo.

– Uma estátua? E o que é?

Wad fitou-me, convidando-me talvez a participar. Mas eu estava sem forças. Nem mesmo sabia o que esperava por mim.

– Uma girafa de madeira – respondeu.

"Não me contradiga quando estivermos com ela", ele me dissera antes.

– Uma girafa – confirmei.

Esperei até sair da cabine para dizer a Wad:

– Seja como for, até que a viagem parece estar sendo boa para Aschuak.

– Pois é – respondeu o gigante. – Uma viagem perfeita.

Aschuak recomendou-me descansar e tomar quanto mais líquido possível. Wad cuidou de arranjar-me duas garrafas de água pouco antes de Osman anunciar que o fornecimento de água potável ia ser racionado. Desta vez comunicou a coisa de viva voz. Conforme Norton me contou mais tarde, o ministro subiu num assento do Nível Inferior e, com os passageiros apinhados aos seus pés, gritou:

– Como já sabem, *La Nave* ficou presa entre várias ilhas. Esse inesperado contratempo vai atrasar um pouco a nossa chegada ao próximo porto. Estamos trabalhando duro e sem descanso para tirar o navio do pântano. Pelo movimento das águas que constatamos, muito em breve abriremos uma brecha entre as ilhotas. Seja como for, precisamos ser prudentes e comedidos no uso das nossas provisões. Sendo assim, a partir de agora racionaremos a água potável. O filtro de emergência continuará funcionando, mas somos muitos e, para não forçá-lo, peço que só recorram a ele em casos de extrema necessidade.

Houve resmungos, mas não protestos, talvez por ninguém saber de fato com quem se queixar, a quem dirigir-se. Passei a tarde prostrado, ouvindo o martelar do improvisado estaleiro. No estafante torpor inoculado pela doença e o calor, voltei a pensar na solidão de Aschuak, que ignorava todos os demais e certamente era a única em *La Nave* capaz de me salvar. Eu admito, estava me sentindo um tanto melodramático, à espera do veredicto, mas acontece que a situação de Aschuak ampliava as dimensões do drama. Ela não sabia de nada! Tudo desmoronava à nossa volta, havia uma possibilidade real de o navio afundar. Se as ilhas se fechassem sobre nós, poderiam nos esmagar. A tragédia pairava no ar e, apesar disso, ainda havia alguém alheio aos perigos. Enquanto a luz se abrandava, imaginei a mulher descansando em sua cadeira de balanço, de olhos fixos em sua grande janela, esperando que um lance de sorte lhe permitisse avistar a desengonçada cabeça de uma girafa de madeira.

Àquela hora da tarde as marcas roxas provocadas pelos mosquitos coçavam mais. Norton entrou na cabine. Tinha a camisa manchada de sujeira e sangue. Buscou a loção repelente em sua nécessaire. Quando apertou o botão, não saiu quase nada. Só conseguiu um borrifo que mal deu para umedecer as mãos e a cara. A seguir tirou a camisa e viu as duas garrafas de água junto à cabeceira da minha cama. Enxugou-se com uma toalha e vestiu uma camisa limpa, de uma brancura imaculada, como de costume.

— Já sabe que está faltando água, não sabe? — disse. Sem dar-me tempo para responder, explicou como Osman tinha conquistado o seu público. — O pilantra sabe falar, o puto é um verdadeiro demagogo. Mas será possível que não entendam que quem nos meteu nesta enrascada foi ele? Se não tivesse montado aquela palhaçada de tiro ao alvo, já estaríamos na Cidade.

— Como assim, está faltando água? Ainda podemos beber, não podemos?

— Claro, dois copos por dia. A continuar deste jeito... Acho que pela primeira vez na vida vou lastimar não ser um maldito selvagem. Pelo menos, poderia beber diretamente no pântano.

Norton lambeu os dedos e, diante do espelho, esfregou as partes mais sujas do rosto.

— Se quiser um pouco de água... — falei, indicando as duas garrafas. Eu não tinha nem fome nem sede.

— Não se preocupe. Você está doente, precisa hidratar-se. Logo conseguirei uns tragos por aí. Só pense em ficar bom, pois vamos precisar de braços para cortar toda a mata desta porra de ilha. Além do mais, o sargento também ficou doente, e talvez me caibam alguns dos seus turnos de vigia... Já pensou? Eu ali, segurando uma metralhadora. — Fingiu apontar para mim e parecia gostar da ideia. — Puta merda, nem dá para acreditar.

Bateram à porta. Era Wad.

— Está com disenteria — disse. — Precisa tomar isto.

O negro entregou-me seis cartelas de cápsulas e um papel onde Aschuak me receitava um coquetel de dezesseis pílulas por dia.

— Disenteria... nem um pouco romântico — comentou Norton, ajustando sobre o relógio impermeável a pulseira do filho David.

— Se não tomar, pode morrer.

— Eu vou jantar. Quer alguma coisa?

Norton enfiou o crucifixo dentro da camisa, alisando por baixo os poucos cabelinhos que tinha.

— Não quero nada, obrigado.

Depois que Norton se foi, selecionei as primeiras três pílulas e fiquei olhando para elas, na palma da mão. Wad segurou a maçaneta da porta, deu uma olhada no corredor, saiu e virou-se mais uma vez para mim.

— Não fique preocupado demais — disse. — Estamos todos em perigo. Tome o remédio.

Dali a alguns minutos recebi a visita do senhor Osman e da esposa, Rasha. Estavam arrumados e perfumados com a meticulosidade que lhes era costumeira para o jantar, a sua aparência nada tinha a ver com as recentes restrições. Osman acabava de se escanhoar, metido em sua *galabiya* de mangas bordadas. O turbante ocupava menos volume que os turbantes tradicionais, formando uma rede de cavidades e estreitos rodeios entrelaçados que, conforme se olhava para ele, dava a impressão de um cérebro nu.

Rasha cheirava àquele perfume francês que Camille logo reconheceu desde o primeiro momento em que se encontraram. Havia maquiado as pestanas com fartura, promovendo os olhos como atração mais vistosa de seu rosto. Usava o cabelo solto e a *chamira*, cravejada de ambos os lados de lantejoulas desde as axilas até os pés, se inchava e desinchava lembrando imagens de mulheres grávidas. Norton tinha apelidado Rasha de Foca.

— Wad nos contou que está doente — disse Osman. — Queríamos dizer-lhe que pode contar conosco.

— E que não precisa preocupar-se com as fotos — interveio Rasha. — Pode terminar quando se recobrar. Aceite isto, é um presente.

Entregou-me uma pequena almofada de seda, com o desenho de uma meia-lua vermelha sobre fundo cáqui.

— Ela mesma fez — informou Osman.

A lembrança deixou-me bem-humorado. Sentaram na cama de Norton. Não podiam ficar muito tempo.

— Estão nos esperando para o jantar e, além disso, Osman precisa ir dormir cedo, está trabalhando nas ilhas e, à noite, chega muito cansado. — Rasha apertou um ombro do marido. Ele colocou a mão em cima da dela e devolveu o aperto. — Precisa recuperar as forças.

Eu já tinha ouvido falar do casal indestrutível, do amor incondicional de Rasha por ele, mas, durante os jantares, a não ser por alguns contatos mais ou menos carinhosos e do momentâneo aparecimento de cochichos mais íntimos, o decoro não me permitira avaliar com precisão o verdadeiro alcance daquela afeição. Naquela noite, naquele instante, tornei-me testemunha de um sentimento bastante raro entre os mortais adultos: de um amor permanente e correspondido.

A história pública do ministro e da esposa conta que a valentia e o nacionalismo radical de Osman haviam seduzido a linda Rasha, doze anos mais jovem, esperta, mas mantida na sombra, a qual encontrou naquele líder nato o executor dos seus anseios. Sete meses depois, estavam casados.

Osman adorava Rasha e, por conseguinte, ela era um foco de tensão e sofrimento, ainda mais quando ele se lembrava do outro grande amor da sua vida: a mãe. A história não se podia repetir. Era obcecado em reduzir ao mínimo os riscos, a proteger Rasha de qualquer maneira, dedicando-se a ela como um cão de guarda.

Durante a guerra, a obsessão protetora de Osman defrontou-se com o dilema de ficar na Capital junto a Rasha ou lutar na frente de combate. Como poderia proteger qualquer outra coisa, se não fosse capaz de conter o inimigo que desestabilizava a pátria? A pátria! Foi como se as precauções do estrategista treinado em todo tipo de artimanhas e sutilezas desaparecessem deixando o lugar à faceta mais brutal que existe dentro de nós. Como se Osman descobrisse que, afinal de contas, era jovem, aguerrido e valente. Ninguém jamais poderia duvidar disso. Nem mesmo Rasha. E haveria forma melhor de demonstrar seus dotes de cidadão e sua devoção ao país do que enfrentando os combates?

Osman escolheu a dedo uma escolta de confiança para a esposa e aí conseguiu um alto cargo na linha de frente. Não chegou a destacar-se como oficial, mas a tropa tinha consideração por ele, principalmente porque em suas fileiras nunca houve muitas baixas. O que mais o impressionou nas batalhas foi a coragem dos lutadores e, ao longo de dois meses, escreveu um diário no qual fez várias referências às lendas que corriam acerca do afamado guerreiro rival

Wad. Oito meses depois, voltou com as poucas armas que nos mostrou no dia em que Gerrard foi assassinado.

Era o que eu sabia de Osman a partir da sua ficha e daquilo que se contava dele. O resultado era uma figura admirável, realmente venerada por muitos dos seus patrícios, mas a minha experiência direta com ele reduzia bastante as dimensões do ídolo. Vira-o em várias oportunidades humilhar os inferiores e assistira a rompantes de ira que sugeriam um caráter pelo menos turbulento, embora essas atitudes fossem apenas consequências quase lógicas de um espírito empreendedor e autoritário. E apesar de eu reconhecer que Osman era totalmente imparcial em seus desprezos, que não tinha favoritos, essa sua tendência a impor-se já bastava para o personagem não me entusiasmar, principalmente agora que me via enredado em suas rixas com Norton. Osman falava inglês, mas em muitos casos era requerida a minha intervenção para que suas ordens não deixassem margem a dúvidas.

— Já sabe, segredo profissional — costumava dizer Norton fazendo umas caretas idiotas que em outras circunstâncias me teriam levado a sorrir. — Você é o nosso confessor.

Deve ter sido por isso que Norton se animou e procurou compensar-me na base de confidências: acabou, de fato, contando sobre Osman algo impossível de ser encontrado na sua ficha, nos corredores e até nos recintos mais fechados e informados. Algo que nem mesmo eu, muito mais calejado que o inglês em assuntos palacianos, sabia. Uma informação fundamental para ter uma perspectiva real do homem.

— A mulher de Osman é estéril.

Quando Osman voltou da guerra, ele e Rasha dedicaram-se a um novo objetivo: ter uma criança. Depois de cinco meses descobriram a infertilidade dela. A notícia desnorteou Osman, que, no entanto, logo se recobrou: era louco pela mulher. De forma que coube a ele consolá-la durante meses, durante anos. Contou-lhe de um tratamento de fertilidade na Europa — de eficácia bastante incerta, no entender do prestigioso ginecologista que a examinara. Perdida em sua depressão, Rasha se amargurava tornando-se taciturna e, às vezes, cruel com o pessoal sob o comando do marido. Consultaram outros médicos, rezaram por um lance de sorte, recorreram a curandeiros e videntes. Osman deixou-se dominar cada vez mais por suas superstições, começou a comer adoidado. Engordou.

Estirado na cama, enquanto Rasha comentava a qualidade da seda da almofada com que acabava de me presentear, contemplei o casal de obesos sentados diante de mim. Osman era um gordo de barriga pontuda, uma bola esticada e sem banha supérflua que, curiosamente, não parecia diminuir a sua agilidade. Não era o tipo de pessoa que inspira compaixão. Tinha um caráter tão firme que, quando o mencionavam, costumavam recorrer a apelidos tais como "o ogro" ou "o muro", e se alguma vez eu cheguei a pensar nele como gordo, se porventura cheguei a considerar que atrás daquele volume existia algum problema, decidi que só podia ser uma espécie de castigo pela sua soberba.

As banhas de Rasha, por sua vez, trasbordavam dos quadris, e, mesmo sem vê-las, dava perfeitamente para imaginá-las: os pneuzinhos acumulados uns em cima dos outros, fruto do período ofuscado e doentiamente sedentário que se seguiu à desistência da ideia de Osman de adotar uma criança, e para o qual o único consolo pôde ser encontrado na comida.

Segundo o relato de Norton, enquanto Rasha se trancava em casa a lamentar a sua desgraça "transformando-se em foca", Osman continuava subindo na hierarquia política a ponto de o ministro das Comunicações torná-lo seu braço direito. Sabia tratar com as pessoas, era dono de uma conversa fluida e tentadora e de um passado impecável abrilhantado por três medalhas.

Essa posição privilegiada permitiu-lhe o acesso a informações sigilosas, que ele soube aproveitar investindo em terrenos que em poucos anos centuplicavam seu valor. Tornou-se, assim, um dos mais ricos produtores de algodão do país e arrumou uns contratos bastante esquisitos com umas companhias hoteleiras gregas de forma a abocanhar um quarto das ações delas.

Do ministério, ordenou a construção da segunda rodovia mais longa do país, na qual tinha participação empresarial e, pelo menos três vezes por semana, participava de recepções com opíparas comidas que, ao contrário dos anfitriões, não conseguia recusar apesar da insistência de Rasha, que lhe sugeria moderação.

– Já basta um gordo no casal.

De talheres nas mãos, no entanto, a proverbial força de vontade de Osman se esvaía.

Ao conseguir a conferência de paz, Osman tomou parte da equipe do Governo, desempenhando um papel fundamental entre os militares e os políticos de ambos os lados. Os muçulmanos elegeram-no a exemplo de homem eclético, provido de ideias equilibradas e, como as poucas baixas do destacamento que comandara durante a guerra demonstravam, sempre preocupado em salvar vidas.

Das negociações, a coisa da qual Osman mais se lembrava era a gravata-borboleta do delegado das Nações Unidas, um sinal de mau agouro, segundo suas superstições. O delegado apareceu com a bendita borboleta em três reuniões seguidas, até Osman ver-se forçado a salientar aquela escolha infeliz. Quer dizer, Osman começava a equivocar as prioridades, passando a merecer a fama de excentricidade com a qual queria solapar os abismos de novos temores que pouco a pouco iam se abrindo diante dele. Só para dar um exemplo: nunca tinha gostado de gordos, "asquerosos ícones que com sua aparência balofa proclamavam a desigualdade de oportunidade". Mas na verdade, mesmo assim, não conseguia parar de comer.

– Como é que sabe disso tudo? – perguntei a Norton quando acabou de contar.

– O próprio Osman me contou.

– Por quê?

– Estão planejando uma coisa em que eu poderia ajudá-los. Estão pensando numa redução de estômago na Europa.

Acima de qualquer outra coisa, Osman planejara a viagem em *La Nave* como terapia para ele e a esposa. Sempre falava a respeito: o final de uma fase complicada. Dali em diante só caberia o ressurgimento. Recortar as tripas numa clínica europeia seria o toque final para o plano.

– Osman, no entanto, também quer dar um jeito em algumas coisinhas no sul. Tem muitos interesses econômicos. Seu objetivo imediato é arranjar uma boa grana, o resto virá depois.

Foi por isso que Osman se apresentou como voluntário para representar o Governo em *La Nave*, e não lhe foi difícil ser escolhido. Planejava assinar contratos com um hoteleiro do sul e supervisionar os preparativos de uma nova linha de trem cuja concessão estava pensando em outorgar a uma companhia alemã em troca de uma boa fatia. O que seriam, afinal, mais umas poucas tramoias? Afinal de contas, ele tinha sido nada menos que um protagonista da pacificação, tinha salvo centenas, talvez até milhares, de vidas humanas. Como já haviam salientado os seus professores, Osman era muito mais esperto que os demais, QI de 174, e isso merecia uma recompensa que ele mesmo, sim, ele mesmo se concedia. O que mais lhe sobrava? Que outro consolo para um gorducho supersticioso e cada vez mais desesperado? Era uma forma de amenizar a punição divina – por quê? onde e quando ele tinha falhado? – de aliviar o castigo de não ter uma descendência com Rasha.

E agora lá estavam eles. Ambos na minha cabine. Tentando, sabe-se lá por que, trazer-me algum conforto, talvez por verem em mim alguém bastante jovem para lembrar-lhes do filho que jamais teriam.

Rasha insistiu mais uma vez em passar as minhas camisas, e mais uma vez eu recusei.

Conversamos sobre assuntos fúteis, rindo ao mencionar algumas das mais recentes desavenças. Não demoraram a sair, estavam sendo esperados para jantar.

Durante os dois dias em que continuei acamado, Norton manteve-me informado sobre os progressos da poda e da proliferação de doentes de disenteria e malária. Para piorar as coisas, o pessoal fez exatamente o contrário daquilo que Osman pedira, tentando aumentar as reservas de água e forçando o filtro de emergência até inutilizá-lo. A avaria era motivo de tensões que favoreciam a busca de alianças estratégicas em *La Nave*.

— Os embalsamadores estão do nosso lado — disse Norton, incluindo-me entre os seus partidários. — O problema é que não conseguimos nos entender direito, por isso o chefe veio comigo. Queremos que você traduza.

Tuumi inclinou a cabeça sorrindo. Eu estava sentado na cama, segurando no colo uma tigela onde, além do costumeiro caldo com arroz, também havia finalmente alguns pedaços de carne.

Norton contou que de manhã tinha tido uma ríspida briga com Osman enquanto podavam o matagal.

— Quando o vi escanhoado, fiquei realmente fulo da vida. De qualquer maneira, esperei até chegarmos à ilha e ficarmos afastados dos demais para tocar no assunto. Você nem pode imaginar como o cara ficou enfezado. Foi logo dizendo que precisa barbear-se todos os dias. Todos os dias! E que a água limpa é fundamental para ele, pois do contrário a pele fica irritada e coça, podendo até chegar a infectar. E então ainda se atreve a perguntar se, por acaso, eu não sei distinguir entre as ordens que se dão ao rebanho e os privilégios devidos aos altos comandos. O maldito filho da mãe.

— O que está dizendo? — perguntou Tuumi.

Demorei alguns segundos para triturar a carne que comia com prazer e com um tiquinho de prevenção.

— Diz que apesar de vocês não precisarem tomar a água do depósito, mesmo assim deveriam protegê-la. Sem o filtro de emergência, esta água é muito importante para os doentes e para os outros que não estão acostumados a beber a água do rio. Parece que há pessoas, como Osman, que não estão cumprindo as restrições acerca da água. E essa é uma coisa que não pode ser tolerada.

— Mas eles têm as armas — respondeu Tuumi, segurando com ambas as mãos a espingarda.

– Acredito que Chang ficou no seu lugar de vigia – disse Norton. – Quem o propôs para a tarefa foi o chefe dele, o coxo. Uma boa notícia, não acham?

Fiquei mentalmente pensando na distribuição do armamento. Nos homens fiéis a Osman; nos que poderiam rebelar-se; em como eram repartidas as armas a cada troca da guarda; em quem controlava a metralhadora. O ponto era este: Norton tinha de entregar a metralhadora a Wad. Bastaria que Norton demorasse mais alguns minutos no posto para contar com três armas contra quatro, ficando mesmo assim em inferioridade numérica apesar de dispor da metralhadora. Foi o que pensei "do ponto de vista dele". Do seu lado, portanto, haveria os embalsamadores e, caso estivesse realmente certo, Chang. E quanto a mim? De que lado deveria ficar?

– Os chineses são muito importantes – falei em árabe para Tuumi. – Se houver uma crise, eles poderão fazer a diferença.

Tuumi franziu os lábios.

– Então vai depender de você – disse o embalsamador.

– O que foi que disse? – perguntou Norton.

Pedi várias vezes que me deixassem participar das equipes de poda, mas tanto Norton quanto Osman insistiram em que eu descansasse pelo menos por mais um dia, andando eventualmente pelo convés só para confirmar que tinha de fato recobrado as forças. De forma que obedeci: engoli a minha dose de pílulas, tomei com prazer um café da manhã reforçado, prendi em volta da cabeça o lenço com motivos psicodélicos e saí.

O cerco pareceu-me ainda mais impressionante. O sol estava alto e acabava com as cores das ilhas e da água. Um número incomum de águias pescadoras voava em círculos acima de *La Nave* e das turmas que labutavam com picaretas, machados, pás, facões, facas e enxadas no meio daquela muralha lamacenta tão alta que ocultava os homens, cujo rastro só podia ser notado através da oscilação do matagal. Três barquinhos guardados por um único sujeito permaneciam amarrados na orla da ilhota, onde se via uma pequena fenda provocada pelo trabalho dos dias anteriores como se um gigante tivesse fincado a ponta da sua unha na borda de um bolo.

Olhando do navio, logo se via que a tentativa estava fadada ao fracasso. Não parecia possível que tamanha enormidade pudesse rachar-se a partir de uma incisão tão minúscula. Aquela trabalheira toda só ajudava a manter viva a esperança.

– Que babaquice! – disse Camille, chegando-se a mim no parapeito. – Não vamos sair dessa, meu amigo, pode crer.

Cada turma era formada por cinco sujeitos, a não ser uma que só contava com quatro. As duas equipes que haviam saído da borda seguindo caminhos paralelos, a oitenta metros de distância uma da outra, avançavam podando em direção de uma terceira equipe situada num local mais interno, cujos membros se moviam rumo à turma mais próxima ao bombordo de *La Nave*. A ideia era cavar um enorme triângulo até separá-lo do resto da ilha para facilitar a passagem de água: isso talvez contribuísse para abrir uma brecha no resto do conjunto.

Via de regra, dois indivíduos trabalhavam em cada time durante quinze minutos, enquanto os outros descansavam, de forma que, nas equipes ímpares, a cada dois turnos um homem aproveitava até meia hora de folga. De vez em quando se vislumbrava a figura de um podador agachado que labutava no matagal.

Camille começou a enrolar um cigarro com a mão de carne e osso.

– Não vai dar certo – disse. – Não há nada que possamos fazer contra esta barreira. Já sabia que a chuva só ia criar mais problemas.

Não parecia estar nervosa, mas tampouco tranquila.

– Que tal os seus estudos? – perguntei. – Este charco deve ser uma verdadeira mina de informações.

– Pois é, uma mina... acho bom não dizer mais nada. – Afastou uma mosca com um sopro. – E você? Está melhor?

– Acredito que amanhã já poderei descer para ajudar.

Camille passou a língua na borda do papelote, que em seguida enrolou. Sobrou-lhe entre os dedos um canudinho bem-feito, um cigarro encorpado. Uma criancinha começou a chorar no Nível Inferior. Os limpadores do convés se haviam sentado à sombra de um mastro, com a cabeça balançando de sono apesar da hora matinal. Um grupo de operários segurava um dos dois grandes remos construídos usando tábuas e troncos atados com nós e pregos.

– Precisa sentir-se útil, não é? – disse Camille e virou-se, pois Leila tocara em seu ombro. A mocinha esticou a mão com o indicador e o médio formando um vê no meio do qual a francesa encaixou o cigarro que acabava de acender. Leila deu uma tragada, olhou para a ilha.

– Está lhe ensinando a fumar?

– A menina quer libertar-se.

– O pai não gostaria que ela fumasse.

Leila fitou-me sem entender a conversa em francês. Soltou a fumaça da boca de forma inexperiente.

– O pai queria que se tornasse piloto, mas continuando a ser uma mulher tradicional... – respondeu Camille. – Para que toda esta repressão? E se a gente não conseguir sair desta? Deixaria que ela morresse sem pelo menos experimentar um cigarrinho? Além disso, se porventura as ilhas de repente se abrirem, quem acha que vai poder nos tirar daqui? Se conseguirmos passar, Leila tem que estar no melhor da sua forma. Satisfeita, levará a cabo muito melhor o seu trabalho, você não acha?

Camille esticou o braço bom para Leila, que devolveu o cigarro. Gritos de podadores chegavam da ilha. No Nível Inferior, ouviu-se alguém vomitando pela borda.

– Porcaria... Houve muito mais casos de doença depois da sua – disse Camille. – Na verdade, a maioria destas pessoas tem sofrido de malária ou de alguma porra parecida durante a vida inteira, mas agora, com as defesas fracas e os remédios se esgotando... Nem preciso dizer que tudo isto só pode piorar. Sem água para se lavar... Estou imunda com o corpo todo coçando. – Passou a prótese nas costas com força anormal. – E, como se não bastasse, todos estes mosquitos que não nos deixam em paz... Um bom banho viria realmente a calhar.

Fui andando pelo navio. À primeira vista, a multidão do Nível Inferior continuava igual a como estava uns dias antes. Havia grupos de jogadores, mulheres que costuravam, homens que liam, principalmente o Alcorão. Alguns poucos escreviam. Vários fardos estavam soltos, coisa bastante rara nas viagens anteriores, e muitas das roupas e das peles mostravam o desgaste por causa do encardido concentrado. Algumas das pessoas esparramadas nos sofás tinham de fato uma aparência lastimável.

Não fosse pelo fato de o reservista ser o único sem os dois braços em todo o navio, não o teria reconhecido atrás da máscara de barro que lhe haviam aprontado para protegê-lo dos mosquitos dos quais não podia defender-se. Assim como ele, outras pessoas estavam usando pequenas máscaras ou pelo menos crostas de lama no rosto, e várias das que usavam camisetas tinham lambuzado os braços para proteger-se dos mosquitos e do sol. Um bom número delas tinha participado do trabalho de poda, sofrendo as consequências de uma longa exposição às intempéries, enquanto os passageiros que por alguma razão ainda não tinham enfrentado a labuta também precisavam sair amiúde daquela masmorra saturada de ar viciado, por mais abrasadores que fossem os raios do sol. A necessidade estimulava a todos, sem parar, o desejo de respirar, de procurar alento lá fora, de ficar alguns minutos em relativa solidão afastados desse Nível Inferior onde não havia nenhuma privacidade.

No decorrer da tarde, o que no começo parecera-me apenas uma chateação assumiu o aspecto de uma ameaça. Foi um cheiro desagradável do qual não conseguia determinar a origem. Eu estava no meu camarote, tentando descansar mais um pouco quando fui atingido por um sopro de ar peçonhento. Alguma coisa vaga, somente um enjoo intangível, um presságio de odor grávido de repugnância que aos poucos ia ganhando consistência, invadindo os espaços, penetrando em *La Nave* e nos pensamentos até tomar conta deles por completo enquanto afinal se definia como a emanação fedorenta de uma cloaca asquerosa.

Pensei numa lufada circunstancial que logo se esvairia, quem sabe o cheiro de algum grande paquiderme morto, ou de vários, arrastados por alguma ilha flutuante. Mas o odor persistiu, foi aumentando. O nariz adapta-se a quase todas as inclemências, de forma que até a emanação mais enjoativa e nojenta acaba integrando-se no cotidiano, mas aquele fedor era tão execrável que, depois de mais de uma hora, continuava a ser insuportável.

Enquanto amarrava os sapatos, pensei em algum problema com as latrinas, mas, quando entrei no corredor, notei que não havia nada errado com elas, de forma que segui em frente até o convés. Os minguados passageiros que desafiavam a insolação tinham atado lenços ou enrolado os turbantes em volta da boca e do nariz. A fedentina era ainda mais agressiva.

Busquei indícios em volta e encontrei a explicação na água, pois era sem dúvida alguma dali que emergia aquela peste. A luminosidade ofuscante provocava contínuas cintilações e impedia uma visão nítida da superfície, que lembrava uma chapa metálica com a maleável densidade do mercúrio. A cor era cinzenta, uma contínua dança de claros e escuros amortecidos pela violência da luz que, mesmo assim, iluminou de forma estrelar um conjunto de excrementos levados pela leve correnteza da laguna. Tornaram-se logo visíveis outros restos mais ou menos sólidos, cascas de frutas, espinhas de peixe e ossos de animais, detritos desenhando manchas oleosas que iam além de *La Nave*, numa deriva que os fazia entranhar nas raízes das ilhas.

Acontece que o navio continuava soltando seus dejetos sem levar em conta que estávamos presos numa poça onde o fluxo da água quase não se renovava. A progressiva putrefação mantivera-se até então mais ou menos oculta, mas quando o calor vespertino alcançou o nível certo para multiplicar os núcleos bacterianos, eles espalharam-se pelo pantanal como gasosas lufadas infectas. Estávamos parados no meio de uma estrumeira alimentada por nós mesmos.

O guarda encarregado do turno da tarde aproximou-se.

– É você, Chang? – perguntei, pois um pano tapava-lhe o rosto até o nariz.

– Oi – disse o chinês. – Um verdadeiro desastre, não é? Os dias vão se tornar ainda mais longos.

O suor tinha escurecido várias franjas da minha camisa. Podia sentir a umidade nos sovacos e o coçar das gotas que escorriam costas abaixo. Nas ilhas ouvia-se uma espécie de canto muito agudo de cigarras. Tudo estava parado afora os troncos e as raízes que os podadores cortavam.

– Se pelo menos soprasse algum vento... – disse Chang.

A chapa líquida reverberava estática.

– Como vão as coisas com Han Tsu? – perguntei enquanto ele olhava para as ilhas. Chang passou uma mão nos cabelos, estalou a língua.

– Não consigo entendê-lo – respondeu. – Han Tsu é muito rígido. Nunca andou pelos mares. Acho que isso tem algo a ver. Não sabe o que é o mar.

– Oh.

– Claro, já sei que isto não é o mar, mas lembra muito. Você é espanhol, tenho certeza de que não acha estranho o que estou dizendo. Quem nunca viu o mar não é como os outros, você não acha?

Fiz sinal que sim com a cabeça, não sabia o que dizer. O chinês pestanejou apressado, deu de ombros e voltou a debruçar-se no parapeito.

– Quando peço a Han Tsu que traduza para mim, tenho a impressão de ele não dizer o que eu digo. Você sabe como é. A missão de um bom tradutor é transmitir a outrem tudo aquilo que uma pessoa diz, não é verdade? Mas deixe para lá. O cara deve ter um bom pistolão.

A ficha biográfica de Chang Woo diz que *nasceu em 1980 na cidade chinesa de Xiamen, localizada diante da ilha rebelde de Taiwan. É filho único de um milionário do Sudeste da China.*

– Eu também falo duas línguas perfeitamente – disse Chang. – O mandarim e o dialeto de Xiamen; com meu pai sempre uso o dialeto. Sei como se pode mudar o sentido das coisas. Por alguma razão, Han Tsu não morre de amores por mim e isso, que em outro lugar me deixaria totalmente indiferente, aqui me incomoda. Acho que vou querer que você se encarregue das traduções. Você se importa? Não serão muito frequentes, afinal eu não sou um desses caras da pesada.

– Será um prazer ajudar alguém tão bem relacionado com o meu chefe. Mas o que me diz quanto ao senhor Gao? O que é que ele acha das suas diferenças com Han Tsu? Acredito que gostaria de reconciliá-los.

– É um bom sujeito, embora um tanto senil. Certas vezes pensa branco sem nenhuma dúvida. Outras, pensa preto com a mesma certeza. Tem boas ideias, mas tem alguma dificuldade em aceitar mudanças. É normal. Ainda mora com a mãe.

– Com a mãe?

– Isso mesmo.

O senhor Gao tinha cinquenta e nove anos.

Uma exalação repulsiva emergiu do lodaçal e levei a mão à boca, procurando na minha pele um cheiro capaz de amenizar a baforada.

– O velho passa o dia dormindo e ouvindo música. Agora mesmo deve estar fazendo isso, desde que as pilhas do rádio ainda aguentem. Quanto a mim, botei algumas no sol para ver se dá para recarregar – disse o oriental apontando para um banquinho. – Já reparou na música de que Han Tsu gosta? Em que época acha que está vivendo, o sujeito?

– Acha que Osman vai nos tirar daqui? – perguntei de supetão.

Chang apalpou a culatra do rifle apoiado em seu peito.

— A água suja vai complicar mais um pouco as coisas — disse. — Agora nem sequer os indígenas querem tomar a água do pântano.

Não entendi se aquilo era uma resposta à minha pergunta, talvez não me tivesse ouvido, absorto que estava nas suas cogitações. Perguntei se tinham de alguma forma mudado os horários de vigia. Segundo Chang, tudo continuava praticamente na mesma, só tendo mudado os turnos para que as sentinelas trocassem periodicamente os seus postos com os podadores.

— E quem rende você? — perguntei.

Quem fazia isso era o seu patrício do Nível Inferior, Yan Li, o qual não transtornaria a estratégia de Norton, que também contava com Yan Li como aliado. O apoio dos chineses, com efeito, era fundamental. De todos os chineses.

— Osman é um homem inteligente — continuou Chang. — Mas afinal, por que deveria caber a ele nos salvar? Somos muitos para pensar.

Duas tilápias mortas boiavam na água. Nos dias anteriores uns passageiros haviam pescado no pântano para introduzir algumas novidades em sua alimentação, mas agora esse recurso estava inteiramente descartado.

— Se pelo menos soprasse algum vento... — repetiu Chang.

As ilhas dificultavam a chegada de qualquer brisa tornando, além do mais, aquela jaula um forno. Aos costumeiros enxames de moscas e mosquitos juntaram-se bandos de abutres que nos sobrevoavam em círculo quando as águias deixavam. As aves se alternavam sem maiores dificuldades. Quando alguma delas ficava cansada descia para um local mais ou menos desocupado de uma ilha, às vezes podíamos vê-las pousar onde tínhamos colocado os mortos. Do outro lado da muralha, as águias mergulhavam de cabeça, provavelmente em busca de percas.

Eu começava a acostumar-me com o fedor ou, pelo menos, já havia momentos em que não pensava nele.

Ao entardecer, a queda da temperatura também amenizou o mau cheiro. Os barcos foram recolhidos quando o céu já misturava as cores laranja com as nacaradas. Os homens que desembarcavam levavam a pensar em minas transiberianas, em nômades do deserto e em índios amazônicos, tudo junto e ao mesmo tempo. Osman e Norton destacavam-se entre os mais castigados. Eram os únicos que tinham descido na ilha todos os dias, fiéis à sua luta cada vez menos particular. Osman pulou no convés arquejando. Tinha consigo um revólver e uma cartucheira.

– Está alucinado – disse Norton, erguido e sujo de forma épica.
– Está obcecado com os embalsamadores. Acho que é por causa de uma brincadeira deles: meteu na cabeça que, se a comida acabar, vão querer comê-lo. Comê-lo!

Riu sem muito convencimento.

– Não me canso de dizer-lhe que não deve se preocupar. Se continuar desse jeito, vai ficar tão magro que nem precisará ir à Europa.

Quando Osman recuperou o fôlego, ordenou uma reunião naquele mesmo convés para tratar do problema dos dejetos. Concordou-se em criar uma equipe encarregada de recolher o lixo, com a tarefa de limpar diariamente as águas e jogar a sujeira na ilha ocidental, onde os ventos do Sudd deveriam soprar com menor intensidade. Os turnos foram revistos e, como Osman salientou, houve trabalho para todos. *La Nave* funcionaria como uma pequena cidade, com seus funcionários, operários, sentinelas e varredores.

– Por mais que limpemos, já não será possível beber esta água – disse um dos soldados no fim da reunião.

– É claro que sim – rebateu Osman. – Bastará tirá-la do fundo.

O soldado olhou para o chão, cravou um calcanhar na ponta da outra bota e, sem levantar os olhos, disse:

– Eu não tenciono tomar.

O murmúrio só foi ouvido por quem estava por perto.

– Seja como for – disse Han Tsu, tomando inesperadamente a iniciativa –, seria bom saber onde estamos exatamente. As raízes submarinas crescem e poderiam envolver o navio. Se crescerem muito,

poderão bloquear o leme e isso seria perigoso. Alguém terá de mergulhar para explorar o fundo.
  Vários homens falaram ao mesmo tempo.
  – As raízes não crescem tão rápido.
  – Nunca se sabe. Aqui não dá para ter certeza de coisa alguma.
  – Mas é uma loucura!
  – Uma loucura mesmo é a situação em que nos metemos.
  – Algum voluntário? – perguntou Osman.
  E aí, pela primeira vez em toda a viagem, Han Tsu falou maravilhas de Chang, o mergulhador. Como acabei sabendo mais tarde, a história tinha sido contada pelo próprio Chang logo depois que os dois se haviam conhecido, quando ainda tentavam instaurar um clima de cordialidade. Segundo Han Tsu, o pai de Chang praticava mergulho livre e tinha ensinado a técnica ao filho.
  – Mergulho livre? Quer dizer sem reserva de ar? – perguntou um chefe tribal.
  – No navio não há tanques de oxigênio, mas Chang sabe muito bem como se virar sem eles – respondeu Han Tsu. – Mergulhava com o pai em busca de corais. Tinha a casa cheia de troféus, estrelas-do-mar, pedras coloridas...
  – ... e cascos de tartaruga, caracóis, peixes raros empalhados – confirmaria mais tarde Chang, que tantas vezes fora nadar sozinho na praia depois das aulas de economia.
  Chegou a encontrar pequenos tesouros e suas habilidades desenvolveram-se de tal forma que certo dia o senhor Bo, um mergulhador profissional amigo da família, propôs ensinar-lhe alguns novos truques em troca da ajuda do jovem em seu negócio.
  – É claro que aceitei – contaria Chang. – Aprendi um montão de coisas. Mas não me demorei muito por lá, pois logo a seguir me mudei para Xangai.
  O senhor Bai, diretor-geral de Ilha Negra, a segunda multinacional petrolífera em faturamento de Xangai, viu nele uma grande promessa.

– Não temos nada a perder na tentativa, vocês não acham? – concluiu Han Tsu.

Quando os podadores se afastaram a fim de se arrumar, dirigi-me ao camarote de Aschuak; queria agradecer-lhe a minha recuperação. Lá dentro, bem baixinho, mas perceptível do limiar, ecoava uma música pop. Bati delicadamente à porta. Depois de uma breve pausa, Aschuak respondeu que eu podia entrar.

Estava deitada na cama sobre uma pilha de almofadas encostadas na parede. Como da outra vez, segurava um livro nas mãos. O ambiente ainda cheirava a pintura fresca, não devia fazer muito tempo que parara de trabalhar junto ao cavalete ao lado da cama, perto da mesinha de cabeceira onde conviviam caoticamente o leitor de CD, cartelas de remédio, uns auriculares, uma paleta e vários pincéis manchados.

– Ora, pensei que era Wad. – Massageou um braço, olhou em volta. – Desculpe a confusão. Não costumo receber muitas visitas... Bom, parece que você está bem melhor. Fico contente em ver que os remédios funcionaram.

– Isso mesmo, ajudaram bastante. Acho que amanhã começarei a me exercitar para ficar novamente em forma.

– Vai saber perfeitamente como medir suas forças – disse deitando o livro no lençol. – Se quiser tomar uma xícara de chá...

Indicou uma chaleira de porcelana encaixada numa armação de ferro com a finalidade específica de evitar que o recipiente virasse. Mais que a geringonça de ferro, no entanto, o que mais me surpreendeu foi o convite. Como podia dar-se ao luxo do chá?

– Prefiro não deixá-la sem nada para beber.

– Não se preocupe, há de sobra. Wad cuida de manter-me abastecida. Só espero, contudo, que não se importe em tomá-lo frio.

A chaleira estava praticamente cheia, de forma que servi duas xícaras, a minha um tanto mais cheia que a de Aschuak.

– Mas que imaginação! – comentei, aludindo à pintura onde já se reconhecia um carrossel formado por animais e monstros quiméricos, sob um céu atravessado por nuvens que pareciam carros de passeio.

Aschuak mencionou o seu interesse pelo surrealismo, sem desprezar, no entanto, outras correntes mais "conservadoras", como ela mesma disse. O camarote não dispunha de muita luz e a conversa prosseguia num ambiente cada vez mais dominado pela sombra, salientando os ângulos ossudos da mulher, que se animou ao saber que eu tinha visitado exposições de vários artistas de que ela gostava. Na cabeceira da cama havia um urso de pelúcia que, conforme a luz, podia até parecer um bicho vivo. Tomamos chá e começamos a conversar sobre livros. Ela até chegou a falar de poesia, assunto no qual, na verdade, eu me sentia mais inseguro, e aí, ao dar-se conta disso, a anfitriã voltou para a prosa. Ela gostava de contos de aventuras.

– As pessoas sempre sonham em viver uma aventura de verdade, você não acha? – disse Aschuak mexendo nas pesadas contas do seu colar de louça. – O tempo vai passando e não demora para os dias se parecerem demais uns com os outros: as coisas continuam acontecendo, mas todas elas sem graça. Em sua maioria, aliás, não passam de bobagens.

Wad havia assegurado que Aschuak ignorava a verdadeira situação do navio, mas, ao testemunhar em primeira mão a suprema inópia expressada por ela, fiquei realmente perplexo.

– Estamos cruzando o Sudd – repliquei. – Não há muitas pessoas no mundo que podem dizer o mesmo.

– É verdade – tomou um gole de chá. – Mas sabemos para onde vamos, há segurança, gente importante viaja conosco. Não sobra espaço para muita coisa... Quer dizer... para algo extraordinário.

Pensei nas confusas fronteiras do pantanal e em como Wad podia ter explicado fatos tão gritantes como o ataque que nos desviou da margem. Tive vontade de delatar o guerreiro, de devolver Aschuak à nua realidade, mas, ao mesmo tempo, a sua ingenuidade era fascinante, uma verdadeira tábua de salvação naquele apocalipse. E, além do mais, ela dispunha de água.

— Bem, até que tivemos alguma ação, afinal de contas – acabei dizendo.
— O tiroteio logo que chegamos ao pantanal? Ora, foi apenas um acidente. É normal que as coisas continuem tensas. Wad contou-me que os rebeldes já pediram desculpas e até nos trouxeram alguns presentes. Tenho um aqui mesmo.

Dobrando-se para diante com bastante esforço, tirou da gaveta da mesinha a bússola estragada de Gerrard.

— Caramba!– exclamei entre os dentes.

Aschuak riu.

— Parece que você gostou – disse. – Só tem uma coisa: ela não funciona.

Sorri com ar de superioridade e, impostando a voz, respondi:
— Queira desculpar, mademoiselle, mas não faz diferença: já sabemos para onde vamos.

Ficou rindo por um bom tempo, do seu jeito ofegante, intercalando profundos respiros, pois às vezes ficava sem ar. Pediu que lhe servisse mais chá. Perguntou acerca dos recentes maus cheiros.

— Dizem que pela manhã irão embora.

— Assim espero. Parece que agora tudo se estraga, como se este porto desse azar. Só espero que consertem logo o motor para sairmos daqui.

— Pelo menos não temos de aguentar o barulho das máquinas, não concorda comigo?

— Não é tão ruim assim. É um ruído monótono e, como sempre acontece, a gente acaba se acostumando. Além do mais, tenho um remédio perfeito para os dias mais insuportáveis – Aschuak apontou para os comprimidos na mesinha de cabeceira. Analgésicos e soníferos. – Um deles por noite e esqueço tudo até a manhã seguinte.

Isso explicava o fato de ela só ter ouvido um tiroteio. O provocado por Mahmoud aconteceu de madrugada, quando Aschuak já devia estar desfrutando o seu limbo.

— Por falar nisso... — abriu uma das caixas e tomou um comprimido. — Não se preocupe, estes não são para dormir.

Acendi um castiçal, coloquei-o no chão. A chama trêmula arrancava brilhos furtivos dos seus braços suados e do pescoço. Falou dos anos passados na escola, na Inglaterra. Falou do desejo que tinha de rever a família do outro lado do pantanal e de chegar à Cidade. Também disse que muito em breve morreria. E aí voltou a rir.

Aschuak al-Turabi nasceu na Cidade em 1974. Como salientara Osman, era filha de um fazendeiro que, quando ela tinha seis anos, se alistou por livre escolha no exército governamental. Nunca mais o viu.

A mãe, dona Nadja Touati, encarregou-se da fazenda de algodão, revelando seu pendor pelos negócios. A senhora Nadja voltou a casar e teve mais dois filhos. O seu segundo marido é o diplomata Rashid Arar, simpatizante da cultura ocidental.

— A sua ficha diz que seus pais a mandaram para a Capital quando estava com nove anos — eu disse.

— Vejo que está bem informado — titubeei sem atrever-me a admitir que tinha fuçado sua ficha. — Sempre tive problemas de saúde, e é na Capital que se encontram os melhores médicos, de forma que me enviaram para lá com uma governanta e uma velha babá da família a fim de matricular-me num colégio.

O recrudescimento da guerra bloqueou as comunicações entre norte e sul e aí começaram a passar meses sem que Aschuak recebesse notícias do seu pessoal. Os meses tornaram-se anos.

— Você é apenas uma menina e aí, de alguma forma, sem dar-se conta, acaba encostando a família num canto. É fácil. Adapta-se a uma vida onde há tantas perguntas no ar que você acaba não fazendo nenhuma... enquanto, mesmo assim, continua procurando respostas.

Aschuak acariciou o livro perto dela.

Durante a adolescência costumava ficar com suas três amigas do peito, tomando chá e falando de tudo, inventando penteados, disfarçando-se de homem, brincando de casar. Todas elas tinham dezesseis anos, a não ser Asha, a mais velha, que quase estava com vinte. Também falavam dos amigos, das famílias, dos parentes que lutavam.

– Nestas horas eu não tinha muita coisa a dizer. Ficava basicamente ouvindo.

Num destes encontros, Faridza anunciou que tinha perdido dois irmãos. Asha, o tio, três primos e o pai. As reuniões foram se tornando lúgubres. Passavam o tempo mostrando umas às outras suas pinturas, seus desenhos, os escritos com que tentavam consolar-se.

No dia em que Aschuak completou vinte e três anos, Asha soube que haviam estuprado a sua irmã. Contou somente a ela, no começo da tarde, e continuaram conversando até as nove a respeito da violência, da morte e do desespero. Aschuak deu-lhe de presente um conto melancolicamente alegre antes de despedir-se com um abraço. Sete horas mais tarde Asha matou-se, contrariando uma proibição expressa do islã.

Aschuak estava agora falando mais devagar. Resgatava pensamentos perdidos no tempo. "Continuo até hoje perguntando a mim mesma por que a presenteei com aquele livro." Entrelaçava os dedos no colar de louça. "Vai ver que nem leu", disse. "Suponho que ninguém poderia ajudá-la", acrescentou. "Mas mesmo assim..."

Bateram à porta, Aschuak mandou entrar e, quando Wad apareceu fantasticamente emoldurado entre a incipiente penumbra do quarto e o halo mais claro do corredor, uma palavra da sua ficha biográfica prorrompeu violentamente em minha cabeça: *estupro*.

Tomamos os nossos lugares nos barcos quando as brumas matinais ainda não se haviam dissolvido. Cada homem dispunha de um pedaço de bolo e de quatro torrões de açúcar. Cada turma podia contar com um cantil de água. Comigo viajava Norton, que, junto com Osman, era o único homem a repetir o trabalho sem qualquer folga. Osman viajava no barco ao lado, fungando rapé, concentrado na neblina que, ao nível da água, parecia ainda mais impenetrável. Os remos rasgavam um tecido musgoso, golpeando resíduos sólidos que às vezes se chocavam contra a quilha enquanto todos nós tentávamos espantar com tapas moscas varejeiras e carrapatos.

Os barcos aproximaram-se das entradas preparadas pelas turmas anteriores e, seguindo por uma espécie de riacho, alcançamos um promontório um tanto instável de onde se divisava um bom pedaço do charco. O chão era mais fofo que quebradiço e dava a impressão de nos poder engolir a qualquer momento, mas a maranha de sedimentos não só aguentava como também se tornava mais firme à medida que avançávamos, chegando a parecer uma verdadeira terra continental.

Entregaram-me um machadinho de cabo curto que cortava facilmente o mato. Para evitar os cortes e os arranhões dos espinhos, tirei o lenço da cabeça e o enrolei na mão até a munheca, como se fosse uma luva. Em lugar das moscas, insetos voadores de mamífero tamanho pululavam em volta. De forma já costumeira, nesta altura, ouviam-se os tapas e os bofetões que os homens davam em si mesmos.

Das entranhas da ilha, como que filtrando entre os troncos e o matagal, emergia um vapor quente que aumentava a sensação de calor e acentuava a atmosfera claustrofóbica piorada pelo fedor que àquela hora voltava a recobrar intensidade.

No começo da manhã, todas as turmas se limitavam a quatro homens, uma vez que o quinto membro de cada grupo tinha recebido a ordem de voltar a *La Nave* para juntar-se às equipes de limpeza. Do promontório vimos ir embora os barcos que nos haviam transportado: dentro de pouco tempo estavam balançando-se no meio do charco com várias mulheres que recolhiam em baldes, potes e cestas todo o lixo flutuante. Num dos barquinhos pude ver Chang ataviado em seu improvisado traje submarino. O chinês adiou o mergulho até o definitivo aparecimento do sol, necessário para iluminar o fundo do charco, mas ainda não bastante poderoso para requentar os detritos e transformar a expedição numa aventura ainda mais repulsiva.

Quando saímos de *La Nave* rumo à ilha, Chang já estava pronto no convés. Andava de um lado para o outro.

– Parece um leão enjaulado – dissera Norton que, assim como todos os outros que haviam estimulado Chang a mergulhar no lamaçal, sabia que a coisa o deixava bastante preocupado.

– Foi você, não foi? – Chang disse a Han Tsu depois de receber a proposta de Osman. – Presumo que na sua profissão deve ser normal ter uma língua tão comprida.

Depois encarou o resto do grupo. Avaliou a expectativa com que os outros aguardavam a sua resposta.

– Pode ajudar bastante – disse Osman. – Pedimos que se sacrifique, que faça algo pelos outros.

– Quem sabe possa ser uma coisa boa para todos – disse o senhor Gao.

Mergulhar naquela lixeira representava um óbvio risco de contrair doenças, ainda mais para um sistema imunológico forasteiro.

– *Zhe xie gen bu keneng zhang dao chuang shang lai. Tai yuan le* – disse Chang.

– *Tamen xiang queding yixia* – respondeu Han Tsu. – *Ni yao mingbai. Women de qingkuang hen jinpo. Yiqie dou shi weizhishu. Tamen kandao ni jiu anjing le.*

Chang mantinha-se quieto, monopolizando os olhares do grupo que assistia, sem entender, ao intercâmbio, alheado de uma conversa que acontecia sem gestos nem paixão e com a única e equívoca pista dos altos e baixos dos tons.

– Temos mesmo de confiar nos chineses?
– Que diabo estarão dizendo?
– Acha que vai topar?
– Ainda está pensando.
– O que estão dizendo? Conte logo, espanhol. Do que estão falando?

Os chineses continuavam a conversar e acho que, apesar da multidão, sentiam-se confortavelmente sozinhos. Foi um compasso de espera em que Chang me pareceu esbelto e bonito ao responder com amabilidade ao homem que o provocava. Foi uma aula de dignidade e poder. Como é que um mergulhador chinês acaba se metendo num inferno africano como aquele?, fiquei pensando, imaginando que talvez ele mesmo estivesse se perguntando a mesma coisa.

— *Hao* — disse quase sem mexer os lábios.

— Disse que sim — traduziu Han Tsu.

De forma que lá estava ele agora. Metido num uniforme de camuflagem militar forrado de plástico para evitar o contato, com a máscara de mergulho que levava consigo em todas as viagens. Não usava cano para respirar, pois seria apenas um estorvo, levando-se em conta a escassa profundidade e os eventuais problemas que poderiam acontecer no caso de algum resíduo penetrar nele.

Alguns minutos depois, Chang subiu num barco com duas mulheres e um soldado. Esperou que os companheiros livrassem de alguma forma a área em volta do lixo que boiava, respirou fundo e jogou-se no pântano, também desaparecendo da vista dos passageiros apinhados no parapeito de *La Nave*. Não podia vê-lo da ilha, mas tenho certeza de que Han Tsu acompanhou passo a passo o mergulho. E também não duvido que estivesse rindo.

— Deixei-me cair de olhos fechados, não queria ter um encontro desagradável logo de cara, embora usasse a máscara — contaria mais tarde Chang. — Quando os abri, não adiantou lá muita coisa. Os sedimentos espalham-se até o fundo, de forma que nem cheguei a vê-lo. Está muito escuro lá embaixo. Mas nada de pânico, posso assegurar que não há raízes em volta de *La Nave*. Nadei sem encontrar nenhum obstáculo... a não ser quando voltei à tona.

Enquanto Chang mergulhava, na ilha eu ouvia estalar os galhos arrancados pelos outros podadores, a respiração ofegante, as intermitentes cusparadas, o ritmo constante dos gumes afiados que se chocavam com resistências vegetais. Várias gerações de papiros podres entrelaçavam-se aos nossos pés, amontoados sobre uma superfície lodosa por onde chispavam víboras e magníficas aranhas troteavam. Vi uma colônia de minhocas que mais pareciam cobras. Vez por outra Norton praguejava. Os demais se entregavam mudos às suas tarefas, enterrando picaretas e machados na lama, pois não se tratava apenas de capinar a grama, mas sim de abrir uma fenda que rasgasse a superfície, desagregando-a. Era preciso chegar até a água.

Todos os passageiros de *La Nave* em condições de ajudar ofereceram-se a participar da tarefa, mas por um lado a instabilidade da ilha desaconselhava concentrar peso demais num espaço tão reduzido, convencendo-nos então a agir conforme a capacidade dos barcos; por outro, embora os barquinhos pudessem realizar várias viagens, levando assim muito mais operários, não se podia esquecer de que, se as ilhas se abrissem de repente nos dando a oportunidade de fugir, a manobra teria de ser muito rápida e, neste caso, o fato de termos muitas pessoas espalhadas pela maranha poderia nos levar a uma demora fatal.

A mão de obra renovava-se quase diariamente, a não ser por Osman e Norton que trabalhavam desde o primeiro dia, e agora já estávamos no quarto. Não poderiam aguentar muito mais, e os outros tampouco deixariam, pois era preciso manter a eficiência.

Eu quis participar do grupo de ponta, quer dizer, do que penetrara uns setenta metros na ilha aproveitando o corredor aberto pelas turmas anteriores. Alcançamos o vértice do triângulo e aí recuamos pelo trecho do canal já rasgado, uns doze metros no total. O avanço era extremamente lento. Quando conseguia furar, ajoelhava-me dando rápidas machadadas, afundando pouco a pouco no solo movediço, que eu escavava com tresloucada emoção, chafurdando na lama, segurando-me com uma mão nas raízes de aparência mais sólida enquanto com a outra levava adiante o meu desvario perfurador sentindo-me sujo, levemente em perigo. Fantástico.

Norton trabalhava com um enxadão. Cavava com a cadência tranquila de um calejado granjeiro. Às vezes, de um só golpe, levantava um montão de galhos, abrindo uma brecha profunda no fundo da qual dava para ver a água. A cada quinze minutos, éramos rendidos pelos dois árabes que completavam a equipe e nos deixávamos cair em cima de qualquer montículo mais ou menos fofo de vegetação capinada.

— Deveria proteger a cabeça — disse-me Norton, apontando para o seu gorro do Newcastle. — O sol está forte demais para você se expor durante tantas horas.

Voltei a envolver a cabeça com o lenço de desenhos psicodélicos. Ele futucou o nariz, tirou uns torrões vermelhos.

— Já não está sangrando tanto assim, não é verdade?

— O sangue está coagulando por dentro. Ainda há areia no ar. Neste país há areia por todos os lados, porra. Veja bem onde estamos, e continua havendo areia. No outro dia fui andando pela ilha e encontrei pequenas dunas. Não sei se foram formadas pelo vento que traz a areia da costa ou pelo próprio apodrecimento dos troncos, só sei que até aqui há dunas. Num calor destes, tudo se desfaz depressa. O ar está cheio de coisas, e, desde que começamos a podar, há muito mais poeira voando. Reparou? — Norton abriu a mão como se estivesse segurando uma bandeja. — É por isso que se formam estas melecas...

Deu uns tapinhas no nariz.

— Sabe no que fiquei pensando nestes dias? Não, não é na morte, nada disso. Penso que o meu nariz pode cair em pedaços, e isso é um problema, pois já imaginou eu aparecer diante de David sem nariz? Já pensou que ele poderia até não me reconhecer? — disse sarcástico. Aguçando a voz, acrescentou: — "Sinto muito, amigo, mas o senhor não pode ser o meu pai, pois o meu pai tem nariz." E isso seria uma grande putaria.

— Não creio que irá perder o nariz devido a alguns punhados de areia.

— É, pode ser, talvez não devido à areia... — sorriu tapando as fossas nasais e aí, em surdina, disse: — Não sei o que está havendo com minhas malditas fuças, nem mesmo um tamanduá aspira tanto por aí.

Ficamos por alguns momentos calados, deitados de boca para cima, olhando para um céu mais branco que azul.

– Na turma de Osman há um chinês – eu disse.

– Uhum.

Norton mordiscava um graveto.

– Será que quer ganhar a confiança dos chineses? – perguntei.

– Wad anda meio estranho, você não acha? – Norton perguntou por sua vez. Balançava a mandíbula ao modo dos ruminantes. – Desde que eliminou a sentinela, no navio há um montão de gente que fala mal dele. Se pudessem... – Norton deu um puxão no graveto e ficou com metade dele entre os dentes e o resto na mão. – Os chineses... cuidam da sua vida e não são muitos, acho que Osman nem os leva em conta. Mas que sujeitinhos esquisitos! Como é que podem ter um caráter desses. Parecem não se importar com coisa alguma, como se nada tivesse acontecido. Esses caras não têm sangue nas veias.

Nos últimos dias, os chineses haviam participado dos turnos de vigia e das turmas de poda sem expressar nenhuma emoção. Cumpriam suas tarefas com afinco e nos momentos de folga voltavam em grupo ou solitários aos seus lugares, tiravam os sapatos e descansavam entre almofadas, ouvindo música. Quase ninguém falava com eles em *La Nave*, talvez devido à impossibilidade de comunicação, e eles tampouco tentavam tomar a iniciativa. Agarravam-se a seus hábitos a ponto de ter embarcado várias sacas de arroz para dispor de uma dieta paralela ao cardápio programado. Funcionavam como uma comunidade autônoma, mas, às vezes, disponível para todos, razão pela qual não tinham despertado particulares antipatias nem amizades. Para a maioria dos passageiros e da tripulação, as suas acomodações nos dois níveis eram uma espécie de lugares assépticos em *La Nave*, locais povoados por pessoas necessárias na prática, mas sentimentalmente prescindíveis.

— Chang é um dos nossos. Poderia ajudar — disse Norton ao se levantar. Já se haviam passado quinze minutos, estava na hora de render os árabes. Um deles futucava o braço com um punhal. Tinha feito uma incisão na carne e, com a ponta de metal, extraiu uma espécie de larva.
— A mosca — disse.

Ao meio-dia tiramos uma folga de mais ou menos uma hora, durante a qual almoçamos os quatro juntos. Depois voltei a empunhar a machadinha sob o sol mais abrasador do dia. Os troncos ardiam. Embora não seja muito bom com a canhota, passei várias vezes a ferramenta para esta mão tentando aliviar a dor no pulso. Cortava mecanicamente, pingando de suor, absorto em minha própria regularidade, pensando na minha vida de antes, nos chineses, na Cidade e, sobretudo, pensando em Aschuak e em seu esconderijo intacto. Decidi fazer-lhe uma visita naquela mesma tarde, mas, quando embarcamos de volta em *La Nave* e reparei no aspecto dos meus companheiros, decidi que daquela forma não poderia dar com ela. Quer dizer, assim como Osman e Wad, eu também ia precisar de mais água do que estava programado.

Havia novidades a bordo. Cinco passageiros apresentavam sintomas perturbadores. Um tinha dor de cabeça com fisgadas tão violentas que às vezes quase o deixavam desfalecido; dois haviam passado o dia vomitando e com diarreia; uma mulher gemia devido a uma urticária aguda; e o leitor do Alcorão tiritava de febre. Embora os doentes não parecessem ter muita coisa em comum e a ameaça de epidemia ficasse por enquanto descartada, Osman mandou transformar em ambulatório a ponta da popa do Nível Inferior. Os convalescentes foram isolados com biombos feitos de caniços, panos e toalhas. Wad ajudou a transferir o leitor do Alcorão, incapaz de andar por si só. Depois de acomodá-lo, chegou perto de mim e sussurrou:
— Não mencione Aschuak. Ninguém sabe que ela cura. Precisa continuar tranquila.

Wad queria protegê-la, ninguém deveria perturbar o seu feliz alheamento. Por que, então, me levara até ela? Quis acreditar que Wad me considerasse importante, talvez por eu falar outras línguas e por, quem sabe, precisar de mim se em certa altura se distanciasse dos seus atuais aliados.

– Poderia ajudar – respondi de qualquer forma. – Provavelmente isto só vai piorar. Haverá mais doentes.

– Ela não está aqui. Não existe.

– Mas a viram embarcar.

– Ninguém mais viu depois disso. Ninguém mais se lembra nem pensa nela. Não existe. Está doente.

A sintaxe de Wad era tão elementar quanto lapidária.

– Está bem – eu disse. – Ela não existe.

E, ao negá-la, a presença de Aschuak aumentou em mim. Senti a necessidade de provar que tinha mentido, quis vê-la, conversar com ela.

– Wad! – gritou Osman, que se aproximava de nós pelo corredor do Nível Inferior. – Temos de nos livrar de todos os corpos do camarote 14 – disse ao chegar perto. – Os cadáveres, nesta altura, se tornaram um perigo. Já temos lixo até demais lá embaixo... Precisamos desembarcá-los. Conte para a menina. Diga que sentimos muito, mas que não há outro jeito.

Osman seguiu adiante pelo corredor até desaparecer. Deixou logo bem claro que não tinha a menor intenção de dar pessoalmente a notícia à mocinha.

Depois da morte do pai, Leila continuara tão taciturna quanto na época em que o pai ainda respirava. Os homens da tripulação tratavam-na com todo o carinho que a sua rudeza lhes permitia. Ofereciam-lhe comida, água, alguns relembravam casos vividos com Hisham e enfeitavam as histórias. A menina atendia a todos com gélida correção. Não demorou muito para os tripulantes desistirem de consolá-la. Passaram a tratá-la com mais camaradagem do que compaixão, cientes de que Leila acabava de tornar-se o novo timoneiro:

se porventura conseguissem sair do pantanal, ela era a única pessoa capaz de tirá-los dali.

Desde o bloqueio, Leila passava a maior parte do dia na ponte de comando lendo alguma coisa, realçando com o lápis os arabescos de *hena* na sua pele ou entregue aos videogames. E no fim do dia ficava um bom tempo ao lado do corpo do pai.

Osman e Leila haviam desistido de qualquer forma de comunicação. Portavam-se como se a navegação fosse normal, ignorando-se, entregues aos assuntos imediatos e alheios a um conflito que de alguma forma deveriam amenizar, pois ambos sabiam que na hora de surgir uma passagem entre as ilhas se veriam na necessidade de um diálogo. Para Osman, a situação era tão grotesca que chegava a ser divertida e ironizava acerca da dependência que dúzias de pessoas tinham da "pirralha".

Camille havia-se erguido a defensora de Leila. Por isso, quando Wad recebeu a ordem de informar a mocinha do despejo da cabine 14, o guerreiro encaminhou-se ao camarote de Camille, onde, àquela altura, Leila descansava. Desde o dia em que o capitão morreu, Camille não permitia que Leila dormisse sozinha, preferindo hospedá-la em seu camarote. Durante as horas de luz, a francesa aparecia de vez em quando no bar ou no passadiço para conversar com ela. Acendia dois cigarros, entregava um para Leila, sentava num banquinho ao lado do assento da nova capitã e, falando aos pés dela, esticando o pescoço para cima como se a menina fosse uma rainha, soltava monólogos sobre o acasalamento dos crocodilos, ou a sobrevivência de um tipo de elefante anão das florestas tropicais da África, ou relembrava a tragédia do rinoceronte-branco. Leila ouvia sem interromper, acompanhando o vaivém da prótese.

Foi mais ou menos esta a cena que deparamos ao recebermos a permissão para entrar no camarote, pois eu tinha ido com Wad: não confiava muito em sua delicadeza ao transmitir a notícia.

— Vamos ter de tirar seu pai do navio. Sinto muito — disse ele.

Mesmo sem entender as palavras, ao ver a comoção e as lágrimas de Leila, Camille insultou Wad. A francesa já estava exasperada demais. Virulentas bolhas que estouravam a toda hora haviam aparecido na sua pele. Enquanto se ressentia com Wad, arranhou o antebraço várias vezes.

– Wad só está cumprindo ordens – expliquei. – Não fique tão ressabiada com ele, procurou ser bastante delicado.

Sem perguntar o que o guerreiro dissera, Camille afagou a garota. Acariciou seus cabelos.

Wad e mais seis homens cuidaram do desembarque imediato das múmias de Mahmoud e do capitão.

– Não passamos de uns carniceiros – disse Norton ao atar o saco com o corpo de Hisham.

Desliguei os ventiladores da cabine 14. Embrulhamos cuidadosamente os corpos para que nenhum passageiro pudesse descobrir o capitão, embora ninguém mostrasse qualquer interesse especial para esclarecer a identidade dos mortos. As últimas moscas do dia escoltaram o cortejo fúnebre até as roldanas que baixavam os barcos. Alguns rezavam, outros choravam.

– Prefiro ser queimado – disse Norton. – Se morrer aqui e você estiver presente, queime-me. Não suporto a ideia de os vermes me comerem.

Os abutres planavam executando vagarosos círculos, ainda mais espectrais no pôr do sol.

– Eles, sim, sabem esperar – comentou o inglês perscrutando o céu.

Quando os coveiros voltaram a bordo, já era noite funda e perguntaram acerca do alvoroço que haviam ouvido em *La Nave* durante a sua breve ausência. Contamos que um homem do Nível Inferior havia sido capturado enquanto enchia um jarro de água diretamente no depósito. Osman humilhara-o publicamente, para logo a seguir conversar com Norton e outros chefinhos a fim de combinar uma vigilância mais segura no Nível Superior, onde as sentinelas deveriam ficar de olho no depósito vinte e quatro horas por dia.

No dia seguinte, Tuumi e os chefes tribais do Nível Inferior convocaram mais uma reunião na qual expressaram o seu desagrado com o fato de todas as sentinelas estarem sob o comando de Osman.

– Quem ficará de olho nelas? – perguntou Tuumi, que na verdade perguntava quem poderia ficar de olho no próprio Osman. Ou em Norton. Ou, quem sabe, em mim. Quem iria vigiar, em resumo, os passageiros do Nível Superior.

Osman brincou, manteve-se vago e indefinido, e defendeu a necessidade de confiança recíproca.

– Você está muito tranquilo – replicou Tuumi –, parece ver tudo com extrema clareza, mas a verdade é que não estaríamos nesta situação se não fosse por você.

Osman inclinou-se para diante, no assento, e começou uma enérgica dissertação diante de homens que franziam a cara marcada por camadas de lama endurecida. Perguntou se era ele o responsável por aquela guerra pavorosa, se alguém duvidava do seu compromisso com a terra que ele amava dos mais profundos rincões do seu coração – foi isso mesmo o que ele disse – e pela qual ele mesmo havia lutado. Mencionou o irmão morto, pois supunha que estivesse morto, desaparecera sem deixar rastro. E então perguntou se não seria melhor eles procurarem as causas da desgraça muito mais longe, em outras pessoas e ambições. Vários olhares opacos foram dirigidos a Norton e até a mim.

– Eu nunca me esconderei – acrescentou Osman. – O meu povo não permitiria. Estou com ele e só desejo a sua união e felicidade... A felicidade de todos vocês.

Osman expressara-se com intensa paixão, soltando leves cuspidelas ao falar, agitando os braços com notável simetria. O público pareceu ficar satisfeito. Osman havia sido desculpado. O seu discurso deixou-me pasmo. Era vulgar. Era grosseiro. Era demagógico. E arrebatador.

– Que cachorro – murmurou Norton quando acabei de traduzir. – Que filho da puta. Espero que não acredite numa só palavra do que disse. Afinal de contas, estamos na mesma, ou pior. Ele tem o controle de tudo e não se fala mais no assunto.

Os homens sentados à mesa assentiam fitando os olhos de Osman. Nem mesmo os mascarados de lama pareciam reparar na impoluta suavidade do rosto do ministro.

– Muito bem – disse Tuumi. – Para selarmos este pacto de confiança, proponho que um grupo selecionado por nós fique encarregado da vigilância da despensa. Vocês vigiam a água, nós vigiamos a comida.

– Boa ideia – concordou o ministro.

– Confiança por confiança.

– Isso mesmo.

Osman sorriu. A solução parecia-lhe satisfatória.

Começou então o período estratégico, com as partes realizando filigranas para não dinamitar o frágil equilíbrio e acabar reproduzindo naquele navio errabundo as conhecidas carnificinas da guerra ainda fresca na memória. Tudo estava sujeito a desconfiança. Em cada ação, liam-se segundas intenções.

As turmas saíam de manhã para limpar o charco e o mato, tentando pelo menos aliviar o embrutecimento exterior. As provisões diárias de bordo foram reduzidas a quantidades de subsistência e, apesar do número cada vez maior de doentes, com alguns remédios começando a faltar, não havia muitos protestos. As expressões resultavam mais herméticas sob as ainda mais compactas camadas de poeira, suor e sol. Os olhos fitavam a imensidão brilhando com reflexos bestiais. Ninguém sabia que limites ainda poderia superar continuando ali.

Vivo.

A cada novo amanhecer, o nosso prêmio era deixar os olhos passear pela imensidão desolada do pantanal, tentando vislumbrar algo mais além daquelas ilhas. Embora toda manhã fosse igual à anterior, ela tampouco era a mesma. Os avanços de um bando de aves migratórias ou o horizonte movediço devido ao calor matinal repetiam-se com leves mudanças que podíamos apreciar.

Integramo-nos no perpétuo fedor e, apesar de ao entardecer a laguna desprender cheiros detestáveis, o efeito deles se limitava a umas leves chateações que faziam mudar os nossos hábitos domésticos: já não lavávamos pratos e talheres, pois não dispúnhamos da água necessária, de forma que muitos passaram logo a comer com as mãos, assim como nunca haviam deixado de fazer os passageiros do Nível Inferior.

É incrível a rapidez com que podemos nos acostumar com a barbárie e tirar da cabeça as comodidades, para até aproveitar um buraco cheio de escombros e ameaças como aquele. Foi o que fiz. Encontrei prazer na entrega, como se afinal estivesse realizando um anseio antigo, mesmo sem eu mesmo conseguir explicar. Talvez sempre tivesse desejado aquele tipo de luta com o essencial, num campo de batalha ermo e primitivo. Talvez aspirasse a fundir-me com os abismos, quem sabe por achar-me capaz de voltar à tona. Sempre voltarei a emergir. Era o que eu pensava. E aí ficarei mais forte e bonito. E talvez chegue então a hora de voltar. Era nisso que eu pensava, virado para a imensidão, de rifle na mão, fingindo vigiar não sei bem quê, quando uma leve brisa, a primeira desde muitos dias, arrastou ao longo do convés uns farrapos de caniços. Era uma brisa quente, fraca demais para modificar alguma coisa, mas mesmo assim suficiente para criar alguma esperança e alegria. O vento. Era a ele que confiávamos uma boa parte da esperança num feliz desenlace. Até os mais descrentes começavam a contar com a sorte, com forças superiores. Talvez valesse a pena rezar. Princípios para mim definitivos estavam sendo abalados e eu já especulava com possibilidades até então inimagináveis. Desejei que o vento soprasse mais forte, de forma impetuosa, irresistível, com bastante violência para mudar tudo, até arrebentar ilhas e abrir brechas, levando-nos a algum porto, a

alguma costa, que nos forçasse a navegar, pois todos nós tínhamos aprendido a odiar aquele mero sobreviver.
— Vento — disse a mim mesmo.
Ou talvez só tenha pensado dizer.
Vento.
O *haboob*.
A qual era tinha nos devolvido aquele lugar? O navio tornara-se uma jaula onde era difícil distinguir o arcaico do moderno, os tempos se confundiam assim como a realidade. A que época havíamos aportado? Quando? E também cabia a pergunta: onde? O que nos distinguia dos náufragos ancestrais? Que sentido tinha, ali, o futuro? Prorrompia em mim o ascetismo provocado pela infinita imensidão, pelo halo de pureza e de mistério proporcionado por aquele isolamento único num canto onde nem mesmo paleontólogos ou antropólogos haviam conseguido pasmar-se diante de fósseis de carne ou de pedra. Pois ninguém jamais se atrevera a investigar o coração daquele labirinto provido de mobilidade própria.

O sol assumiu a cor do vinagre, embora ainda faltasse um bom tempo para o ocaso. A mescla de vapores fluviais e a poeira levantada pelo levíssimo *haboob* criaram sobre *La Nave* aquela lente meio suja e opaca tão própria do sonho. A laguna tornou-se uma molenga tábua de aspecto dúctil, quente e langorosa como um corpo doentio. As águias sobrevoavam a turma que trabalhava na ilha. Uma delas separou-se do bando, lançou-se num repentino mergulho, afundou as garras no lago e voltou a subir sem presa. Do recanto dos mortos, vez por outra emergia um abutre. O *haboob* soprava insosso. Respirei fundo. Tinha a impressão de ter chegado a algum lugar.

Primeiro ouvi o gritinho abafado de alguém jovem. E em seguida:
— Querida, oh, querida!
Era a voz de Camille no banheiro ao lado. Foi um grito angustiado, fruto de uma sensação extrema, de forma que entrei correndo

no banheiro das mulheres, dominado por ideias assustadoras. Encontrei-a mais uma vez com Leila, abraçada com ela.

Como a maioria das meninas, Leila também devia ter sido avisada do que "ter as regras" implicava, mas ao assistir àquele descontrolado fluxo de sangue emitido por ela mesma não pôde evitar o gritinho e um repentino acesso de vertigem.

– Não é nada, querida, não é nada – repetia Camille, levando-a para o seu camarote.

Leila era uma mocinha saudável, não muito acostumada com os cataclismos físicos, de forma que a dor a assustou o bastante para enfraquecê-la até confessar a Camille que sentia saudade da mãe, que esperava voltar a vê-la. Aconteceu bem diante de meus olhos, embora ambas me ignorassem.

Soluçando, Camille abraçou-a ainda mais apertado. Leila retribuiu o abraço, já mais ou menos recobrada e tão empertigada que quase não dava para saber quem consolava quem. A francesa entrou no banheiro ainda chorando. A maquiagem das pestanas de Leila derramara-se pelas faces dando-lhe a aparência de uma boneca.

– Camille precisa de ajuda – resmungou.

A bióloga voltou de olhos inchados e rosto úmido de lágrimas esfregadas.

– Não é possível! Não há água no banheiro! Leila precisa de água! Arranje logo alguma água, espanhol! Mexa-se, traga água! A menina precisa de água!

– Vou falar com Osman.

– Será que não entende? Osman vai adorar ver a mocinha nestas condições. Sempre precisa consultar alguém antes de tomar uma atitude?

– Não diga bobagens, Camille. Você sabe muito bem em que pé estão as coisas. Seja como for, conhece algum outro jeito de conseguir água?

Camille, de pé, apertava o seu único punho ao falar.

– Saia logo daqui! – gritou. – A menina precisa trocar de roupa!

Antes de bater a porta na minha cara, ainda vi Camille coçar as bolhas no dorso da sua mão. Fiquei imaginando como as mulheres no navio estariam resolvendo em silêncio os contratempos da menstruação.

Naquela mesma manhã, Osman exigiu os meus serviços porque um dos seus companheiros de turma ia ser o senhor Gao.
— Insistiu em vir – disse Osman. – Tentei fazê-lo desistir, mas... pois é... você sabe, trata-se do senhor Gao... Diz que quer sentir-se útil.

O senhor Gao. Quase um ídolo para milhões de chineses. Levantou um império baseado nos ovos, que no começo ele mesmo lavava com água e sabão. Durante muitos anos, festejou o aniversário junto com o da avó, só eles dois, cumprindo o ritual de trocarem entre si um único presente. Ele recebia uma echarpe de seda bordada pela anciã, e Gao presenteava-a com um vestido feito deste mesmo tecido. Certo dia, ainda jovem, ocorreu alguma coisa estranha que agora faz parte da lenda: Gao desapareceu. O que aconteceu só seria conhecido muitos anos depois, quando o magnata fez questão de contar ao repórter canadense que tirou fotos e fez perguntas acerca da sua vida, durante uma entrevista na Capital.

— Por que me contou? – perguntou Gerrard.

— Porque me deu vontade e, depois desta viagem, não voltarei a vê-lo. Porque o senhor está preparando uma documentação sobre este navio. Não está a fim de asqueroso sensacionalismo. E porque para mim tanto faz. Só me mantive calado durante tantos anos porque o mistério inspira respeito... Besteiras que de alguma forma ajudam os homens de negócios. Mas se decidir manchar a minha reputação publicando a história do ladrão, saiba desde já que ninguém vai acreditar. O senhor não pode se comparar comigo no mundo lá fora. Sim, sim, eu sei, estou bêbado, mas também sei do que estou falando. Não se esqueça, portanto: nem uma só palavra acerca do ladrão.

Alguns dias depois, Gerrard contaria numa das nossas reuniões de cúpula francófonas como o jovem Gao matara com uma punhalada um adolescente que pretendia roubar-lhe três caixas de ovos. Depois do crime, ficara vários dias trancado em casa.

– Não parava de pensar na morte. Na morte, pela primeira vez – o senhor Gao disse a Gerrard. – Não na do ladrão, no entanto; os miseráveis nunca foram para mim motivo de arrependimento. Pensava na minha morte. Dei-me conta do horror do desaparecimento. Dizem que nós chineses não temos medo da morte. É mentira... a não ser que eu não seja propriamente um chinês. O resultado, no entanto, não foi nem um pouco ruim. Tive ideias, e algumas até que foram muito boas.

A lenda volta a nos mostrar Gao nas ruas de Xangai, controlando uma enorme rede ilegal de distribuição de ovos, já sabendo ler e contar. Quando decidiu assentar-se como comerciante honrado, transferiu os negócios para Hong Kong, onde abriu a primeira loja da cadeia que agora leva o nome da sua avó.

Logo a seguir inaugurou Passo a Passo, uma firma especializada na construção de escadas rolantes que começou a receber encomendas para os milhares de arranha-céus que iam surgindo. Passo a Passo abriu filiais em mais sete províncias e emprega atualmente duas mil e quinhentas pessoas.

De qualquer maneira, tanto Gao quanto a avó eram de Xangai e desejavam voltar à cidade. No começo da década de noventa, o multimilionário senhor Gao comprou os últimos três andares de um arranha-céu de última geração na centralíssima Nanjing Lu, de onde dominava o miolo feericamente iluminado da futurista Xangai. Instalou a vovozinha no antepenúltimo andar. O penúltimo era o seu escritório, enquanto a cobertura era a sua morada.

Depois da venda de várias sucursais de uma famosa rede de caraoquê, a revista norte-americana Forbes *apresentou-o como uma das cinquenta maiores fortunas do planeta.*

O que a ficha biográfica não especificava era que, em sua entrevista a *Forbes*, o senhor Gao levou um bom tempo falando de sentimentos e de carência espiritual. Quando lhe perguntaram quais eram as coisas que amava, Gao Jin respondeu que este universo era formado por pessoas que preferia não mencionar, pois os nomes delas só tinham a ver com o âmbito das relações particulares.

– Posso porém dizer que há duas coisas que sempre me comovem – disse o senhor Gao ao periodista: – Uma é um tufão em movimento. A outra é o ondear da seda.

A ficha tampouco salienta que acabou a entrevista expulsando os repórteres do escritório aos pontapés depois de tomar cinco garrafas de seiscentos mililitros de Qingdao.

A cerveja era uma das causas daquela barriga proeminente e da cara empapuçada, que contrastava com a pele irregularmente esticada. A flacidez da carne dependurada em seus ossos fazia pensar mais em alguém triste do que num gordo.

E lá vinha a lenda, avançando pelo convés. O senhor Gao apareceu apoiado em sua bengala. *Aos cinquenta e sete anos, sofreu uma embolia na perna esquerda que o obriga a seguir uma dieta rigorosa.* Recobrara-se cem por cento da manqueira, mas mantivera o hábito de recorrer ao apoio.

– Vem trabalhar de bengala! – exclamou Osman na hora de embarcar em *La Mínima*. – Este chinês é incrível. Devo reconhecer, no entanto, que é bom respeitar os hábitos. Por que não vai buscar a câmera e tira logo umas fotos? – disse, virando-se para mim. – Seria uma linda lembrança.

A câmera.

Era por isso que me escolhera no lugar de Han Tsu.

Norton era parte da equipe destinada à brecha ocidental. Como neste dia o meu paradeiro resultou ser a oriental, os nossos barcos separaram-se logo de saída. Já era o sexto dia seguido que Norton e Osman iam à ilha, não prestando atenção naqueles que tentavam deter a competição. Ao contrário do que se poderia imaginar, o desgaste do inglês era muito maior. Emagrecera visivelmente, com a pele esticada nas maçãs do rosto, e, apesar do cansaço, não conseguia dormir direito. Osman não havia sofrido qualquer mudança significativa. Agia de forma mais vagarosa que Norton, mas com a mesma constância. Em vez de esgotá-lo, o trabalho infundia-lhe renovada robustez.

Osman manuseava uma picareta de cabo comprido que fincava ferozmente no solo quando não a usava como ancinho ou pá para separar o matagal. Osman e o senhor Gao passaram o dia falando a respeito de conjuntos hoteleiros planejados para a Cidade; das respectivas famílias; de quanto tempo se havia passado desde que tinham trabalhado assim pela última vez. Do momento difícil pelo qual estávamos passando. O senhor Gao salientou a importância de contar com colaboradores de confiança e perguntou a Osman se confiava em Wad.

– Aquele homem é um desertor, todo o mundo sabe disso – disse o chinês.

– Na verdade, nestes últimos tempos parece não estar se saindo tão bem quanto eu esperava. – O ministro passou um braço na testa. – Não sei o que está havendo com ele. De qualquer forma, não tem mais ninguém no navio, e tampouco lhe convém perder o respaldo que eu posso lhe dar... nem a água... Por falar nisso, se o senhor ou alguns dos seus homens desejam dispor de um pouco mais de água, só precisam falar comigo. – Fitou-me de forma cúmplice nos olhos enquanto levantava a picareta. O senhor Gao reparou naquele olhar. – Afinal de contas, nós, que mantemos a ordem, bem que merecemos algumas vantagens.

Deu um golpe violento na maranha e, ao puxar o ferro para fora, arrancou várias plantas pela raiz.

– Vamos lá, traduza – ordenou Osman.

Interpretei literalmente a parte que tinha a ver com Wad. O restante, não.

– E se tiverem alguma dúvida, fiquem à vontade para consultar o tradutor. Todos nós confiamos nele – disse isso automaticamente como se fosse parte do discurso de Osman e "o tradutor" fosse outra pessoa. – Se quiserem água, não receiem em pedir para ele. Afinal de contas, nós que mantemos a ordem bem que merecemos alguma vantagem.

O senhor Gao sorriu amável, inclinou várias vezes a cabeça em sinal de gratidão enquanto voltava a segurar a enxada. O suor havia formado uma grande mancha triangular no meio da sua camisa. Osman voltou a passar o braço na testa. Deu-se uma palmada no pescoço.

– Muito generoso de sua parte – disse Gao Jin balançando o tronco para diante e para trás. – Mas não se preocupe, não queremos abusar, a ração diária por enquanto é suficiente.

– O senhor é muito generoso – foi a minha tradução. – Os que governam merecem privilégios. O que seria do mundo se não fosse assim? Pelo menos eles precisam manter-se fortes.

– Ana mapsut innena netaamil mabaad lil daragadí – disse Osman, com a mão aberta em cima do cabo da picareta apoiada no solo.

– Fico feliz em nos entendermos tão bem – eu reproduzi em chinês.

Na hora da refeição, Osman atacou os embalsamadores.

– Estes selvagens estão fora de controle – disse entregando-se a um discurso tresloucado ("Canibais! Não passam de canibais!"). Gao Jin deixou-se cair na folharada enquanto o ministro continuava aniquilando os que, no seu entender, já eram inimigos.

Em voz baixa, enquanto Osman se expandia em seu relato, o senhor Gao soltou uma reflexão que não cheguei a traduzir:

– O escritor Lu Xun inventou um conto muito famoso sobre um homem que se torna louco porque acredita que querem comê-lo.

– Canibais! – voltou a berrar Osman.

Há momentos em que o impensável dá um passo adiante e toma corpo na consciência assumindo outra dimensão. Quando, por exemplo, achamos que um homem possa nos devorar. Quando os pesadelos e a ficção das histórias em quadrinhos, os contos, as notícias referentes a lugares distantes se apresentam como parte da realidade, quando a emoção e o pavor acumulado ao longo dos anos, as conjecturas alinhavadas como que num jogo coincidem. Tudo se torna uma coisa só, e aquilo que no começo era fulgurante diversão transforma-se pouco a pouco em inquietação que lateja à espera da sua hora. E aí volta a aparecer o antigo terror, o medo, o pânico que até alguns minutos antes nem passava pela nossa cabeça, e que por isso mesmo podemos considerar ridículo, mesmo sabendo que não é. De forma que tentamos pensar em outros assuntos. Nada de imaginar o nosso braço entre os dentes de um demônio de rosto deformado por incisões tribais. Não, não, nada disso.

Muito melhor pensar, por exemplo, no vento.

Achar que, nesta altura, poucas coisas poderiam ser mais importantes.

Soprava a mesma brisa murcha da manhã, insuficiente até para desgrenhar a cabeleira do nativo que removia o mato perto da gente, prestando atenção no pânico de Osman. O mesmo vento que continuou soprando a tarde toda até voltarmos a *La Nave*. Um vento que comecei a estudar de forma involuntária, buscando indícios que pressagiassem saídas favoráveis.

De tão fraco, o vento soprava sem fazer barulho. Não sacudia apetrechos. Não agitava as folhas. Não provocava novas ondas na lagoa. E mesmo assim, lá estava ele. Sutil demais para mudar um destino que, agora, começava de fato a me deixar inquieto. Depois do êxtase da entrega, depois de alcançar o meu particular ápice de dor, começava a desejar firmemente sair dali. A épica gloriosa do vagabundo solitário que nem se importa em morrer desvanecia-se tão rápido quanto as brumas matinais. Tudo adquiria uma importância mais simples, desprovida de ostentação. A fascinação por um fado trágico e memorável ia sendo substituída pelo amor à minúcia. Percebi, afinal, que queria viver. Viver de uma forma simples, voltar a desfrutar o pequeno, como já tinha feito outra vez no passado. E, ao descobrir-me enredado na lagoa, topei com uma forma diferente de desespero, porque não havia romantismo. Não se tratava de um debate sobre onde, como e com quem ser feliz. Não se tratava de um desespero civilizado. Nem de um desespero sofisticado. Tratava-se de algo muito mais simples: sobreviver.

Com efeito, estávamos encrencados. Uma situação perfeita para entendermos o que quer dizer impotência. A água nem nos deixava desabafar com ela, de tão calma. Imobilizados. Não havia grandes ondas quebrando nos penhascos. Não havia rochedos a serem evitados. A pior condenação é a morte em agonia, pois tudo parece mais inexorável. *La Nave* sucumbia como as baleias que encalham na praia, que tão raramente conseguimos salvar. E assim, estávamos agonizando justamente quando eu havia encontrado um jeito para nos safar.

Só o vento pode nos salvar, pensei.

O vento.

E tornou-se uma obsessão. Desejei que se avolumasse, que se tornasse tempestade, pensei em furacões, tufões, em ondas com sete metros de altura, em elementos que nos proporcionassem a possibilidade de vencê-los ou de perecer.

Mas o pantanal permanecia quieto.

Mais um amanhecer. O sol chegou. Da ponte de comando, eu contemplava com Leila as turmas de mulheres que catavam os detritos no charco, onde os barcos nem pareciam mexer-se. O sol fazia tremelicar as ilhas em volta como se estivéssemos no meio de um sonho. Vez por outra, ouvia-se o grasnar de um palmípede que podia ser enorme. Uma grande ave ficou batendo asas perto da margem, estática, diante dos passageiros apinhados. Alguém praguejou. Do Nível Inferior subiu uma onda de injúrias proferidas pelos que jogavam cartas. O pessoal usava palavras cada vez mais obscenas, portando-se de forma grosseira.

Não muito longe, um homem pigarreou anunciando uma cusparada, mas só ficou no prelúdio. Já fazia algum tempo que ninguém cuspia. Caniços e arbustos balançavam na ilha, e tentei localizar os podadores. A poucos metros de distância, esparramado numa espreguiçadeira do convés, perdido numa contemplação inerte, como que esvaziado por dentro, mais parecendo um objeto ou o envoltório de alguma coisa, jazia Norton.

– Estou quase gostando do tédio – disse. – É uma sensação agradável.

Coçou a cabeça. A outra mão segurava o binóculo apoiado no peito.

– Faz muito tempo que não me entedio... Desde que era menino, acho. Mas acredito que agora estou conseguindo. Acha possível que isto aconteça na Europa? Lá, uma vez que sempre está surgindo alguma coisa...

– Será que poderia emprestar-me o binóculo de vez em quando? – perguntei. – Com esse ferimento, não lhe convém passar muito tempo no convés, este sol... e eu posso ficar de olho, se porventura aparecer o cabeçudo.

– Sim, claro... mas diga-me: acredita que as pessoas se entediam na Europa? Por lá, quando não há coisa alguma a fazer, a sensação é outra, não acha? Algo que eu não chamaria de chateação. Tem mais a ver com... com asco. Não sei se está me entendendo... É alguma coisa mais repulsiva... Como um nó na garganta... Tédio. Esta é a palavra. A gente pode enojar-se facilmente, mas sem chateação, é algo diferente... quem sabe os velhos ainda experimentem alguma coisa assim. Imagino que alguns velhos ainda saibam ficar no mundo da lua sem se importar com isso.

Norton tinha emagrecido bastante, há muitas noites não dormia mais que quatro horas, mas o motivo pelo qual, pela primeira vez desde o começo da poda, naquele dia desistira de trabalhar na ilha, concedendo a Osman a glória do triunfo na insana disputa, foi um profundo corte na coxa esquerda. Na tarde anterior, com efeito, quando ia pular em *La Mínima*, tropeçara numa área insidiosa e mergulhara metade do corpo na lama, rasgando a perna num tronco lascado. Uma grande atadura comprimia agora a ferida desde a virilha até a altura do joelho.

Norton levantou o binóculo focalizando um bando de aves ao longe.

Na ilha ocidental ouviam as cantigas dos podadores. Na maioria dos casos, só dava para intuir a presença dos animais. Continuávamos a ver pouca coisa, anedóticas variações do que se havia registrado no dia anterior. Vistos de fora, devíamos dar uma impressão parecida com a de uma pintura ou de uma foto: imóveis, o tempo todo na mesma posição, sujeitando-nos aos mesmos ciclos de luz. Havíamos nos transformado numa imagem estaticamente perene do pantanal e não era difícil imaginar que algumas décadas mais tarde *La Nave* continuaria ali, corroída pela oxidação e pelos musgos, que já teriam alcançado a armação e os ossos dos que foram os seus últimos ocupantes. Especular sobre o que seria de nós era uma maneira como outra qualquer para passar o tempo. Outros, como Han Tsu, prognosticavam um salvamento memorável deleitando-se com a euforia que tomaria conta de todos, mas o clube dos otimistas era na verdade bastante reduzido. A maioria limitava-se a ir levando, sem manifestar a própria opinião.

Norton não se mostrava imune àquela aborrecida rotina. Não parecia se agoniar por causa da ferida, nem acreditar numa próxima saída do pantanal. O ruim mesmo, para ele, era ter ficado preso no meio do percurso. Logo ele, que detestava viajar, encontrava-se de repente num lugar que não havia escolhido e onde não tinha coisa alguma a fazer. Sem nada para fazer! Era desse tipo de pessoas que nem mesmo diante da morte são capazes de assumir a relatividade do tempo, e por isso achei que a monotonia iria tirá-lo do sério. Sem a menor dúvida, havia motivos de sobra para os nervos ficarem tensos naquele sossego.

Também no convés, um homem de turbante na cabeça apalpava o próprio rosto com a ponta dos dedos. A pele das bochechas se havia dilatado e os poros formavam covas, como se ele tivesse recebido uma rajada de minúsculas balas. O calor era insuportável.

Quando, ao pôr do sol, Osman voltou da sua labuta, pedi-lhe que me facilitasse um pouco de água para o meu asseio. Ele mesmo acompanhou-me até o setor do depósito de água, cuja porta era vigiada por dois soldados que, ao ver-nos, fizeram continência e abriram caminho. Lavamo-nos com um exíguo fluxo de água. Reparei que estava nervoso. Desenvolveu uma linha de pensamentos até concluir que os embalsamadores iriam muito em breve tomar uma atitude contra ele. Enquanto falava, fora arregalando cada vez mais os olhos, e agora estava com eles completamente esbugalhados, trêmulo de emoção. No meio do arrebatamento, pediu que o ajudasse a encontrar Wad.

Procuramo-lo nos dois níveis e, como ninguém o vira, imaginamos que estivesse no camarote de Aschuak, onde Osman ainda não tinha entrado nem tencionava fazê-lo.

O fato de Wad frequentá-lo não lhe parecia lá muito estranho, uma vez que considerava o guerreiro mais ou menos imunizado contra a maioria das calamidades. Além disso, Osman ignorava o meu relacionamento com Aschuak e, por isso, quando me prontifiquei a entrar, achou a coisa bastante esquisita, perguntou se eu tinha certeza, e eu menti mencionando uma bateria de vacinas que supostamente me tornavam quase invulnerável.

– E a disenteria? Esqueceu de se vacinar contra ela? – brincou.

Seja como for, não precisei entrar. Quando bati à porta o próprio Wad apareceu, e Osman se viu cara a cara com ele, mais impoluto do que nunca. Cheirava bem. Aschuak devia borrifar as suas roupas com algum perfume ou polvilho, de forma que Wad deixara de pertencer fisicamente a *La Nave* porque, embora em seus turnos de poda se enlameasse como todos os demais, em seguida sempre conseguia apresentar um aspecto decente lavando-se nas águas menos sujas do pântano e esfregando a pele com samambaias e seixos. O que o diferenciava de mim era que eu só pensava na higiene pessoal nos dias em que visitava Aschuak.

Osman contou-lhe as suas especulações acerca do perigo dos embalsamadores e pediu que o escoltasse durante as próximas horas. Wad respondeu sentir muito, mas Aschuak não estava passando bem e precisava ficar com ela. Osman não pareceu assimilar a informação e continuou explicando como acreditava que os embalsamadores fossem levar adiante o seu ataque.

Wad nem quis saber. Já fazia vários dias que o ex-guerreiro havia como que desaparecido do navio. A estagnação, a falta de expectativas, a improbabilidade de ataques externos e a preocupação com o bem-estar de Aschuak haviam limitado a sua participação a periódicas incursões de poda e aos relativos turnos de vigia. Tentava esgueirar-se de qualquer atividade que não fosse obrigatória, e agora Osman pedia que enfrentasse nada menos que uma das suas clássicas paranoias.

– Os embalsamadores não vão atacar – respondeu Wad. – Tenho mais que fazer.

Quando Osman viu a porta fechar-se diante do seu nariz, não protestou, talvez porque não podia acreditar. Foi embora, praguejando baixinho. A incisiva afirmação de Wad – "não vão atacar" – ajudou a acalmá-lo um pouco, mas a recusa a colaborar deixou para ele bem claro que não se tratava de um aliado confiável.

– Esta Aschuak é um maldito estorvo – resmungou Osman no corredor.

Depois de livrar-me dele, fui procurá-la. Estava um tanto enjoada, mas nada de grave. Wad fora embora. Sentada na cama, pintava o toldo do carrossel plantado bem no meio de uma floresta. Gostou da minha visita, disse ter pensado que eu não voltaria, que a última conversa havia sido reconfortante. Sem deixar de pintar, convidou-me a sentar ao seu lado.

– Na verdade, permanecer parados não é tão ruim assim. Só posso pintar na calmaria, pois do contrário o cavalete fica instável. Se navegarmos ou houver tempestade, não dá para fazer nada.

Conversamos sobre um montão de assuntos, encadeando-os uns com os outros de qualquer maneira. Perguntou o que estava havendo lá fora.

– Ainda bem que deram um jeito naquele rebanho morto, você não acha? Embora, de vez em quando, ainda apareçam odores desagradáveis.

Estava claro que Wad tinha lá seus truques.
— Acontece que era um rebanho bem grande — contei. — As aldeias não estão preparadas para este tipo de coisas, e como demoraram um pouco a retirar os corpos decompostos, mais animais acabaram ficando doentes. A situação, no entanto, já está sob controle, não precisa se preocupar.

Molhou o pincel em tinta azul. No chão, junto da cabeceira da cama, havia um jarro de água quase cheio.

— Não creio que precisemos continuar a nos tratar de maneira tão formal, não concorda? Estamos nos tornando amigos, afinal — disse Aschuak.

Apreciei o convite a nos tratar por você. É incrível como palavras tão curtas podem encurtar a distância.

— Ouvi dizer que antes desta viagem não conhecia Wad — falei.

Aschuak fez correr rapidamente o pincel sobre a tela e, onde não havia coisa alguma, apareceu uma coruja.

— Isso mesmo.
— Confia nele?

Aschuak retocava o pássaro do carrossel comprimindo o lábio inferior, que desaparecia uns centímetros na sua boca. Provavelmente estivera a mordê-lo.

— Está querendo me dizer alguma coisa? — perguntou.

Nascido em 1970 numa região não melhor identificada do Sul. Filho de camponeses, foi o quarto de cinco irmãos. Com cinco anos de idade, uma incursão cristã aniquilou a sua aldeia e, talvez, sua família; nunca mais voltou a ter notícias dela. Foi feito refém e treinado para o combate segundo o procedimento normal dos meninos soldados.[*]

Estes meninos eram treinados por adolescentes sádicos que o ensinavam a suportar a dor e a infligi-la.

---

[*] Esta primeira parte da ficha biográfica baseia-se nas próprias declarações de Wad Alor e em suas confusas lembranças infantis.

– Sei que não teve uma vida fácil – disse Aschuak.

Fácil? Não aparece na sua ficha, mas qualquer um que tenha ouvido falar na lenda de Wad, seja qual for o lado que a conte, sabe que no campo de batalha sobressaiu-se como um modelo de matador. Sem se deleitar com isso.

Em 1991 quebrou o pescoço do sargento que o ameaçava com a pistola por não mijar no rosto de um prisioneiro moribundo. Assumiu então o comando do pelotão e levou-o de volta ao acampamento sem que nenhum dos membros o delatasse. Os superiores efetivaram-no no comando e a partir daí as suas responsabilidades ficaram cada vez maiores.

Em 1992 comandava um destacamento de cento e treze soldados numa missão que passaria à história da milícia como um dos maiores sucessos alcançados depois de conquistar quatro guarnições militares inimigas, adiantando em mais de setenta quilômetros a frente cristã.

A popularidade de Wad, tanto entre as milícias cristãs quanto entre os rivais muçulmanos, devia-se não só à sua habilidade em matar como também à sua surpreendente inteligência estratégica. Quem porventura presenciou cenas de Wad metralhando famílias inteiras que tentavam fugir de suas aldeias em chamas, ou desferindo machadadas em pessoas agonizantes, talvez fique surpreso com esta outra faceta do soldado. Mas é isso mesmo. Ele tinha uma faceta extremamente inteligente.

– Fácil? – disse eu. – A dele é uma história de violência. Quando um sujeito participou de tantos horrores... É justamente isso o que me perturba nele, só isso. Reconheço que gosto de Wad. Nem sequer saberia dizer por quê, talvez devido à sua calma, ao fato de não se meter em confusões... Tem algo muito... muito...

– Energia.

– Todos nós temos energia – respondi.

A mulher desviou os olhos da tela, fitando-me. O lábio inferior desdobrou-se desenhando uma boca carnuda, que brilhava sob a recente camada de saliva.

– É verdade – disse. – Trata-se de algo mais que energia. Mas agora quem lhe pede para não se preocupar sou eu. Já faz muito tempo que Wad deixou aquilo tudo para trás.
Em 2000 Wad anunciou aos seus superiores que abandonaria as armas.

"Sei que tentarão matar-me", contam que o negro disse aos oficiais e aos companheiros, pois segundo o código da guerrilha o abandono é comparável à deserção. "Vocês me conhecem. Tenho bons motivos. Sabem muito bem que não tenciono incomodá-los. Só quero ficar tranquilo. Só gostaria que respeitassem o meu pedido."

Nesta altura Wad estava com trinta anos. Muitos achavam que já tinha dado o melhor de si. Além disso, a sua atitude denunciou um cansaço geral. Os seus próprios líderes sentiam a estafa da guerra interminável, a guerra que batia recordes planetários, milhões de mortos, muito mais de feridos. De qualquer maneira, o desalento resulta pernicioso para um exército e os oficiais não podiam permitir que se espalhasse entre suas tropas. Perder Wad poderia prejudicar o moral da resistência, mas o guerreiro possuía uma incomum influência sobre os homens e condená-lo como desertor acabaria sendo uma solução impopular, de forma que os chefes compactuaram com ele um desaparecimento anônimo. Enquanto Wad sumia, os altos comandos alardeariam que estava cuidando de missões especiais em frentes de batalhas remotas, impossíveis de serem verificadas.

A turma dos muçulmanos estranhou o sumiço de Wad, imaginaram que estivesse ferido ou enfermo, quem sabe alguém tivesse conseguido matá-lo. Talvez ninguém chegasse sequer a levar a sério que ele pudesse realmente sair de cena por vontade própria.

O ex-guerreiro instalou-se numa choupana afastada, nas terras do Sudeste, a dez quilômetros do povoado mais próximo. Quando apareceu na aldeia, alguns o reconheceram. Ordenou que ninguém revelasse onde estava morando e, como os aldeões compartilhavam a sua luta e conheciam os seus antecedentes, obedeceram.

Três meses depois, Wad estava irrequieto, precisava de ação, mas descartava a hipótese de voltar à frente de batalha. Levando em conta as costumeiras matilhas de cães selvagens que atacavam o gado e até as pessoas, ofereceu-se como caçador de cachorros. Conseguiu um Land Rover capaz de funcionar e começou a correr pela região acabando com os animais, sempre camuflado atrás de um turbante que só permitia vislumbrar os seus olhos. Foi uma boa época, apesar dos pesadelos e dos primeiros, leves, remorsos.

— Já faz muito tempo que Wad deixou aquilo tudo para trás — dissera Aschuak.

Mas será que conhecia mesmo o tamanho de "aquilo tudo"? A lenda diz que, no fim de 1999, Wad violentou outra mulher. Quantas eram agora? Cem? Mil? O negócio é que ao violentar essa última mulher em 1999 não se sentiu nada bem.

"Ficou vários meses angustiado, matutando sobre o bem e o mal, infeliz com a vida que levava. Não conseguia tirá-la da cabeça", contaria mais tarde um antigo companheiro.

Nos meses seguintes não houve períodos de trégua, mas as rondas no deserto, as intermináveis vigias, concederam-lhe bastante tempo para fazer perguntas a si mesmo, para duvidar.

"Acredito que foi justamente aí que ele começou a pensar na possibilidade de uma vida além da poeira e do nada, além das balas e da morte", especularia o antigo companheiro.

No último camarote de *La Nave*, Aschuak voltava a passar o pincel na paleta.

— E quanto a você? Ele a trata bem? — perguntei. — Afinal de contas, o que realmente importa é isso, não é mesmo?

— Trata-me muito bem. Vai demorar para seguirmos viagem? Tenho vontade de ver finalmente a Cidade.

Respondi que ficaríamos mais um tempo parados, pois uma ilhota tinha bloqueado o rio mais alguns quilômetros para o sul.

— Puxa vida — disse Aschuak. — De qualquer maneira, estas ilhas não deixam de ser bonitas. À mercê da correnteza. Assim como se aglomeram, de uma hora para outra desaparecem. Há alguma coisa poética nisto, você não acha?

Aschuak pintava a corrente que segurava uma gangorra de aparência gótica. Seus lábios escuros e carnudos se haviam fechado depois de ela falar. Jogada ao lado da almofada, vi uma girafa de madeira.

— Então, você não acha? — repetiu virando a cabeça para fitar-me.

— São lindas — respondi.

O império

No dia seguinte ao ferimento que tirara Norton da disputa, Osman decidiu tirar uma folga. Esse gesto salientou ainda mais a derrota do inglês, a vontade que o ministro tinha de humilhá-lo, proclamando ao mesmo tempo a própria autoridade. A rivalidade entre os dois tornou-se então a fofoca capital em *La Nave*, uma desculpa para despistar por alguns minutos o tédio que tomava conta de tudo. Era impossível pensar por algum tempo em alguma coisa, não havia como levá-la realmente a sério, tudo parecia insignificante, idiota, não se enxergava coisa alguma além do pântano, do céu azul, do sol, somente aquilo que tinha a ver com água e comida.

Estávamos nos animalizando.

Seja como for, a vitória sobre Norton revitalizou Osman a ponto de ele parecer encontrar um sentido na catástrofe, a ponto de torná-lo um inoxidável animador. Passeava com Rasha entre os passageiros do Nível Inferior, esbanjando otimismo, e amiúde deixava-se ver no restaurante tomando notas em seu diário. Brincava com as crianças, pedia que os mais sedentos lhe mostrassem a língua inchada, recomendando que não se entregassem e, nesta sua nova faceta de messias, transmitia um alento que também o ajudava a afugentar as superstições.

Depois da "vitória" sobre Norton, as sentinelas passaram a tratá-lo com um respeito diferente. Tinham descoberto um chefe que transcendia as aparências da sua aparatosa pança demonstrando que as afirmações alardeadas por sua lenda – que tinha estado na frente de batalha, que tinha sobrevivido – eram a pura verdade. Aqueles homens podiam atestá-lo, esquecendo a magnitude de suas próprias barbas cada vez mais espessas e duras, esquecendo o contraste de sua pele chagada com a cútis escanhoada e macia de Osman. Podiam atestá-lo.

O político aproveitou para multiplicar as arengas. Tentava dirigir-se a grupos reduzidos, avisando acerca da suposta ameaça representada pelos embalsamadores, além de lembrar a necessidade de uma resposta em uníssono no caso de haver acidentes. E, na verdade, isso não demorou a acontecer.

Como as reservas de água superavam as de alimentos, os embalsamadores tiveram de cortar as rações diárias e, desta vez, foi impossível maquiar as restrições. Alguns passageiros protestaram, mais por medo diante da nova conjuntura que por verdadeira incompreensão, pois era evidente que não havia alternativa. No Nível Inferior, de qualquer maneira, o grupo do reservista sem braços instigou as ofensas contra os que controlavam a despensa: disseram que não sabiam administrar a comida e que guardavam uma parte para si mesmos.

Algum tempo depois do anúncio do racionamento, na hora de comer, dúzias de pessoas excitadas, de tigelas na mão, amontoaram-se diante do balcão da cafeteria. Algumas criticavam em voz alta a medida, perguntavam até quando ainda havia mantimentos e se "os de cima" partilhavam o mesmo regime. Eu estava numa das mesas quando o negro albino brandiu um curto punhal e, enquanto com a outra mão segurava a tigela onde um embalsamador acabava de servir a ração diária, gritou:

— Mais! Mais! Ponha mais!

Estava furioso. Alguém deu um pontapé no balcão. Os embalsamadores levantaram as mãos pedindo calma, mas o clamor aumentava. Havia pelo menos quatros homens visivelmente dispostos a atacar.

— Venha comigo — eu disse a Chang, puxando-o pelo braço. — Faça o que estou dizendo... Comece a chutar a parede.

— Como é que é?

— Chute, vamos lá, chute.

Ao chegar à porta da cafeteria, Chang começou a chutar a parede enquanto eu berrava:

— Já chega! Sumam! Saiam logo daí!

Não sei como, mas os caras obedeceram. Talvez devido à firmeza da ordem e, principalmente, por ter sido proferida por alguém que até então jamais ordenara coisa alguma. Osman presenciava tudo atrás de mim. Creio que tinha descido ao ouvir o alvoroço.

– O que está fazendo? – perguntou o ministro.
– Confie em mim.
Umas quarenta pessoas amontoaram-se no apertado fragmento da popa. Falei para elas.
– O senhor Chang tem algo a dizer-lhes... Você aí, se aproxime – ordenei ao albino que, ao defrontar-se com alguém ainda mais perturbado que ele, se havia acalmado.
– *Ba zhuizi na guo lai, kuai!* – determinei. O chinês olhou para mim. – *Na guolai gei wo.*
– *Gei wo!* – exclamou Chang, arrancando o curto punhal da mão do sarará com uma bofetada.
O pessoal murmurou, pasmo. Como Chang parecia disposto a continuar obedecendo, mandei que levantasse a arma com autoridade. Com raiva. "Vamos, finja estar furioso."
– *Kuai! Xiong yidian* – foi o que eu disse de verdade, enquanto aparentava estar tão assustado quanto os demais. Chang levantou a mão que segurava a arma. Simulei uma profunda impressão e voltei a guiá-lo: – *Ni xianzai shuo: ruguo nimen yao chifang, jiu chiba.*
Chang esticou os lábios, aparentava uma fúria verdadeira, e obedeceu cuspindo as palavras que eu acabava de ditar:
– *Ruguo nimen yao chifang, jiu chiba.*
– O que foi que disse? – perguntaram os passageiros.
– O que quer?
Continuei a falar com Chang, ignorando o alvoroço:
– Agora vou traduzir as suas palavras – disse-lhe. – Quando eu acabar de falar, você vai até um desses sacos e faz um buraco nele.
– Tirem este chinês da nossa frente! – gritou um passageiro. – Já chega de ele bancar o idiota!
– Vamos, tradutor, o que é que o cara está dizendo?
– O que diz o maldito amarelo?
– Diz que se quiserem comer, ninguém irá proibir. Não Osman, pelo menos. O ministro diz que nesta hora difícil ninguém tem o direito de lhes negar a comida.

Ao perceber que a minha intervenção tinha acabado, Chang deu meia-volta, inclinou-se sobre um dos sacos que serviam de trincheira e cravou o punhal no pano, que se destripou derramando um montão de sorgo no convés.

— *Qing ba Osman de shou jüqu lai!* — ordenei.

Chang franziu as sobrancelhas a mostrar que tinha entendido. Aí olhou para Osman, que sorria titubeante a uns passos de nós, satisfeito com aquilo que estava acontecendo, mesmo sem entender muito bem. Han Tsu estava ao lado dele. Os três não tiravam os olhos de mim.

— *Kuai yi dian!* — insisti com o tom mais peremptório e calmo que pude. — *Ba ta de shou jüqu lai, haobi ta shi guanjun side!*

Chang cobriu os poucos passos que o separavam do ministro, agarrou a munheca direita de um atônito Osman e, enquanto com a outra mão o chinês empunhava o punhal, levantou o braço do mandatário como os juízes levantam os dos pugilistas vencedores no ringue.

— Agora podem comer — murmurei em chinês nos ouvidos de Chang, tentando esconder dos demais o movimento dos meus lábios. E Chang exclamou:

— *Nimen xianzai keyi chifang le!*

De forma que traduzi justamente as minhas próprias palavras ao árabe, introduzindo um leve toque especial:

— Osman diz que agora podem comer!

Han Tsu observava-nos de perfil, sério e inexpressivo, coçando o lóbulo de um ouvido. Osman reagiu levantando por conta própria o outro braço até formar um vê triunfal enquanto repetia:

— Podem comer!

Os mais desesperados lançaram-se sobre os grãos engatinhando no convés e enfiando as sementes aos punhados nos bonés, nos cafetãs enchidos dobrando as bordas.

— *Bu yao ji, haijou. Haijou hen duo* — disse Chang indicando com a mão toda *La Nave* visível, ainda entrincheirada atrás dos sacos.

– Não precisam ter pressa, há mais. Muito mais – foi a minha impecável tradução.

E embora ninguém soubesse ao certo a quem pertencia cada gesto, nem quem ordenava o quê, nem como aquilo tudo na verdade acontecera, pois a confusão era total e os gritos delirantemente excessivos, o resultado foi para mim bastante claro: muito além do momento em que Chang destripava o saco, a multidão imortalizou e reteve na memória o braço erguido de Osman, que o chinês manteve levantado por um bom tempo enquanto as hordas famélicas se esmagavam à cata dos grãos. E foi assim que o pessoal começou a comer as defesas, venerando o homem que lhe havia aberto as portas do inferno.

Graças a mim.

Modifiquei os sentimentos do populacho, deixando ao mesmo tempo claro, para o líder, que eu só estava interessado em ajudar.

Só usando palavras.

Sentia-me satisfeito, diria até grande.

Tinha *La Nave* em minhas mãos.

Na minha língua.

A história correu pelo navio e os podadores ouviram-na, embelezada, ao voltarem do trabalho. De forma que, à fidelidade das sentinelas, Osman acabou acrescentando a simpatia de muitos líderes do Nível Inferior e começou a convencer-se de que Wad, o seu tão admirado Wad, recém-chegado de *La Mínima* e tão pouco participativo durante os últimos tempos, já não era imprescindível para a estratégia do controle.

A chefia incontestável de Osman redistribuiu os poderes a bordo, estabilizando as tensões. Os embalsamadores deram-se conta da inutilidade de se opor a ele e escolheram continuar administrando os mantimentos com discrição, cortando ainda mais as rações diante do novo suprimento de sorgo que ia nos alimentar.

Norton rastreava o horizonte em busca de brechas ou de cabeçudos enquanto o seu ferimento sarava a contento graças aos insólitos cuidados de Camille, que todos os dias limpava o corte e aplicava uma nova atadura na coxa. A francesa aproveitava a ocasião para meter o pau nas potências petrolíferas e seus lacaios, entregando-se a longos ataques monotemáticos que não precisavam de interlocutor. Camille se havia oferecido como voluntária para cuidar de Norton.

— Desconfio que queira mostrar-se acima dos rancores mesquinhos, demonstrando que a vida humana supera qualquer coisa e... bem, você sabe — especulou o inglês no camarote, algumas horas depois da primeira sessão. — A senhorita solidária. Só espero que não pense que algumas ataduras lhe dão o direito de martirizar-me com seus lero-leros.

Nos encontros seguintes, Norton pôde de alguma forma corroborar suas suspeitas, mas evitou as disputas com Camille, que dava seus sermões de forma automática, às vezes rindo sozinha. Vez por outra, a francesa sofria acessos de uma comichão que começava a ficar insuportável.

— Diz que as manchas roxas não desaparecem devido à sujeira que se acumula nelas. Está obcecada com higiene — assegurava Norton, cada vez mais fascinado pela personalidade da bióloga, a ponto de provocá-la para saber mais de uma vida que, depois, invariavelmente me contava. — Os mosquitos a deixam muito nervosa... Talvez por conhecê-los até bem demais.

Norton contou que durante muitos anos Camille e a irmã gêmea Marie foram todos os domingos assistir à missa com seus pais e, enquanto os adultos resumiam os fatos da semana aos outros paroquianos na saída da igreja, as gêmeas ficavam brincando com o dálmata de uma vizinha. Certo dia, a mulher apareceu sem o cão. Disse que havia morrido devido às picadas do mosquito que transmite a leishmaniose.

— Camille ficou impressionada com o fato de um ser tão pequeno poder matar outro muito maior e, principalmente, muito mais... bonito.

"Fui tomada de ódio e terror", dissera a Norton a francesa.

— Bichos filhos da puta! — exclamou Norton. — Vive dizendo isso o tempo todo, ainda mais desde o outro dia, quando acabou a sua loção repelente. Bichos filhos da puta! E se golpeia até no rosto. Acho que me repassou a obsessão. Já os descubro por toda parte. Veja, agora mesmo, bem em cima de você.

— Quanto a isso, creio que Camille está certa — comentei. — Há muitos deles, muito mais que o normal. E o pior é que quando o repelente acaba... Deveríamos começar a lambuzar a cara de barro, como os negros.

Emudecemos observando os insetos. Uma descomunal quantidade de mosquitos havia zunido por *La Nave* nas últimas noites e, sabe lá como, um bom número deles havia conseguido passar pelos mosquiteiros, de forma que uma boa parte dos passageiros havia sido picada na cara, nas mãos, nos braços e nos pés. Além da inevitável ardência, as ferroadas provocavam grandes manchas e era normal ver pessoas se coçando.

Por isso, pelas bactérias que haviam surgido da fossa imunda, pela escassez da água e, por alguns dias, da comida também, por causa do sol, e do medo, e do nervosismo exacerbado, novos enfermos haviam forçado a ampliação do setor do Nível Inferior dedicados aos doentes.

Vários portadores de malária sofreram recaídas. Um morreu, e, diante do previsível aumento de cadáveres, concordou-se em desocupar o camarote 14 de forma definitiva e enterrar os mortos nas ilhas. Nos dois dias seguintes mais três faleceram, dois dos quais membros constantes das turmas de poda, e o medo de ser o próximo espalhou-se.

Mesmo assim, ainda se tratava de um temor um tanto vago. Aguardava-se o fim como algo que afinal de tudo tem de chegar, de forma que o sentimento dominante não era propriamente o desespero. Apesar disso, certo dia encontramos um hotentote enforcado. Uma vez que era um sujeito esquivo e solitário, decidiu-se considerar o fato um mero suicídio. E lá estava Camille, cada dia mais arisca, mergulhando o tempo todo suas provetas na água para medir a densidade microbiana, protestando amiúde por uma falta de higiene que era simplesmente impossível sanar.

A água e o mato nunca foram tão meticulosamente examinados como então. E nós nunca estivemos atentos a qualquer modificação no ar com tamanha ansiedade. Falava-se do vento com reverência, rezava-se por ele, para que soprasse impetuoso, avassalador. Tentava-se interpretar os sons longínquos como se fossem o prelúdio de uma mudança, mesmo sabendo que quase certamente não significavam coisa alguma. Essa tensão passou a ser parte da rotina.

Ficar de olho no horizonte.

Aguardar novidades.

Sonhar com a salvação.

O navio acomodava-se com a decadência que, daquele jeito, acabaria nos consumindo. Alguns insistiam em lembrar que nos encontrávamos numa situação extrema. "Não podemos nos deixar morrer assim, sem mais nem menos", diziam. Mas haveria outra alternativa? Salientar para nós mesmos que estávamos presos naquele atoleiro devido ao acaso? Não valia a pena atormentar-se diante de uma realidade inelutável, de forma que as pessoas continuaram com seus jogos, suas brincadeiras, seus afazeres, até falando sobre o futuro, ignorando, na medida do possível, a degradação cada vez mais abrangente.

À mercê dessa cotidianidade macabra, *La Nave* funcionava como uma cidade. "Ora, ora, a Cidade está aqui!", chegara a dizer um eufórico Osman ao reparar na mecânica funcionalidade do trabalho, das vigias, das orações pontuais e até dos exercícios físicos daqueles que ainda tinham força e ânimo para praticá-los.

Os chineses já não eram tratados com a mais cabal indiferença: agora, depois do episódio do sorgo protagonizado por Chang, eram objeto de sorrisos de cortesia e agradecimento. Outra novidade depois do rasgão nos sacos foi o incessante cacarejar das mulheres enquanto moíam o cereal. As sessões de ralação limitavam-se às horas matinais, pois se durassem mais acabariam arrebentando os nossos nervos já muito abalados. Trituravam batendo o tempo, e um baque surdo e múltiplo ressoava em *La Nave*, como que uma carga de cavalaria. Ouvia-se na ilha um som parecido com tambores distantes. Uma batida que ecoava misteriosa. Um barulho que Osman quase não chegou a apreciar, pois o ministro cortou drasticamente as suas incursões de poda, instalado no novo conforto do poder absoluto que decidiu partilhar comigo.

– Você esteve fantástico no negócio do sorgo – disse-me na noite seguinte ao episódio. Osman não entendia chinês, mas compreendia muito bem a quem devia o sucesso. – Han Tsu é um bom rapaz, traduz direitinho, mas falta-lhe experiência. Jovem demais, obediente demais, não sabe improvisar. E não é cínico. Mais um pouco de água?

Na manhã seguinte, acordei bem cedo e subi ao convés quando Chang e três chineses do Nível Inferior começavam, entre brumas, suas ginásticas coreografias. As coisas estavam se ajeitando entre eles. Os homens apareciam e sumiam atrás das volutas de vapor. Ouvia o seu respiro ofegante, o som dos calçados muito finos que se apoiavam no crepitante convés. Eu tinha o binóculo de Norton pendurado no pescoço, gostava de varrer o horizonte quando começava a clarear.

– Bom-dia – disse Han Tsu surgindo da neblina. – O senhor Gao gostaria de pedir-lhe um favor. Quer saber se poderia emprestar-lhe umas pilhas.

– Pilhas?

– Pilhas. Pilhas de rádio. As dele se esgotaram, e não pode ouvir música. Sem música, o senhor Gao fica triste.

Os quatro homens levantaram uma perna flexionada mantendo-a suspensa. Lembravam aves pernaltas, flamingos.

– Por que não pede a Chang? – respondi.

Han Tsu manteve-se sério.

– Não tenho pilhas – expliquei.

– Mas o senhor Norton tem. Você está no mesmo quarto dele. Não terá dificuldade em arrumar duas pilhas. Bonito, não acha? – disse acenando para os ginastas. – Eu nasci na província dos monges Shaolin. Eles são os grandes mestres das artes marciais. Vapt, vupt. – Han Tsu cruzou os braços várias vezes, bem rápido, como se fosse um cata-vento ou Bruce Lee. – Embora isto seja outra coisa. O *taichi* é mais tranquilo.

– Você pratica?

– Não, prefiro assistir. Estudo seus movimentos. Vupt, vapt. – Voltou a remoinhar os braços. – Vamos?

Norton ainda estava dormindo. Peguei quatro pilhas do cesto onde amontoava indiscriminadamente as novas e as usadas e saí sem fazer barulho.

– Acompanhe-me – ele disse. – Vamos testá-las juntos no camarote do senhor Gao.

Han Tsu guiou-me até a cabina que partilhava com seu chefe. Bateu à porta antes de entrar. Quem abriu foi o quarto chinês do Nível Inferior, o único ausente da ginástica no convés. O senhor Gao estava na cama, recostado em duas grandes e coloridas almofadas de seda. A camisa arregaçada por cima do umbigo deixava à mostra uma barriga cheia de estrias. O radiogravador descansava em suas costelas, rodeado por um braço como se fosse um cachorro. A outra mão segurava um charuto aceso. Jogada na cama, também havia a bengala de madeira na qual pude distinguir o cabo de jade em forma de símio. Aproximei-me do empresário e deixei cair as pilhas em sua mão.

– Muito obrigado. O senhor é muito amável e atencioso.

O senhor Gao abriu a tampa do radiogravador e inseriu as pilhas. Uma roseta vermelha estava pendurada por cima da cama. Havia flores de plástico numa pequena mesa de centro coberta por uma toalha de crochê. Tudo estava limpo e ordenado.

– O que acha da situação em que nos encontramos? – perguntou enquanto apertava o *play*.

– Como assim?

O rosto inteiro do senhor Gao ficou franzido, tinha bastantes rugas para fazê-lo. Voltou a apertar a tecla.

– Mas o que é isto?

Reparei que o quarto chinês do Nível Inferior se agitava atrás de mim.

– O que está havendo, senhor Gao? – disse Han Tsu, inclinando-se sobre a cama.

O senhor Gao sacudiu o radiogravador, levantou a cabeça:

– Que pilhas são estas que você me trouxe?

Senti os olhares dos chineses e não pude evitar um arrepio: amedrontava-me o fato de estar preso num camarote, com três estranhos de uma civilização remota, visivelmente defraudados.

– Queira desculpar – falei, segurando o aparelho. Abri a tampa e manuseei as quatro pilhas esperando encontrar a combinação certa. Não encontrei.

– Ora, ora, parece que Norton também gastou todas as suas pilhas – disse com um sorriso evidentemente falso.

– Tudo bem – disse o senhor Gao, voltando a recostar-se nas almofadas e apertando a garganta na gola de seda. – Não se preocupe. Pelo menos, tentamos. Sente-se, por favor.

O quarto chinês do Nível Inferior empurrou uma cadeira para mim. Ele e Han Tsu continuaram de pé. Este último, um tanto de lado, inclinava o ouvido bom na nossa direção.

– Como estava dizendo, o que me diz da nossa situação?

– Está se referindo ao fato de estarmos presos?

– Quanto a isso, não há muito a dizer. Um acidente, uma fatalidade como outra qualquer – deu uma última tragada no charuto, que esmagou no cinzeiro, do lado oculto do seu corpo. Soprou a fumaça à medida que falava. – Refiro-me ao comportamento das pessoas, dos grupos que estão se formando.

– Os grupos já estavam bastante formados e definidos antes de zarparmos.

— Não seja escorregadio, tradutor. O senhor tem olhos assim como eu.

— Não sei, senhor Gao. Só faço o meu trabalho. Tento fazer com que as pessoas se entendam, que de certa forma equivale a se darem bem. Dialogar faz bem ao espírito.

O senhor Gao dobrou um braço para trás, enfiou-o entre as almofadas e, ao devolvê-lo à luz, segurava um isqueiro e uma pequena cigarreira de jade. Tirou um cigarro, botou-o entre os lábios e acendeu-o. Fumou.

— Não esqueça que, embora nos últimos séculos não tenhamos contado com uma grande frota, nós chineses sabemos navegar. Inventamos a bússola. Sabemos nos orientar onde não é fácil fazê-lo. Sem a bússola, Colombo não poderia ter descoberto o Novo Mundo. Por isso, de certa forma, a China descobriu o Novo Mundo. Percebemos caminhos onde os outros nada veem. O senhor tem alguma coisa de chinês.

— Suponho que esse seja um elogio. Muito obrigado. Mas não compartilho a sua opinião.

A brasa do cigarro ressaltava ainda mais os traços do rosto flácido e vermelho do empresário.

— Não, não, não se preocupe — respondeu o senhor Gao. — O senhor não é assim por vontade própria. Não passa de um chinês acidental. E, como já disse, um acidente é apenas um acidente. O senhor já trabalhou para a maioria dos que viajam neste navio. Sabe mais ou menos como uns e outros pensam e, para manter-se à tona, aplicou uma máxima da qual gosto muito: uma vez que não pode atacar todos, vigia todos.

— Quanto à maneira de pensar dos chineses, na verdade não sei muita coisa. Aprendi o seu idioma. No mais, não consigo compreendê-los.

— Reparou em como sabe dizer as coisas que gostamos de ouvir?

A perspicácia do senhor Gao deixava-me nervoso. Procurei pensar que não passava de um maldito vendedor de ovos.

– O senhor vai ver, tradutor – tirou de trás da almofada uma garrafa térmica. Quando a abriu, fumegava. – Posso entendê-lo muito bem. A China é um país que nunca arrumou problemas com ninguém, sempre tentou dialogar. Assim como o senhor. Não somos um país de tradição conquistadora. – Deu um gole na garrafa térmica, aí voltou a colocá-la atrás da almofada. – Embora nos tenham conquistado, nós não fizemos o mesmo. O nosso país é imenso e não precisa de ninguém para sentir-se grande nem para se desenvolver. Aquilo de que mais gostamos é de muita tranquilidade. Fazer o nosso trabalho da melhor maneira possível e viver em paz, é justamente isso o que queremos. Neste momento, no entanto, eu e os meus colaboradores estamos longe desse ideal. Não é fácil viver tranquilo num navio malcheiroso, parado no meio de um lodaçal da África. Se houvesse um ranking – o senhor Gao usou a palavra inglesa – de tranquilidade de um a dez, agora estaríamos no dois ou no três. Isto é, mui pouco tranquilos. Mesmo presos numa armadilha, se as pessoas colaborassem, poderíamos desfrutar de uma tranquilidade quatro ou até cinco. Mas nada disso. Estamos em nível dois ou três. Eu vivo muito mal desse jeito. E o senhor?

O senhor Gao segurava o cigarro entre os dedos como as atrizes dos anos trinta, só que molemente esparramado na cama.

– Bom...

– Han Tsu contou-me o que o senhor fez com Chang e o sorgo. Todos os chineses a bordo ficam-lhe gratos por sua generosidade. Estamos convencidos dos seus bons propósitos. Mas mesmo que a sua intervenção nos tenha ajudado a ganhar o apreço da maioria dos passageiros, deixou-nos em maus lençóis com o senhor Tuumi e seus amigos embalsamadores. Gostaríamos de consertar este mal-entendido. Eles controlam a despensa e, entre outras coisas, eu gosto de comer bem.

– Nunca ouviu o velho ditado: "Os chineses nunca tiram a comida da cabeça"? – recitou Han Tsu.

O senhor Gao apertou novamente o *play*. Mais uma vez sem sucesso. Continuou:

— Estou querendo dizer que agora, realmente, o senhor pode nos ajudar de verdade. Convença o senhor Tuumi e seus amigos de que a iniciativa de Chang não representa a nossa opinião. Diga-lhe que Chang agiu por vontade própria, talvez num repentino arroubo provocado pela fome. Ou pelo desejo de estrelismo. É um rapaz da cidade, não deixa de ter alguns grilos na cabeça.

— Fico surpreso ao ouvi-lo dizer isso, senhor Gao. O senhor emigrou a Hong Kong para fazer fortuna.

— É verdade. E depois voltei a Xangai. É lá que agora moro... uma linda cidade. Já foi? Chang também mora lá, pergunte para ele.

Tuumi e os embalsamadores moravam em terras que tinham muito a ver com os planos do senhor Gao, planos que o haviam induzido a viajar à África contrariando o seu hábito de quase nunca deslocar-se ao estrangeiro. As oportunidades no país haviam sido tão formidáveis, e as negociações tão complicadas, que ele se animara a viajar. Ia construir uma estrada de ferro e reativar o dinamitado canal que unia o norte e o sul do país.

— Por que não encarrega Han Tsu de falar com Tuumi? — perguntei.

— Han Tsu irá com o senhor. Mas ele é chinês. Depois do sorgo, os embalsamadores não confiam em nós. Sabe como é, o velho hábito das pessoas generalizarem. Acho que o senhor tem um relacionamento muito melhor com eles.

— E o que ganho a bancar o intermediário?

— Tenho certeza de que os embalsamadores saberão como recompensá-lo. Controlam a despensa. Não creio que o senhor vai achar tão ruim dispor de um bom pedaço de carne, ou estou errado?

— Comida é o que não me falta.

— Achei que o senhor era mais esperto... Digamos que eu saiba por que Chang levantou o braço do senhor Osman. E, se eu sei, os embalsamadores também poderiam acabar sabendo. E aí o senhor ficaria um tanto encrencado. De qualquer maneira, pode ser que isso tampouco o convença. Afinal de contas, Tuumi e seus negros são uma minoria, e talvez não cheguem a assustá-lo. Dar-lhe-ei outra razão: acontece que sou multimilionário.

O senhor Gao fez um leve movimento com a cabeça acenando para o quarto chinês do Nível Inferior, que entrou no meu campo visual. Na verdade, ele estava quase em cima de mim. Encolhi-me instintivamente na cadeira cobrindo o peito com as mãos. O lacaio agarrou o meu pulso direito e, na palma aberta, colocou um grande maço de notas.

– Dinheiro europeu para evitar-lhe problemas de câmbio – disse o senhor Gao das suas almofadas de seda.

Era a primeira vez que tentavam subornar-me, e, embora receoso, não pude evitar um arrepio de emoção. O dinheiro não me fazia falta, a Companhia de Norton pagava-me uma remuneração obscena. Se algum dia eu voltasse à Espanha, administrando com sensatez os honorários daqueles últimos cinco anos, poderia provavelmente viver sem nunca mais precisar trabalhar.

– O que me diz? – perguntou o senhor Gao.

Com o maço na palma da mão, mil frases e lances da minha vida faiscaram ao mesmo tempo na minha mente. Cenas de políticos sentados diante de tribunais, capas de periódicos com juízes corruptos algemados, as palavras ética e moral, isto mesmo, ética e moral, essas palavras rutilaram em nanossegundos iluminando o já e para sempre grotesco camarote dos chineses. E no meio de tudo, como se refletores apontassem para elas, reluziam as notas, uma em cima da outra, presas com um elástico.

O momento exigia uma resposta à altura.

O senhor Gao esperava alguma reação minha.

– Nada de cartão de crédito? Nem de cheques de viagem? – respondi. O senhor Gao pestanejou. – Está bem – concluí dividindo o maço em dois. – Verei o que posso fazer.

– Acredite, tradutor. Só quero que eu e o meu pessoal possamos viver do jeito mais tranquilo possível. Do contrário, não o incomodaria. Vim para cá por curiosidade e em busca de alguma diversão. Tenho negócios em muitos países e quase nunca viajo para fechar os contratos pessoalmente, há um exército de especialistas que se encarregam do assunto. Sou um ancião que já trabalhou muito, acredite. Só peço que me deixem descansar.

– Verei o que posso fazer – repeti metendo cada maço num bolso.

O quarto chinês do Nível Inferior ofereceu-me um saquinho de seda. Guardei o dinheiro nele.

– Bom-dia – falei.

– Bom-dia – respondeu o chinês.

Encaminhei-me devagar para a porta, segurei a maçaneta, e, como toque final, o senhor Gao acrescentou:

– Foi um prazer fazer negócios com o senhor.

Deixei o camarote, acompanhado por Han Tsu, que continuava de olhos arregalados, como se ainda não conseguisse assimilar o que havia presenciado.

– Está vendo o que Chang nos força a fazer? Aquele cachorro!

Passamos por corredores desertos até o meu quarto.

– Não demore – Han Tsu disse na porta. – Gostaria de falar com você.

Entrei procurando não fazer barulho, mas Norton já estava acordado. Cantarolava em voz baixa a costumeira musiquinha telefônica. *"Five hundred miles..."* Mexi-me depressa na penumbra escondendo o saquinho de seda no fundo falso da minha mala.

– O que temos no café da manhã? – brincou Norton. Já fazia um bom tempo que, a cada manhã, recebíamos uma xícara de chá e duas bolachas.

Sem responder, peguei as camisas jogadas na cadeira e as coloquei sobre o pequeno abaulamento formado pelos maços de dinheiro.

— Se encontrar Camille, diga-lhe que o seu enfermo predileto está impaciente, aguardando por ela. E vê se ela me consegue algum CD novo, estou farto de ouvir sempre o mesmo.

Anuí fitando-me no espelho. Passei os dedos entre as raízes dos cabelos.

— Aconteceu alguma coisa? – perguntou Norton.

Vi a sua figura entre as sombras, refletida no espelho sujo. Podia sentir cada batida do meu coração.

— Nada. Andei treinando alguns movimentos de kung fu e estou meio acalorado. Você sabe, vapt, vupt.

Movimentei os braços mais ou menos do jeito que tinha visto Han Tsu fazer.

— Vejamos, vejamos – disse Norton, divertido.

Repeti os movimentos.

— Estes putos de chineses são incríveis mesmo, não são? Uns tipaços.

— Está falando cada vez pior, Norton.

— Pior? E que porra espera de mim? Tenho outra escolha? – estava sentado na cama, de pernas esticadas, na mesma posição em que alguns minutos antes tinha visto o senhor Gao. Uma grande atadura cobria-lhe a coxa direita desde a base do escroto até o joelho. A sua aparência não era das melhores. — Estou me portando como um bom menino. Deixe-me pelo menos soltar umas merdas e umas porras de vez em quando. Além do mais, diacho, eu sou o chefe. Caralho! – gritou. – Puta merda!

Norton começou a rir.

— Até mais – falei.

No corredor, Han Tsu esperava sério.

— Ficou zangado, o senhor Norton?

— Que nada, até achou graça. Parece que hoje levantou bem-humorado.

Fomos andando até o restaurante em silêncio. Quando chegamos às mesas, Han Tsu viu Chang no sofá dos chineses e propôs seguirmos em frente. No Nível Inferior, um dos embalsamadores fazia a ponta de um lápis a golpes de faca.

— Não é só não gostar de Chang — eu disse ao sairmos para o convés de estibordo. — Você o odeia.

Um negro que acabava de mijar numa tigela de abóbora molhou as mãos no líquido e esfregou a pele e o cabelo. Han Tsu procurou um lugar do parapeito afastado das portas. Virou-se para oferecer-me o ouvido bom. Não havia mais de seis pessoas à vista e Wad era uma delas. Estava sozinho na popa, observando as ilhas.

— Já traduzi para Chang — disse Han Tsu. — Sei o que ele é capaz de dizer. É uma vergonha para o povo chinês.

O tradutor lembrou então o dia em que Chang chegou à África, a antipatia nova e imediata que sentiu pelo recém-chegado. Vê-lo entrar no palacete com suas malas de couro e vestido à moda dos jovens abastados do litoral enfureceu-o sem ele mesmo saber por quê. Quando ouviu algumas das suas histórias imorais, contadas com desbocado desembaraço, a antipatia começou a tornar-se fobia. Chang representava uma China antagônica à sua. Vinha do litoral, de uma cidade corrupta, era o filho único de gente bem e se gabava do número de garotas que tinha seduzido. E acontece que Han Tsu, o menino do interior e filho de camponeses, devia traduzir os devaneios daquele *bon-vivant* libertino na indecente Xangai.

— Um chinês! — exclamou Han Tsu. — Um chinês que falava daquele jeito! Só de ouvir o seu nome, fico com o estômago embrulhado. É incrível. É como se ele tivesse um estranho poder sobre mim. Ainda bem que eu sou um profissional. Sei disfarçar muito bem. Consegui traduzir de forma delicada muitos diálogos ofensivos. Vulgares.

— Como assim?

— O que foi que disse? — perguntou aproximando o ouvido bom.

— Dê-me um exemplo.

O chinês contou como Chang havia perdido a virgindade aos dezessete anos com Cherry, uma estudante da sua turma de Economia

Aplicada, na verdade chamada Lin, mas que preferia o nome ocidental.

O caso durou quatro meses, durante os quais fizeram sexo o tempo todo, e Chang até permitiu que Cherry o chamasse de Mark.

– Mark! – exclamou Han Tsu. – Queria que eu também o chamasse de Mark. Já era demais, e eu me recusei. Perguntei-lhe se sentia vergonha da sua pátria. Se não achava bonito o nome Chang. Você não acha bonito? Claro que perguntei. Pois eu acho muito bonito mesmo. Tenho quatro amigos que se chamam Chang. Mas ele não, queria ser Mark! Mark!

Han Tsu também ficava transtornado com o fato de Chang falar de Xiamen como se fosse um paraíso.

– E por que decidiu partir para Xangai, então? Você trocaria o paraíso por Xangai?

– Não sei. Não conheço esses lugares.

– Pois bem, foi isso mesmo o que ele fez – acho que não ouviu a minha resposta, perorava muito acalorado. – E sabe por quê? Porque conheceu um homem rico que também gostava de mergulhar, um ricaço que lhe ofereceu um trabalho. Dá para acreditar? Isso mesmo. Só mesmo mauricinhos para ter uma sorte dessas.

Falou dos "sórdidos antros" que Chang passara a frequentar nas noites de Xangai e, principalmente, das "centenas" de mulheres estrangeiras com que teve casos.

– Dormia com elas sem entendê-las, pois não falava a sua língua! Dá para explicar?

A pergunta pareceu-me simpaticamente ingênua. Explicar que dois desconhecidos vão para a cama por prazer?

– Como pôde aguentar? – perguntei.

– É o meu trabalho.

Com os seus antepassados, Han Tsu tinha aprendido a controlar as próprias emoções e a trabalhar sem queixas para quem lhe pagasse e estivesse no comando. Na África, no entanto, deparara-se com dúvidas que ainda não havia conseguido resolver.

— Devo portar-me como se não fosse comigo, enquanto um chinês transviado arruína a imagem do meu país? A quem devo a minha fidelidade? O que é que você faria? — perguntou.

Eu tinha ouvido o monólogo de Han Tsu sem tirar os olhos da figura estática de Wad na popa. De vez em quando, o negro cuspia no pântano.

— Era isso o que queria me contar? — perguntei.

— Como?

— Era por isso que queria falar comigo?

Han Tsu afastou-se da amurada ainda segurando o parapeito.

— Desculpe. Não era minha intenção amolá-lo com os meus problemas... o assunto era outro.

Voltou a apoiar o tronco na borda, inclinou-se para mim e, bem de perto, sussurrou:

— Já não há dúvida: estou ficando surdo. — Apontou para o ouvido esquerdo a esta altura quase encostado em meu nariz. — E não tem nada a ver com efeito pós-traumático: este ouvido está falhando.

Han Tsu permaneceu inclinado para mim. Olhei atentamente para a sua orelha. Dediquei uma atenção meticulosa ao pequeno lóbulo e ao pavilhão auditivo de uma limpeza impecável. Não sei quanto tempo continuamos daquele jeito, com sua cartilagem invocando com potência hipnótica antigos pesadelos. O que ia ser de um intérprete surdo? Era realmente o começo do fim, pensei, ele está acabado.

— Alguém mais já sabe?

— Nããão — exclamou afastando-se. Em seguida voltou a ficar erguido. — Pelo menos, ainda consigo dar um jeito com o direito — disse batendo no ouvido. — Queria pedir-lhe um favor. Às vezes, tenho problemas. Já tive de inventar palavras que não tinha ouvido direito! É bastante constrangedor. Pode acabar criando mal-entendidos. Quero, em resumo, que me ajude em algumas traduções. Só lhe peço que fique ao meu lado e, no caso de eu perder alguma coisa, logo a diga para mim. Como o ponto no teatro, atrás de mim. Seremos uma equipe. É muito bom trabalhar em equipe.

Wad brindou-nos com uma olhada asséptica do seu canto. Passaram duas mulheres equipadas a descer na lagoa em busca de detritos. Fiquei imaginando que argumento Han Tsu iria usar para convencer-me a colaborar.

— O seu ouvido bom funcionou às mil maravilhas no dia do sorgo — comentei.

Han Tsu olhou para a ponta dos seus sapatos, ficou um momento calado, encostado na borda.

— O senhor Gao é o meu chefe — respondeu. — Preciso mantê-lo informado da melhor forma possível.

— Por que não conta para ele? Não é uma coisa tão horrível assim, afinal de contas.

— É muito horrível — exclamou. — O senhor Gao gosta de coisas perfeitas. Se eu não estiver bem, vai preferir recorrer a você, mesmo que continue trabalhando para Norton. Além do mais, agora Norton quase não precisa dos seus préstimos, nem mesmo pode mexer-se. O que acha? Nós dois podemos formar uma equipe e tanto. Você não me delata ao senhor Gao, e eu não o delato a Tuumi.

— Parece que você gosta muito da palavra delatar.

— É verdade. Os chineses usam-na bastante.

Em 1987, um destacado grupo do Partido Comunista Chinês discursou para os estudantes da escola que Han Tsu frequentava, cativando-o. Em 1996, mudou-se para a Universidade de Jilin, onde estudou árabe durante quatro anos. Já no segundo período conseguia conversar fluentemente naquela língua.

O que não consta da sua ficha biográfica, mas aparece nos informes recebidos pela Companhia, são seus vínculos com o antigo Guarda Vermelho ligado a políticos da elite de Pequim. Esse contato resultou fundamental na ascensão de Han Tsu, pois quando em 2001 o Governo chinês decidiu aposentar o seu antigo tradutor na Capital, Han Tsu foi estimulado a apresentar-se como candidato a substituto. O cargo foi-lhe concedido graças aos excelentes informes e ao fato de ser o mais jovem dos solicitantes, ressaltando a intenção renovadora da cúpula do Partido.

– Então, somos uma equipe? – perguntou.

Desde a parada forçada, Wad limitara-se a suas tarefas de poda e vigia sem envolver-se em qualquer atividade coletiva. Passava horas debruçado na popa de bombordo, mascando *esnaf* e cuspindo. Quanto ao resto do tempo, buscava a companhia de Aschuak. Muitas vezes, quando eu visitava a pintora, encontrava-o lá, quase sempre estirado no chão, absorto. Só da primeira vez virou a cabeça para identificar-me. Soltou algo parecido com o mugido de um camelo e voltou à sua meditação. Nas demais visitas, jamais me cumprimentou. Quase sempre, depois de uns minutos, levantava-se e saía do camarote.

O progressivo afastamento entre Osman e Wad deu novo alento aos caluniadores, que reavivaram os ataques com que, desde a partida, haviam planejado acusar o gigante. Foi o que ouvi pela própria boca do albino. Com a mesma paixão que demonstrava ao rezar, enquanto jogava gamão contou da "deserção" de Wad. Foi a palavra que o sarará empregou, "deserção", contradizendo a lenda divulgada pela facção cristã e, além do mais, apontando para um crime bastante improvável, pois, se tal culpa tivesse sido provada, o negro teria sido obviamente detido e, com toda probabilidade, executado.

De qualquer maneira, era óbvio que o sumiço de Wad suscitara furibundas críticas entre os seus ex-companheiros – muitos o chamaram de "traidor" – e o júbilo dos adversários – que preferiram a palavra "covarde". Seja como for, ninguém se atreveu a dizer coisa alguma na cara dele, pois todos sabiam muito bem o que Wad era capaz de fazer e intuíam que sua saída de cena tinha a ver com algo mais do que simples medo.

Sem dúvida alguma, naquela hora crucial de *La Nave*, Wad estava pela primeira vez claramente só, rodeado por homens sob pressão, cheios de um ressentimento vago, mas profundo. Homens que precisavam de algo, de alguém em quem jogar a culpa. E naquela mesa, um punhado de jogadores ofuscados pela anônima embriaguez da turba, injuriou o ex-guerreiro. Invocaram a sua proverbial estupidez de selvagem rural. Chamaram-no de "desgraçado". "Imbecil". "Animal". E alguns até de "analfabeto", regozijando-se com aquilo que consideraram a sua queda, achando que a nova condição de solitário desprotegido por Osman o tornava mais fraco, mais vulnerável.

Já fazia algum tempo que as sentinelas haviam avisado Osman da frequência com que Wad tirava água do depósito. O político ignorou a informação até o dia em que o gigante se recusou a protegê-lo dos embalsamadores. O desapego de Wad coincidiu com o fulgurante aumento de popularidade do ministro.

Não era preciso ser um observador particularmente esperto para perceber a brecha que se abria entre os dois, embora eu pudesse dar-me conta dela pelas próprias palavras de Osman que havia começado a envolver-me em suas manobras na base de confidências. Agora, outorgando-me confiança, obrigava-me a ficar do seu lado ou a atraiçoá-lo, coisa que não me convinha nem um pouco uma vez que, nesta altura, para Osman eu era mais fundamental que Wad.

– É preciso dar-lhe uma lição – disse Osman depois de Wad também desatender a ordem de pedir-lhe permissão toda vez que fosse buscar água no depósito.

Osman opinava que o orgulho e a fama das antigas façanhas haviam enchido a cabeça do negro, e que estava na hora de alguém lembrar-lhe qual era o seu verdadeiro lugar em *La Nave*.

Dar-lhe uma lição.

Fazer que assentasse novamente os pés no chão.

Ensinar-lhe a ter respeito.

Essas eram frases bastante comuns nas dissertações de Osman quando se referia ao guerreiro, pelo qual continuava mesmo assim a ter admiração devido a uma espécie de sentimento ambivalente: tê-lo por perto, com efeito, sossegava-o fazendo-o sentir mais forte, mais poderoso; mas disparava, ao mesmo tempo, um estímulo de raiva provocado pela independência do homem, por sua autonomia tão descomunal que o impelia até a desobedecer. Desobedecer a ele, a ele!, dando públicas demonstrações de insubmissão.

    Certa tarde em que Osman me sondava para saber se eu estaria disposto a tirar uma nova série de fotos dele e da esposa, encontramos Wad na outra ponta do corredor, saindo do local que abrigava o depósito de água. Aos berros, Osman perguntou-lhe onde achava que estava indo. Wad deteve-se no meio do caminho entre os guardas e o camarote de Aschuak. Virou-se para nos encarar enquanto nos aproximávamos.

    – Então? Aonde vai com tanta pressa?

    Wad segurava um jarro cheio d'água.

    – Vou tomar um gole.

    Quando chegamos perto, Osman deu uma olhada no jarro. Com capacidade de quase dois litros, estava cheio até a borda.

    – Um gole? Parece que pegou bem mais do que caberia a qualquer um.

    – Levarei mais tempo para gastar.

    Osman cabeceou devagar, afirmativo. No camarote de Aschuak, ouvia-se uma melodia.

    – Já sabe que não me importo se os homens que trabalham tomem mais água que os demais. Os mais fortes precisam de um tratamento melhor. Mais comida. Mais água.

    Rangidos de cabos que provavelmente içavam algum barco encobriram a música.

    – Este pessoal deve estar com sede – disse Osman, acenando para o ruído. Os dois guardas nos observavam da porta do depósito de água sem ouvir a conversa. – Eles também merecem um bom gole.

    Osman enfiou a mão dentro da sua *galabiya* e sacou a caixinha aveludada do rapé.

    – Os que se esforçam bem merecem um prêmio – disse Osman. – Afinal de contas, são os que fazem correr bem as coisas para todos os outros.

O ministro pegou um montículo de rapé com o mindinho. Fungou-o.

– Repor, repor, repor – disse. – Sempre a mesma coisa. Nunca um momento de descanso. Precisamos continuamente de mais combustível, não é verdade? É assim mesmo que nós somos. – Estalou a língua e revirou os olhos dentro das órbitas até só mostrar o branco dos globos. – O bom nisso tudo é que pelo menos somos capazes de armazenar. Igualzinho aos camelos, não acha? – Deu uma risadinha abafada. – O que um sujeito bebe só serve para ele mesmo, e a mais ninguém. Pois é, isso mesmo.

Wad permanecia estático, de pernas juntas, segurando o jarro na altura do peito. Como um sacerdote a ponto de realizar sua oferenda.

– Beba – disse Osman, continuando a sorrir, embora franzindo os lábios de forma insincera.

O homem que durante décadas havia sido um assassino, que caçara cães selvagens no deserto, que talvez tivesse até mesmo devorado outros homens, enfrentava a situação de ser humilhado sabendo que se não obedecesse a Osman o seu futuro poderia ficar complicado. Sem dúvida alguma, naquele momento Wad pensou em matar. Quem sabe lastimasse o fato de não ter cultivado um pouco mais o relacionamento, de ter confiado demais na lenda que carregava consigo, como se o passado fosse suficiente a garanti-lo. Que idiota. Ou talvez tivesse avaliado isso tudo, deduzindo as consequências sem levá-las particularmente a sério, simplesmente porque estava cansado de desconfiar e queria, precisava finalmente relaxar; ou porque estava apaixonado por Aschuak, uma coisa que me parecia um tanto improvável, mas que não podia descartar, ainda mais vendo o que era capaz de enfrentar por ela.

Naquele momento, Osman sorria na cara de Wad, balançando a caixinha de rapé na palma da mão. Ambos desarmados. Pedia-lhe que deixasse Aschuak sem água. Que a privasse de algo capaz de confortá-la naquele opressivo buraco.

— Beba. Não gostaria que ficasse doente. Se alguém tem o direito de beber, este alguém é você.

O que passou pela cabeça de Wad? A poucos metros dali, os dois homens armados interviriam imediatamente em favor de Osman, e fariam isso com vontade, estavam fartos de ver como o gigante levava consigo litros e mais litros de água, logo ele ao qual já não reconheciam um passado sem máculas. Wad, o famoso Wad que agora, depois de desistir do papel de carniceiro, queria dar uma de *gentleman*, quando na verdade não passava de um covarde, um palhaço que abandonara os companheiros no meio de uma guerra... Uma torpeza, o filho da puta do traidor.

O corredor estava empesteado com o típico mau cheiro dos corredores de navios antigos, onde o ar fechado flutua entre chapas metálicas e madeiras carcomidas pela umidade e os vapores das máquinas. Qualquer incidente alertaria Aschuak e, como consequência lógica, faria com que descobrisse o lamentável aspecto dos guardas e a anormalidade de toda a situação.

Wad olhou para mim. Agitei a cabeça de leve, mas imperiosamente, para que por favor obedecesse a Osman. Wad era, no entanto, um sujeito diferente. As associações lógicas costumeiras em pessoas que não conheceram a barbárie nada têm a ver com as dos homens que, ao ficarem irritados, veem suas lembranças desmoronarem diante dos surtos de sangue e dos holocaustos por eles mesmos provocados. Como se não houvesse outra resposta possível que não fosse a ira. Neste caso, o enfado costuma ser o prelúdio de uma destruição abismal. Já podia ver a sequência: Wad espatifa a jarra na cara de Osman e, com os cacos da louça molhada, rasga a garganta e o tórax do adversário.

— Beba — repetiu Osman no seu tom monocórdio.

Wad levantou a jarra com ambas as mãos, olhou de relance para o conteúdo e levou-o lentamente à boca. Foi bebendo sem parar, com o recipiente que lhe ocultava metade do rosto. O pomo de adão oscilava rápido. Algumas gotas molharam o seu peito. Ouvíamos o borbulhar da água no pescoço, os sons que provocava ao engolir. Alguém gritou no convés, ouviram-se vários baques e algo bem maior e pesado caindo na água. Um dos barcos devia ter-se desprendido enquanto o içavam. Wad afastou dos lábios a jarra vazia, deu meia-volta e dirigiu-se ao camarote de Aschuak, onde entrou sem bater.

Uma hora antes do jantar, os embalsamadores receberam a mim e a Han Tsu no canto a eles reservado no Nível Inferior. Tinham levantado um biombo com mais ou menos um metro e meio de altura, mas, como nos sentamos no chão, a improvisada antepara foi suficiente a nos resguardar dos olhares das numerosas mulheres que naquela hora passavam roupa e dos curiosos que, com suas bolsas e maletas, se espalhavam em volta.

– Não temos muito tempo. Precisamos ajudar na cozinha – disse Tuumi, que não devia dispor de *chilabas* de reserva, pois sempre vestia a mesma, reconhecível pela constelação de respingos que faziam pensar num avental de açougueiro.

Fui direto ao assunto. Falando baixinho, pedi que não confundisse a intervenção de Chang a respeito dos sacos de sorgo com o pensamento geral dos chineses.

– Eles gostariam – disse apontando para Han Tsu – de manter um relacionamento cordial com vocês. O senhor Gao considera-os extremamente necessários para o equilíbrio de *La Nave* e oferece a sua colaboração para qualquer coisa que lhes pareça oportuna.

– Muito bem – disse Tuumi. – Tenho uma pergunta: por que traduziu as palavras de Chang? Você trabalha para o inglês.

Han Tsu antecipou-se à minha resposta.

– Chang e eu não nos damos bem. Ele prefere recorrer ao espanhol.

– Você é amigo de Chang? – perguntou-me Tuumi.

– Não é preciso ser amigo de alguém para fazer-lhe um favor. Chang pediu que o ajudasse. Quando começou a falar, eu não sabia aonde queria chegar. Sou apenas um tradutor. Espero não tê-los ofendido.

De pernas cruzadas na posição do loto, Tuumi juntou as mãos em cima do umbigo.

— Preciso contar-lhe uma coisa — disse olhando para os seus polegares. Levantou a cabeça e, esticando o dedo na direção de Han Tsu, soltou de uma só vez: — Não me leve a mal, mas esse aí fala árabe muito melhor que você. Espero não tê-lo magoado.

O meu sorriso brotou na mesma hora com força. Eu estava radiante. Fazia anos que não sorria daquele jeito.

— Estou profundamente magoado — respondi. — Mas acredito que conseguirei sobreviver.

Os embalsamadores riram e Han Tsu coordenou toda uma série de reverências para expressar a sua gratidão.

Depois de jantar, levei ao camarote uma tigela com a ração de Norton. Chang estava fumando, espichado aos pés da minha cama.

— Lá vem ele, o nosso tradutor — disse Norton. — Bem na hora. Estamos aprendendo palavras. Já sei dizer tomate, cachorro, nuvem e atoleiro em chinês. Para dizer a verdade, no entanto, ainda prefiro expressar-me com caras e bocas. Pois é, com caras e bocas!

Norton começou a rolar de rir de forma tão adoidada que contagiou Chang. Deixei a bandeja na única cadeira do quarto depois de afastar a pasta oficial da Companhia, sobre a qual havia uma carta de crédito e resquícios de pó branco.

— Deram umas cheiradas, não deram?

Norton continuou rindo.

— Vamos lá, não seja careta. Se quiser... — apalpou o bolsinho da camisa.

— Estão bem chapados.

— Iiiisso! Chapados! — gritou às gargalhadas. — Chapado mesmo está você! Mas quem não estaria por aqui? Perdidos nesta merda de umbigo da África e sem qualquer saída!

Mais umas gargalhadas dos dois. Era engraçado olhar para eles, embora também patético. Chang tinha uma risada frouxa, que o fazia lacrimejar e soltar a fumaça do cigarro tossindo.

– Cara, estes chineses são foda. Já sei dizer uma porção de coisas. Veja, veja: "*Fanqie. Gou. Yun. Hu.*"

E lá estavam eles, segurando a barriga de tanto rir. Eu não iria aguentar aquilo por muito mais tempo.

– *Siwang* – disse Norton.

– Morte?

– Isso mesmo, morte. Bela bosta, não acha? Quer dizer que nestes últimos tempos não tem pensado em *siwang*? Ou será que só é coisa minha porque, claro, com este presentinho. – Norton deu uma palmada na coxa enfaixada. – Ai, ai, ai, este sangramento vai me matar – riu. – Vamos morrer, cara! Estou falando sério! Não esperava por isso, não é? A viagem guardava uma surpresa. Macacos me mordam! E que surpresa!

Voltou a rolar de rir. A risada transformou-se numa espécie de tosse sincopada, e logo a seguir numa série de soluços acompanhados de barulhinhos guturais, como uma canção de ninar. Algo desconcertante. Chang também ria, ofegante, como um gago entalado.

– Ah-ah-ah-ah.

– Surpresa! – Norton gritou de novo.

– Ah-ah-ah-ah.

– Vou dar uma volta – eu disse.

Já com a mão na maçaneta, virei para Chang:

– *Wo hui lai de shihou, ni bu xu zai wode chuang shang.*

O chinês olhou furtivamente para mim e continuou rindo num tom mais moderado.

– O que disse para ele? – perguntou Norton.

– Que, ao voltar, não quero encontrá-lo na minha cama.

Subi ao convés superior, onde as sentinelas cumpriam seus turnos com as lâmpadas reguladas ao mínimo. A lua era uma delgada fatia de flúor entre milhões de estrelas. Acendi um cigarro e apoiei-me no parapeito. Na popa do Nível Inferior, sobressaíam dois braços reluzentes que em seguida atribuí a Wad. Desci para falar com ele.

— E aí? — perguntei

Wad mascava *esnaf*. Das ilhas chegavam murmúrios, estalos abafados. A maranha se mexia.

— Gostou de ficar neste lugar, não é verdade? Vejo muito você por aqui nestes últimos tempos.

Wad não pestanejou. Suas narinas não vibraram. O arcabouço da sua ossatura continuou grudado no navio com a imobilidade de uma gárgula.

— Já se passaram anos desde que matei alguém — disse após algum tempo, movendo os lábios com a frieza de um androide. — Só cachorros.

Entre todas as inquietações que imaginara nele, essa não era certamente a principal. Estaria arrependido?

— Mahmoud tinha ficado louco — disse eu. — Matou o capitão, e eu também apontava a arma quando você atirou.

— Quatro anos.

Alguém veio andando no deque de cima, parou em cima das nossas cabeças. Aproximei-me de Wad e, falando bem baixo, assegurei que eu mesmo cuidaria para que Aschuak continuasse a receber a dose costumeira de água.

— Nem vai reparar, você vai ver.

Wad endireitou-se. Botou uma das suas mãos no meu ombro.

— Você é gente boa, tradutor — disse o negro.

— Se em algum momento você precisar de alguma coisa...

Apertou o meu ombro e recobrou a sua posição no parapeito. Ficamos alguns minutos perscrutando a escuridão. A noite era úmida e espessa. A pele brilhava. Um enxame de mosquitos acabava de nos localizar sem, ainda, encontrar algum canto onde nos picar. No convés superior, os passos afastaram-se para o meio do navio.

Acabava de mostrar a minha boa vontade para com ele e quis aproveitar o seu momento de fraqueza. Wad só tinha Aschuak em *La*

Nave, mas estava acostumado a mentir demais com ela. Alguma vez na vida, até mesmo os grandes ermitões precisam de interlocutores aos quais explicar suas verdades, e eu, afinal de contas, não passava de um branco, de um estrangeiro que algum dia desapareceria levando consigo apenas um punhado de histórias africanas.

– É verdade que comeu um neném?

Wad respirou fundo. Soltou um vagaroso sopro pelo largo nariz banto. E, do seu jeito sucinto, falou de 1995, quando o grupo que comandava se perdeu nas montanhas Nuba. O pelotão de Wad era formado por doze homens. No oitavo dia, sobravam somente três. Uma emboscada, a fome, a sede e o desânimo haviam eliminado os demais. No nono dia, já sem munição, os três sobreviventes assaltaram um grupo de nubas que empilhava trouxas de galhos. Mataram quatro deles, dois fugiram. Segundo Wad, as vítimas estavam esqueléticas, abatidas, tinham os traços envelhecidos, embora ainda fossem jovens. Junto do corpo de uma mulher havia um neném mortalmente ferido. Também estava macilento, mas não tanto quanto os outros. Os homens estavam morrendo de fome. Ao procurarem um lugar resguardado onde pudessem acender uma fogueira sem riscos, encontraram a gruta onde Wad cortou a jugular do nenê, despedaçou o corpo para então assar suas partes.

– Poderia ter acabado com Osman – disse afinal. – Mas não quero voltar a matar. Mais uma vez, irão me chamar de covarde. Que seja. Todos já me chamam de covarde. Se você não mata, chamam-no de covarde. O seu chefe vive à procura do cabeçudo, não é verdade?

– É.

– Também chamam de covarde o cabeçudo. E o bicho é covarde mesmo. Quando assustado, sai correndo e deixa a ninhada sozinha. E isso eu considero uma covardia. O cabeçudo é covarde. Eu só quero não voltar a matar – disse o negro. Durante todo o seu relato, continuou de olhos fixos no pantanal. – Acha que vou conseguir?

Como ele, segui olhando em frente, mesmo sem conseguir distinguir muita coisa.

Logo depois, despedi-me, perguntando a mim mesmo se o vício de matar seria tão difícil de abandonar quanto qualquer outro. Entrei no banheiro do Nível Inferior ainda remoendo o tema da morte, que aquela noite não queria sair da minha cabeça. Na parede do sanitário, enfeitado por um grumo de moscas varejeiras e mosquitos bem alimentados, lia-se uma escrita a lápis:
"TUUMI É UM BOM CHEFE."
Então, vislumbrei a oportunidade definitiva.

Osman estava dormindo quando fui vê-lo no seu camarote, mas, ao ser informado do motivo, agradeceu por ter sido acordado.

– Na verdade não significa nada – comentei diante do grafito. – Não passa de mera afirmação. Mesmo assim, achei por bem avisá-lo.

– É importante – respondeu Osman solene. – Poderia estimular um motim.

Achei que "motim" era uma palavra um tanto fora de moda, lembrando algum filme antigo, talvez de piratas.

– Senhor Osman – disse ao molhar de saliva a manga da minha camisa para apagar o grafito –, acredito que seja aconselhável detectarmos a presença de elementos hostis – eu tentava manter-me à altura do diálogo –, embora não saibamos qual foi o intuito da inscrição – tecnicamente, "inscrição" era um vocábulo incorreto, mas o efeito da palavra pareceu-me bastante espetacular. – Se for procurar o responsável, irá certamente provocar uma reação. Nem sei se apagá-la seja a coisa certa.

Osman fitou-me como se eu fosse um lunático.

– Apague agora mesmo.

Esfreguei a manga na parede até desbotar a pichação.

– Concordo em não tornar ainda mais conhecido este atentado – disse Osman enquanto saíamos do banheiro. – Mas continue prestando atenção. Fico-lhe muito grato por ter-me avisado sem demora. O senhor é muito valioso.

Voltamos ao Nível Superior juntos. Osman, examinando as paredes. Eu, pensando que aquela era a noite das reprises. Ao passar diante de um homem que enfiava uma faca na própria coxa, Osman lembrou-me da oferta da mulher:

— Deixe que a minha esposa passe a sua roupa.

— Obrigado, mas a esta altura não creio que umas camisas amarrotadas façam lá muita diferença.

— Amarrotadas? — Osman olhou para mim. — O ferro de passar destrói os ovos que as moscas deixam na roupa. O que pensa que aquele homem está tirando da perna? Por que acha que há tantas mulheres passando roupa com este calor?

Na manhã seguinte, apareceram mais duas pichações. Uma delas, mais uma vez, no banheiro do Nível Inferior. A outra, no começo da escada que ligava os dois níveis. As duas haviam sido escritas a lápis e repetiam a mensagem:

"TUUMI É UM BOM CHEFE."

Ambos os grafitos haviam sido escritos por mim.

— Alá todo-poderoso! — exclamou Osman ao descobrir a escrita na escada.

— Precisamos saber quantos lápis há em *La Nave* – disse eu.

— Isso mesmo. Procure descobrir. — Osman tremia. Infundir terror é realmente uma barbada quando se conhecem as fraquezas do outro. — Vamos, vamos. Mexa-se.

Passei o resto do dia circulando pelo navio a fim de averiguar a existência de esferográficas, lápis, marcadores e lápis de cera que ainda funcionavam. Encontrei até dez canetas-tinteiro, uma delas monopolizada por três indígenas analfabetos que se limitavam a sujar de tinta a ponta de um dedo para lambuzar, um depois do outro e com regularidade cotidiana, as páginas de um caderninho de notas.

No total, achei cinquenta e dois objetos que podiam ser usados para a escrita, anotando o número de proprietários que compartilhavam cada um deles e sua localização no navio. A maioria continuava acatando a regra de associação tripla, embora houvesse grupos com até cinco pessoas. Vários passageiros mostraram-me seus diários, que comentamos juntos. Alguns tinham frases bastante bonitas. Cheguei até a encontrar ideias originais e lindas. Vi garatujas indecifráveis, impressões digitais, traços contínuos e descontínuos, caracteres árabes e dialetais. Alguns quiseram saber de palavras espanholas para escrevê-las. Eu disse "barco", "luna", "nieve", "toro", "pan con tomate" e "paella". Foi um dia divertido. Perguntei a todos se haviam ficado a par das frases na escada e no sanitário, e se as haviam lido antes de serem borradas. Aos que disseram que não, expliquei o que havia acontecido.

– Quer dizer, Osman não gosta que se escreva nas paredes, e toda vez que descobrir uma pichação mandará apagá-la na mesma hora – salientei no fim de cada conversa. – Estamos entendidos?

Antes do entardecer, já pude contar mais nove minúsculas pichações em diferentes pontos de *La Nave*. A mais chamativa havia sido escrita com um marcador fluorescente amarelo, embora a maior diferença em relação às outras consistisse apenas no tamanho muito mais encorpado das letras em comparação com os traços mirrados das esferográficas e dos lápis nas chapas de metal. De qualquer maneira, as mensagens eram todas perfeitamente legíveis.

Três grafitos pediam ajuda a Deus ou Alá para que nos tirassem do atoleiro. Um dizia: "HÁ UMA SERPENTE VOANDO PARA O SOL." O do marcador fluorescente: "PAZ E AMOR PARA AS FAMÍLIAS DO NORTE E DO SUL." Dois eram declarações de amor que me fizeram pensar nas intensas histórias que se desenvolviam paralelamente ao drama, assim como em Aschuak. Um era exclamativo: "QUERO COMER FRANGO!" E a nona frase voltava a dizer exatamente: "TUUMI É UM BOM CHEFE." Só que desta vez quem a tinha escrito não era eu.

O marcador fluorescente amarelo ficava por conta do homem da queda de braço e de dois costumeiros jogadores de gamão. O trio devia saber muito bem que seria facilmente identificado – só havia um marcador fluorescente amarelo –, mas os sujeitos devem ter pensado que a concórdia promulgada pela mensagem os livraria de represálias.

Os demais grafitos haviam sido escritos com lápis de cera (um), lápis (dois) e esferográfica (os outros cinco, entre os quais o de "TUUMI É UM BOM CHEFE"). Só havia quatro lápis de cera no navio e a pichação que poderia ser atribuída a este subgrupo era um pedido religioso, de forma que não preocupava. As esferográficas somavam vinte e cinco e implicavam oitenta e uma pessoas, sem contarmos com o fato de sempre existir a possibilidade de que alguém alheio ao núcleo de uso comum tivesse pedido a caneta emprestada e a tivesse usado às escondidas.

Osman examinou várias vezes as estatísticas no seu camarote, reunindo em três níveis de periculosidade os principais suspeitos de terem escrito "TUUMI É UM BOM CHEFE". Rasha passava a ferro uma das minhas camisas estendida na cama.

– Não se aflija, senhor Osman – disse eu. – A maioria dessas pessoas não sabe ler.

– Vão pedir que alguém leia para eles.

– De qualquer forma, ninguém escreveu coisas realmente ruins.

– Acha mesmo? E o cara que quer comer frango? Se deixarmos que todos comecem a pedir o que querem, vamos ter problemas. Se já pediram frango, daqui a pouco vão pedir água.

Uma vez que "QUERO COMER FRANGO" tinha sido escrito com esferográfica, era bastante difícil apontar para um grupo de suspeitos principais.

Tocaram à porta. Duas sentinelas informaram que os grafitos haviam sido apagados. Osman voltou a examinar as estatísticas. Disse:

– Poderia confiscar todas as esferográficas, os lápis...

– Não me parece uma boa ideia – intrometeu-se Rasha, enquanto continuava a passar roupa. – Escrever lhes dá esperança. Não pode tirar-lhes isso. E, para dizer a verdade, eu tampouco acho a coisa tão feia. Creio que está exagerando, amorzinho.

Eram quase três horas da tarde e grandes manchas de suor umedeciam a *galabiya* de Osman. *La Nave* balançava na calmaria. Os homens trabalhavam nas ilhas. Algumas mulheres ainda recolhiam o lixo no charco. De vez em quando os meus olhos se fechavam. Na noite anterior, eu passara tempo demais acordado, mais ou menos imaginando o que agora estava acontecendo.

— Mandarei vigiar o interior do navio — disse Osman. — Com um ou dois homens ficando de olho nos sanitários, nos corredores.

— E no caso de descobrirem alguém? — perguntei.

Osman deu de ombros.

— Cada coisa a seu tempo.

As reuniões vespertinas entre Norton e Chang começaram a tornar-se costumeiras. Camille cuidava do último curativo da coxa de Norton lá pelas sete e meia, e Chang chegava logo a seguir, ou até mesmo antes de a francesa terminar.

A visita de Chang era o ponto alto do dia para Norton. Os dois podiam manter a sua comunicação rudimentar por horas a fio. Ouviam música, riam bastante, revelaram-se mestres de mímica... e como também gostavam de conversar de forma corrente, Norton solicitava amiúde a minha presença.

— Procure justificar o que lhe pago — disse o inglês cada vez mais recluso no camarote. Começou rareando as suas idas ao convés e agora já nem tinha vontade de aparecer no restaurante. — Não é para passar férias que você está aqui.

Norton tinha deixado crescer uma meia barba que às vezes Camille aparava. Chang tinha uma penugem rala e uns poucos pelos, alguns bem compridos, espalhados pela sua pele de efebo. Naquela noite, Norton insistira em partilharmos a cocaína entre os três. Chang e eu estávamos na minha cama, encolhidos contra a parede e de cara para Norton, que continuava espichado, com sua perna mumificada esticada, e de gorro do Newcastle na cabeça. Chang estava usando os óculos escuros de Norton, os de grandes lentes espelhadas, que impediam medir em suas pupilas até que ponto estava chapado.

– Quer dizer que é o campeão do mundo submarino, não é, Chang? – disse Norton. Traduzi com perfeição a sua frase. Já estava sendo o mediador da conversa havia quase uma hora e sentia-me exuberante, num estado de graça interpretativo, num daqueles dias nos quais conseguia dar a cada frase o tom preciso e as palavras certas para transmitir o sentido em sua plenitude.

– Posso falar de todos os peixes que você quiser – respondeu Chang. – As costas da China têm excelentes amêijoas. E lagostas, e tartarugas. Já comeu tartaruga? Uma delícia.

– Esses aí – disse Norton, apontando para mim e, provavelmente, querendo dizer os espanhóis – também comem caracóis e, portanto, devem achar tartaruga um manjar dos deuses. É mais ou menos um caracol gigante, não é mesmo?

Chang começou a rir repetindo "caracol gigante, caracol gigante", contagiando-me com sua hilaridade. Norton juntou-se às risadas logo a seguir. Ficamos rolando de rir por um tempo indeterminado, com vontade, entremeando gritinhos que diziam "Tartaruga! Caracóis!", cada um no seu próprio idioma, *"Turtle!, Guoniu!"*, e eu em vários. Nem dá para explicar, mas naquela idiotice parecia-me ainda mais engraçado ser poliglota, saborear o som exótico daqueles nomes por si só sugestivos. De tanto rir, a minha barriga doía. As gargalhadas foram se abafando, até se extinguirem num silêncio violento, quase inesperado.

– Cante alguma coisa para nós, doutor Mark – disse então Norton. – Algumas daquelas canções que cantava com seus colegas no caraoquê.

– Costumava cantar muito no caraoquê? – perguntei.

– Toda semana. Passávamos as tardes cantando e dançando como possessos. O caraoquê é muito bom. As salas são acusticamente isoladas e você pode fazer o que bem quiser.

– E o que fazia?

— Vamos lá, chega de papo e comece a cantar de uma vez — disse Norton, que não estava entendendo patavina.

— Vou cantar uma música de autoria de um amigo meu. Ele é um cantor famoso. Presenteou-me com ela alguns dias antes de eu vir para cá, mas ainda não chegou a todos os cantos da China. Tenho certeza de que vai ser um grande sucesso. Intitula-se *Duas maravilhas*.

Quando terminei a tradução, Chang deu imperceptivelmente de ombros, tossiu histriônico. Umas pessoas passavam no corredor, conversando. Alguém golpeou a estrutura metálica com um instrumento qualquer, de ferro, e a onda sonora ficou pairando no ar, como um gongo.

Um murmúrio doce saído de Chang espalhou-se pelo camarote. Soava meloso e lento, como um arrulho materno. O prelúdio prolongou-se com seu ritmo pegadiço e fácil de lembrar. A melodia principal repetiu-se várias vezes, suave, criando a atmosfera certa para que, quando Chang articulou a primeira frase com voz afinada, eu estremecesse num espasmo de melancólico prazer.

Norton tinha nos lábios o sorriso bobo de um homem duplamente drogado.

A canção falava de amor.

Quando Chang terminou, Norton bateu palmas mantendo enviesado na boca o cigarro que acabava de acender.

— Você tem namorada? — perguntei a um Chang subitamente desanimado. Ele dissera conhecer um montão de garotas, mas nenhuma delas havia sido mencionada na condição de namorada.

— Não estão sentindo falta de uma boa boceta? — interveio Norton, alheio à nossa conversa. — Há quanto tempo não enfiam o pinto no seu ninho quente? Porra, de todas as coisas que estamos enfrentando, acho que essa é a pior.

Não traduzi as suas palavras.

— As mulheres são muito fáceis — disse Chang, perdido na reflexão anterior. — Fazem tudo aquilo que eu mando. Quem sabe seja por isso que não gosto de nenhuma.

– Mesmo assim, alguma vez deve ter ficado apaixonado – insisti, lembrando o relato de Han Tsu, que falara de uma adolescente "especial".

– No começo, todo o mundo fica apaixonado – disse Chang.

– *In the beginning all of the people fall in love* – traduzi para Norton.

– É verdade – respondeu ele. – Mas não demora nada para você só querer uma boa xoxota e esquece quase todo o resto.

Norton falava depressa, comendo algumas sílabas ao estilo dos bêbados. Da minha cama, não podia vê-lo, mas devia ter os olhos injetados de sangue. Chang relembrava Cherry, o seu primeiro amor. Falou de um só fôlego, esquecendo as pausas costumeiras, e deduzi que se dirigia somente a mim. Não fazia diferença, Norton estava tão chapado que já nem podia discernir o que estava acontecendo.

Chang deu detalhes do romance com Lin, confirmou que ela queria ser chamada de Cherry e que logo começou a chamá-lo de Mark. Quando o pai de Lin levou a bom termo a missão que o levara a Xiamen, toda a família regressou a Hong Kong. Nunca mais voltaram a ver-se (não levando em conta o curto período durante o qual ainda se comunicaram por webcam).

Chang era muito jovem e não só devia muito à família como também estava plenamente consciente disso, de forma que nem passou pela sua cabeça tentar ir atrás da garota. Mesmo assim, a separação afetou-o. Padeceu um tipo de angústia nova, um vazio até então desconhecido.

– A minha maneira de enfrentar a situação foi mergulhar cada vez mais – disse Chang. Mantinha ambas as mãos descansando sobre a genitália, de pernas esticadas e pés pendurados fora da cama. – As imersões vinham a calhar, pois dentro da água consigo recarregar-me.

– Quando ainda estava casado, ficava o tempo todo pensando no que estaria fazendo aquela puta da minha mulher – dizia agora Norton, entregue a um monólogo paralelo do qual só conseguia pegar frases soltas.

— Todo dia procurava guardar umas duas horas para incursões submarinas em busca de corais ou apenas para aproveitar a companhia dos peixes — continuou o chinês. — Gosto de vê-los lá embaixo... O senhor Bo ensinou-me uma porção de coisas.

Alguns mergulhos até levaram a achados notáveis: a roda do leme de um lendário navio pirata dos Mares da China, vários objetos de porcelana, relógios de bolso, garrafas de champanha e a hélice de um submarino da Segunda Guerra Mundial. Logo depois de formar-se, um companheiro da universidade propôs que trabalhassem juntos para uma companhia petrolífera de Xangai: o pai do sujeito os recomendaria.

Chang deteve-se por um instante, olhando para Norton, que continuava com seus resmungos em voz baixa, fumando maconha.

— ... juro que teria gostado bastante de voltar para casa de repente e encontrá-la nos braços do executivo da contabilidade da maldita firma onde trabalhava — dizia Norton. — Eu a matar-me para montar aquela puta de mansão, e ela que nem pode respeitar a minha ausência por uns poucos dias. Os executivos contábeis fazem mais o tipo dela. As mulheres maduras gostam do jeito deles. Eu que o diga. No começo, os artistas e os aventureiros arrasam, mas aí, depois de alguns anos, elas pedem que você se torne um chefe da contabilidade, e se você não faz isso, elas se mandam. As espertinhas safadas. Pois é, é com estes janotas que a faca e o queijo acabam ficando.

A Chang custou bastante despedir-se do que o pai chamava de paraíso, mas a reputação e as luzes de Xangai, as promessas da Cidade Grande, atraíram-no. O pai deu-lhe um bom dinheiro para não se preocupar pelo menos durante alguns meses, avisando que não se acanhasse se precisasse de mais.

— Nunca pedi nada. Nunca pedi nada a ninguém — disse Chang. Acenou com afirmativa lentidão até dar uma brusca virada do pescoço para Norton. — O que diabo está dizendo?

— ... e, como temos de confiar nos negros, estamos bem arranjados — dizia o inglês após sabe lá que raio de associações o tinham

levado até ali. Olhou para nós, talvez surpreso com o nosso silêncio.
– Vejam só no que transformaram este país. Não parecem saber muito bem como resolver os problemas. Vocês chineses não, vocês são outra coisa. Não é que sejam lá muito confiáveis, mas pelo menos, quando querem fazer algo, fazem, e isso é que importa.

Na tradução, omiti o "não é que sejam lá muito confiáveis".

– Os negros são visivelmente inferiores – disse Chang. – A história demonstra isso sem sombra de dúvida. As estatísticas.

– Gostei de ouvir, porra: alguém sincero finalmente! Gostei mesmo. Chega de pisar em ovos, está na hora de dar o nome aos bois. São inferiores, inferiores mesmo.

– Gostam de obedecer.

Essas afirmações do chinês deixaram-me pasmo.

– Você, por exemplo, gosta de mergulhar – prosseguiu Norton. Percebia-se que as suas ideias se interconectavam supervelozes, e assim mesmo as expressava, sem gaguejar. – Quantos nadadores negros há no mundo, hem? E estou falando de nadadores de verdade, caras bons mesmo. Quantos? Eles só sabem correr e pular, ninguém pode negar isso, essas porras de macacos. Correr e pular. Mas não tente tirá-los do seu meio, pois aí tem de tomar cuidado. Bem, alguns também querem ser executivos contábeis, e nada impede que consigam o seu objetivo safado, pois essa profissão de merda está ao alcance até de um negro. E, como executivos contábeis, podem arrumar uma branquela liberal e madura e levá-la para a sua toca para formar uma maravilhosa família mulata. Mas se seguirmos por esse caminho, acabamos todos na merda. Veja só no que nos metemos. Não dá para confiar nestes filhos da puta.

– Talvez nem tenham más intenções, acontece que não sabem o bastante. Precisam de ajuda externa – disse Chang, e ia continuar o raciocínio quanto bateram à porta, de forma que dei umas palmadas na camisa para desamarrotá-la, passei a mão no cabelo tentando alisá-lo e abri.

Um dos homens feridos no dia do ataque estava no corredor. Conseguira recobrar-se o suficiente para deixar a enfermaria, mas dava para ver que já tinha tido momentos mais felizes. Tinha o olhar pesaroso de um condenado inocente, olheiras fundas e escuras, e uma *galabiya* com somente duas manchas, mas muito evidentes no resto do tecido, tornando a sua sujeira mais ostensiva.

    Estava acompanhado por uma moça tão preta quanto ele, que eu mal conseguia olhar no rosto, obliterado pelas tetas salientes por baixo da *chamira* de lantejoulas. Parecia um vestido de domingo, combinando com as pestanas tão maquiadas quanto as unhas das mãos e dos pés.

    Gaguejando, o homem afastou-se uns três passos da porta e pediu que me aproximasse. A moça recuou junto com ele e pareceu sustentá-lo, desconfiada da sua estabilidade. Olhei para os dois lados do corredor, fechei a porta e cheguei perto deles.

    – Fiquei sabendo que o senhor tem um ótimo relacionamento com os embalsamadores – disse o negro. E, com o mesmo tom de urgência clandestina, acrescentou: – Como pode ver, estou me sentindo mal, muito fraco. Compreendo que se racione a comida, mas eu estou sem forças a ponto de ficar doente. Não sei se o senhor está me entendendo.

    – Bem... Os embalsamadores são pessoas muito... muito... São pessoas inflexíveis. Aos brancos eles dão um pouco mais, mas é quase a mesma coisa.

    – É mesmo?

O negro enfermo baixou os olhos para os seus grandes pés chagados nas sandálias.

    – Tenho algo para lhe oferecer – murmurou levantando os olhos, agora reluzentes, enquanto segurava a moça pelo braço. Os dois estavam quase em cima de mim. Via o meu reflexo em suas pupilas. Há quanto tempo não ia para a cama com uma mulher? O rosto dela denunciava alguma dureza geométrica, com as maçãs excessivamente salientes, mas por baixo do vestido se adivinhavam formas exuberantes e firmes, talvez já fosse maior de idade. Olhei para o seu peito sem qualquer pudor. Tive uma ereção na mesma hora.

Fazia calor.
Eu estava drogado.
Queria foder.
– E você? O que é que você me diz?
A mocinha apertou os lábios sem desviar os olhos. Estava me desafiando?
– É uma coisa nova para mim, algo inesperado – sussurrei dobrando-me um pouco para diante. Ela sorriu, ou pelo menos foi isso que eu desejei ver.
– De que comida precisa? – perguntei ao enfermo.

Depois de transar com Muunia, voltei ao camarote e, pela primeira vez depois de muitos anos, dormi dez horas seguidas aproveitando que Osman me havia isentado de qualquer serviço em *La Nave*. A seguir, como Norton ainda roncava, vesti-me sem fazer barulho. No fim do corredor, uma nova pichação a lápis dizia:
"BEM-VINDOS AO SUDD."
Na cantina, algumas pessoas tomavam chá numa atitude conspiratória. Os grafitos do Nível Inferior se haviam multiplicado. Abundavam nas superfícies de madeira, mas até mesmo as paredes mais escorregadias e enferrujadas pululavam de frases, em sua maioria escritas com lápis. Nem todas as mensagens eram meramente caligráficas. No sanitário haviam desenhado uma réplica elementar de *La Nave* em cuja borda se apinhavam cabecinhas encimadas por uns poucos cabelos ou turbantes.
Para entrar no salão onde se amontoavam os passageiros era preciso passar por um recinto de madeira e aí, bem no meio do vão, encontrei mais de cinquenta pichações. Muitas haviam certamente sido escritas pela mesma mão, umas em cima das outras, todas em letra miúda, às vezes quase em miniatura, mas tão juntinhas que davam a impressão de uma textura atrativamente entremeada, comparável aos fidalgos muros de atávicas dinastias edificados com milhares de tijolos.

Osman costumava levantar tarde, talvez ainda não soubesse de nada. Uma sentinela esfregava um trapo na pele sintética de um sofá. Já tinha borrado um bom número de mensagens, mas estava claro que não poderia apagar todas antes de o chefe aparecer.

– Conseguiram pegar alguns dos artistas? – perguntei.

– Artistas? – disse enquanto esfregava. – Não pegamos ninguém. É muito difícil. As letras são muito pequenas, dá para escrever bem rápido. Você apaga uma escrita e logo aparece outra.

Continuei circulando pelo vapor, inebriado pela maravilhosa luz da manhã que revelava uma porção de opiniões até então não expressadas em *La Nave*. Os grafitos eram gritos novos que surgiam por toda parte, apelos do Nível Inferior. Às vezes alarmantes: cheguei a ler duas ameaças contra inimigos indefinidos. Às vezes bem simpáticos ou filosóficos, como os que convidavam, por exemplo, a ter paciência. Neste clamor mudo havia alguma coisa enigmática, como o palpitar de uma força subterrânea que alerta quanto à sua próxima e destruidora aparição.

Entre seres cobertos por túnicas que no passado haviam sido brancas, no meio de corpos curtidos de barro e de sol, com os cabelos e as cutículas encardidos de poeira, cobertos de sangue e sujeira devido aos ferimentos recebidos na poda das ilhas, preso no meio do pantanal num navio que se expressava – que se expressava! – recorrendo a paredes e tábuas de madeira, senti-me onipotente, senhor do caos. Governador do Sudd.

Como se chega a ser governador? Eu já pensara, antes, em governar? Quem já não sonhou com isso, mesmo que fosse num dia distante, na infância? Governar! Mandar! Possuir um império só nosso. Predizer o que irá acontecer. Liderar outras pessoas. Governar acima dos mandachuvas oficiais, escondido num canto anônimo, simulando obedecer.

Até aquele momento, eu tinha traduzido centenas de conversas grosseiras com total fidelidade, pois não me cabia questioná-las. Simplesmente assistia do lado de fora ao espetáculo tão próximo da luta pelo poder. Desfrutava da edificante visão que permitia vislumbrar como milhões de súditos se amontoavam em volta de homens que eles mesmos haviam nomeado líderes, dispostos a acatar iniciativas fora do seu controle, das quais iriam depender suas vidas.

E fiquei pasmo ao dar-me conta de como estes líderes exerciam o controle. Admirei-os.

Eu sempre duvidara da minha capacidade de levar a cabo os pensamentos, da minha habilidade como homem de ação e, por isso, quando Camille me acusava de ser um mero vassalo, não podia indignar-me, pois afinal partilhava o seu veredicto.

A minha fuga para a África dependera em grande parte do descontrole, da impotência em ordenar e dar um sentido aos acontecimentos, e da dor de saber demais. Desde então, assistia com interesse às táticas planejadas pelos figurões e, apesar das inúmeras críticas, apreciava o que de mais admirável havia nelas.

Governar.

O grande esforço que isso exige.

A extrema atenção.

Esta nunca fora uma ambição explícita em mim, mas quando descobri um caminho para tentar a sorte e elevar-me aos vértices do comando, não o desperdicei. Afinal de contas, naquele navio estávamos arriscando a vida, e eu, pela primeira vez, tinha a possibilidade real de influir numa multidão à deriva. A certeza deste poder tem sido uma das impressões mais extremas da minha vida. Em poucas palavras: soube que podia chegar lá, que eu era capaz. Tudo aquilo de que tantas vezes tentara me convencer – você é tão bom quanto qualquer outro; não tem nada que invejar a ninguém; quem sabe mais idiomas que você? – acabava de tomar forma e realizar-se numa conjuntura exemplar.

Em *La Nave*, ninguém estava do meu lado. Mas todos dependiam de mim. Tinha dívidas morais, obrigações, pois ninguém consegue livrar-se delas. O meu domínio da situação, no entanto, era o mais absoluto possível. Como certa vez cheguei a almejar, apresentava-se

agora a oportunidade real de dar o grande passo, de soltar-me. E lá estava eu. Levando a cabo a minha perversa utopia, perdido no pantanal entre chantagens e mentiras e dinheiro e drogas e sexo e estrangeiros. Não era exatamente do jeito que eu sonhara, mas tampouco tinha motivos de queixa.
Governador do Sudd.
Expandia o meu império.
No nada. O mais curioso era isso. Fui rei no meio do mais assustador nada conhecido, onde nem mesmo a terra é firme. Sim, isso mesmo, mas eu dispunha do navio, que naquelas circunstâncias era o mesmo que dizer uma cidade. Uma cidade-navio ao meu dispor. Reinava cercado de náufragos desprovidos da minha imensa capacidade de palavra. Um monstro? Quem sabe, talvez eu fosse mesmo, naquela época. Outra possibilidade é que ninguém fosse tão bom quanto eu na arte de sobreviver.

O problema é que, afinal de contas, o meu plano era exatamente o mesmo dos demais: chegar à Cidade. E, pelo jeito com que as coisas iam, a única preocupação razoável de um governador ajuizado era conseguir que não nos matássemos uns aos outros.

– Que oferendas são essas? – exclamou Aschuak. Sentada diante do cavalete, segurava o pincel na mão. Fechei a porta com o pé e coloquei no chão dois jarros de água, três sacolinhas cheias de frutos secos, fatias de abacaxi em calda e sardinhas em escabeche. – Presumo que seja a sua maneira de desculpar-se por ter descuidado de mim – acrescentou retomando a pintura. O carrossel dava uma impressão de movimento até então ausente no quadro, acho que a matização das cores tinha algo a ver com aquilo.

– Há muito trabalho ali fora – respondi. – Não é fácil ficar fundeados, parece que as tarefas se multiplicam. Tudo fica muito mais sujo.

Aschuak tossiu penosamente, encobrindo a boca para não salpicar o carrossel. O acesso durou quase meio minuto.

— Como está passando? — perguntei ao reparar que não conseguia manter os ombros eretos. Um risco escuro de rímel marcava o canto dos seus olhos, achei que tinha chorado.

— Muito bem, apesar de estar enfadada. Wad passa muito tempo fora. Parece-me... sabe se está com algum problema?

— Posso perguntar.

— Não, esqueça. De qualquer forma não responderia. É um sujeito esquisito.

O sistema de som soltou um longo assobio que serviu de introdução à voz do ministro Osman:

— Por favor, senhores passageiros, pedimos que parem de pichar as paredes do navio. Muito obrigado.

Osman falou como havíamos combinado: uma recomendação sucinta e desapaixonada que não deixasse adivinhar quão desgostoso estava com aquilo que vinha acontecendo.

Aschuak deteve o pincel na altura da cauda do crocodilo.

— Disse que estão pintando as paredes do navio?

— Alguns sujeitos tiveram a ideia de fazer pichações. Na verdade há até frases engraçadas, mas Osman não gosta, diz que vão transformar tudo numa grande porcaria.

Aschuak virou-se novamente para a pintura.

— Se ainda se lembrarem de que estou aqui, virão buscar-me — disse achando graça. — Vão dizer que eu os estimulei.

— Isso aí é uma moto?

Aschuak retocava os contornos de uma nuvem que parecia uma motoca, com o tanque abaulado como a bunda de uma formiga.

— Isso mesmo. — Alguém discutia animadamente ao longe, era impossível discernir o sentido da gritaria. — Só andei de moto uma vez na vida, mas fiquei encantada. Foi no dia antes do embarque. Quis fazer algo diferente como despedida. Fui até a Ilha e aluguei a moto de um desses garotos que as usam como táxi. Já esteve na Ilha?

Depois de cinco anos na Capital, era difícil não ter visitado a Ilha no meio do rio. Podia vê-la desde o Palácio. Era uma terra plana, habitada por lavradores que cultivavam seus férteis campos. Um lugar tranquilo. Um verdadeiro oásis dentro da cidade.

— Pode parecer impossível, mas nunca estive lá — menti, pois preferia que ela falasse. Aschuak contou da sua viagem de moto por caminhos acidentados, faiscando entre enxames de moscas, o rio e a Cidade, para surgir de repente no fim de alguma passagem, e desaparecer em seguida atrás de uma esquina.

— O vento bate na sua cara. Você sente a velocidade — disse Aschuak pintando mais depressa como se o relato a incentivasse. Molhara o pincel com outra cor e agora dava golpes rápidos sobre o fundo, dando corda ao carrossel, que rodava, ela o fazia rodar. — Gosto de despedir-me com uma boa lembrança — disse. — Foi por isso que fiz. O último dia é importante. Se você tiver consciência de que é o último dia, vai lembrá-lo de uma forma muito diferente.

Deixou de pintar recostando-se no espaldar da cadeira.

— Senti este grande desejo de sair de moto depois de ver um filme em que o protagonista atravessa a Europa inteira numa Ducati para alcançar a amada.

— Gosta de detalhes: uma Ducati.

— Alguém espera por você, Miguel?

Fez a pergunta no mesmo tom do resto do seu comentário. Pronunciou o meu nome. Pela primeira vez na viagem: o meu nome. Como soube? Não faz diferença. O que importa é que ela descobriu. A conversa prosseguiu solta. Ofereci-lhe um dos dois copos de água que tinha enchido enquanto ela falava. Deu um curto gole e deixou o copo no chão.

— Não — respondi. — Ninguém espera por mim.

— Então é por isso que está aqui.

— Vim porque perdi a confiança em muita coisa.

— Sofreu uma decepção.

— Algo assim. Uma desilusão.

Aschuak molhou o pincel na paleta e dedicou-se a escurecer um canto do céu.

– As pessoas fazem coisas sem pensar nas consequências – disse eu, e, ao dar-me conta da frase, talvez dita de cor, de um só fôlego e quase sem querer, num só lampejo retrospectivo visualizei uma pilha de notas, Muunia de pernas abertas e a mim mesmo pintando um grafito. De copo na mão, sentado no chão, via Aschuak de perfil muito enviesado, a sua nuca nua que uns cabelos soltos, caídos do coque, tornavam selvagem.

– Por que perdeu a confiança? – perguntou.

– Descobri coisas desagradáveis. Talvez eu mesmo tenha procurado, não sei. O negócio é que botei na cabeça que queria saber das coisas e, quando soube, não consegui aguentar.

Ficamos por uns momentos sem falar. Lá fora a disputa se havia acalmado. Houve instantes de silêncio tão absoluto que podia ouvir o pincel roçando a tela.

– Se porventura você chegar a pensar que não há mais esperança – disse Aschuak parando mais uma vez de pintar e olhando para mim –, acha que poderia se matar?

O meu queixo estava apoiado nos joelhos, e continuei na mesma posição. Lá fora havia pessoas que se suicidavam.

– Acho que é mais fácil enforcar-se do que perder a esperança – respondi, provavelmente impressionado com o corpo do hotentote que não muito antes tinha visto pendurado a balançar. – Além do mais, para matar-se é preciso tomar decisões, e eu estou aqui justamente por falta de decisão.

– Vir à África é uma decisão e tanto.

– Não concordo. Viver aqui é uma forma de protelar tudo. Até as decisões.

– E, enquanto espera, continua se consumindo.

Aschuak tinha tornado mais lento o ritmo das pinceladas, como se na verdade já não prestasse atenção naquilo que fazia.

– Talvez se surpreenda com o que vou dizer... mas muitas mulheres da minha religião também cometem suicídio.

— Sempre há alguma coisa a que agarrar-se. É só saber encontrar — falei, só para dizer alguma coisa.

— É fácil dizer — Aschuak levantou ostensivamente a voz.

— É só uma questão de tempo.

— É preciso viver o desespero para saber que nem sempre o tempo é suficiente. Dizem que as feridas cicatrizam, mas isso não é lá um grande consolo. Quase todas as antigas feridas doem quando o tempo muda. E o tempo nunca deixa de mudar.

Pestanejou várias vezes depressa, e levou a mão livre ao rosto, que esfregou com força.

— Veja só, manchei-me de novo. — A pintora acariciou o borrão de tinta fresca na *chamira*. — Faço isso o tempo todo. — Passou a ponta dos dedos na perna do cavalete. — Perdoe se falo tanto em morte, mas acontece que o assunto me interessa. Ainda mais depois que uma amiga minha se suicidou.

Falou no suicídio que a forçou a enfrentar a morte "de verdade". Até então tinha procurado relativizar as catástrofes e as tragédias que iam estourando à sua volta. A música, a pintura, os livros, todo tipo de arte, em resumo, haviam-lhe permitido levantar um muro de contenção que, ao que tudo indicava, funcionava. Ninguém que ela amava "de verdade" tinha até então morrido. Até Asha se enforcar.

Em seguida, *apesar da precária saúde, e contrariando o conselho da velha babá que a acompanhava, Aschuak alistou-se numa equipe de emergências médicas e começou a trabalhar a qualquer hora com exemplar abnegação.*

— Aprendi a usar o bisturi e a matar moribundos de forma delicada — disse. — Sou especialista no assunto.

— Imagino que neste país isso deve ser normal.

Aschuak ignorou o meu comentário maldoso e acrescentou que às vezes lia contos que abordavam a morte de forma original, inovadora. Indicou um dos montículos de livros no chão.

— O primeiro livro dessa pilha é de um japonês ao que parece muito famoso. Não fico surpresa. Sabe falar muito bem de certas coisas, entre as quais o desejo de morrer. É um autor maravilhoso. Mexe comigo.

Invejei o japonês visceralmente.

— Para ser sincera, no entanto, gosto ainda mais de como ele fala do amor. Acredito que muitas dores seriam mais suportáveis se pudéssemos contar com pessoas que nos amassem de verdade... e o demonstrassem, você não acha?

Aschuak tossiu com ríspida secura. Levantei-me e, ao ficar à altura dos seus ombros, comecei a massagear suavemente as suas costas. Seguiu pintando, enquanto narrava o que poderia ter sido a sua grande história de amor. No hospital onde trabalhava, um médico sírio, Omar, propôs que ela o acompanhasse a Damasco. Aschuak achou que gostava de Omar. Também pensou em dúzias de contos, nos enredos das histórias de amor que mais a tinham deixado fascinada. Imaginou partituras comoventes, quadros que jamais esqueceria. Lembrou-se do pessoal, das amigas, inclusive da família residente nas profundezas do Sul, e com Omar chegou até a brincar acerca dos seus obscuros pensamentos, pois a menina delicada conseguira exorcizar a trapaça negra.

— Omar apareceu lá em casa para dar-me este colar — Aschuak disse apalpando as contas de cerâmica com a mão que segurava o pincel. — Depois de entregar, recebeu a minha recusa e foi embora.

Desde pequena, Aschuak adoecia de forma rotineira, podia-se dizer que entendia e controlava a enfermidade de tal forma que, moderando a sua entrega às tarefas, podia continuar levando normalmente a vida. Depois que Omar foi embora, no entanto, a febre subiu muito acima do que se podia esperar.

— As minhas forças, puf, sumiram de uma hora para a outra. Desisti até de ajudar no hospital.

A velha babá cuidou dela amorosamente, mas as condições da jovenzinha eram lastimáveis.

— Às vezes, encontrava a pobre mulher chorando sozinha.

Aschuak recobrou-se até estabilizar-se numa perene debilidade que não lhe permitia excessos, tornando totalmente inviável o seu trabalho no hospital. Viu-se reduzida a uma existência de estância termal, igualzinha à dos parasitos – esta era a sua autodefinição preferida –, enquanto o país se arruinava. O seu encanto e a sua inteligência, pelo menos, fizeram com que homens e mulheres a procurassem em busca de conversa.

– Imagino que a impotência acrescentou charme às minhas ironias – disse Aschuak, que num canto inferior da tela esboçava a forma de uma minguada árvore dobrada pelo vendaval. – Levar na brincadeira ameniza a raiva, você não acha?

Não encontrou outra solução a não ser a de fechar-se na segurança da sua ilhota – disse *gezira, xiao dao, îlot, island* – de iluminismo: lia, pintava, ouvia música, agarrando-se a qualquer forma de beleza porque nela encontrava consolo. As ideias sobre solidão que tanto a tinham fascinado nos livros surgiam agora nela mesma. A tristeza. A desolação. Decidiu abordar os sentimentos como temas de estudo, pesquisar o sofrimento com uma isenção científica capaz de mantê-lo mais ou menos afastado. Estudou as muitas formas de morte possíveis e, mais uma vez assustada diante da fragilidade humana, soube agradecer: apesar dos pesares, sentiu-se grata por estar viva, por desfrutar as leituras, as cores dos seus quadros, os ruídos do *haboob*. Na paz do seu tranquilo observatório, cercada de beleza e de artistas imortais, "encontrei um sentido para a existência: a arte de sobreviver".

– Muito bem dito. Seria impossível explicar melhor – disse eu acariciando seu pescoço.

– Estou morrendo – respondeu.

Desde que eu fugira da Europa, o amor se transformara mais num objeto de análise que em algo que tivesse realmente a ver comigo. Encontrar Aschuak foi um lance de sorte indefinida e turva. As conversas com ela tornavam-me melhor. É difícil explicar os motivos de um sentimento, mas foi o que aconteceu. A sua presença funcionava como um reagente contra a dissipação à qual me entregava sem qualquer recato nem complexo, mas sempre surpreso com a facilidade com que me eximia de julgar qualquer um dos meus atos desde que, no fim das contas, me proporcionasse alguma vantagem. A vantagem, o conforto são muito importantes.

Olhando de longe, alguém poderá dizer que eu estava me entregando a uma espiral atroz, cometendo lastimáveis abusos. Até eu desconfiava que era isso mesmo, mas ficava tranquilo ao reparar que a segurança e o relativo bem-estar dos homens e de *La Nave* se mantinham principalmente graças às minhas atípicas intervenções. Será que a gente sempre encontra um jeito de justificar qualquer coisa? Sei lá. Mas na verdade nem chegava a procurar justificações. Afinal de contas, eu continuava sendo um ser social. As decepções e o desgaste da solidão africana haviam moldado uma moral diferente, bastante desprovida de escrúpulos e esperanças. E, como arremate, me apaixonei.

O camarote de Aschuak mantinha-me à margem de um mundo exterior que se tornava cada vez mais peçonhento. Erguia-se como um refúgio no meio de um pântano cercado de ilhotas que, por sua vez, formava esta fantástica ilha que é o país mais incomum do mais isolado continente. E nem preciso de muito palavrório para dizer que ali me sentia resguardado e confortavelmente seguro, longe das ameaças que pairavam lá fora apesar da constante presença, nas palavras, no rosto e na voz cansada de Aschuak, da inevitável morte.

Por que ela? Tudo depende, como sempre, das circunstâncias. Nunca há outra opção. Era encantadora. Falava de sonhos e viagens que não realizaria, de outros homens, além de Omar, que ela amou, apesar de forma sempre incompleta, condicionada pela sua religião, suas aspirações e sua doença. "Há tantos obstáculos para amar com entrega absoluta", dizia Aschuak, capaz de iludir-se com futuros que não viveria.

Mesmo assim, procurei regenerar-me na enferma sabendo que deveria contentar-me com o tempo que duraria a viagem, e que aí tudo terminaria, talvez até antes. Fiquei feliz em sentir-me envolvido com ela. Não é fácil aceitar a ideia de perder o que mais queremos quando começamos a tê-lo, mas infelizmente é assim mesmo que as coisas acontecem. Sinais exteriores da nossa impotência.

Voltei ao corredor excitado com a recusa de Aschuak a fazer amor.
– Wad poderia chegar – disse ela. – E além do mais... não quero... contagiá-lo.
– Contagiar-me? Mas o que é que você tem, afinal? Já vim para cá muitas vezes e nunca senti coisa alguma. Veja Wad, então. Vamos – disse eu enfiando a mão sob as dobras da *chamira*, com Aschuak ainda sentada na cadeira. – Acho que você nem está doente – murmurei levantando-lhe a roupa até as coxas enquanto lambia o seu pescoço. Percebi o seu respiro acelerado na minha têmpora. Ofegou.
– Faz muitos anos que não fico com um homem – murmurou apertando as mãos no meu ombro. Do lado de fora, alguém derrubou alguma coisa. Ela levantou-se. – Não. Agora não.

Saí logo a seguir do camarote, aturdido de desejo, cambaleando, surpreso com a persistente dureza daquele mesmo membro que poucas horas antes tinha ressurgido poderosamente dentro das entranhas de Muunia. Na entrada do restaurante, dei de cara com Osman.
– Onde foi que se meteu? Já reparou em que porcaria estão transformando o navio?
– Ouvi a comunicação pelos alto-falantes. Falou a coisa certa, senhor Osman. O pessoal irá acalmar-se.
– Acalmar-se coisa nenhuma! – Osman agarrou-me pelo antebraço e começou a andar. – Dois homens do Nível Inferior brigaram por causa de uma pichação. A coisa está saindo de controle. Eu lhe disse. Eu disse que não podíamos fazer concessões. Apareceram mensagens em que uns criticam os outros, se ofendem.

Descemos as escadas. Osman na frente, numa postura quase acrobática a fim de não soltar o meu braço. Encontramos escritas onde até umas poucas horas antes não havia nada. Entre outras frases, li:

"ESTIVE AQUI."
"CHANG GOSTA DE PUTAS."
"G. AMA F."
"ALÁ NOS LIVRE DOS AHLAN."
"VAMOS ABRIR OS BAÚS", aludindo às arcas que continham as cartas e os presentes enviados pelos moradores das aldeias onde havíamos feito escala aos parentes na Cidade. O reservista sem braços e a sua turma insistiam que poderíamos encontrar coisas úteis, embora a maioria dos passageiros ainda não tolerasse a intromissão.

– A coisa mais escandalosa, no entanto, é esta – grunhiu o ministro.

Na plataforma de popa do Nível Inferior, muito perto do mastro onde jazia langorosa a bandeira nacional, Osman indicou com o dedo um grafito.

TUUMI 是一个好人

– Até os chineses estão nos faltando de respeito! O que dizem? O que está escrito aí?

– Tuumi é um bom homem – traduzi.

Osman ficou roxo. Resfolegou, soprando ruidosamente quatro vezes seguidas, com ritmo anormal.

– Quero falar imediatamente com Gao Jin – disse encaminhando-se mais uma vez para as escadas. – Procurei Han Tsu para que me traduzisse a frase, mas o miserável deve estar com o seu amo e não vou plantar-me sozinho diante dos dois para que me contem o que bem lhes dá na veneta.

Osman dissertava por conta própria, um passo à minha frente. Era o jeito dele de criar ânimo.

– E as sentinelas não viram ninguém. Ninguém! Esta joça está cheia de pichações e não viram ninguém! Será que só há imbecis neste navio?! Alá nos ajude!

O senhor Gao acabava de chegar ao seu costumeiro sofá no restaurante e estava socando uma almofada para amaciá-la. Han Tsu remexia no radiogravador. Osman deteve-se diante do empresário com as faces escarlates de fúria. Numa mesa afastada, Norton fumava sozinho, aproveitando a sua primeira saída em três dias. Não lembrava nem de longe o executivo que embarcara algumas semanas antes. De barba por fazer e cabelo meio desgrenhado, um tanto cabisbaixo, usava a camisa toda amarrotada por fora das calças e não tinha os binóculos pendurados no peito, pois quem os estava usando era eu. Cumprimentou-me. De algum lugar por baixo da cadeira, tirou um pedaço de pau em forma de muleta e aproximou-se do sofá, coxeando.

Enquanto o chefe chinês se sentava, Osman formulou uma queixa comedida que nada tinha a ver com a sua cara à beira da congestão. Eu fui traduzindo com a maior meticulosidade. Han Tsu tinha curvado o corpo para orientar da melhor maneira possível o ouvido bom, quase ficando de nuca virada para o senhor Gao, que, sem prestar atenção em Osman, disse:

– Quer fazer o favor de se endireitar, Han Tsu?

Além de receber a sugestão pelo ouvido deficiente, Han Tsu estava tão atento em Osman e em mim que não teve qualquer reação.

– Han Tsu!

O tradutor virou-se de chofre.

– Queira perdoar, senhor Gao – disse baixando a cabeça.

O senhor Gao estalou a língua revirando os olhos.

– A tradução do espanhol está certa? – perguntou.

– Perfeita – respondeu Han Tsu.

– Pois bem, então. Agora diga ao senhor Osman que compreendo os seus temores, inclusive porque as paredes tão sujas também me incomodam. Mas não entendo de quais responsabilidades nos acusa. Quem começou isso tudo não fomos nós. Seria aconselhável que senhor Osman não se equivocasse quanto aos culpados.

Han Tsu interpretou muito bem as palavras do senhor Gao.

— O que ele diz é verdade — respondeu Osman —, mas deve entender que lhe convém colaborar. Ninguém sabe o que dizem as pichações no seu idioma, e isso poderia causar-lhe problemas. Qualquer um poderia arriscar um palpite e até mesmo deturpar seu sentido. As frases em chinês acabam ficando nas mãos de outras pessoas. Osman deu-me uma olhada de soslaio.
— Do que estão falando? — ciciou Norton ao meu ouvido.
— Osman encontrou uma pichação em chinês e ficou irritado.
— Será que estão pensando que foi você?
— Eu?
— Sei lá, pelo jeito que olharam para você...
Han Tsu balançava a cabeça disfarçadamente, tentando encontrar o melhor ângulo de audição. O senhor Gao observava-o alternadamente, um tanto atônito.
— Então, quem foi o autor da pichação? — perguntou Osman.
— Se não sabe, agradeceria que averiguasse o mais rápido possível e que me informasse logo que descobrir.
— Estes homens trabalham para mim e, até agora, nenhum deles desobedeceu às minhas ordens. Não vejo por que deveria informá-lo acerca de um comportamento não censurável. Além do mais, a frase que tanto o incomoda fala bem do senhor Tuumi. O que há de errado em expressar sentimentos cordiais por alguém? — O senhor Gao coçou o queixo. Fez uma pausa, dava para ver que ainda tinha algo a dizer. Dirigiu-se violentamente para Han Tsu: — E você pare logo de mexer com essa cabeça! Está me deixando nervoso!
Han Tsu, que ainda não tinha acabado de traduzir as palavras anteriores, inclinou o ouvido bom para o senhor Gao logo que o ouviu gritar... e aí traduziu:
— O que há de errado em expressar sentimentos cordiais por alguém?
Osman respondeu com um movimento negativo da cabeça que se prolongou durante o segundo que Han Tsu levou para berrar:

— E você pare logo de mexer essa cabeça! Está me deixando nervoso!

O trabalho de tradutor tem dessas coisas. A saturação informativa pode forçar você a reproduzir mecanicamente frases, alheio àquilo que a sua própria língua articula.

Osman virou-se na mesma hora como se tivesse recebido um soco. Han Tsu ficou olhando para o ministro, inexpressivo, quem sabe reciclando a sua última intervenção, na qual devia ter detectado alguma coisa errada. O senhor Gao olhava para o seu tradutor com a fixidez impenetrável de um peixe.

— Ouvi direito? Foi isso mesmo que o senhor Gao disse? — perguntou Osman.

— Isso mesmo — respondi.

Voltando a ficar muito vermelho, estufando o pescoço, sem gritar, mas em voz bastante alta, Osman disse:

— Como se atreve?

Falou olhando para o senhor Gao, que continuava prestando atenção em Han Tsu. Este, por sua vez, vinha fitando para mim cada vez mais aflito, curvando o pescoço na minha direção em busca de ajuda, de forma que também levantei as sobrancelhas balançando os olhos várias vezes entre Han Tsu e o senhor Gao para o meu colega perceber que estava sendo requisitado pelo chefe.

— Como se atreve — repetiu entre os dentes o ministro Osman, apertando o queixo.

— O que está acontecendo? — disse o senhor Gao ao seu intérprete. — Posso saber por que não está se portando como uma pessoa normal? Ou prefere que recorra à tradução do espanhol?

— Senhor Gao... — articulei.

O chinês continuava repreendendo Han Tsu diante de um Osman que apertava os punhos até empalidecer os nós dos dedos.

— Peço desculpas pela interrupção — disse Han Tsu em árabe no fim da bronca. — O senhor Gao diz que lamenta ter cortado a conversa, mas precisava advertir-me do meu mau comportamento. Espero que me perdoem pelos meus atos estranhos e que me permitam continuar trabalhando para os senhores.

– Repita o que ele disse – ordenou-me o senhor Gao, passando por cima e humilhando Han Tsu.

Reparei que Norton se afastava do meu lado indo sentar numa cadeira atrás de mim. Traduzi para o chinês as palavras do tradutor.

– O senhor deve achar que pode fazer tudo que lhe der na veneta – Osman disse ao senhor Gao. – Mas ter dinheiro não basta para...

– Parece-me incrível que continue aqui, a perder tempo dizendo um montão de bobagens, em lugar de nos tirar deste lugar pestilento – cortou o senhor Gao. A menção da palavra invocou o cheiro do qual, durante a conversa, eu não havia sido consciente. "Pestilento". E milhões de moléculas fedorentas reapareceram como vendaval para envenenar ainda mais a atmosfera. – Ponha isso na cabeça, se o senhor tem problemas com Tuumi, não é problema meu. E quanto às pichações, não se esqueça de onde estamos. As pessoas precisam de diversão. Não exagere com os receios se não quiser transformar isso num inferno ainda pior.

– A-a-acabarão escrevendo contra o senhor também – gaguejou Osman. Era a primeira vez que a sua voz falhava desde que o conhecia. – Seus próprios homens farão isso e... e... e aí procurará a minha ajuda.

– Os meus homens? Contra mim? – disse o senhor Gao arqueando o polegar na direção de Han Tsu. – Acho que não tem uma ideia muito clara do caráter chinês. Como os ocidentais costumam dizer, nós chineses somos uma coisa à parte, acredite em mim. Procure apenas vigiar os seus. Tenha um bom dia.

Osman titubeou diante do sofá. Ficou imóvel por mais uns segundos antes de passar ao lado de Norton, que, agarrando com ambas as mãos o canto da mesa, lutava para manter-se de pé. O inglês tinha o rosto cinzento, o olhar catatônico e, quando me ofereci para levá-lo ao camarote, só conseguiu responder com um profundo suspiro, concentrado em não desmaiar, em continuar respirando.

O senhor Gao disse alguma coisa a Han Tsu e o tradutor ajudou-me a levantar Norton. Coloquei o braço direito dele sobre o meu ombro, Han Tsu encarregou-se do esquerdo. O homem não tinha força para andar e só ficou arrastando os pés enquanto o levávamos embora.

– Parece que ainda falta alguma coisa antes de eu me recobrar por completo – sussurrou o inglês ao passarmos pelo corredor.

– Preciso encontrar um remédio contra a surdez – ofegou o chinês. – Acho que houve uma grande confusão.

Depois de deitarmos Norton na cama, pedi que Han Tsu avisasse Camille. Já fazia alguns dias que se mostrava um tanto perturbada, mas sem criar maiores problemas, muito ao contrário, aliás. Colaborava na medida do possível e acompanhava a recuperação da coxa de Norton, mas, enquanto se dedicava a um detalhado estudo da concentração alcalina média do rio, fornecendo uma infinidade de dados insuportavelmente exatos, não podia ao mesmo tempo deixar de resmungar e encher o saco com suas costumeiras e violentas diatribes adoidadas. De qualquer maneira, precisava dela.

A bióloga tirou a temperatura e, depois de um sumário exame, disse que fora apenas uma mera queda de pressão.

– Você ficou muito tempo andando por aí, tempo demais. – A partir da convalescência, os dois se tratavam com familiaridade em inglês. – Precisa descansar, dormir um pouco. Amanhã poderá se levantar e dar mais um passeio.

Pendurei o binóculo na cabeceira da sua cama.

– Muito obrigado, já aproveitei bastante – expliquei.

Norton murmurou alguma coisa inaudível, talvez já estivesse dormindo quando eu falei.

Camille trocou a atadura na coxa e cuidou do ferimento com mãos trêmulas, entregue a um estresse e a um nervosismo exasperante. O seu costumeiro mau humor misturava-se com algo mais pavoroso. Eu receava perguntar-lhe como se sentia, a francesa não gostava que alguém se intrometesse na sua intimidade, mas desta vez ela mesma começou a falar. Mais uma vez sentados na minha cama, olhando Norton que dormia, Camille ciciou que os passageiros estavam conspirando contra ela.

— Quando passo, à minha volta cria-se o vazio, afastam-se de mim! Mulher maldita! Mulher maldita! — disse enrolando um cigarro de folhas com a mão boa. Suas olheiras se haviam tornado mais inchadas e escuras nos últimos tempos. — Hoje vi uns homens escrevendo grafitos e, ao me aproximar para ver o que diziam, começaram a gritar. Estavam assustados, não queriam que tocasse em suas esferográficas. Gritavam para mim!

Riu como se estivesse tossindo, bem baixinho. Ao levar o cigarro à boca, a prótese bateu três vezes nos lábios antes de ela conseguir segurá-lo. A primeira tragada soou esponjosa.

— Não é uma novidade, para mim, não ser aceita... Mas... O que acha? Quem poderia imaginar... Uma lésbica sessentona cuidando de uma criança e de um homem, além do mais um inglês. Passo a vida inteira buscando a independência e acabo cuidando de uma criança e de um inglês.

Camille contou-me uma história que, mais ou menos, eu já conhecia. Falou de madame Simone e do seu cão dálmata na porta da igreja; da sua família, os Bonnemaison; da sua atração por Amande; e descreveu a época em que infligiu a si mesma o celibato disposta a tornar-se "normal".

— Durou sete meses. E aí chegaram os hippies — disse coçando a perna. — O sexo livre, a música, as flores e as cores, tudo junto, de uma só vez... Eu não me dera conta de nada, perdida entre as minhas provetas. Tive de reinventar-me de uma hora para outra. Pois é. Aquele 68 ajudou-me a assumir-me como normal.

Foi um ano em que tudo parecia possível, um tempo de suavidade.

— E, logo depois, o acidente.

Camille levantou o braço amputado. Nos dois anos seguintes, trocou a prótese quatro vezes. O seu caráter endureceu ainda mais.

Usava o sarcasmo por reflexo condicionado. Atacava para se defender. Perdeu vários amigos e a sua última amante.
– Era de se esperar. Eu era um poço de rancor e desprezo. Puta merda! – Fumava apertando cada vez mais os lábios. Brincou virando-se para Norton. – Queira desculpar, amigo. – Coçou o ombro. – Esta coceira me mata. Sinto-me suja. Suja... Parece incrível como uma simples mutilação pode transformar tanto a gente. Os animais assimilam melhor as desgraças. Eu era uma daquelas pessoas que diziam que não era nada, as coisas são assim mesmo, não precisamos ser apocalípticos, mas porra... porra. E agora estes idiotas... Cochicham bem na minha cara. Chegaram a usar pedaços de pau para eu não chegar perto. *Mon Dieu*.
– Mas você não é ateia? – murmurei.
– *Mon Dieu, mon Dieu, mon Dieu, mon Dieu* – repetiu Camille enquanto mordia a guimba que acabava de apagar-se em seus lábios.

Certa vez alguém disse que as ameaças menos reais vêm de fora: o verdadeiro perigo está dentro de casa. É uma frase sugestiva, mas na verdade fala-se tanta coisa... Pois, apesar de o ambiente tornar-se cada vez mais estranho no interior de *La Nave* devido aos inevitáveis incautos e aos indesejáveis de plantão, e apesar de, ao longo do cativeiro, todos nós, sem exceção, nos sentirmos acossados por especulações demolidoras e pesadelos noturnos, mesmo assim aquilo tudo era consequência de uma conjuntura estritamente externa: *La Nave* estava atolada no meio de um hediondo lamaçal.

Outra imaculada evidência era que o tempo estava se esgotando. E quando essas duas realidades adquiriram um volume bastante impertinente para não poderem mais ser ignoradas, os líderes esqueceram as desavenças para decidir em conclave que desta vez realmente chegara a hora de agir de maneira drástica.

A opção de bombardear o mato continuava sendo demasiado arriscada: dependendo para onde se alastraria o incêndio, poderíamos morrer torrados, de forma que se decidiu separar grandes pedaços de ilha usando *La Nave* como tração motora. A manobra, já muito usada no passado, consistia em fincar estacas nos torrões da uma ilha e atá-la com cordas por sua vez presas ao vapor, que devia puxar na direção contrária ao conjunto até seccionar um pedaço. Para a coisa dar certo, vários homens deveriam ficar na margem da ilha e fixar as cordas, o que tornava a operação extremamente arriscada. Na opinião dos navegantes e de numerosos exploradores, não valia a pena levá-la a cabo se a folhagem da maranha fosse particularmente abundante – como no nosso caso – ou se o pântano fosse fundo demais – condição também presente – ou se a correnteza fosse demasiado fraca – no nosso caso, nem havia correnteza. Diante disso, os trabalhadores poderiam a qualquer momento ver-se diante de um chão aparentemente firme que se despedaçava sob os seus pés, sucumbindo enterrados. Alguns, é claro, poderiam ter mais sorte, não perderiam o equilíbrio e a galhada os aguentaria depois do primeiro tremor. Eles também, no entanto, em certa altura precisariam certamente de um solo onde fincar o pé, um solo que não encontrariam, tendo então que agarrar-se a troncos e ramos mais ou menos sólidos para resistir às violentas sacudidas das porções de mata flutuante.

Devido a isso tudo, no começo a manobra fora desestimulada pelos peritos. Mas como agora a urgência se impunha e faltavam alternativas, Osman descreveu a missão minimizando os riscos e pediu voluntários, conseguindo um bom número deles.

A atividade diária começou quase na mesma hora. Nem Wad nem Norton – que obedecendo a Camille circulava pelo convés apesar do seu lastimável aspecto – nem os chineses nem Osman iam participar das equipes. E, obviamente, eu tampouco.

Quando os homens já seguravam facões e picaretas, encontrei Camille falando sozinha na ponte de comando. Tinha alisado os cabelos com cuidado, embora eles se mostrassem amassados pelo gel e a poeira acumulada, uma poeira muito perceptível, naquela manhã, pois o vento começava a soprar com uma força ainda insuficiente para nos criar ilusões, mas, mesmo assim, muito mais concreto que nos dias anteriores.

A bióloga resmungava algo acerca do rinoceronte-branco, entremeando pareceres técnicos e comentários a respeito da água e da sujeira. Dizia que se sentia asquerosa como uma porca safada – foi isso mesmo que disse, repetiu a palavra "porca, porca, porca" –, enquanto agitava a prótese junto do perfil da sua cara que, no momento, eu ainda não podia enxergar.

– Tudo bem?

Camille deu um pulo assustada, e pude então ver o corte no seu rosto, superficial, mas bastante comprido, desde o meio da orelha até a comissura dos lábios. O fio da prótese estava manchado de sangue, que parecia outra coisa, pois no metal o vermelho brilha como safira. Camille não gritou, não respondeu, não se mexeu. Do outro lado, as equipes carregavam os botes para baixá-los.

Uma hora depois, os homens de dois barquinhos já tinham fincado várias estacas nas ilhas e o terceiro bote acabava de amarrar-se à maranha quando, em *La Nave*, alguém deu a voz de homem ao mar. Quando acudimos, vimos Camille chapinhando na laguna onde naquela manhã ninguém tinha descido para a costumeira limpeza. Era óbvio que não sabia nadar. Mandei alguém mergulhar para salvá-la e corri aos alto-falantes para que o bote recém-amarrado voltasse sem demora. Wad pulou da popa. Dois homens desataram o cabo e remaram com força até onde Camille e o negro se debatiam numa espécie de luta enquanto ela gritava em francês:

– Deixe que me lave, seu puto! Só estou querendo tomar um banho! Ah! Era disso mesmo que eu precisava!

Ria de forma fresca e infantil.

– Está louca – comentaram alguns.

– A bruxa.

– Só mesmo o traidor...

– Ela é um perigo para o navio.

– Os dois são perigosos. Deixem que se afoguem.

Enquanto o barquinho os resgatava, lançamos cordas para puxá-los. Um dos remadores começou a prendê-las nos engates.
— Senhor! Senhor! – gritou Leila enquanto recuava pelo convés, de braço levantado apontando para o céu sulcado por um pássaro solitário. Leila olhava alternadamente para o céu e para Norton, que não estava muito longe de mim. – Senhor!
Atraídos pelos trejeitos da mocinha, esquecemos Wad e Camille. Por algum tipo de reflexo condicionado, Norton levantou as mãos ao peito.
— Cadê ele? – gritou de mãos vazias, olhando ora para o céu, ora para o convés e ora para mim. – Onde está a porra do binóculo?
Deu largas passadas apoiado na muleta, usando as mãos como viseira para distinguir da melhor forma possível o cabeçudo.
— Deixei-o em cima da sua cama – respondi.
— Abou Markub! – exclamaram vários homens ao mesmo tempo.
A ave com o bico que parecia uma grande babucha, a cegonha com cabeça de baleia, adejou duas vezes e deixou-se levar pelo vento cada vez mais sensível. Sua majestosa e peregrina figura planava em perfeita harmonia com o gigantesco pântano.
— É muito difícil de ver.
— Eu jamais vi antes.
— Dizem que pode até matar um crocodilo.
Voava perpendicularmente ao navio, a uns vinte metros da proa. Era um bichão robusto, como convém a um predador. Norton correu para a carranca, percebendo que já era tarde demais para o binóculo. Enquanto corria, o cabeçudo começou a descer lentamente, quem sabe em busca de um ninho de cobras ou lagartos. Por cima do chiado da roldana que içava Wad e Camille, e do assovio do vento que já agitava sutilmente as cabeleiras e as túnicas, elevou-se o fragor das centenas, dos milhares de aves que emergiam das minifiorestas selvagens que nos cercavam, tudo acontecendo ao mesmo tempo, porque é assim mesmo, há momentos em que o nada se transforma em alguma coisa, sem uma explicação muito clara.

Passaram-se instantes de assombro.

Os animais encobriram o sol.

Ouviu-se uma espécie de grande estalo lamacento, não sei como defini-lo melhor, um rangido de além túmulo sem comparação no mundo conhecido, um estridor oco proveniente de sabe lá que abismo arcano, esse tipo de estremecimento próprio dos pesadelos, do mundo irreal. E a ilha onde as turmas ainda fincavam estacas rachou.

– Para o navio! Para o navio! Vamos lá, rápido! Subam logo no navio! – gritávamos do convés enquanto um desconcertado Norton assistia à dissolução do cabeçudo cada vez mais longínquo e irreconhecível entre as nuvens de pássaros.

– David – disse. – David. – Beijando como um possesso a policroma fita no pulso.

Da amurada divisava-se o avanço da fenda originada no nordeste da ilha, deixando claro que não havíamos sido os únicos responsáveis pela fratura. A rachadura avançava ziguezagueando enviesada, engolindo enormes torrões do matagal. Continuando daquele jeito, não demoraria mais de um minuto e meio para partir a ilhota em dois.

Os homens que permaneciam na ilha correram para os botes sem dar-se conta do que exatamente estava acontecendo e, felizmente, sem tempo para se assustar vendo o vazio que se criava onde a mata se abria, com os redemoinhos das correntes subterrâneas que sugavam o material desprendido.

Se no seu avanço o rasgão viesse a morrer no triângulo desenhado pelas nossas escavações, coisa bastante provável uma vez que os canais haviam sido cavados justamente com esta finalidade, os homens teriam então de remar a vários metros dali para evitar os vórtices que sem dúvida alguma os afogariam.

Finalmente, quando ainda faltavam uns sessenta metros, a fenda diminuiu radicalmente a sua velocidade.

Alguns metros adiante, parou.

Os pássaros continuavam a sua debandada obscurecendo o meio-dia. Enquanto presenciávamos a corrida simultânea entre o ziguezaguear da brecha e os homens que tentavam fugir, mesclava-se em nós a esperança de podermos sair de lá e a angústia de ver uma dúzia de colegas, amigos e familiares perecerem bem diante dos nossos olhos. Lembro-me de uma mulher cujo marido integrava uma das turmas. Quando a ação se desencadeou, não parou um só momento de suplicar que deixasse a ilha, que corresse, que, por favor, procurasse salvar-se, e suplicava com os olhos cheios de lágrimas. Era a coisa certa a fazer, o que se esperava dela. Mas aquela mesma mulher, ao perceber que a brecha se detinha, de repente ficou muda. Já não olhava para os homens que fugiam, ensimesmada diante da nova quietude da ilha. E aí voltou a gritar:
– Não!
Como muitos outros entre nós com maior ou menor discrição.
– Não!
E, quase num sussurro, a mulher acrescentou:
– Vamos lá!
E não estava falando com o marido.
– Vamos lá! – falou então mais alto.
E o seu era mais um grito entre os muitos expelidos pelos náufragos.
– Continue! Vamos! Vamos lá! Não pare! – alguns rogavam a Alá, ou a Deus, ou mesmo a ninguém em particular, mas nós todos pedíamos que a fenda continuasse a avançar.
– Alá todo-poderoso!
– Alargue-se, cadela de merda!
– Pai nosso que estás no céu...
– Anda, anda, anda!
– *Alá yahrebetak!*
– Por favor, por favor...
Não sei o que estavam pensando os outros, mas acredito que se a brecha tivesse de tragar os membros das equipes em seu avanço, nin-

guém se importaria. Todos desejavam apenas que a maldita fenda continuasse a se alargar.

E foi o que aconteceu.

Na realidade, a pausa havia sido muito breve. O bastante para iluminar dúzias de mundos interiores. Imaginei uma viagem às entranhas do instinto, ao âmago mais autêntico de cada um. Uma viagem durante a qual muitos homens e mulheres de *La Nave* vislumbraram talvez pela primeira vez o que seriam capazes de deixar para trás desde que pudessem continuar a viver.

A interrupção foi providencial. As turmas nos botes ganharam segundos preciosos para pôr água entre eles e a hecatombe que aconteceu atrás dos barquinhos apenas alguns segundos depois, quando a separação final das ilhotas se consumou nos canais do triângulo.

O lamaçal estremeceu compulsivamente, como se um cetáceo descomunal desferisse terríveis golpes de rabo para se defender. Como a erupção de um vulcão submarino. Formou-se uma breve marejada que logo se acalmou até quase parar. Em seguida, as correntes que vinham do pântano alteraram a até então quase absoluta imobilidade.

O vento soprava com uma força nem um pouco espetacular, mas inédita quando comparada com a estafante estagnação dos últimos dias. Sabe lá qual foi o seu papel na nossa libertação. Entre as revoadas assustadas dos pássaros, já se distinguiam grandes porções de céu, de forma que a luz voltava. No passadiço, um Wad gotejante mascava *esnaf* à esquerda de Leila, que, com os pés balançando no antigo trono do pai, segurava a roda do leme com ambas as mãos. À direita da jovem, olhando fixamente em frente, estava Camille.

A menos de vinte metros de nós, a nova língua de água penetrava na maranha vegetal. Em *La Nave,* um grupo de homens içava os botes enquanto vários dos seus companheiros e numerosas mulheres livravam o convés de utensílios e materiais a esta altura desnecessários, jogando a maioria deles na água. As turbinas bramiam na sala das máquinas, imprimindo ao vapor a familiar vibração tão desejada.

Durante o mui apressado recolhimento de *La Mínima*, houve um descompasso entre o jogo de roldanas do guindaste, e um dos embalsamadores perdeu três dentes no impacto da boca contra a carena. Mas isso não chegou a esmorecer a geral animação. E todos dependiam de Leila.

– *Allons!* – disse a mocinha de olhos fixos na brecha. Camille, encharcada, sorriu rudemente. *La Nave* estremeceu, deu uma espécie de pulo e começou a virar buscando com a proa o local exato da abertura na qual encaixar-se. Leila não demorou a meter-se no microdelta. Sem receber ordens nem sugestões, a jovenzinha aumentou a potência até alcançar a velocidade de vários nós, com o vapor avançando então contra a falha. A vegetação lateral cedeu ao ímpeto da proa. Os galhos estalavam, quebravam-se em pedaços, eram lançados para todos os lados e voavam assumindo trajetórias parabólicas, quase criando a estética de lanças. Uma vez rachada, a maranha revelou-se muito mais frágil do que se podia imaginar. O canal alargava-se facilmente enquanto *La Nave* rasgava o obstáculo emulando os quebra-gelos antárticos.

O pessoal, muito tenso, amontoava-se junto da amurada, olhando para frente, calculando quanto faltava. As outras ilhas deviam estar pressionando para restaurar a ordem tectônica, de forma que existia a possibilidade de ficarmos emparedados no meio daquela floresta flutuante. Havia horas em que a mesma voz soltava ordens ou avisos, não dava para entender, gritos para mim ininteligíveis, pois só estava prestando atenção no esmagador avanço do navio, como se, com a minha fé, eu pudesse tirar qualquer abrolho do caminho.

Do convés, a não ser que você procurasse galgar algum lugar extremo de *La Nave*, a cena parecia totalmente irreal: não dava para ver água em lugar nenhum. Nem terra. O avanço tinha alguma coisa de onírico como se um colossal artefato sem rodas levitasse sobre aquela colcha alheia a qualquer máquina. Aos olhos de um cabeçudo, podíamos parecer um mero brinquedo.

Desembocar no pantanal foi como voltar ao mar.

De que adiantam os foguetes?

Os berros, os uivos das mulheres sobrepunham-se às aclamações. Passageiros de vigia e tripulantes se abraçavam. Eu mesmo fiz isso com o pessoal à minha volta, respirando seus poderosos odores, que incrementaram ainda mais a excitação até levar-me a alguma coisa que não saberia explicar, mas que sem dúvida alguma tinha a ver com felicidade.

Os militares tentavam enquadrar as pessoas, distribuindo tarefas. Agiam com a maior seriedade, de indicadores taxativamente levantados. A sirene do navio tocou. Acreditávamos na salvação. O vento ganhou um ímpeto quase intempestivo, trazendo consigo material do deserto que irrompia em *La Nave* na forma de ciscos e moléculas voadoras que golpeavam nossos rostos endurecidos, tão coriáceos que podíamos sentir cada ruga da cara. Imaginei que devíamos parecer muito mais velhos que três semanas antes.

Tudo envelhece muito mais depressa, submetido ao desgaste deste ambiente extremo com que o homem se defronta praticamente nu e desarmado.

O Sudd.

A minha garganta doía quando engolia.

Era impossível não pensar num calvário.

Norton soltou uma rajada de palavrões enquanto levava uma mão ao nariz.

– Está sangrando! – disse quase rindo. – Voltou a sangrar de novo!

Estávamos mais uma vez no miolo do pantanal e, alheios à movimentação do local aonde acabávamos de chegar, por algum tempo isso foi motivo de euforia. À nossa volta, um grande número de pequenas ilhotas circulares se moviam com surpreendente velocidade. O vento animava suas trajetórias e quase todas elas flutuavam na mesma direção, contrária à nossa.

Uma formidável ilha onde crescera um verdadeiro bosque passou a uns quarenta metros de *La Nave*. Logo a seguir, a imponente formação vegetal investiu contra uma formação menor integrando-a em sua estrutura. Estávamos mais uma vez assistindo a um cenário de galáxia, com seus planetas e meteoritos cruzando-se pela eternidade, até aniquilar-se. Quase idêntico ao dos polos gelados, onde gigantescos blocos erram pelos mares arrasando tudo que encontram, até integrar-se no banco de gelo e acabar derretendo. Um espetáculo fascinante e perigoso marcado por um vento abrasador.

Leila pilotava com extrema atenção, segurando o leme com ambas as mãos e movendo-o com constante assiduidade. Cada momento exigia soluções tão diferentes quanto, amiúde, inesperadas.

– Que Deus abençoe os videogames – disse Norton.

Navegávamos contra a ventania, remontando a correnteza. Isso nos obrigava a gastar combustível demais, e eu lembrei que algumas tribos o fabricavam a partir de seus próprios excrementos. Quando lamentei não termos processado os dejetos que tirávamos diariamente da lagoa, dei-me conta do absurdo a que tínhamos chegado.

Leila continuou a evitar obstáculos, mergulhada numa tensão que só se amenizou quando chegamos a uma zona de movimentação mais calma, onde, além do mais, o vento amainou. Muitos passageiros esticavam o pescoço fechando os olhos para receber o sopro quente. Abriam as mãos para que o ar golpeasse suas palmas. A visão daqueles esfarrapados sorrindo no sol tinha um toque de beleza e comoção.

Navegamos razoavelmente depressa pelo resto da tarde, aproveitando no parapeito a sensação de movimento enquanto procurávamos indícios da costa. A posição do sol confirmava a direção para o sul. Ao entardecer o ventou limitou-se a sopros leves e descontínuos, quase anunciando a sua extinção. Leila estava esgotada e Osman concordou que fosse descansar. Sem recorrer a palavras, haviam decidido colaborar esquecendo as diferenças.

Quando lançamos a âncora, dúzias de passageiros e tripulantes baixaram os botes e, ao deixá-los boiar do lado mais protegido da correnteza, pelo menos setenta pessoas caíram na água se revezando, algumas até jogando-se do convés de *La Nave* para aproveitar o prazer de um bom mergulho. O pessoal gritava, brincava jogando borrifos e dando caldos uns nos outros. A poucos metros dos banhistas cruzou um torrão infestado de escorpiões de ferrão amarelo.

A luz foi esmorecendo.

Naquela noite nos preparamos a aguardar a alvorada, rezando para que o charco não estivesse de tocaia com mais alguma surpresa. Reforçaram-se os costumeiros turnos de vigia, de forma que voltamos ao sistema de alerta usado logo depois do ataque, só que agora não acreditávamos que as sentinelas deveriam nos defender da ameaça de guerrilheiros externos e tampouco contra eventuais perigos internos, pois a esta altura tudo isso era quase obtuso diante da inapreensível envergadura do nosso verdadeiro rival.

Estava amanhecendo quando Leila voltou ao passadiço e mandou ligar os motores. Camille, que havia acordado mais calma e descansada, ofereceu-lhe um bolinho e um chá bem quente. Em seguida, acendeu logo um cigarro e botou-o entre os lábios da mocinha. No dorso da mão de Camille havia surgido uma brotoeja de vistosas pintas vermelhas que nada tinham a ver com picadas, uma espécie de bolhas molengas que medravam no seu braço até onde conseguia arregaçar a manga. Uma parte do seu pescoço, que ela não parava de coçar, também estava toda empolada. A francesa começava a pagar pelo seu banho no charco infecto.

As duas mulheres – pois, afinal de contas, Leila também merecia ser considerada uma mulher a esta altura – esquadrinhavam a água, trocando vez por outra umas poucas palavras. Três horas depois o selvagem território a estibordo perdeu sua retidão traçando uma curva muito fechada que se estendia por vários quilômetros para o oeste. Logo houve vozes alertando acerca da novidade que nos colocava na rota certa.

– Mais rápido, menina, mais rápido! – berrou Osman ao entrar na cabine.

Enquanto avançávamos, a margem ficava mais ressecada. No interior daquele terreno, podiam-se vislumbrar descampados e pequenos morros de alturas desiguais onde só resistiam uns poucos tufos de vegetação rasteira chamuscada. A paisagem assumia a aparência do deserto, uma boa razão para termos esperança. Talvez já fosse terra continental, pelo menos parecia ter a mesma consistência. Na orla, um bando de aves assistiu imóvel à passagem de *La Nave*. Dentro de qualquer outro contexto, a abismal desolação do Sudd teria inspirado presságios sombrios e pessimismo. No entanto, avistamos hipopótamos.

— Ali! Vejam, ali!

Três animais deixavam entrever os olhos e uma pequena parte do crânio acima da água a uns poucos metros da margem. A nossa proximidade não alterou a sua postura.

— O continente não pode estar longe – disse Osman. Traduzi ao francês. – Só falta acertarmos o caminho.

— Esses sujeitos se perderam – respondeu Camille. – Estão tão perdidos quanto a gente.

— Nada disso, os animais têm instinto – replicou Osman. – Eles sabem quando é hora de fugir.

— *Ne dites pas des bêtises.*

— Nem sempre – foi a minha tradução.

Dali a pouco a margem começou a recobrar a antiga aparência. Novas formações vegetais forçaram-nos a abandonar a trajetória diagonal para voltarmos à navegação paralela ao que presumíamos ser terra firme. Continuamos assim pelo resto do dia, sem mais novidades a não ser o cadáver meio decomposto de outro hipopótamo enredado nos galhos de uma ilha.

Wad fazia sua vigia noturna para a qual tinha sido designado sem armas. Em lugar de ficar de olho no pântano, pescava. A ponta de uma linha enrolada no seu pulso balançava na água preta. Permanecemos juntos por quase uma hora, só trocando umas poucas palavras. O gerador não funcionava, decidira-se destinar o seu combustível ao motor principal, e enfrentávamos a noite na luz do querosene.

Os celulares continuavam sem cobertura, além de quase todos já terem esgotado as baterias enquanto esperavam pelo sinal.

– Não quero voltar a matar – disse o negro após cerca de dez minutos de silêncio.

Passaram-se mais dez minutos.

– Você sabe falar – acrescentou. – Sabe ouvir. Isso é bom. Gostaria de aprender palavras depois de voltar à Cidade. Pegou duas percas. Pelo menos mais três homens lançaram seus anzóis, nessa noite, do convés do vapor. Desejei-lhes boa sorte. Alguns segundos depois, fui bater à porta de Aschuak, bem baixinho, pois não queria acordá-la se estivesse dormindo.

– Pode entrar.

Não sei muito bem o que estava fazendo, encontrei-a deitada de costas na cama, protegida pelo mosquiteiro e aureolada pela mortiça chama da candeia. Tinha um livro aberto na altura dos joelhos, longe demais das mãos. A pouco mais de um metro, num ângulo adequado para contemplá-lo da sua posição, o cavalete mostrava a tela ainda inacabada. A mulher parecia muito cansada. Com os olhos, indicou-me o banquinho.

– Voltamos a nos mexer – disse com algum esforço. A esta altura o navio estava quieto.

– Pois é. Estamos a caminho.

Eu não sabia o que dizer, e ela tampouco parecia esperar palavras. Só aproveitávamos a companhia.

– A paisagem é bonita? – perguntou, e então reparei que estava de olhos fechados. Aproximei o tamborete da cama, afastei o mosquiteiro e, muito perto do ouvido, em voz baixa, mas cheia de caloroso transporte, falei de falcões e águias que descreviam chamativas figuras geométricas por cima de palmeiras e de espessos canaviais. De pequenos açores que davam seus volteios fascinando as crianças que os contemplavam, apinhadas no parapeito. Contei que em certa altura tínhamos cumprimentado dúzias de lavadeiras ajoelhadas em leitos pedregosos, não muito longe de rebanhos de zebus que pastavam com garças empoleiradas em suas corcovas, dedicadas a picar-lhes as costas. E contei que as palmeiras haviam substituído os minaretes, e que algumas delas erguiam-se como verdadeiros gigantes, em rebentos indiscriminados que geravam incríveis monstruosidades, inclusive um exemplar de cinco copas arraigadas ao mesmo tronco.

– Monstruosidades muito bonitas, de qualquer maneira – concluí enquanto olhava para ela, quieta, um tanto encolhida. Esboçava o sorriso de um sonho prazeroso. De vez em quando, *La Nave* tinha leves estremecimentos e, apesar de moderado, se ouvia o sopro do vento.

– Você não dorme? – perguntou.

– Não é fácil dormir quando se sabe o que acontece no mundo lá fora – respondi, acreditando realmente no que dizia. Dei-me conta do meu erro na mesma hora.

– Pois é. É um mundo bonito – disse ela. – Conte mais.

Falei de panos esvoaçando nos varais de casebres de adobe. De bandos de pássaros que acompanhavam o navio. De aves pernaltas. Do bramido do hipopótamo. Senti falta de um livro sobre aves que guardava nas prateleiras da minha casa europeia, e lembrei a obra de Isidore, o filho do naturalista que acompanhou Napoleão na expedição ao Egito. E falei de mais palmeiras. De palmeira com penacho em forma de leque. De palmeiras anãs de largura descomunal. De palmeiras de tronco tão fino, elástico e graciosamente delgado que faziam pensar em chicotes. De palmeiras que, com suas copas pontudas e firmes, lembravam guarda-chuvas. E das enlaçadas ou bicéfalas, as siamesas, e das mais comuns, de qualquer uma carregada de cachos, cujas folhas excedentes pendiam esfarrapadas e pardacentas à espera da queda ou de uma poda. Quando acabei a minha lista de palmeiras, Aschuak havia adormecido e eu perguntei a mim mesmo se estava ficando louco.

Saí cuidadosamente do camarote. Ao passar diante do aposento de Leila e Camille, ouvi murmúrios. Cumprimentei com um gesto da mão uma das sentinelas que vigiavam o depósito da água e sentei no meio do corredor, junto da porta. Camille falava em francês e, de vez em quando, Leila pedia que traduzisse alguma coisa para o inglês. A bióloga estava descrevendo a França como um paraíso onde as coisas mais maravilhosas ainda eram possíveis. Traçou os contornos de um Éden povoado por pessoas delicadas e hedonistas, sibaritas de um prazer tão tecnologicamente superdesenvolvido que foi justamente ali, e não na Inglaterra ou nos Estados Unidos ou no Japão, que acabou encontrando a prótese que reconstruiria a sua vida.

– Conectada por sensores ao sistema nervoso central, responde de imediato aos estímulos cerebrais, funcionando quase como uma mão natural. É até melhor que a outra – disse Camille, que gostava de recorrer à terminologia técnica quando conversava com Leila. Costumava dizer que com as novas gerações era preciso falar a "língua deles". – Seria fantástico se, por um fenômeno genético adicional, de repente voltasse a formar-se o braço que já não tenho... mas nem por isso tenciono sair por aí choramingando por causa do implante. Afinal de contas, não deixo de ser uma autêntica filha do novo milênio. Uma mulher moderna.

A sua voz tinha um tom um tanto estranho, talvez devido à rapidez com que falava. De qualquer maneira, continuou explicando como se havia submetido a vários exames médicos na França: tiraram suas medidas globais, ritmo vascular, fluxo de adrenalina, e superou vários testes psicológicos antes de ser considerada uma portadora apta. Avisaram-na que, para o sucesso do enxerto, era fundamental manter a área implicada livre de qualquer micróbio.

– Quando eu voltar, a nova prótese já estará esperando por mim. Só preciso regressar.

Camille disse sentir-se orgulhosa, apesar de todos os pesares, daquela civilização. A sua civilização. Garantiu que uma jovem esperta como Leila saberia certamente aproveitar as oportunidades que a Europa lhe ofereceria, e, quando continuou com a sua ladainha de paisagens soberbas e passeios memoráveis e comidas sofisticadas e escolas exemplares, não consegui aguentar mais. Levantei-me sentindo um sincero desprezo pela francesa, apesar de compreender que talvez estivesse mentindo para dar mais alento aos ânimos. Assim como eu.

    Subi ao convés de estibordo. Um homem e uma mulher estavam pescando. As sentinelas me reconheceram e continuaram prestando atenção nas trevas. A luz trêmula da lua se refletia nas águas levemente vibráteis no vento frouxo.

    — Acha que ainda vai demorar muito para avistarmos a Cidade? — murmurou uma sentinela. Falara enquanto perscrutava a penumbra. As maçãs do rosto extremamente negras reverberavam soltando fulgores que quase iluminavam uma anormal protuberância ocular, devia ser um terçol, ou resultado de uma picada venenosa. Permaneci vários minutos perto dele sem responder.

Durante a manhã do dia seguinte, localizamos uma pequena fenda que adentrava a maranha selvagem. Uns poucos quilômetros mais adiante encontramos outra brecha parecida. Ao longo do dia superamos mais cinco canais do mesmo tipo e, com efeito, ao entardecer lançamos âncora diante de umas destas passagens. Assim como as outras, era estreita demais para *La Nave*. Embrenhar-se por ali representava um notável risco de atravancar o leme nas raízes flutuantes, além de obrigar o vapor a um esforço suplementar e a um intolerável gasto de combustível.

    — Se tivéssemos certeza de isso nos levar a algum lugar, até que valeria a pena tentar — disse Norton, observando a entrada do canal.

    Um confuso conjunto de grama e ramagens transbordava de ambos os lados da passagem, de uns quatro metros de largura e coberta de uma vegetação tão espessa que parecia formar um túnel. Do Nível Superior dava para enxergar o zigue-zague do canal por mais ou menos um quilômetro, até perdê-lo de vista sem qualquer possibilidade de determinar onde acabava.

Naquela passagem apertada, pulsava a ameaça sinistra das armadilhas naturais. Ao mesmo tempo, os canais escuros eram uma das nossas últimas possibilidades.

As cores arroxeadas do crepúsculo salientavam a lividez do rosto de Norton cada vez mais abatido. Os ossos da clavícula sobressaíam por baixo da camisa, algo inesperado numa musculatura como a dele. O ferimento na coxa se havia infectado e segregava uma viscosa substância nacarada mais líquida que o pus.

Achei que Norton ia morrer e virei a cabeça, olhando para o parapeito abarrotado de pessoas que não tiravam os olhos do canal negro. Um árabe de cabeça raspada repetia que devíamos seguir em frente, rasgar a ilha com o casco. O ancião de barba venerável mandou-o parar de dizer besteiras, dando origem a uma discussão da qual muitos participaram e que se prolongou até a hora de dormir. O resultado foi que desta vez *La Nave* ficou dividida entre os partidários de seguirmos rumo ao sul até encontrarmos uma oportunidade confiável de superar a ilha – "o pântano tem de acabar, mais cedo ou mais tarde", diziam – e os favoráveis a aproveitarmos qualquer abertura. Este segundo grupo era mais reduzido, mas defendia a sua escolha com um fervor incomparável. Gritavam apontando para a brecha, faziam todo tipo de careta e davam socos na amurada ou nas paredes do navio, animando uns aos outros, de forma que em várias ocasiões a sua exigência chegou a tornar-se clamorosa gritaria.

Apesar disso, contudo, a maioria ainda não se havia pronunciado. Escutavam as razões das partes, olhando de soslaio para o corredor tenebroso, enquanto avaliavam a informações que vaticinavam o fim das reservas de água dentro de dois dias, alertando, ao mesmo tempo, que o combustível também ia acabar.

Osman convocou mais uma reunião de cúpula dos líderes, onde se escolheu uma solução intermediária: no dia seguinte, um bote com três homens penetraria na passagem em busca de ajuda. Enquanto isso, *La Nave* continuaria navegando para o sul.

Tratava-se de uma missão suicida para a qual se apresentaram tantos voluntários que ficou fácil encontrar três exploradores veteranos para formarem o trio escolhido. Decidiu-se entregar-lhes *La Mínima,* sem dúvida alguma o bote em melhores condições.

De madrugada, quando a ilhota finalmente os engoliu, passou pela minha cabeça que talvez fossem justamente eles os únicos a salvar-se. A suprema, divina recompensa por sua ousadia. Logo depois, Leila ligou os motores. Imaginei o que deviam estar pensando os intrépidos – foi isso mesmo que disse para mim mesmo, "os intrépidos", *"les intrépides", "the intrepids", "al battalun", "yonggang"* –, os intrépidos que penetravam no túnel vegetal ao ouvirem o ronco.

Leila mandou tocar as sirenes.

A saída de *La Mínima* deixou *La Nave* num verdadeiro estado de esquizofrenia. Questionava-se a conveniência de ter enviado na expedição os três homens melhores, de forma que as mesmas pessoas que agora há pouco fantasiavam sobre a euforia dos exploradores ao avistarem os contrafortes continentais deixavam-se pouco a pouco tomar pelo desânimo, que as emudecia e as forçava a pensar na falta de proteção em que se encontravam agora que os três aventureiros se foram. Houve animadas disputas provocadas por dois sujeitos arrependidos que queriam de qualquer maneira voltar ao delta onde nos havíamos despedido de *La Mínima,* salientando que "a moral de pessoas decentes" mandava aguardar ali pelo menos durante uns dois dias, no caso de a expedição encontrar o canal bloqueado e ser forçada a voltar atrás.

O remorso, os titubeios e o desânimo se espalharam mais depressa que uma praga, e *La Nave* passou a compensar os momentos de atividade frenética com a abulia generalizada de uma desmoralizadora incúria. As pessoas começaram a funcionar em uníssono, em sincronia, de forma automática, respondendo a algum tipo de insondável impulso.

As pichações continuaram aparecendo em *La Nave.* Umas poéticas, interrogativas, desagradáveis, outras passíveis de polêmica.

Li uma que dizia: "O ESPANHOL É BICHA." E outra: "WAD É UM TRAIDOR. NÃO LIGA PARA A PÁTRIA. NÃO LIGA PARA NINGUÉM." De qualquer maneira, desde o momento em que nos livramos do cerco, a influência dos grafitos havia minguado. E foi o que contei a Osman, dizendo que, agora que estávamos navegando, aquilo era apenas passatempo de meninos bobos.

– E além do mais – acrescentei –, as esferográficas não demorariam a esgotar-se.

Esse argumento foi o que mais o acalmou.

Uns por mau funcionamento, outros devido ao uso excessivo dos que haviam encontrado na escrita o ansiolítico ideal, acontece que vários marcadores e esferográficas deixaram de funcionar enquanto as minas dos lápis encurtavam-se até tornar-se impraticáveis.

Surgiram algumas brigas entre homens que queriam apossar-se de esferográficas alheias, mas essas disputas duraram menos de um dia, o tempo que levou a aparecer a primeira mensagem riscada a faca numa antepara do Nível Inferior. Em paredes até então intatas do navio, como a maioria do Nível Superior, apareceram inscrições muitas vezes resumidas numa só palavra, que costumava ser um insulto ou uma exclamação monossilábica sem qualquer destinatário concreto. Eram como gritos no vento. Como pungentes lamentações diante do túmulo de alguém que se amou. Invectivas contra forças superiores. E essas expressões radicais eram as pontas de lança de uma verdadeira novidade, porque o pessoal começou a soltar, ainda com alguma discrição, pragas e maldições em suas conversas cotidianas, considerando-as um desabafo. Não de forma ostensiva ou particularmente chamativa, mas de repente surgiam imprecações em frases que nada tinham de grosseiro, e os palavrões eram usados como pontos, como vírgulas. Insultava-se com a maior naturalidade.

– Não temos porra nenhuma para fazer até o jantar.
– Com esta merda de sol, nem dá para respirar.
– Pare de encher o saco e vê se dorme, seu pentelho.

Muitas vezes as pessoas dizem coisas que não pensam, procuram tão somente afirmar-se com as palavras para vencer os próprios temores, o que levou ao estabelecimento de um novo código comunicativo, até entre os muçulmanos. Isso mesmo, até entre eles, reciclando palavras até então consideradas verdadeiros tabus pela maioria, palavras perniciosas ou, no mínimo, inconvenientes, que passaram a significar autênticos espaços de distensão. De liberdade.

Tudo se reformulava em *La Nave*.

Os grafiteiros arranhavam chapas de ferro e aço de forma indiscriminada, embora concentrassem a maior parte das suas mensagens nas cercanias da sala das máquinas, onde os motores abafavam o rangido das facas.

O tamanho reduzido do vapor limitava, por vezes, as áreas destinadas à escrita. As paredes começavam a ficar saturadas. Alguns reutilizavam as letras de outras mensagens para escrever as próprias em diagonal ou vertical, como num esquema de palavras cruzadas, e em alguns casos surgiam convergências provavelmente casuais que davam origem a construções enigmáticas atrás das quais, na devida disposição, podiam ser decifrados sentidos ocultos, invocações mágicas, veladas ameaças. Havia até quem tinha começado a competir, tanto em habilidade quanto em beleza, e de vez em quando aparecia algum grafito que de alguma forma alegrava o espírito. De qualquer maneira, a proliferação neutralizava o impacto dos avisos, e acredito que muitos acabavam mesmo não sendo lidos, perdidos numa confusão de cores cada vez mais barroca que proporcionava um novo fardo de opressão à viagem.

Apesar do uso extremamente parcimonioso da tinta, Camille continuava sendo repudiada pelos grafiteiros que a viam aproximar-se.

– Que coisa mais absurda – comentou com Norton. – Agora todos querem ser escritores. Quase parece que estamos na França.

E começou a tagarelar sozinha enquanto se coçava.

O número descomunal de grafitos acalmou significativamente Osman, convencido que naquela confusão as mensagens se desvir-

tuavam. E, com o colapso desse sistema de comunicação, foi justamente o que aconteceu. Os passageiros acabaram encontrando outros entretenimentos práticos. Alguns cederam suas roupas mais gastas a várias fiandeiras que, juntando tudo, teceram uma espécie de toldo, que, esticado ao longo do convés do Nível Superior, facilitou a permanência ao ar livre nas horas diurnas. As crianças foram ensinadas a moer o sorgo e, enquanto acreditavam brincar, os seus pais descansavam.
Quanto ao mais, era meditação.
Animais em trânsito.
Intermitentes rajadas de vento sempre quente.
Um bom número de passageiros padecia de diarreia. As órbitas oculares do albino ficavam cada vez mais cavadas, o corte de Norton piorava, chegando cada vez mais perto da gangrena, e já não havia mais morfina. Eu estava fascinado com o depauperamento da vida ao meu redor, enquanto continuava me sentido em plena forma. *La Nave* cheirava a carne amontoada e suarenta, embora muitos passageiros tivessem conseguido, não sei como, resgatar a brancura das suas *galabiyas*, propiciando uma gritante distorção entre a atmosfera viciada – as paredes manchadas, o ar irrespirável devido ao calor e às tensões – e o aspecto de tantos homens e mulheres. E lá estavam eles, ainda imaculados num exercício de camuflagem sublimado pelo incansável leitor do Alcorão que, no fim da sua convalescência, lembrou-se da festa adiada e decidiu propô-la de novo.

A situação objetiva dos moradores de *La Nave* pouco mudara em relação aos dias de paralisia, mas a volta à correnteza parecia dar novo alento a tudo. Até o ar sobrecarregado parecia tornar-se respirável só de sabermos que estávamos nos mexendo.
E la nave va.
Pois é. A importância de mexer-se.
Na perspectiva dos anos, contemplo os dias do Sudd numa sequência ofuscantemente figurativa. Tudo acontece naquele mapa

tão ostensivamente amarelo. Vejo o pantanal no meio. Vejo um navio lançado para o sul com o ímpeto dos que chegam do norte, impelido com a maior pressa, entrando a toda velocidade no lamaçal. As lembranças, até então, têm traços impressionistas. São cores muito vivas, nebulosas reluzentes, cardumes de peixes, o ar, uma multidão impessoal que deixa fúteis marcas em mim, somente atento às imagens do passado.

E fica assim até a hora do remoinho, quando o charco absorve a máquina e nós, pela inércia da nossa velocidade, começamos a rodar. Os rostos das pessoas ficam mais perto. Posso ver seus olhos, as rugas, as reconheço. As palavras e os nomes se sucedem e confundem à mercê de algo similar a um tornado, Osman, Gao, Camille, Wad, talvez tudo se ajuste como numa coqueteleira, tudo roda, se agita, o albino, o reservista sem braços, medo, dúvidas, até as ilhas se abrirem, Aschuak, deixam-nos livres e saímos em disparada, com força, mas sem controle, direto para um paradeiro ignorado, ainda mergulhados na certeza de mudanças fundamentais que nos levarão a um destino diferente. E lá vem de novo a pincelada impressionista.

Depois de deixarmos para trás o atoleiro, houve mais uma redistribuição de alianças dentro de *La Nave*, com todos vigiando todos de perto, mas cientes de que dependiam principalmente de Leila. Os embalsamadores tinham-se conformado com seu papel secundário, ainda mais porque a volta ao pantanal permitia pescar. Pescava-se durante a noite e, mesmo que as presas fossem escassas, proporcionavam uma alternativa aos víveres da despensa. Os embalsamadores limitavam-se a alimentar-se um pouco melhor que os demais e a mimar com presentinhos – um saquinho de grãos-de-bico secos, latas de atum, leite em pó – a capitã, que estava normalmente escoltada por Camille.

O papel de protagonista da jovenzinha ofuscou todo o mundo. Convertera-se numa heroína visível, afinal de contas segurava o leme do navio, e os tripulantes foram rever sua biografia destorcendo-a para o bem e para o mal, mas sempre no intuito de engrandecer a sua figura, embora as histórias continuassem a esquecer o trecho que ignorava a morte do capitão. Ninguém jamais demonstrou verdadeiro interesse em conhecer a pessoa que afinal de contas segurava o leme, todos sempre se conformando com as explicações dos seus líderes.

No mais, *La Nave* fez questão de retomar a rotina anterior ao bloqueio. Os vários grupos entretinham-se com os jogos e as brincadeiras habituais, as sentinelas cumpriam pontualmente seus turnos de vigia, os técnicos controlavam os motores, Osman supervisionava tudo dando ordens e propagando que muito em breve haveria uma comemoração.

No começo, as novas expectativas funcionaram como um bálsamo. Cada um assumia as tarefas que lhe eram atribuídas, voltava de alguma forma a convencer-se do papel que tinha de desempenhar, sem precisar perguntar aos outros. Mas a normalidade, essa pretensa ordem no caos, deixava-me triste e assustado devido à resignação que ela implicava, e porque me bania de volta ao incógnito que cinco anos e duas semanas antes eu tinha achado ser o meu lugar. Seria isso mesmo? Eu era então apenas mais um? Perguntava-me isso assistindo ao apogeu de Leila, a menina-piloto. E foi justamente a esta altura que procurei uma parede afastada de abelhudos para escrever com uma esferográfica que eu não tinha incluído no inventário de Osman:

"NO SUDD, DEIXEI DE SONHAR."

Escrevi em espanhol, em letrinha miúda, talvez para tirar a frase da cabeça. Sem qualquer objetivo. De volta ao meu clássico papel de subalterno, sentia o lastro de um montão de coisas que, sem pesar demais na minha consciência, tornavam mesmo assim mais difíceis os meus dias: engolia os olhares indesejavelmente cúmplices do senhor Gao; Osman tinha descartado Han Tsu como tradutor e exigia os meus serviços o tempo todo; os embalsamadores cumprimentavam-me abertamente, não importava onde eu estivesse; o homem que me entregara Muunia baixava os olhos quando me encontrava, ao contrário da moça, desafiadora. Wad mascava *esnaf* e, à noite, perdido num enlevo zen, ficava pescando no seu canto da popa com constância monástica.

— Veja só o animal — disse Chang. Era meio-dia. Havíamos arrumado duas cadeirinhas dobráveis e, na sombra do convés, fumávamos de pernas encolhidas para não atrapalhar a passagem. Estávamos sentados um ao lado do outro. Chang, mais perto, via-o de perfil. Wad debruçara-se na borda a uns quinze metros de nós. — Quer dizer que está preocupado por ter liquidado aquele doido... Nem dá para acreditar, não é verdade?

— Fazia anos que não matava ninguém. Deve ser como alguém que passa um tempão sem fumar e de repente, um belo dia, acende um cigarro. E tem medo de não poder parar.

Demos uma tragada ao mesmo tempo. Achei que Chang ia gostar da comparação, pois era um fumante inveterado.

— O que há de errado? Vai fumando e fica por isso mesmo. E aí descobre que já não é viciado.

— Veja você mesmo. Wad está preocupado.

Chang virou-se para mim contraindo a parte direita da cara num gesto pasmo e gracioso de acordo com a sua habitual compostura. Voltou a olhar para Wad, levando o cigarro à boca. A fumaça envolveu o seu cangote chato, levada pela brisa da navegação.

— Já teve vontade de matar alguém? — perguntou-me o chinês sem tirar os olhos do negro. — Estou falando de ir à cama e não poder dormir porque quer encontrar um jeito de acabar com ele. Matar mesmo. Matar de verdade.

A linha do horizonte mostrava-se diáfana ao longe. Uma gota de suor escorria-me sovaco abaixo produzindo uma incômoda coceira. Vários metros atrás de nós, alguns homens conversavam em árabe.

— Não. Para dizer a verdade, nunca — respondi.

— Vou lhe contar uma coisa. — Chang continuava olhando para a popa. Explicou episódios da sua vida que eu conhecia através da sua ficha ou por Norton. Falou da saudade que tinha de Xiamen quando chegou a Xangai. Falou do senhor Bai, o magnata do petró-

leo fanático pelo mergulho que o contratou, e do apartamento com vista para o Bund que alugou. – Mandei instalar Jacuzzi e uma cozinha completa, com micro-ondas e tudo mais, para preparar lagostas, caranguejos... Fique sabendo que sou um excelente cozinheiro. Começou a vestir terno e gravata, a passar gel no cabelo, a ir para a cama com dúzias de mulheres.
– Muitas estrangeiras. E ainda assim, não passava um só dia sem dizer a mim mesmo: "Mas que boa vida, não é?", tentando me convencer. Quer dizer, na verdade estava amargurado. – Chang jogou longe a guimba. Pegou outro cigarro e o acendeu.
No seu departamento, coordenava com mais dois colegas o projeto que a companhia desenvolvia no centro da África. A sonoridade daquele nome, o tamanho do país deixavam-no entusiasmado. Sabia que o grande rio o atravessava, e apesar de o mergulho não ser lá grande coisa na água doce, o impacto de uma extensão semidespovoada daquela envergadura superava até o seu desejo de exploração subaquática, conectando-o com a ideia de uma natureza majestosa. Exatamente o contrário da vida que estava levando.
– Este país oferece o tipo de paisagem que eu sempre desejei contemplar. Uma imensidão avassaladora. Algo parecido com o mar. Eu venho do mar.
Os três responsáveis do Projeto África conheciam de cor e salteado seus respectivos contratos, mas quando o senhor Bai comunicou "Um de vocês terá de ir comigo à África", Chang ficou tomado de raiva. Estava claro que não enviariam Su, "uma mulher em território islâmico não parecia uma boa escolha". Feng, no entanto, falava idiomas – a esta altura Chang ainda estava cursando o primeiro ano de inglês –, estava na empresa havia oito anos a mais do que ele e gostava de viajar, algo um tanto incomum na China.
Como era presumível, o senhor Bai escolheu o veterano. Nos dias seguintes, Chang passou a abominar Xangai, a considerá-la excessiva e oprimente, mas nem pensou em mudar de trabalho e de cidade, passou simplesmente a ter um único e obcecado objetivo: Feng.

– Só dispunha de vinte e quatro dias para encontrar uma alternativa. Durante os dois primeiros fiz o possível para não pensar no assunto, procurei mutretas burocráticas, escamotear o seu passaporte... bobeiras que só me faziam voltar à brutal realidade dos fatos. Não conseguia tirar a cara de Feng da cabeça. Via a cara do homem em todos os cantos – Chang afirmou com a cabeça bem devagar. Wad continuava no parapeito, mascando *esnaf*, imóvel como uma estátua. – Feng, Feng, Feng. Repassei a sua vida miserável e senti mais asco que lástima: era um desses vermes que não merecem viver. Por que estava no escritório? Qual era a sua missão na Terra? Só estava lá para me foder? Sujeitos como ele só servem para piorar as coisas, um lacaio do antigo regime sem qualquer aspiração. Um chinês solteiro que começava a ficar idoso, que vivia longe da família e do qual ninguém conhecia um amigo sequer. Trabalhando o tempo todo, servil...

Chang começou a pensar em alguma coisa física, num acidente, perdia o sono sem conseguir encontrar uma solução, "a impotência me consumia", "eu estava desesperado".

– No sexto dia pensei em matá-lo.

Nas noites seguintes fui matutando sistemas para assassiná-lo.

– Claro que tive de pensar no tipo de homem que eu era, e a resposta foi: um homem que para seguir em frente precisa eliminar outro homem.

A nona noite foi terrível, enfurnado em casa, pensando nas várias maneiras de matar enquanto um tufão varria Xangai.

– Um tufão e tanto o desta noite! Quase não consegui dormir – disse Su no escritório na manhã seguinte. – E você tampouco, pelo que parece. Causou muitos prejuízos. O vento arrancou o painel publicitário do restaurante de sushi a duas quadras daqui... E sabe quem estava passando ali embaixo?

Feng estava com um ombro fraturado. Ia levar um bom tempo para se recobrar.

Os cigarros de ambos tinham acabado. Wad continuava inerte, junto da amurada.

— Quando relembro a coisa, parece-me incrível, quase uma piada – disse Chang. – Eu mesmo me acho incrível. Mas foi o que aconteceu. Fiz planos para matar Feng. Quem sabe aquela casualidade o salvou. E a mim também.
 — Esqueça – disse eu. O que mais responder a uma confissão dessas? – Ouvi dizer que o senhor Gao gosta de tufões.
 — Não é que goste muito de mim, o senhor Gao. É muito amigo do meu chefe, mas não vai com a minha cara. Acha que sou um garoto mimado. Prefere Han Tsu porque é filho de camponeses e fala cobras e lagartos de Hong Kong. Ao que parece, o senhor Gao não se deu bem por lá. É um sentimento irracional de classe, sabe como é. Acham que só pelo fato de o meu pai ter dinheiro as coisas foram fáceis para mim.
 — Pois é.
 No Nível Inferior uma criança berrava. Wad cuspiu uma bola de *esnaf* no pantanal.
 — Por que o seu chefe não veio nesta viagem? – perguntei.
 — Teve de cuidar de um problema da companhia num lençol petrolífero boliviano. Eu estou aqui para representá-lo. É por isso que o senhor Gao tampouco se porta muito mal comigo.
 Wad levantou os braços espreguiçando-se.
 — Acha que vamos morrer? – perguntou Chang.
 — Claro, não tenho a menor dúvida – exclamei tão brincalhão que o chinês olhou para mim depois de muitos minutos sem fazer isso. – Mas procuro não pensar no assunto.

— Continua sem sonhar? – perguntou Norton pouco antes do meu turno de vigia.
 — Quer dizer que este não é um sonho?
 Ficamos conversando ainda deitados nas camas, protegidos pelos mosquiteiros.
 — Se for isso, por uma vez posso ficar contente que você sonhe comigo – disse Norton.

Rimos sem muita convicção.

– Vai ver que nada disso é real – comentei. – Alguns sonhos duram muito tempo. Por que a gente sonha?

– E por que não?

Depois da vigia de madrugada permaneci no convés, ainda incapaz de enxergar direito devido às brumas matinais que pairavam no pântano. Dali a pouco Leila surgiu da neblina encolhida em si mesma. Segurava um pequeno bule de chá. A mocinha juntou a cabeleira antes de deixá-la cair no capuz da *chamira*, ajeitou-se na poltrona e, tomando goles de chá, ficou olhando os vapores que se dissolviam deixando à mostra a ilhota varada bem diante de *La Nave*. Ficou algum tempo jogando videogames – devia ter uma boa reserva de pilhas – e, já com suficiente visibilidade, mandou ligar as máquinas do vapor.

Aproveitei o trajeto sem prestar atenção, pensando em Aschuak. Percebia no rosto as últimas umidades antes do sol. A água se mexia de forma diferente, com uma ondulação diagonal que parecia arrastar *La Nave*... não, não parecia... *La Nave* realmente derivava para uma zona de correntezas contrapostas que atraía suavemente para um enorme vórtice tudo aquilo que chegava ao seu alcance sem bastante energia para esquivar-se daquele ímã.

Tratava-se de uma área descomunal, vinte campos de futebol, em cujas margens orbitavam cúmulos de samambaias, pequenas ilhas e, o que mais me despertou do devaneio, dúzias de navios. De vários tipos, uns encostados nos outros, como nessas margens asiáticas que aglomeram barcaças usadas como moradias, de forma que se podia chegar longe pulando de uma embarcação para outra. Aquele conjunto, mais que num porto, fazia pensar numa cidade.

Focalizei nele o binóculo de Norton que, desde a recaída do homem, eu costumava usar a tiracolo toda vez que estava de vigia, inclusive nos turnos de noite. A julgar pela ferrugem das carcaças caindo aos pedaços, havíamos topado com um cemitério de navios. Dúzias de embarcações menores cercavam os *dhows*, as barcas, os botes e os dois vetustos vapores que da minha posição podia ver cada vez melhor, pois *La Nave* se aproximava.

Havia alguma ordem no cemitério.

E isso queria dizer pessoas.

A dedução desencadeou uma série de associações em cadeia que, além de fazer disparar a adrenalina, reacenderam conhecidas lendas que eu sempre considerara lorotas, mentiras para enfeitar a vida daquele pessoal escravo de superstições, pessoas capazes de acreditar na existência de elefantes pigmeus e de civilizações subterrâneas, ou até de uma comunidade aquática como a que agora... agora...

— Puta merda! — gritei ao localizar duas pessoas na proa de um navio.

... agora deparava.

— Ahlan — disse Leila na ponte de comando. Identificou-os na mesma hora.

— Avise Osman — ordenei à sentinela que eu mesmo havia rendido.

Leila desacelerou os motores. Dentro de menos de um minuto, Osman e pelo menos mais uma dúzia de pessoas haviam acudido ao convés. Podia ouvir o barulho de muitos outros passageiros subindo as escadas, apinhando-se no parapeito de bombordo. A maioria chegava com os olhos ainda inchados de sono, ajeitando os turbantes ou alisando as *galabiyas*, enquanto repetiam:

— ... Ahlan...

— ... Ahlan...

— ... Ahlan...

Circulam diferentes versões sobre a origem daqueles nômades dos subúrbios fluviais, indivíduos que vivem às margens das margens, numa periferia difícil até mesmo de se imaginar. Entre todas as histórias, a mais surpreendente, mas a meu ver verossímil, é a que os identifica como os descendentes da primeira incursão europeia da qual se tem conhecimento no Sudd: a expedição romana financiada pelo imperador Nero.

Segundo a lenda, quando os expedicionários enfrentaram as desconhecidas extensões do pantanal, fixaram o acampamento na margem setentrional, enviando em exploração duas barcaças com dois sapadores e dez soldados cada. O resto do exército ficou meses esperando em vão pela volta dos companheiros. No fim, após avaliarem seus artefatos de navegação diante do mistério daquele charco, os romanos preferiram enfrentar as represálias de Nero antes que aquela insondável anomalia.

Para os anais da história ocidental, as barcaças dos sapadores simplesmente sumiram, ninguém voltou a ouvir falar delas. Ninguém foi capaz de provar que um romano sequer sobrevivera. Embora tampouco fosse possível provar o contrário. De qualquer maneira, para o Ocidente a aventura termina aqui.

Os nativos afirmam que de fato as barcaças se extraviaram, mas, depois de vagarem por doze dias – sabe lá de onde tiraram este número –, alcançaram terra firme encontrando uma aldeia primitiva daquela época, já por si só arcaica. Os viajantes aproveitaram o impacto do seu quase divino aparecimento entre os indígenas para juntar mantimentos e embarcar um punhado de mulheres, prevendo que a sua vadiação seria longa e levando em conta que já fazia um bom tempo que não desfrutavam o sexo, pelo menos com fêmeas.

Em seguida, as barcaças desapareceram de novo e, depois disso, nem mesmo os nativos voltaram a ver qualquer um dos tripulantes. Em lugar de imputar o seu sumiço à morte, os aborígenes atribuíram-no a uma nova vida na imensidão lamacenta. A partir daí, quando outras embarcações indígenas foram tragadas pelo Sudd, sempre houve alguém culpando os espectrais inquilinos do pantanal. E o boato pegou.

Fortaleceu-se a ideia de os soldados terem preferido a vida naquele desterro, na companhia de lindas pretas. Alguns navegantes que adentraram o Sudd, conseguindo sair dele, asseguraram ter visto embarcações ao longe e humanos trabalhando em ilhotas, apesar de ninguém jamais se atrever a chegar perto.

Segundo as narrativas, os Ahlan teriam procriado em número modesto, mas suficiente. Além disso, de vez em quando alguns dos membros dos navios errantes que ficavam presos juntavam-se à tribo. Os que não aceitavam socializar eram assassinados ou usados como escravos. Afinal de contas, os Ahlan mantinham a implacabilidade dos seus ancestrais militares e uma inteligência arquitetônica que lhes permitiu aproveitar os restos das embarcações à deriva e transformá-los numa cidade flutuante.

Aquela cidade. Leila deteve o vapor a uns trezentos metros do povoado se assim o quisermos chamar. Do convés dava para ver as pontes e os dispositivos levadiços que conectavam as embarcações umas às outras, formando uma barreira homogênea que, provavelmente presa ao fundo do pântano por centenas de âncoras, devia aguentar sem problemas as investidas até das ilhas mais poderosas.

Com efeito, pela lateral do cinturão de embarcações de todo tipo deslocava-se, bem devagar, uma grande ilha. Os Ahlan tinham bolado um sistema de cabos transversais que lhes permitia fazer deslizar as maranhas vegetais ao longo do seu perímetro até despejá-las na área mais aberta do charco. Considerando a mecânica do processo, afastar a ameaça de uma grande ilhota podia até levar alguns dias, mas de qualquer forma a coisa funcionava.

Contam que quando os caminhos africanos já eram percorridos por todo tipo de viajante, aos Ahlan também se juntaram fugitivos e contrabandistas, além de um pequeno número de temerários que acreditaram no paraíso daquele lugar literalmente extraterrestre habitado por gente bonita – era o que a lenda dizia –, mistura de brancos e pretas, e de mais uns penetras de cores mestiças. Os Ahlan tinham forjado em cima da água um país onde podiam ser felizes. E, sem qualquer dúvida, iriam protegê-lo.

Se os relatos estavam certos, e pelo que eu podia ver não havia motivo para não estarem, ao longo dos séculos a comunidade havia aprendido a segurar ilhotas de passagem, integrando algumas em sua estrutura, desenhando um mosaico de hortas internas flutuantes onde cresciam tomates, alfaces, arroz e quase todo tipo de alimento graças às sementes e aos mantimentos que tiravam dos navios extraviados. Nos porões eram cultivados cogumelos que às vezes acompanhavam deliciosos pescados capturados por mestres de mergulho tão habilidosos que conseguiam pegar as percas à moda dos ursos: na base da patada.

O vapor deslizava vagarosamente diante da cidade, arrastado pela inércia da correnteza. As amuradas das embarcações haviam começado a encher-se de Ahlan que assistiam mudos à nossa passagem. Grudado no binóculo, detive-me a observar vários corpos. Enxutos, mas fortes, esbeltos. Alguns estavam armados. A natação, uma consequência do seu habitat, tinha superdesenvolvido tórax e costas, forjando compleições atléticas também muito apropriadas a lançarem armas de longa distância acertando, por exemplo, aves que voavam alto, uma vez que seus instrumentos de caça ainda eram lanças e espadas.

De qualquer maneira, não devia ser um povo agressivo, pois fica difícil imaginar que buscassem a confrontação, uma vez que os Ahlan haviam desde o começo permanecido ocultos, preservando o seu mistério. As exibições belicosas poderiam comportar represálias, atrair forças da terra firme que, no caso de superar o labirinto, certamente seriam mais numerosas e letais. A sua atividade, portanto, concentrara-se na pilhagem, apossando-se de várias destas barcaças à deriva que para o resto da humanidade haviam sido simplesmente devoradas pelo Sudd.

— Os carniceiros do pântano — disse Camille.

— A mim parecem bastante saudáveis — respondi.

As bordas dos navios Ahlan formavam uma imensa balaustrada apinhada de gente. Estavam quietos. Como os antigos sioux nas colinas, assistindo à passagem de um comboio. Vi vários homens, em *La Nave*, segurando esferográficas e marcadores. Outros guardavam suas armas de escrita atrás da orelha, do jeito dos marceneiros, e uma mulher tinha reciclado a caneta em bob. Provavelmente, estavam todas sem tinta.

– Só espero que não decidam aproximar-se – disse Osman, brandindo a espingarda. O cano apontava para o céu. Dirigindo-se a Leila, sem olhar para ela, gritou: – Vamos lá, menina, ligue as máquinas! Sem atropelos!

O vapor estremeceu ao reativar-se. Um leve impulso empurrou-o adiante, para logo a seguir estabilizar-se e continuar no mesmo ritmo anterior à ignição.

Quanto tempo se passara desde que os Ahlan tinham encontrado gente vinda de fora pela última vez? A guerra vinha assolando o país havia quase vinte anos. Quantas embarcações poderiam ter-se aventurado no Sudd durante este período? Podia ser realmente tanto tempo assim que não cruzavam com estranhos?

– Você fala línguas, diga-lhes alguma coisa – disse Chang.

As lendas gostam de ser bem detalhadas, não costumam deixar espaço para o acaso, de forma que a dos Ahlan também tinha a ver com sua língua.

– Falam uma mistura de suaíli e latim. Não há como a gente se entender.

Localizei um Ahlan que nos observava com um binóculo. Logo a seguir vi outro. E mais um com uma luneta. *La Nave* continuava rumo ao sul, muito devagar, a menos de cem metros da cerca que protegia o povoado. Leila fora forçada a manobrar para evitar uma rápida ilha que vinha ao nosso encontro, aproximando-nos deles.

Os rostos do povo Ahlan transmitiam um pasmo igual ao nosso. Quem sabe nunca tivessem recebido, até então, a visita de um navio tão cheio de pessoas vivas. Talvez receassem que pudéssemos atacá-los. Talvez estivessem, de repente, com medo do futuro: os estrangeiros tinham descoberto o seu refúgio e talvez, a partir daí, nada voltasse a ser como antes.

– Se eu fosse um deles, estaria pensando seriamente em atacar – disse Osman, que havia ficado ao meu lado no parapeito. – Se voltarmos para contar, o seu paraíso já era.

– São um risco – disse eu. – E uma oportunidade.

315

Havíamos alcançado um lugar longínquo o bastante para cortar de uma vez com a nossa gasta história. Um lugar virgem sem assustadores números de cadáveres. Um lugar onde, se a lenda fosse verdade, moravam pessoas dispostas a acolher para sempre qualquer um que quisesse juntar-se a elas.
– Fiquem calmos! Nada de loucuras! – gritou Osman às duas sentinelas que haviam decidido apontar os rifles para a cidade. – Baixem as armas!

O ministro agarrou com ambas as mãos a borda da amurada e, olhando para as centenas de Ahlan parados, disse:
– Está querendo dizer que gostaria de ficar por aqui?
O que havia comigo? Quais eram de fato os meus desejos? Ter tido o poder em minhas mãos não tinha satisfeito nenhuma das minhas necessidades básicas. Lá fora, em terra firme, diziam que a guerra havia acabado. E daí? A guerra era uma coisa que sempre tivera a ver com os outros. Quanto a mim, no futuro só me cabia assistir à agonia de Aschuak, arrebanhar os últimos meses do seu amor para então perder-me numa tristeza profunda, certamente ilimitada.
– Não diga bobagens – respondi.

La Nave começou a virar lentamente para o oeste, onde o pantanal voltava a abrir-se sem empecilhos. A cidadela Ahlan ainda se expandia para o leste, mas do nosso ponto de vista era impossível avaliar seus limites. Podia estender-se por vários quilômetros na horizontal ou limitar-se a mais um punhado de navios. No sol da manhã ainda fraco e manchado por esporádicos bandos de aves aquáticas, a água era tão azul quanto no oceano.

Perto da popa de bombordo formou-se um tumulto repentino e silencioso quando Leila aumentou a velocidade de *La Nave*. Alguns passageiros observavam a água com expressão aturdida, apinhavam-se na borda e olhavam para os Ahlan, cada vez menores na distância. Uma sentinela gritou e, ao identificar Osman, abriu caminho entre a multidão e aproximou-se dele correndo.

Acho que esperaram até o último momento para atrasar a nossa reação. Além do mais, quando o Ahlan atirou com a zarabatana e Wad caiu no pântano, a notícia ainda demorou a chegar à ponte de comando. A esta altura *La Nave* já se tinha afastado um bom pedaço e, apesar de Leila reduzir novamente a marcha, o corpo do negro já estava rígido e distante, levado pelos remoinhos da correnteza. A ilha que se movia na direção dele não demoraria a engoli-lo.

Insisti para que Aschuak recebesse uma comunicação oficial e, como ninguém estava disposto a ir ao camarote dela, foi quase natural que me encarregassem da coisa. Quando bati à porta, o ronco dos motores entristecia aquele canto de *La Nave*. Entrei com uma jarra de água. Aschuak estava com a *chamira* toda manchada de tinta e segurava o pincel a poucos centímetros da tela. Tinha suprimido a base do carrossel, que agora parecia suspenso no ar. Deixei a jarra aos pés da cama, na qual me encostei, sentado no chão. Aschuak sorriu e continuou a pintar.

– Levantei bem cedo para ver se terminava o quadro antes de voltarmos a navegar, mas... com todo este vaivém não tem jeito. – Uma mão segurava o cavalete enquanto com a outra pintava. – Só mais umas pinceladas e depois vou deixar para a noite.

As contas do colar esmaltado contrastavam sensualmente com a parte do peito nu.

– Wad morreu – disse eu.

Aschuak estava retocando as escamas blindadas do crocodilo no carrossel. Quando acabou, colocou o pincel no vaso, esfregou as mãos na *chamira* e virou para mim.

– Era previsível, não acha? – disse mantendo o sorriso apesar da expressão melancólica. Levantou-se e procurou um frasco de pílulas embaixo da almofada. Engoliu uma com um gole de água, derramou umas gotas sobre a túnica. Aschuak estava suando. Sentou na cama ao meu lado. Com a cabeça eu podia tocar num dos seus joelhos. – Não sei ao certo o que está acontecendo aí fora – disse. – E afinal de contas não quero saber. Para quê?

Acho que apoiou ambas as mãos nos quadris. Os motores pulsavam tão forte que pareciam uma presença tangível.
— Acreditou mesmo que eu não estava me dando conta de nada? — perguntou.
— Pensei que fosse realmente muito sofisticada a ponto de alhear-se de tudo — respondi com o tom pretensioso de um ator de meia-tigela.
Aschuak riu com vontade. Um acesso de tosse forçou-a a parar.
— Sofisticada! — repetiu rindo.
Devia estar erguida, molhada de suor, talvez de queixo levantado. Conversávamos sem nos olhar, de cabeça virada para frente, pelo menos eu. Os meus olhos passavam continuamente da porta para a pintura, da pintura para a bússola de Gerrard, ouvindo a sua voz acima de mim. A sala das máquinas bramia. Via as fracas pernas dela apoiadas no chão.
— Descobrir que alguém pode ser facilmente manipulado é sempre deprimente — disse eu. Era uma frase que tinha lido em algum lugar, talvez fosse um grafito. — Fico contente em saber que estava errado.
— Sou a favor de qualquer coisa que me ajude a viver melhor. Mas bem no fundo, todos, em qualquer momento, sabemos mais ou menos o que está acontecendo.
— E o que acha que está acontecendo agora? — perguntei.
Senti a sua mão na minha cabeça, mexendo no meu cabelo.
Fizemos amor.
Percebi-a frágil nos meus braços, tão à beira do fim que fiquei loucamente excitado. Molhados de suor, escorregávamos lambendo-nos enquanto, ao fundo, ouvíamos a oração do muezim e alguém que conversava no corredor. O fragor dos motores apagava nossos arquejos. A luz foi se tornando mortiça até transformar-se em escuridão. Fizemos outra vez.
Aschuak engoliu mais dois comprimidos com o restinho da água. Respirava ofegante, e sorria. Achei que fosse morrer.

– Não tenho sabido amar de forma sustentável – disse eu acendendo um cigarro. Estava do lado externo da cama, de costas para Aschuak a fim de soprar a fumaça longe dela. – Pelo menos, não do jeito que os outros esperam que você ame. Nada dura, comigo... sei lá.

Soltei um sopro de fumaça que pude acompanhar na penumbra matizada pelo esplendor noturno.

– Sempre precisei da intensidade, de ficar no limite – continuei. – Isso acaba com tudo. Nada aguenta a minha ambição. Mas agora... – A cinza queimava depressa o papel do cigarro. O tabaco fazia um contraste delicioso com o cheiro de fruta dos corpos. Eu ia dizer algo que nunca repetiria. – Mas agora... sei com certeza que posso querê-la até o fim. O meu amor não poderá esgotar-se. Muito em breve você vai morrer.

Ouvi os passos de um vigia noturno. O cigarro ia se apagando entre os meus dedos. Comecei a gemicar. De costas para ela. Tinha medo de me virar. Chorei regozijando-me na intuição de estar vivendo um instante único, tão excepcional que nada jamais o igualaria. Eu tinha chegado ao momento culminante de uma vida. A beleza e a dor acumuladas nunca teriam comparação dali por diante. Aschuak acariciou-me.

Em *La Nave* fantasiou-se bastante sobre o encontro com os Ahlan. Alguns reformularam a lenda, brincaram dizendo que dariam entrevistas exclusivas na Cidade, com as quais se tornariam ricos.

– Vou contar a nossa história – afirmou um jovem de óculos redondos. – Um navio que se perde no pântano. O que acham? Não lhes parece um bom assunto?

– Soa falso. Ninguém se perde num pântano.

– Está muito confiante em chegar à Cidade – acrescentou um homem de aparência desleixada, pois mesmo que nenhum de nós tivesse um aspecto asseado, o sujeito era de fato particularmente descuidado.

Em muitos casos, os cabelos desgrenhados se confundiam com as barbas espessas. Um velho dormitava boquiaberto num sofá da cafeteria, a cabeça apoiada na parede salpicada de manchas e grafitos. "SOCORRO" dizia uma escrita. Moscas solitárias sobrevoavam as mesas onde as pessoas, aos poucos, deixavam de falar. A resignação facilitava a letargia. No restaurante do Nível Superior, o senhor Gao tinha conseguido ressuscitar umas pilhas e ouvia música de olhos fechados, passando a mão na gola de seda. Han Tsu cantarolava sem fazer barulho ao seu lado, só mexendo os lábios. O familiar balanço de *La Nave* ninava uma longa noite de palavras dispersas em voz baixa. Os jogadores já não soltavam as fichas nem as cartas com força. Como pano de fundo, o murmúrio do sempiterno orador proporcionava um zumbido monótono à debacle. Apoiei-me no balcão do restaurante onde não serviam coisa alguma.

– É assim mesmo que acabam os traidores – Osman aproximou-se de mim, não o vira chegar. – Seus inimigos brotam de onde você menos espera. Quem poderia imaginar que Wad tinha assuntos pendentes com os Ahlan?

– Isso não passa de suposição.

– Ora, ora... Será tão difícil o senhor entender coisas tão óbvias? – Estalou a língua. – É nisso que dá ser tradutor? Imagino que é uma forma de viver mais tranquilo. Às vezes gostaria de partilhar, mesmo que só um pouquinho, esse seu desprendimento.

No Nível Inferior tocou uma campainha que me fez pensar em monges budistas.

– Por que mente desse jeito, Osman?

Foi o que tive vontade de dizer.

– Pois é, na verdade não posso me queixar – foi o que de fato respondi. – Vivo mais tranquilo. Mas admiro as pessoas como o senhor, capazes de tomar decisões rápidas, com firmeza. É assim que o mundo gira. De qualquer maneira, quando a gente se move mais devagar se dá conta de mais coisas. Por algum motivo, as pessoas se entregam mais completamente aos que se movem sem pressa.

– Não creia. Vou lhe dizer uma coisa que no navio está na boca de todos. Espero que não fique aborrecido, mas aqui ninguém confia no senhor. Não fala a nossa língua direito, confunde as palavras, tem um sotaque estranho e, resumindo, já sabe que as pessoas desconfiam de quem não fala como elas.

– As pessoas deveriam ser medidas por algo mais do que apenas palavras.

– Concordo, mas não me parece que o senhor saiba relacionar-se de muitas outras formas.

– E o senhor? O senhor também desconfia de mim?

Osman abriu aparatosamente os braços:

– E ainda pergunta, tradutor? Até troquei o chinês – deu uma olhada em Han Tsu – pelo senhor.

Osman era o meu pistolão mais influente em *La Nave*, e era bom eu não desperdiçá-lo. Pelo menos, era o que a estratégia recomendava. Mas, afinal de contas, adiantava mesmo naquela ratoeira?

– Sei por que não gosta de Han Tsu – comentei.

Osman continuou de braços abertos.

– Não é preciso ser um gênio para entender – disse ele –, esse rapaz é um fanático atrasado.

– Talvez lembre que eu estava presente quando Han Tsu lhe disse que na China há crianças de sobra – Osman ergueu-se meneando a cabeça como se a *galabiya* lhe apertasse o pescoço. – Naquele dia Han Tsu também contou que era filho único, mas também disse que entendia tão bem os problemas da China que, se seus pais tivessem decidido não tê-lo, tampouco teria considerado isso um mal.

– Só um imbecil pode dizer uma coisa dessas, não acha? – replicou Osman. – Não dá para entender o raciocínio do chinês! Não faz sentido!

– Não faz sentido – repeti.

– Pois é, é ilógico.

– Ainda mais quando você pensa em todas estas crianças preciosas que jamais poderá ver nascer.

Osman respirou profundamente.
— Vejo que há coisas que entende logo — disse.
Deu meia-volta, chegou quase a perder levemente o equilíbrio.
— Tome cuidado — disse eu. — Há canibais.
Osman parou. Deu de ombros. E saiu do restaurante.
Alguns minutos depois, subi ao convés abrasado pelo sol. As ilhas e a água definiam-se sem ambiguidades. A marola espumosa levantada pelo casco borbulhava com uma nitidez mais própria da tarde. Não havia pássaros no céu, nem outro barulho que não fosse o surdo fragor do nosso avanço.

Os promotores da festa atavam fitas coloridas ao longo dos conveses. Depois de ajudar, na popa, na montagem de uma espécie de palco, vários homens me chamaram de um canto do salão inferior. Era a costumeira patota de aficionados em volta do velho que gostava de queda de braço. Gesticulavam pedindo que me aproximasse. Evitei vários corpos e malas espalhados no chão até alcançar o grupo de oito ou nove negros de diferente pigmentação. Um deles tinha uma vistosa tatuagem. O velho desafiou-me na queda de braço, afirmando que eu era o único homem que ele ainda não tinha enfrentado, pois ao que parece até Norton havia medido forças com ele. Os chineses, por sua vez, não contavam.
— Está bem, coroa — concordei em espanhol, sorrindo, e sentei.
Os espectadores murmuraram de um jeito do qual não gostei. Passageiros que circulavam por perto se aproximaram, bastante numerosos para formar um círculo fechado à nossa volta, de forma que nada podia ver além dos seus corpos.
Os alto-falantes chamaram para a oração, mas naquele grupo ninguém parecia disposto a rezar. O velho, no sofá acolchoado, apoiou o cotovelo na pesada arca de madeira abrindo completamente a palma, muito mais encarnada que o restante de sua pele, marcada por sulcos que pareciam chagas. Mandaram-me sentar numa cadeira dobrável. Segurei a mão do homem que, em seguida, agarrou

a minha automaticamente, como máquina acostumada com aquela operação. Outro sujeito apertou as de ambos com as suas. Várias mulheres começaram a cantar. Muitas mulheres. O vão ressoava como a abóbada de uma catedral.

– Por que estão cantando? – perguntei.

O juiz soltou os punhos e o velho deu um golpe brutal que só consegui conter inclinando o braço num ângulo de uns cento e trinta graus.

– Velho safado – resmunguei em espanhol.

A tampa da arca estava cheia de escritas e de entalhes, um dos quais representava um calendário. Os espectadores gritavam, podia sentir a presença deles em cima de mim, em cima demais, suprimindo qualquer pensamento alheio ao desafio. Os alto-falantes sobrepunham a oração a qualquer outro ruído, enquanto as mulheres berravam e a saliva respingava da boca dos negros, que urravam. Eu, no entanto, era jovem, e os embalsamadores tinham cuidado direitinho da minha alimentação, e Osman me dera água, e não era um rato de biblioteca desprovido de músculos para lutar, de forma que empurrei o braço do outro de volta até à posição de saída, sem mantê-lo muito tempo ali, pois fui encurtando o ângulo de envergadura. O braço continuou a empurrar até colocar-se a oitenta graus. Logo a seguir estava em sessenta.

Olhei para o rosto achacadiço do velho: qual seria a sua idade? Cinquenta, setenta anos? Aí voltei a reparar na arca, no calendário, onde vi uma data marcada. O dia dez. O meu cotovelo estava a quarenta graus. Hoje é o dia dez, pensei. Trinta graus. E quando me virei para encarar o público, para ver como iam aceitar a derrota, topei de frente, sério e imutável, de olhos fixos em mim, com o homem que me havia oferecido Muunia. Eu já quase tinha vencido quando reparei que os outros homens também olhavam para ele muito mais do que para mim, com a mesma seriedade enquanto gritavam.

Estatelei no baú a mão do velho, que se desequilibrou, mas não muito, pois alguém lhe endireitou os ombros ao mesmo tempo que duas grandes mãos agarravam a minha cabeça e a achatavam contra a madeira. Os dedos do velho serpeavam para recuperar a circulação a poucos centímetros dos meus olhos, mas logo me desinteressei por eles. Estava tentando olhar para cima, ver os rostos emoldurados pelo dossel de *chilabas* que flutuavam em volta.

E então senti a estocada.

E também a vi.

Como uma explosão solar, um raivoso clarão branco: um golpe seco, o estilete empalou a minha boca na tampa da arca. Foi um golpe limpo, diagonal, não quebrou meus dentes. Os negros me soltaram e, ainda pasmo de horror, ao tentar instintivamente levantar-me, fui sacudido por uma fisgada elétrica que não se devia às bochechas perfuradas. Não, nada disso. Tinham espetado a minha língua. E a violência do movimento com que pretendia soltar-me provocou uma laceração que logo me pareceu irreparável.

A porção mínima do rosto que eu me esforçara de levantar desabou pesadamente sobre a arca, em cujo interior alguma coisa pulsava, quem sabe o meu coração assustado, ou a reverberação das vozes dos negros, dos seus murros na madeira, em mim. Estava a ponto de desmaiar, sentia o calor do sangue, e o via escorrendo na tampa.

Reparei em mais uma dor intensa, embora amortecida pelo aturdimento. Haviam retirado o estilete. Vi neblinas parecidas com as das manhãs no pântano, a antessala da morte? Vi a escuridão. Vi *chilabas* salpicadas de sangue, do meu sangue. E, em câmera lenta, o quique de um objeto bem na minha cara. Um objeto delgado e não muito comprido. Que bateu no baú, pulou ligeiro mais adiante, quicou de novo e, depois de um rápido bamboleio, ficou quieto na neblina. Vislumbrei que estava manchado de sangue. Era fácil deduzir que se tratava da arma com a qual me haviam espetado.

A minha língua jazia na superfície em que apoiava o rosto, ainda incapaz de separar a bochecha do baú. A língua descansava como a de um lagarto abatido. Imóvel.

Nestas condições lastimáveis, totalmente aflito, percebi que a minha vida como intérprete havia chegado ao fim. Dei-me conta de que, a partir daí, não sabia como poderia reconstruí-la, nem quais seriam as minhas novas possibilidades na África. Haveria alguém que eu ainda poderia enganar naquele estado e de que forma? Devia voltar à Europa ou continuar a viver longe? Pois é, até mesmo nestas condições, não pude deixar de achar graça ao reparar que o objeto sangrento a poucos centímetros de mim era uma esferográfica.

– Lembro-me de tudo, tintim por tintim – disse a Chang. – Pelo menos, parece que ainda posso sonhar.

– Eta sonhozinho ruim!

Os promotores da festa atavam fitas coloridas ao longo do convés. Depois de ajudar, na popa, na montagem do palco, vários homens me chamaram de um canto do salão inferior. Era a costumeira patota de aficionados em volta do velho que gostava de queda de braço. Gesticulavam pedindo que me aproximasse. Evitei vários corpos e malas espalhados no chão até alcançar o grupo de oito ou nove negros de diferentes pigmentações. Um deles tinha uma vistosa tatuagem. O velho desafiou-me afirmando que eu era o único homem que ele ainda não tinha enfrentado, pois ao que parece até Norton havia medido forças com ele. Os chineses, por sua vez, não contavam.

– Está bem – concordei em espanhol e me sentei.

Os espectadores murmuraram de um jeito de que não gostei. Passageiros que circulavam por perto aproximaram-se em número bastante numeroso para formar um círculo fechado à nossa volta, de forma que nada podia ver além dos seus corpos. Os alto-falantes chamaram para a oração, mas naquele grupo ninguém parecia disposto a rezar. O velho apoiou o cotovelo na pesada arca de madeira abrindo completamente a palma grande e esbranquiçada, marcada por sulcos que pareciam chagas. Mandaram-me sentar numa cadeira dobrável. Segurei a mão do homem que, em seguida, agarrou a minha automaticamente, como máquina acostumada com aquela operação. Outro sujeito apertou as mãos de ambos com as suas. Várias mulheres começaram a cantarolar.

– Por que estão cantando? – perguntei.

O juiz soltou os punhos e o velho deu um golpe brutal que só consegui conter com o dorso da minha mão a dois dedos do baú.

– Velho safado – resmunguei em espanhol.

A tampa da arca estava cheia de escritas e entalhes, um dos quais representava um calendário. Os espectadores gritavam, podia sentir a presença deles em cima de mim, em cima demais, suprimindo qualquer pensamento alheio ao desafio. O albino berrava com raiva, estávamos sujeitos a uma opressão claustrofóbica que eu não pude aguentar. Quando a minha mão tocou na tampa, o público urrou. O albino elogiava o velhote com júbilo exagerado. Por algum tipo de preconceito idiota, eu sempre tinha associado os albinos com boas intenções, mas aquele nada tinha a ver com o caso. Mas que filho da puta, pensei.

Embora as pessoas realmente favoráveis a uma festa não fossem muitas, pois a maioria nem chegou a manifestar-se, seguimos adiante com os preparativos. Foi uma boa desculpa para cuidarmos de nós mesmos. Alguns dos homens, eu inclusive, escanhoaram e ararram o cabelo uns dos outros. Vários enfeitaram-se com cintos e outras quinquilharias, e procuraram pentear-se armando madeixas achatadas que envolviam as cabeças como prendedores de cabelo, compactos tufos de pelo que emergiam de crânios a não ser por isso rapados. As mulheres alisaram as cabeleiras ou as armaram em laboriosos coques, perfumando-as com frescos unguentos havia muito tempo esquecidos. Reciclaram atavios, sacos, trapos e até mesmo roupa para engrinaldar os tetos e conseguir um ar festivo, de forma que na noite seguinte, após o sol se pôr, quando Leila desligou as máquinas no pântano tranquilo, tudo estava pronto para a festa, exceto as almas.

Desistindo momentaneamente da austeridade, ligamos o gerador para iluminar o convés. O albino reapareceu assumindo o papel de showman num minipalco formado por seis dos pesados baús que nos haviam sido confiados pelos aldeões do norte.

– E esta noite ainda vamos ter surpresas! – exclamou. – Graças ao senhor Osman, haverá presentes para todos. Já estava na hora de renovarmos o nosso vestuário, não acham? Pois é... o senhor ministro vai permitir que desfrutemos estas arcas!

O albino deu um pulo, abrindo um pouco mais as pernas, e indicou os seus pés. A maioria do público murmurou, alguns bateram palmas, "já não era sem tempo!".

– Mas isso será depois. Por enquanto, que comecem as músicas!

Um punhado de zumbis fantasiados fez o possível para divertir-se numa festa onde não havia nada para beber. O radiogravador dos chineses foi conectado ao alto-falante da ponte para que pelo menos a música não faltasse. O som, no entanto, não chegou a animar o ambiente, talvez porque importuno, porque tocava de forma lastimável, e quando depois perguntei a mim mesmo o motivo do nosso repúdio, concluí que havíamos alcançado uma condição de autêntico desapego, dando um passo real no vazio, uma condição tão alheia ao ruído que chegava até a desprezar a música. Não há muitos momentos sem música ao longo de uma vida, são realmente muito poucos, embora às vezes acreditemos o contrário. Ao olharmos para trás, podemos rever a nós mesmos em várias situações que, quase todas, tinham alguma coisa a ver com música ou canções, pianos, violinos, um solo de bateria, trompetes ou saxofones e coisas no gênero. A lembrança dos dias em *La Nave*, no entanto, nunca despertou em mim outra coisa que não fosse a presença constante de luz e cheiros. Cheiros. Que me acompanham inevitáveis, onipresentes. Não há, nem jamais haverá música no drama do Sudd. Se agora alguns dos náufragos podem ligar aquele período a uma nota qualquer, talvez eles sejam os chineses que sobreviveram. Pode ser que eles jamais consigam esquecer o *erhu*, a cítara ou as cordas místicas das fitas que escutavam dia após dia sem parar. Mas naquela noite as notas se dispersavam, entregues a uma ventania repentina que de vez em quando solapava com seu bramido a melodia que só um grupo de crianças, duas mulheres, o velho da queda de braço, o albino e Chang se atreviam a dançar.

– Anão desastrado – disse um embalsamador vendo como o albino aplaudia se remexendo todo.

No parapeito da popa, por trás do pequeno palco iluminado, Camille gesticulava apontando com a prótese para a escuridão enquanto gritava alguma coisa inaudível da minha posição. Algumas pessoas deram a volta dos baús, aproximaram-se da bióloga e perscrutaram as trevas. O grupo aumentava e, com o maior número, também aumentava o burburinho.

– Um navio! Um navio! – ouvi Camille gritar. – Está vindo para cá! Viram as luzes da festa!

Houve aplausos, sorrisos radiantes, muitos recitaram fórmulas para agradecer aos seus deuses a graça recebida. Osman e uma sentinela correram para a borda com o sinalizador e os três foguetes que ainda sobravam. A sentinela armou o morteiro, Osman acendeu o pavio com um fósforo e, dando dois passos para trás, gritou:

– Segure firme! Bem firme!

A sentinela olhava para o apetrecho virando a cabeça e de braços esticados. O foguete não saía.

– Aguente! Não solte! Quando estão úmidos custam a acender.

O pavio consumiu-se e nada aconteceu.

– Está úmido demais – disse um embalsamador. – Por que não guardaram num lugar seco?

Também podia ser porque o cartucho estava velho.

Enquanto isso, Camille continuava a gesticular e gritar para o pântano.

Osman retirou o foguete, jogou-o na água, colocou outro e, com a sentinela que seguia segurando o morteiro com ambas as mãos e mantendo o rosto o mais longe possível, acendeu o novo pavio. O foguete riscou a escuridão. Subiu pelo menos uns trezentos metros deixando uma esteira de fumaça quase invisível até explodir numa silenciosa flor carmesim.

Osman carregou o morteiro com o último foguete, o que deveria revelar a nossa posição a quem já estivesse procurando a origem do fogo que descia devagar. Esperou alguns segundos. Acendeu o pavio. O foguete não partiu.

– Segure aí, não largue!

– Deve estar úmido – disse o embalsamador. – Nunca vai conseguir subir.

– Aguente firme!

O foguete disparou. Avançou de forma um tanto estranha em sua trajetória, mas continuou subindo até explodir um pouco mais baixo que o primeiro. De qualquer forma, esta luz devia ser suficiente para alertar os vigias do navio que até então eu não vira. Uma jovem de rosto espavorido gritava o nome de Leila na multidão, procurando por ela com olhar aflito. Quando me localizou, estava tão assustada que me agarrou pelo braço.

– Uma ilha, senhor! Uma ilha gigante! Vai nos destroçar!

– Olá! Olá! – ainda ouvia gritar Camille, debruçada no parapeito da popa.

Fendi a multidão até dar uma olhada naquele recanto do pântano. Em algum lugar impreciso da escuridão percebiam-se os reflexos descontínuos de alguma coisa em movimento, mas nada indicava que se tratasse de um navio. Um navio teria sido mais iluminado. Aquela única luz devia pertencer a uma embarcação menor ou a qualquer outro objeto metálico preso na folhagem de uma ilha. Além disso, a sentinela que vigiava aquela área tinha os olhos acostumados a sondar grandes distâncias tenebrosas e, como avisara, o que vinha ao nosso encontro era um conglomerado de notável tamanho.

– Vamos! Vamos! Temos de sair daqui! – berrei em árabe. O pessoal em volta começou a calar-se. – Voltem todos aos seus lugares!

Camille continuava a dar saudações na popa. Antes de eu alcançar a ponte de comando, Leila já havia ligado as máquinas e *La Nave* recomeçava a navegar. Fugimos durante meia hora, ajudados pelo vento favorável. Avançávamos em zigue-zague devido a novos empecilhos flutuantes que Leila concentrou-se em evitar com a leveza de uma calejada jogadora de videogame. Já passava das dez, a capitã havia diminuído a marcha, o vento amainara, e Osman e o albino, com minha grande surpresa, decidiram retomar a festa.

– Teria sido um verdadeiro fecho de ouro, não acham? – disse Osman subindo ao palco. – Essa francesa é uma atriz e tanto.

Houve algumas risadas e, quem diria, até mesmo uns aplausos. Apesar da nova decepção, ou quem sabe devido a ela, o pessoal respondeu ao chamado e até quem já se retirara para o interior do navio voltou ao convés. Norton limpava o nariz com um lenço, sentado no chão ao lado de Chang, que se levantou o começou a dançar. De cima do palco, Osman imortalizou a turma com a câmera de Gerrard.

Todo o mundo estava lá. Todos procuravam sorrir. Cada um começava a enfrentar o desespero buscando uma tábua de salvação naquele pequeno mundo, conscientizando-se de que não podia contar com qualquer ajuda externa. Quando alguém se perde num lugar remoto e ermo, de que adiantam os foguetes? Só dá para confiar na orientação e na luz que cada um é capaz de dar.

O ministro desceu das arcas e abraçou Rasha, envolvida numa maravilhosa *chamira*. O casal chamou a atenção do senhor Gao, que fumava um charuto esparramado numa espreguiçadeira enquanto, com a outra mão, meneava a bengala ao ritmo da música. Ladeavam-no três chineses, um dos quais era Han Tsu. Notava-se que o tradutor não sabia o que fazer, pois em poucos segundos passou a mão nos cabelos várias vezes e apertou em vão as teclas do inútil celular. Logo que me viu, aproximou-se de mim.

– Bonita festa.

– É, muito bonita.

A gorda sem pescoço observava todo mundo nos olhos, parecia ansiosa. Duas moças subiram para dançar, e um grupinho de homens logo foi atrás delas.

– Por que não tenta arrumar uma guria? – sugeri.

– O que foi que disse? – perguntou orientando o ouvido na minha direção.

– Que deveria cantar uma destas jovens – disse eu.

Sorriu sem jeito.

– E o que poderia dizer para ela?

– Pergunte se sabe quanto falta até chegarmos à Cidade, tenho certeza de que ela vai gostar. Mas precisa perguntar em inglês.

– Que tal *"do you want to sing with me"*?

– Isso mesmo. Ou então pode dançar na frente de alguma de que você goste. Veja Mark, parece que está se saindo bem.

O chinês estava paparicando Muunia.

– Como? – disse aproximando o ouvido.

– Veja como Mark está se dando bem.

– O nome dele é Chang.

– Olhe só como ele rebola – disse eu enquanto eu mesmo imitava uma dança, fazendo pose e gesticulando de olhos fechados na tentativa de emular os astros do passado em algum filme memorável.

– Não se deixa tentar?

– Confessou ter escrito frases nas paredes!

– Veja... – eu disse. – Parece que o senhor Gao está com problemas.

O charuto do empresário acabava de se apagar, e tudo indica que nenhum dos seus homens tinha fogo. Com gesto brusco, atirou a guimba no convés. Han Tsu encaminhou-se apressadamente para ele. Olhou para uma moça. Olhou para o senhor Gao.

Osman deu a ordem para que se abrissem as arcas. Além de quinquilharias e lembranças familiares, apareceram cabeças de leão, tapetes de pele de zebra, chifres de búfalo... um surpreendente desfile de peças mortas. Escapuli para o camarote de Aschuak. Numa parede, o antigo carteiro de Dongola havia riscado com uma faca "GALAL AMA FARIDA" e, quando o vi, ainda estava marcando os contornos do coração que envolvia a frase. Entrei na cabine sem bater. Encontrei-a sonolenta, embora acordada, coroada pelo halo mortiço da chama que ardia no castiçal aos pés da cama. Sorriu-me langorosa. Acocorei-me no chão.

Às duas, estava cumprindo o meu turno de vigia na proa de estibordo. *La Nave* avançava devagar. Leila tinha decidido seguir navegando para compensar o gasto do gerador. A barulheira mantinha-a lúcida, pois a festa continuava, sei lá por que e com quem, mas de qualquer forma continuava na outra ponta do navio, projetando alguma luz na costumeira escuridão.

– Que tal a viagem? – eu perguntara naquela noite a Aschuak.

– Não me proporcionou praticamente nada daquilo que esperava... e mesmo assim, não posso dizer que não gostei.

– Faria de novo?

– Acho que sim.

Foi o que Aschuak dissera antes de eu ir embora.

– Acho que sim – repeti em voz alta, comemorando a lembrança dela na proa, enfrentando a névoa fosforescente que se via uns quilômetros mais adiante nas trevas. Talvez fosse a reverberação das luzes da festa refletidas em algum lugar da noite.

Pestanejei algumas vezes. Olhei para Leila no passadiço, que por sua vez olhava para mim, cada um procurando no outro a confirmação de que aquele horizonte era real. Um sorriso de impura alegria iluminou-a. A mocinha que começava a ser adulta poderia transformar-se numa esplêndida mulher madura algum dia.

Suspirei.

– Lá está ela – disse eu, não sei em que idioma. – A Cidade.

Há pelo menos um lugar onde a floresta é parte da água. E se mexe. E se fecha em cima de você.

Fim The End Le Fin Niháiya Wan

Há um toque de morte, algo que sabe a mortalidade nas mentiras.

JOSEPH CONRAD
O coração das trevas

Tudo depende da qualidade da luz e dos ventos.

ALEX S. MACLEAN
A fotografia do território

Companheiros no labirinto

Este romance fica devendo estímulo, carinho e precisão a Sandra Bruna, Pilar Caballero, Amaya Elezcano, Wahid Elhag, Jordi Esteva, Juantxu Herguera e toda a sua equipe, Gerardo Marín, a minha irmã Cristina, John Mackay, Yolanda Menjíbar, Manel Ollé, Ella Sher, Fernando Trías de Bes, Alicia Tuxé, Clara Usón e Agustí Villaronga.
Aos meus amigos.
À minha família.
E a Elsa, sempre ao meu lado.

Este livro foi impresso na Editora JPA Ltda.,
Av. Brasil, 10.600 – Rio de Janeiro – RJ,
para a Editora Rocco Ltda.